# 幻想の重量

## 葛原妙子の戦後短歌

Kuzuhara Taeko

新装版

川野里子

Kawano Satoko

書肆侃侃房

# 新装版　幻想の重量——葛原妙子の戦後短歌

＊もくじ

四　近代という宿題　109



五　前衛短歌運動との距離　131



六　「原不安」の発見　163



七　キリスト教という視野　183

＊引用歌の表記は、原典に従い、出来得る限り旧字体の漢字を使用した。引用文については、新字体の漢字に改め、仮名遣いは原典の通りとした。

## ゼロ地点の言葉——新装版の刊行に寄せて

他界より眺めてあらばしづかなる的となるべきゆふぐれの水　　　『朱靈』

この歌を読むたびに私は不思議な庭のことを思う。イサム・ノグチによって設計された札幌のモエレ沼公園だ。日本人の詩人野口米次郎とアメリカ人の母との間に生まれ、第二次大戦中には日系人強制収容所に志願して拘留された造形家イサム・ノグチには故郷と呼ぶべき場所がなかった。父にも母にも受け入れられることのなかった彼が晩年に自ら創造した場所だ。この広大な公園にはモエレビーチと名付けられた浅い池があって子供の水遊び場になっている。上空から俯瞰した写真があって、この小さな水たまりが光っている。その光を見たときふいにこのアーティストの孤独に触れた気がした。この世に居場所を持たない魂がしんとこの水の光を見つめている、そう感じられたのだ。

人間の命がどんな時代が来ても孤独であるといふ考へ方を、人生観に根本的な革命が来ない限り私は捨て切れないと思ふ

（「短歌研究」昭和27年6月号）

葛原自身も実母とも父とも縁の薄い子供時代を送っている。しかしそうした不遇を作家の創作の根拠に直に結びつけるのは安易だ。イサム・ノグチの場合にも葛原の場合にも不遇はきっかけであり同時に生涯の熱源であった。葛原は「人間が孤独」だと言っているのではない。「人間の命」が孤独だと言っている。イサム・ノグチは石や土を、葛原は言葉を彫り、この人間の存在を露わにすることを試みたのではないか。孤独な魂が居場所のなさという場所に棲んでいる。その名が「他界」であるのかもしれない。「私」の魂はこの世をしみじみと眺める遠いところにあって、射るようなまなざしであの池の光を見つめているのだ。

葛原妙子の作品は不思議にいつも新しい。同時に読み切れない。追いかけるほどに深みへ引き込まれ、書くほどに書ききれなかったことが影となって付いてくる。この不思議な一首もとうてい読みきれたとは言えない。不思議なほどあらゆる評言を逃れて葛原の作品はゼロの地点にある。

この本の初版が刊行されたのは二〇〇九年である。かえりみれば私たちはずいぶん遠いところに来てしまった。東日本大震災があった。感染症に怯える時代が始まった。社会の底で生き方や人間観がじわじわと変わろうとしている。そうした変化のなかで葛原妙子はいよいよ存在感を増している。この本がその作品を読むための補助線となるなら幸いである。

装幀・カバーフォト（コラージュ）　毛利一枝

# はじめに

印象深い風景がある。二〇〇三年の春、ニューヨーク、マンハッタンを歩いていた時のことだ。マンハッタンのなかでも歴史の古い南側は高いビルが多く、通りは昼でも薄暗い。私はそそり立つビル群の間を威圧されつつ歩いていた。と、突然まぶしいほどの春の光を浴びて立ち止まった。視界を遮っていたビル群は姿を消し、筒抜けに明るい早春の空が広がっていた。あらためてあたりを見回すと、明るい空き地の真ん中に突き出た鉄骨のいくつかが見えた。鉄骨と土砂の塊。偶然私が遭遇したのは、ハイジャックされた飛行機が突っ込んだ世界貿易センタービル、九・一一テロの現場であった。

ああ、ここが、と思った。そう思ったとたん、この現場とは比較にならぬ広い瓦礫、日本中に広がっていた第二次世界大戦の後の焼け跡のことが思われた。見渡す限りの焦土、秩序も、既成の価値観も崩れ去った明るすぎるほど明るい荒野。その瓦礫の大地では、聳え立っていたものが跡形もなく倒壊し、隠されていたものが無惨な姿を晒して現れ、それらをさらに露わにするような容赦ない光が注いでいたに違いない。私の目の前には、現場を囲むフェンスにくくりつけられたリボンや花が揺れていた。事件から一年半あまり、それらはなお生々しかった。目を外らすと、倒壊から免れた周囲のビルの古い壁の落書きや、朽ちかけた扉や窓枠、壁を這い回る錆びた配水管など、スマートな普段のオフィス街では見えるはずのないものが見えていた。

白日の下に晒すという言葉がある。日本の戦後の焼け跡は、さらに無惨に多くのものを白日の下に晒したであろう。鬱蒼と茂っていたものが倒れた跡の惨い明るさに日本全体が晒されたのだ。人々はつくづくとそれを見てしまったのではなかったか。

短歌も例外ではなかった。

> 折角自由になつたのだから、ひとつ思ひつきり自由に振舞つて芸術らしい芸術を創らうではないか。（略）もはや短歌に固執する必要はどこにもありはしない。固執すべき芸術の条件を固執するところから短歌ならぬ他のどれかの文学諸ヂャンルに押し出されるなら、行くところまで行つて見ようではないか。そして短歌に恋々として執着してゐる者と、その文学精神の高さを創り出された作品に於いて比較して見ようではないか。そしてそのときこの比較に堪へ得る短歌が若し恋々たる側に創り出されてゐなかつたら、短歌などといふものをもう投げ捨ててしまはう。
>
> 「歌の条件」小田切秀雄「人民短歌」昭和21年3月号

> 戦場の若者たちが、冷酷な死とのつぴきならず直面させられた己がいのちを、伝統的な短歌乃至俳句形式のなかに虔ましく表現してゐることが、何ともあはれでならぬのである。（略）日本に独自なものがあり《ママ》とすれば、それは風呂桶と俳諧であらうといふ意味のことをいつたのは、チヤンバレンだつたかと思ふが、この俳諧なり短歌の性格と運命とを、世界的規模と展望のなかに躍動しつつある今日の現実のなかに、今こそ冷静に把握すべき時ではなからうか。そして、今こそ我々は短歌への去り難い

愛着を決然として断ち切る時ではなからうか。これは単に短歌や文学の問題に止るものではない。民族の知性変革の問題である。

「展望」臼井吉見「展望」昭和21年5月号

一つの芸術様式が三百年もそのまゝ続き得たといふことは、日本の社会の安定性あるひは沈滞性を示すものであらうが、明治以後日本の軍隊が近代装備をとりつゝも、その精神は封建のさむらひであつたと同じく、俳壇は雑誌を数万も印刷し、洋館のオフィスをもちつゝも、その精神は変らなかつた。たゞその本来有する矛盾は、社会の進展にともなひ、いよいよ露呈されざるを得なくなつた。

「第二芸術—現代俳句について—」桑原武夫「世界」昭和21年11月号

短歌や俳句をめぐつてなされた桑原や小田切の批評に私があきたらないのは、ロジックとしてそこに透徹したものはあるけれども、いつの場合でも、この短歌や俳句の音数律に対する、古い生活と生命のリズムに対する、嫌悪の表明が絶対に希薄だということである。特に、短歌について云えば、あの三十一字音量感の底をながれている濡れた湿つぽいでれでれした詠嘆調、そういう閉塞された韻律に対する新しい世代の感性的な抵抗がなぜもつと紙背に徹して感じられないかということだ。（略）だから例えば短歌という形式がかりに消滅するときがきても、短歌的抒情の本質は他の何かの形式の中に残る。それは所謂詩に解消することによつて詩人をだまし、小説の中核となることによつて作家を骨抜きにし、消滅するどころかまことに千変万化自由自在、益々異質の栄養分を吸収して肥満し生きのびる。短歌的なものはとつくの昔からすでに文学の原つぱに出ているのだ。どこかの隅つこに追い詰められて音をあげているような脆弱な精神ではない。誰かが近ごろの批評家の短歌否定論なんか弱い者いじめだなんて云つたが、馬鹿も休み休みに云うがよい。弱いのはむしろ批評家の方である。ぼんやりしていると、追求すべき短歌的なものはいつのまにか意識の外へ遠ざかつて、その所在を見失つてしまうことになるのだ。そしてこの追求すべき短歌的抒情の行方を見失うということは、つまり私たちの頭の中枢がそれほど完全に奴隷のリリシズムに侵害されているということである。

「奴隷の韻律—私と短歌—」小野十三郎　「八雲」昭和23年1月号

これら第二芸術論と呼ばれる議論は、伝統詩形に対する全否定である。また、伝統詩としての短歌、俳句を議論することがすなわち日本文化をその根本から問うこととイコールになっている。しかしいま読み直すとそこに未知の新しい何かを創り出そうという希望が透けて見えてもいる。このような全否定に晒された短歌は明るすぎる廃墟の遺物の一つであった。

この廃墟から生え出るように一人の歌人が誕生した。葛原妙子である。

黒峠とふ峠ありにし　あるひは日本の地圖にはあらぬ

佶屈と身をねじ曲げた奇形の短歌。いったいこれは何だ、そんな思いで眺めたのが葛原妙子との出会いだった。黒峠という峠があったはずだが、あるいは日本の地図にはないかもしれぬという。有ったと言われ、無いとも言われるこの峠は架空の名であろう。有ると無いの点滅を繰り返すうちにこの峠は次第に存在感を増しながら色濃くなってゆく。まるで白地図の上にポトリと落ちた墨汁のようだ。この真っ黒い峠は日本の忘れられた記憶のようであり、思い出せない一点の遺失であるかのように私達の意識に残る。それに何とも奇妙な韻律。五、七、五、七、七の三十一音であるはずの音韻は第三句が完全に欠落し、不安定で不安な響きをしている。しかしそれゆえに奇妙な魅力があって忘れ難い。

幻視の女王、魔女、黒聖母、ミュータント、さまざまな呼び名を持つこの歌人はそうした呼び名が表すように、忽然と風のように揺れる戦後短歌の世界に現れた。しかし未だに短歌史に確かな位置づけをもたない。彼女は、明治四十年東京に生まれる。同じ年に生まれた文学者に、例えば詩人の中原中也がいる。中原中也は近代を代表する詩人だが、葛原妙子は間違いなく現代の歌人だ。近代と現代、この微妙な区切りを分けるように、あるいは跨ぐような位置にいるのがこの年代生まれの文学者の特徴だろう。あるいは近代と現代とを分ける要素は戦争体験の有無にあるのかもしれない。中原中也は戦前に亡くなり、葛原妙子は第二次大戦後に本格的な活動を開始する。

葛原の歩みを一言で言えば、戦前、戦中は豊かな家庭の穏和な主婦として過ごし、戦後、四十三歳にして処女歌集を発表。忽然と本格的な活動を開始する。昭和六十年、七十八歳で亡くなるまでに発表された歌集は『橙黄《とうわう》』『縄文《じやうもん》』『飛行《ひぎやう》』『薔薇窓《ばらまど》』『原牛《げんぎう》』『葡萄木立《ぶだうこだち》』『朱靈《しゆれい》』『鷹《たか》の井戸《いど》』の八冊。これに遺歌集である『をがたま』を加え九冊の歌集を持つ。

葛原の戦争体験は取り立てて語れるほどのものはない。むしろ非常に恵まれた境遇で戦禍をくぐり抜け、無傷で瓦礫の明るさに晒されたのだった。葛原は戦前、戦中に歌人として本格的には活動していなかったため、敗戦に際して表現の変節を迫られるということはなかった。つまり重荷を背負っていなかったのである。しかし、それだけに、戦後という未知の時代に後ろ盾なく立つことになった、とも言える。それはちょうど森の巨木が倒れたあと、突然に注ぐようになった陽ざしを浴びてこれまで生育の叶わなかった植物がもりもりと茂るようであった。思わぬ場所に思わぬ形で生え出た風変わりな植物、それが葛原妙子であり、この植物の異形は大いに驚かれ危ぶまれたのであった。

葛原はつくづくとこの瓦礫の荒野を見つめた。自ら自身をそこに晒しながら。そして見てしまったものは表現するほかない、と思い定める。広大な廃墟の無惨な明るさ、その瓦礫の中には近代以来手つかずの宿題が焼け残っており、葛原はいくたびも躓く。例えば、私は誰か、自我とは何か、母であるとは何か、女であるとは何か、日本文化とは何か、そして何よりも短歌というこの伝統形式とは何かという、根深い問いの数々である。

奔馬ひとつ冬のかすみの奥に消ゆわれのみが纍々と子をもてりけり
わがうたにわれの紋章のいまだあらずたそがれのごとくかなしみきたる

昭和二十五年に出された葛原の第一歌集『橙黄』にはこのような歌が見える。「纍々と子をも」つ母である自分への気づき。「われの紋章」を印した言葉への渇望。これらの問いは、戦後、競うように芽を吹き、さまざまな形で問われることになった。いくつかの問いは今日まで形を変えつつ問い続けられている。だが、いくつかの問いに対しては、「ほどほどの答え」が与えられ忘れられようとした。葛原が本格的な歌人として活動した戦後の時間、彼女にとっての戦後は、その問いをいかに深く言葉に、そして自ら自身に彫り刻むのかという闘いの時間であったといえる。

戦後の彼女に一体何が起こったのか、それを探るのは本書の目的の一つである。また、葛原がそのように誕生したことの背景には、この歌人一人にとどまらない普遍的な問題が頭を擡げていよう。例えば敗戦は言葉にとってどのような体験であったのか、という問いである。思想や環境、文化が覆ってしまうという体験を言葉はどのように生き延びたのだろう。ともあれ今日詩歌は亡びてはいない。しかし、そうだとして、戦前と戦後の詩歌は繫がっているのだろうか、どこかで切れているのだろうか。戦争と敗戦という歴史は大きすぎる裂け目を抱えている。「戦後短歌」とは幾重にも屈折し、千切れた言葉と心をどのように再生してゆくのかという実験でさえあった。葛原の歩みは、その戦後短歌の歩みとぴったりと重なる。葛原は日本語文化を断つ仕事をしたのか、あるいは繫ぐ仕事をしたのか。それに対する答えは私なりに用意したつもりである。

ともあれこの風変わりな、そして何とも興味深い歌人の作品とその歩みを辿ってみよう。

# 一　葛原妙子への入口

水かぎろひしづかに立てば依らむものこの世にひとつなしと知るべし

『橙黄』

石榴一顆てのひらにあり吉祥の天女ささぐる宝珠のごとく　「潮音」昭和17年11月号

とり落さば火焔とならむてのひらのひとつ柘榴の重みにし耐ふ　『橙黄』

戦中から戦後へ、おそらく一番象徴的に葛原の変化を伝えるのがこの歌であろう。一首目はどの歌集にも採られておらず、習作と言っていいだろう。「石榴」は「吉祥の天女」の図柄を借り、装飾品として穏やかにてのひらに収まっている。しかし全体にスタティックで迫り出してくるものに乏しい。それが一気に均衡を破り突出してくるのが二首目だ。この歌は昭和二十五年刊行された第一歌集『橙黄』に収められている。柘榴は危険で重く大きな存在となり、未知の火を孕んでいる。誰の目にも柘榴に魂が入ったと感じられ、それがすなわち葛原の内面の反射であることがわかる。柘榴は葛原自身であり、このとき彼女は自らの魂の重みに耐えるように柘榴を見つめているのである。

この変化をもたらしたものは何なのだろう。一つには方法と文体への開眼という、葛原の作歌史に関わる変化だ。そしてもう一つはそうした方法を必要とした内的な動機の誕生である。その二つは不可分のものとして作家のうちに芽生えたはずだ。二首目の柘榴には解放された想像力の奔放な広がりと、それゆえ生まれた切実な飢餓感がある。存在の無限の重たさとエネルギーを想像する力が言葉を呼び寄せ、想像力を表現する技術があったから柘榴は転生した。新しい時代の希望と不安が深い飢餓感を呼び言葉を呼び寄せる。その心と言葉の渦の誕生は、戦前、戦後という時代と無関係ではなく、むしろ最大の要因として働いていると私は思う。

しかしそれにしても戦後という時代、葛原が歌人として誕生した時代をどのような時代だったと考えればいいのだろう。大切なことは、いわゆる「戦後」などという一色の時代はないのだと確認することではなかろうか。駅や地下道に寝泊まりする戦災孤児、焼け跡となった街、闇市、引き揚げ船が到着する港。戦争も戦後も知らない私が、断片的な映像や体験談を通じて知り、イメージとして漠然と抱えている時代の印象はすなわち断片に過ぎない。それをどれほど重ねたところで時代を感触できるわけではない。しかし戦争や戦後を生きた人々にとってみても、あの巨大な変化の時代を端的に現す方法などないのではなかろうか。その語りがたさ、言葉にならなさは現在までさまざまな形で尾を引いている。それが戦中、戦後という時代の特徴ではないか。立場が違えば大きく異なったであろう混沌の時代は、たくさんの沈黙の束としてずっしりと積み上げられたままだ。その束の中の一つとして葛原もある。そして彼女の場合、その沈黙の質は少し奇妙なものだと言えるかも知れない。戦中、戦後という文脈がもしあるならば、そのメインストリームを外れたところに葛原の体験はあった。

葛原は戦争によって直接に人生を傷つけられるような経験をしていない、むしろ非常に恵まれた境遇にあった。肉親を失うこともなく、炎の中を逃げまどうこともなく、極端な窮乏に苦しめられた経験もない。戦後も焼け残った自らの家で生活をスムーズに再開できた。ただ、父、山村正雄が東京大空襲で家を失い、葛原の婚家に寄寓しそこで亡くなっている。また昭和十九年八月から昭和二十年の年末までの一年半の間、浅間山の山荘に子供を連れて疎開し、飢えと寒さに直面する厳しい一冬を過ごしている。だからといって葛原にとっての直接の「戦禍」は悲惨というほどのものではない。後年葛原は、こうした自分の戦争体験について「国内亡命者」というエッセイの中で次のように記している。

いま廃墟の都会には、無数の眉目なく姿のない者達がさまよっていたが、まもなく彼らは永久にあらわれることのない者達となるだろう。

戦やんで、やまいなく手も足も無傷であることの自覚、大胆にいうならば戦争で一物もうしなうことのなかった私がそこにいた。

『孤宴』

このエッセイはいつ書かれたのかが不明である。おそらくは後年自らの立場を意識しながら書いたであろうことは考慮するべきだろう。しかし、少なくとも葛原が戦争と自らとの関わりをこのように意識したことを大切にしたい。葛原はここで、無傷で生き残ったものとして無数の見えぬ犠牲者達のそのいのちを生きることを嚙みしめている。それは死者達の代弁をして、などという感傷的なものではなく、むしろ茫洋と戦争からはぐれてしまったあてどなさの感覚である。つまるところ葛原は、いわゆる戦争としては特別なことは何も体験せず、戦後へ投げ出されてしまったのだ。「眉目なく姿のない者達」が戦争という脈絡を断ち切られて戦後の明るさに投げ出されたように。そしてその亡霊の気配としばし並び歩き、別れを告げて戦後という未知の時代へ踏み出す。そうした感慨は次のように詠われている。

竹煮ぐさしらしら白き日を翻《かへ》す異變といふはかくしづけきか
押されゐる群衆《ぐんじゆ》に混りやはらかき無傷の四肢あり疼けるごとく

『橙黄』

敗戦の日を詠った一首目。葛原にとって戦争の終わりは、終戦でも敗戦でもなく「異變」として意識されている。真夏の静けさの中の「竹煮ぐさ」も、この植物のもつ毒とともにある静けさを感じさせて、目に見えぬ「異變」の始まりを伝える。不思議なことに、この植物の毒は、平穏となった戦後の風景に意識され、滲み広がっている。あるいは葛原の戦争は戦後に始まったのではないかと思わせる不穏がこの歌にはある。葛原は決して「無傷」であったわけではない。「無傷の四肢」の「疼」きは健康な体の疼痛であろうが、もう一方ではやはり無傷であるゆえの疼きなのである。無傷という傷。彼女にとっての戦争はもっと見えにくい内的な体験として刻まれていると見た方がいい。

同じエッセイ集に疎開中の村での出来事を書いた「竹似草往還」という一篇がある。

「古い祠があって中に一体の石地蔵がいた」と文章は始まる。葛原は、ある日その地蔵の足もとに「蟠まったり、散らばったりしている異様なもの」に気づく。それは、「一摑みに束ねてばっさりともとどりから切った女の髪や、無数のかもじの類がとぐろを巻い」たようなものであり、「欠櫛や塗の剝げたかんざしなどとともにあった」。葛原はこれらの品々が墓地の改葬によって掘り出された「いつの世かの遊女の遺品であることにはほぼ間違いがない」と思う。そんなものを見た日に次の出来事が起こるのである。

「うわっ毒々しい、紅をつけている」

というおおぎょうな声が道に立ち塞がり、みると当時の国民学校三年生ぐらいの女の子が地蔵堂のわきから飛び出していた。仰天した私はおとな気なくしばらく子供と対立した。

貧血のためにその日少し口紅を差して顔を引緊めていたのを咎められたのだが、戦時の教育方針はもはやこのような山国のくまぐままで滲透していたのである。

この文章は、一面から見ると葛原にとっての異境体験であろう。福井の伯父の家に預けられて育った葛原は純粋に東京人というわけではないが東京での生活の長い都会人である。疎開先の不自由な生活は、直接に異文化としての信濃を体験する初めての機会であったと言えるだろう。村社会の窮屈さに対して子供相手に精一杯の反抗をしている「よそ者」がいる。同時に国民の生活統制が進み、贅沢が戒められる中で、口紅をつけることさえ戦時体制からはみ出すのだった。

しかし、因果関係の説明をほとんどしないこのエッセイを読んでいると、ある不思議な感覚に囚われる。それは、あの遊女達の無惨な形見と口紅をつけた葛原とが無関係ではなく、むしろほとんど同じように戦時下の山村で異形を晒しているという感覚だ。葛原はおそらくそう読まれることを意識して書いただろう。このエッセイも書かれた時期が不明で、後年自らの記憶を整理し脚色した可能性が強い。しかしそれゆえに作者が自らの深いところで起こった内的な戦争の何であったかを告白する機会となっている。戦時下の社会において女として装うことは、偶然に露出した遊女の遺品と相通うほど「毒々しい」何かである。それは明らかにある秩序をはみ出し、あってはならないものとして指さされている。葛原は自らがまさにそのように指さされる何かであることをこの時このように感受した。それは、自らが背負う女という性や置き所のない存在として刻印されたのではなかったか。そしてこれに象徴される出来事はもっと多く葛原を苛んだはずだ。

葛原にとっての戦争は米英を敵とした国家間の形のある戦争ではなかった。古い墓地や歴史の中に死にきれず葬られているもの、自らの性の異形性、それらを暴き白日に晒すものとして戦争はあった。それは実に見えにくい、形のない敵であり、自らの身体や家族や国家といった当たり前になっていたものの表層を剝がし、隠されていた異形を露わにする事であった。

ソ聯參戰の二日ののちに夫が呉れしスコポラミン一〇C・C掌にあり　　『橙黄』

敗戦間近い時期が背景となっているこの歌は、感情を排するような緊張感がある。一首の中心となっている名詞、「スコポラミン一〇C・C」の奇妙な響きは読者を不安定な緊張感へと誘う。その不安定さがそのまま投げ出されているのが特徴だ。

スコポラミンはさまざまな形で使われる薬だが、象徴的な意味を含み持つ薬でもあるらしい。例えば南米コロンビアのインディアンの酋長が亡くなると、一緒に葬られることになる妻や奴隷が、騒がず静かに死ぬよう使われたと言う。また、一説には、強姦するとき女性にこれを呑ませておくと、一時的な記憶喪失状態となるとも言う。これらが本当の話であるかどうかは別として、夫も父も外科医である葛原がこのことを噂話のレベルで知っていた可能性は十分ある。そのうえで自らの前に差し出されたこの薬と終戦という「異變」を、これは一体何かと違和感をもって見つめるのである。葛原がこの薬に拘っていた証として、後年この歌は次のように改作されている。

ソ聯參戰二日ののちに夫が呉れしナルコポン・スコポラミンの致死量　　異本『橙黄』

この改作ではさらに薬の名は長くなり、いよいよ奇妙で不安定な響きが強調される。

ソ連までもが参戦して国土が占領されるという状況の中で、自死が形になって差し迫っている。辱められるよりは死を選べというこの無言の強いメッセージを葛原は「眺めて」いるのである。ここには宙づりの不安がある。それはもちろん状況と死への不安であるが、もう一つにはその死を迫るのが他の何者でもなく夫であるという点でどこか不可解なのだ。これはもちろん無惨な死より潔く楽な死を、という追いつめられた愛であったろう。しかし、他ならぬ肉親を通じて死を迫られることの不条理がこの歌の不安定な響きとなって滲んでいる。

あるいはこの時葛原は最も具体的に差し迫った「前線」に立っていたかもしれない。向き合っていた敵は一体何者だったろう。後年葛原のテーマとなる存在としての不安、「原不安」はこの時漠然と把まれている。

戦時中の葛原が山荘での疎開生活の厳しさの他に体験し記憶として蓄えたのは、このような不安と寄る辺なさであった。それは生活の表面より多く、葛原の内面に浸透し、言葉と自我の再編を迫るものでもあった。信ずるに足る言葉への飢餓感、自らを証す言葉への深い欲望、葛原妙子を誕生させる火種はこのようにして育まれたのではなかったか。

# 二　『橙黄』誕生

奔馬ひとつ冬のかすみの奥に消ゆわれのみが纍々と子をもてりけり

『橙黄』

## 1、『橙黄』誕生まで

葛原妙子が葛原妙子として誕生したのはいつだったのか。この問いは二つの側面を持つ。一つはテーマの誕生を指し、もう一つにはそれを表現しうる方法や技巧の成立を指すだろう。この二つの側面は分かちがたく結びついている。だが、二つの成熟の時期がずれていることがある。葛原の場合がそうだった。昭和二十五年に刊行される第一歌集『橙黄』の誕生までに葛原は何度かの大きな転機を持っている。その最初の転機が昭和十九年の信州への疎開であろう。この疎開体験は主として生活者としての葛原の内的な意識の変革をもたらす要因の一つだった。しかし、この体験が作品に実るのは自らの言葉と方法を見出してからとなる。[注1]

この事については後に触れるが、ともあれ葛原にとってのテーマの誕生と自らの表現の誕生には時間差があった。自らの表現の確立、これは葛原が終生追い続けた悲願であったとも言えるが、とりわけこの疎開体験からそれが詠まれるまでの過程にはより濃厚に短歌との格闘が見えるのだ。疎開や敗戦はそれがどれほど痛切なものであれ生活史にすぎない。それが言語表現の変革に繋がるためには何が必要だったのだろう。葛原が自らの歌論を見出し、初期を代表する歌が生まれるまでの歩みを見てみたい。

葛原は、昭和二十四年に「女人短歌」に参加するまで活動の全てを所属していた「潮音」に依っている。昭和十四年四月、三十二歳で「潮音」に入会し、翌五月、次の二首を含む六首が四賀光子によって採られる。

二十日ぶり葉月青葉の湯の街に相見し夫は日焦けしませり
つゆ草のその露ほどの疑ひももたぬ我らとしみじみおもふ

この時点での葛原には後年の作風を偲ばせるようなものは全くない。別府での夫との再会が主題であり、素朴な信頼が素朴な手法で詠まれている。この二年後第二次大戦に突入し、三十六歳以上の戦争未亡人の再婚が禁止され、金歯に至るまで金の保有量を申告させるなどの厳しい生活統制が敷かれている。これらの統制は当然葛原の身辺にも及んだはずだが、歌からはそうした社会の空気も危機感も感じられない。

この頃の「潮音」の歌論は、主宰である太田水穂の論を受けて昭和十三年七月から五回にわたって四賀光子が書いた「潮音歌学の解説」に示されている。

我等は極めて平静なる思慮とまた極めて隠微なる直観とを以つて自然を浸してゐる生命の在所を見ようとした。その生命の意志を見ようとした。その意志の示す厳かなる目的——無上命法の目的を見ようとした。

「潮音」（昭和13年8月号）

潮音では写生を結局の目的とはしなかつたが、宇宙真理に悟入する最初の方法として相当に重要視した。

「潮音」（昭和13年10月号）

「潮音」は、当時方法論の主流であった写実主義から距離を置いていた。写実主義の明快さに対して、四賀の論は、極めて精神的側面が強調されたものだ。「物は主観の仮託にすぎず、主観を象《かたち》に表わすことが抒情詩の目的である」とする水穂の「日本的象徴」が説明されようとしている。この論を葛原が直接見ていたかどうかは分からないが、しかし、「潮音」で指導されていたであろうこうした歌論を新人の葛原が必死に学び取ろうとしたことは想像できる。そしてこの論が伝えようとする模糊とした日本的象徴のイメージは、葛原の方向性に無関係であったとは思われない。写生を入口としつつも、その奥にある「生命の在所」や「生命の意志」を呼び出す、というこの方法論は、少なくとも表層的な写生主義やリアリズムとは大きく方向を違える。こうした歌論の醸し出す雰囲気、導くものは葛原の最初の方向づけとなったのではないか。

眞日しづかに天心に燃え銀杏樹のいまか崩れむ鬱金を盛る　「潮音」(昭和15年1月号)

ぬば玉の黒布垂れてわが列車月夜の富士をそがひにし行く　同(昭和18年2月号)

炸裂の大き豫感をひそめつつ淺間素黝し月に聳ゆる　同(昭和18年10月号)

「鬱金」による壮麗な美しさ、富士を背景とした黒い列車の不安なイメージ、月夜の火山の不穏な美しさ、これらは、風景のさらにその奥に潜む何かを目指して描かれている。その結果内面の不安を反映してしまうのだ。こうした後年の葛原の文体の萌芽を窺わせる作品は、敗戦まで間歇的に見える。

注目したいのは、これらの歌が持つイメージの重たさである。「潮音」に入社して以来葛原にとって憧れの的であったといわれる先輩格にあたる倉地與年子が、「女とて生くるしるしのある世かもかく天皇にまつろひまつる」(昭和18年1月号)といったなめらかな歌によって時局の追随に流れる事があったのに対して、葛原は時局を視野に入れる余裕もなく、自分のイメージをいかに言葉にするかに賭けていた。「哨戒機音もどころに愛執のわが胸ゆれば生きむとぞおもふ」（昭和18年4月号）のような歌も散見されるものの、葛原の歌は全体として流麗には流れない。韻律にもイメージにも重たい渋滞を含んだ葛原の歌は、不器用であり、澱んで見える。葛原は「潮音」入会から敗戦に至るまでの長い期間をこのような習作期として過ごした。

戦争中の「潮音」は、歌論の高踏的雰囲気とは別に、戦局深まってゆく切実な現実と、「潮音」のめざす「日本的象徴」の理想とに引き裂かれていたと言っていいだろう。そしてその迷走のまま敗戦へと雪崩れてゆく。敗戦はどのように受け止められていたのだろうか。

四賀光子は昭和二十一年三月「潮音」誌上で、連合軍によってもたらされた「自由」について次のように戸惑いを語る。

当人来れりと喜んでよい筈のこの自由をどう処置してよいか戸惑ひしてゐる自分自身を誰もが見出してゐる現状である。否その喜びといふことすら発見し得ないほどに呆然としてゐる現状である

（「受くべきもの」）

この急激な社会の変動は、当然のことながら「潮音」の歌論を激しく揺さぶる。葛原はこの年五回にわたって「潮音花鳥譜」と題した短文を連載している。一頁の短文ではあるが、紙の不足していた当時の歌誌は薄く、文章の連載はそれだけで破格の扱いであったことが偲ばれる。同時にそれだけ「潮音」が葛原に大きな期待を寄せていた事が窺えるのだ。この冒頭で葛原は次のように記す。

花鳥風月を通じてここに天地の美妙相を観ずるといふことが潮音の歌作標準であるがこれこそ和歌の

大道であると信ずる。特に女性の身なるが故に、もろもろの花てふものの姿に心ひかれ、その姿におもひを致し、その個々のもつ性格をさぐつてみたいといふ切なる願ひをもつものである。

（昭和21年4月号）

この連載は花鳥風月に寄せた「潮音」の歌を鑑賞するもので、敗戦によって大きく揺らいだ「潮音」の歌論、「日本的象徴」を確認し再建する意図を葛原が背負っていた。伝統詩型の拠り所を花鳥風月の美学伝統に求める方向は、しかし、全体としていかにも古風であり、美意識に傾きすぎた感は否めない。衣食住いずれも切実に窮乏し、家族を失い、生死を彷徨う生活を送る者の数知れない社会で、この歌論が力を持てなかったことは容易に推察できる。この年、皇居の門を「朕はタラフク食ってるゾ。汝、人民飢えて死ね」とプラカードを掲げたデモ隊が潜るという、時代を象徴する出来事も起こっている。

このころの「潮音」の歌を見てみよう。

筆置きてしばしおもふよ散る花のこゝろといふは空にあるらし　葛原妙子（昭和21年6・7月号）

世は云はじ梅咲くかぎりうつし身や生きてをあらむ野末山陰　倉地與年子（昭和21年4月号）

玉章に封じて來にし南國の紅花椿心ときめく　井戸川美和子（昭和21年4月号）

流麗ではあるが空虚で力無い。花にこと寄せた心情は現実味を欠き、表層を撫でている。太田水穂は、「凡そ象徴の苦しみを経ない言葉ならべをしてゐたのでは芸術の夜明けは来ないと知るべし」（「象徴といふこと」昭和21年9月号）と戒めるが、水穂のかけ声も現実に対応しきれてはおらず、空転している。葛原自身にとっても花鳥風月を骨格とした旧来の歌論のみでは時代への手がかりは摑めなかった。
しかし、連載四回目での次のような発言には注目したい。
「桜のもつ性格が一たび、或衝撃のもとに平衡を失はれた場合は、如何なる現象を生ずるであらうか。そこには次の歌にみるが如く波瀾があり乱気があり、流転がある」として葛原は、同門で先輩にあたる倉地與年子の歌をとり上げる。葛原はこの頃しばしば「倉地さんくらいの歌を作りたい」と語っていたらしい。そして次のように語る。

風ふけばまん字に飛びてさくら花かつあららげしおもひ遂ぐがに
こゝで桜の個性が惜しみなく展開され且つ躍動する。見方によつてそれは煩悩、修羅の嵐であり、阿鼻の炎である。いはゞ桜はこの期に於て己れの命の峯を尽すのである。そしてこれらの場合、桜の美的性格はあく迄も暗きに傾くものである
（昭和21年8月号）

葛原は、敗戦直後の混乱の中でどのような言葉が力を持ちうるのかを手探りしていた。「或衝撃のもとに平衡を失はれた」桜とは伝統詩型そのものであり、また自らの言葉ではなかっただろうか。葛原は、伝統的美意識を引き寄せ再確認すると同時に、「煩悩」、「修羅」、「暗さ」、それらマイナスの要因に新しい創造の芽を見つつある。この歌論は後年の「再び女人の歌を閉塞するもの」（「短歌」昭和30年3月号）での発言に通うものがある。「戦後の女性の内部に、氏の見知らぬ乾燥した、又粘着した醜い情緒がある」という従来の女性像をはみ出す情緒を説いた発言と、端正をはみ出すところに桜の美は極まるとするこの見方は、大枠で志向を同じくする。

この激変の時期に葛原が拠ろうとした花鳥風月による象徴主義は、論よりも実作において試され、修正されざるをえなかった。

ふぶきくる淺間の雪を黑髮にみそぎのごとくわが浴びて立つ　（昭和21年1月号）
科學遂に神に歸す日のありやなし年ゆく空の富士の壯嚴　（昭和21年3月号）
記紀の世のをみなかあらじわが素足淺茅の泥を踏みて草摘む　（昭和21年8月号）

この時期の歌を追ってみると現実の切実さをいかに受けとめるかで葛原は苦労している。これらいずれの歌も、現実と古典的象徴的風景の組み合わせになっていることに注目したい。一首目は敗戦、二首目は原爆に対する問いである。三首目は山荘での逞しくあるほかない生活が歌われようとしている。いずれも重たい素材を「黒髪」や「富士」「草摘む」といった古典的歌語を合わせることで纏めようとしている。しかし奥行きに乏しく、現実への問いも言葉も深めきれてはいない。この頃までの葛原は、旧来の「潮音」の歌論に忠実な歌人であり、その歌論の及ぶ範囲で短歌の再生を考えていたらしい。

しかし、信州での疎開生活で葛原が自覚した「私」とは何かという切実な問いは、新しい方法なしには表現され得ないものであった。まだ言葉にならないものを求めて倉地與年子と競うように次のような歌が作られるようになる。

工場の巨き機構のなかにして一つ歯車火の曼珠沙華　倉地與年子「潮音」（昭和23年1・2月号）
曼珠沙華火の花々をふり撒けば蕃の重荷の置きどころなき　葛原妙子（同）

これは偶然なのか競合したのか、曼珠沙華が共に詠われている。成功しているとは言えないものの、積極的に現実の生活の場面が取り入れられ、曼珠沙華に新しい時代の抒情を盛る工夫の跡が見られる。こうした倉地との競合は、新しい時代の女の生き方を自覚させる最初のきっかけとなっていった。

秋風の桔梗かるかやあたらしきをんなのモラル尋ねつゝゆく　倉地與年子（昭和22年12月号）
ねがへれば又きこえくる纏綿の鐘よ足ら乳の母のおもひに　同（昭和23年3月号）
わが自我のさびしき炎鎖し込めむ氷の室あらばあらばよ月よ　葛原妙子（昭和23年3月号）
藝術は獨創の歪人間のかなしく崇き個我を湛ふる　同（昭和23年5月号）

この時期、倉地が葛原をリードしている。「あたらしきをんなのモラル」を倉地が問うたこの年、年表によれば八二二組の米兵との国際結婚があり、その翌年、最初の戦争花嫁が渡米している。敗戦は、既成の価値観がことごとく通用しない新しい時代であることを実感させた。倉地の二首目の母であることへの思いは、葛原が後に書くことになる、代表歌への影響を感じさせる。

奔馬ひとつ冬のかすみの奥に消ゆわれのみが纍々《るい》と子をもてりけり　「短歌研究」（昭和25年3月号）

「纏綿」と「纍々」の類似は言うまでもないが、発想として母であることの歴史的時間への内省が働いていることは注目に値する。背後には、戦前の「産めよ増やせよ」政策（昭和16年）が、「産むな殖やすな」

運動（昭和21年）へと転換されるという女を巡る環境の激変がある。母という観念もまた大いに揺れようとしていた。無意識に受け入れていた女であることの規範は信じるに足るものではなくなっていた。葛原は、倉地を強く意識しつつ新しい「モラル」として「自我」を探り当てていった。そして「藝術は獨創の盃」と宣言する時、葛原はまた一つの転機を迎えている。「獨創」、「個我」は、これまでの花鳥風月の可能性、つまりは伝統的な美意識の共同体を基盤としてきたこれまでの方向とは異なる、近代的自我の芸術への希望である。

そしてこの年、『橙黄』の代表歌の一つを含む次の一連が発表される。

十月の地軸しづかに枝撓む露の柘榴の實を引きてあり
秋の蜂柘榴をめぐり鋼鐵の匂ひを含むけさの空なり
とり落さば火焔とならむ掌のひとつざくろの重みにし耐ふ
ペガサス星座位置移りをり玻璃窓に額ふれて思ふ遠き距離なる

「潮音」（昭和23年12月号）

この一連にはこれまで葛原が執着してきた「日本的象徴」による「生命の在所」、「生命の意志」を探ろうとする歌論による修練と、「自我」を意識したことによる独創性の両方が生かされている。この時点で葛原は、蓄えてきた象徴の技法を生かしながら、柘榴に「個我」の熱い炎を見ている。柘榴を囲む世界がゆっくりと変化したのである。

ここまで急ぎ足で眺めてきたが、葛原のあの独特の文体がどのようにして築かれたのかを探るうえで、ことに敗戦から初期の代表作に至るまでの二、三年の期間はもう少し精細に検証する必要がある。

「潮音」社中でも「日本的象徴」の意味を葛原ほどわが歌と歌論に引きつけて考えようとした歌人はいなかった。それほど葛原の執着は深かった。例えば次のような歌である。

水皺かすかに池の面にあり銀杏樹のいまか崩れむ鬱金を盛る

「潮音」(昭和22年1・2月合併号)

この歌は、「潮音」に発表された後、そのままの形で昭和二十五年一月の短歌総合誌「日本短歌」に発表され、さらに『橙黄』に収められている。この「日本短歌」での発表は、葛原にとって初めての総合誌での発表の機会であり、相当の思い入れのある歌として並べたに違いない。最初にこの歌が作られたのは、花鳥風月歌についての理想を語った「潮音花鳥譜」の連載を終えようとする時期であり、葛原の考える「日本的象徴」の理想を背負った歌と考えていいだろう。全体に渋滞した重たい響きがあり、それがいまにも散ろうとする銀杏の黄葉の輝きに翳りを与えている。金泥を盛った日本画のような人工的な美しさであり、言葉が勝り、心を塗り込めてゆく。同時に表現レベルでは今ひとつ突き抜けない硬さを残している。器があってそれに相応しい心が備わっていないというのだろうか、大いに成功しているとは言えない。しかし、自らの美意識に向かって重ねられてゆく言葉の一つ一つには気迫が籠ってくる。

しかしこの時期、つまり敗戦から三、四年の間の葛原は自らの歌論をどのような方向に築くのかで根本的な迷いを抱えていた。詳細に歌を見てゆくと、異なる性質の歌が交互に発表されており、いずれの方向が時代と自分とに相応しいのかを探っているようなのだ。この時期、葛原の歌は大きく二つの性格に分けられる。

一つの方向は戦前からの歌論をなぞり深めようとする方向である。この方向に葛原はこだわっており、多くの歌が作られている。

葛の花うらめるごとく散りゆけばわがうすものの肩寒きかな
その一指われに觸るゝなかぎろひの春晝遲々と女體空なる
「潮音」（昭和21年10・11月号）

昏れ遲き牡丹に對ふひとゝきの女體の邃さおのれ知るなり
同（昭和23年6月号）

四賀光子の「潮音歌学の解説」（昭和13年5回連載）によれば、「潮音」では象徴に至るまでにいくつかの段階が設けられていた。入口に「写生写実」を設け、最終段階を「象徴」と「洒脱」としたが、その途中に「愛欲」があって、「初期的感性の現れ」として推奨されている。反写実を掲げた「潮音」にとって「愛欲」の表現は浪漫精神に通じる道だった。敗戦の痛手のなかで、今一度こうした方向を模索することは、人間の回復に通じる道として期待されたであろう。これらの歌もそうした歌論を追うものだと言っていい。和歌記号としての花や季節に拠りながら女の情念の型に深く入ろうとするこの方向は、しかし、思いは強いが空転している。戦後「作歌の気構えを確かにした」葛原にとって、女であることへのこだわりは自らの作歌意欲と重なりながら重要なテーマとなってきている。しかし、言葉として、表現として古いと同時に女性像として時代に合わず、敗戦後の混乱した現実や心情との距離はいかにも遠い。葛原はこの型のなかでもがいているように見える。葛原の追おうとした「日本的象徴」は、その歌論のなかに歌の型とともに形骸化した心の型をも引き連れていたのではなかったか。それが葛原の内面の動きと軋み始めているのである。

この当時の葛原の内面を偲ばせる印象的な一連がある。

わが水仕《すいじ》拙きままに日の暮れぬ月を泛べて釜一つあり
み瞳しづかに怒りをたたふ夜の壁にわが花鳥の想ひ凝りゆく
茶を汲まぬ妻をかたへに二十年いや澄む湖のごとく湛へます
わが自我のさびしき炎鎖し込めむ氷の室あらばあらばよ月よ

「潮音」(昭和23年3月号)

歌としてはどれも未熟であり未完成だが、葛原の「自我」の誕生に関わってこの一連に触れる必要があるだろう。全体として、期待される妻の像に嵌りきれない日常が語られる。「水仕《すいじ》拙」く、「茶を汲まぬ」妻であり、夫との齟齬を気にしつつ「花鳥」、すなわち歌への思いを濃くしているのである。葛原はこの頃から家族と歌を巡る葛藤を抱えてゆく。それは現実の葛原の家庭生活がどのようなものであったかというレベルとは別のところで、作家の「自我」の在り方に深く関わる。歌を詠むということ、表現者であるということは、良き妻であり母であり家庭人であることと対立すると葛原は感じ始めている。

敗戦を機に急速に入ってくる欧米の文化や情報に対して、日本の家庭婦人の立場は新しい時代にはほど遠い旧弊に閉ざされたものだった。多くの場合旧来の女性像の温存の場ともなった家庭への葛原の苛立ちだと考えることもできる。しかし葛原にとっては、そのような社会への目配りであるより多く、芽生えたばかりの「自我」が試される場としておのずと家庭は意識されたのではなかっただろうか。葛原は信州の疎開生活で得た自覚に「自我」という名を与え、それを育てるための跳躍台を必要としていた。それが家族であり家庭であった。

この時期の葛原は、歌論としては戦前からの「潮音」の論をなお追い、実生活では旧来の女性像を拒むというアンビバレントな立場に立っている。この圧力の高まりが切実に新しい言葉と表現とを欲している。またもう一つには『橙黄』に直接結びついてゆく、美意識や空想の飛躍のある歌である。

イブといふをとめのありしことすらや記憶にうすれゆく此のごろか
梟よかの月暗き思惟の森にまなこみはりて啼くにあるらし
梟よ原始の森に啼きし日の戀よ裸身の戀よこひしき
「潮音」(昭和23年7月号)

原始の森への空想や、イブの裸体から展開してゆく「裸身の戀」への憧れは、戦後の自由を葛原なりに消化しようとした痕跡として読まれうる。先の家庭での歌に比較すると発想に伸びやかさがある。イブの歌は後年キリスト教文化を多く素材としてゆく葛原が聖書の素材に触れた最も初期の歌であるが、なおごく軽いモチーフに過ぎない。これら三首は多少の改作を経て『橙黄』に収められている。こうした歌には想像力によって素材を押し広げ、自らの思いを展開してゆく葛原の方法の萌芽が見える。なお弱々しさを残しながら、こうした情緒はやはり葛原にとって新しいものだった。そしてそれは「イブ」という新鮮なモチーフなしには開かれないものだった。

こうした新しいモチーフの摂取は、旧来の歌と平行しながらこの頃から徐々に試みられてゆく。「潮音」でも会員らによる内外文化論がしきりに書かれる。昭和二十二年に「日本文化の位置」(安倍能成)が書かれ、日本が「文化的には孤立的地位に置かれ、いはゞ箱入娘であつたことは争へない事実である」とされる。それを受けるように、この年から「外国雑話」(勝山勝司)として欧米文化のディテールを紹介する連載が始まるなど積極的に海外の文化摂取が行われた。また、葛原自身も「自らの異文化」の扉を開こうとしていた。

ミッションスクール山羊を飼ひゐる若草の丘を上れば夏の海みゆ
六月よその修道女《しゆどうめ》の濯ぎ干す白布のひかりまなぶたに沁む
カソリック尼僧黒衣と對座するひとときわれの女性あらはなる

「潮音」(昭和23年8月号)

昭和二十四年長女葉子が聖心女子大に入学するのを機に受洗する。この出来事は葛原にとって衝撃であり、娘との間に文化対立を生んでゆく。この事は「七　キリスト教という視野」に詳述するが、ここでは、異文化として体験する教会の風景が詠まれ、憧れさえにじんでいる。「白布」や「若草」の眩しさを新鮮に感じている。記号としての「花鳥風月」から目を転じたところにあった眩しい異文化、そして黒衣の尼僧に向き合うとき、自らの「女性」があらためて意識されるのである。和歌の世界に培われてきた女性像とは全く異なる角度から唐突に自らの性が問われたのである。一、二首目はやはり多少の改作を経て『橙黄』に収められる。ことに三首目は連作として次のように展開されてゆく。

樫の扉《と》を重く閉ざせばゴブランの壁掛とわれと尼のみがあり
視線あひてしばし間のありわが鎧ふけふの母性よたぢろぐなかれ

この頃から葛原は、しきりに新しい素材を取り込むようになる。
しかし、こうした方法ではまだ信州での疎開生活で内的に経験したものは詠えなかった。『橙黄』あとがきには「昭和十九年の秋から翌終戦の二十年の秋迄、約一年間の疎開生活の記念として、『霧の花』が残された」と記されているが、疎開当時に葛原が疎開生活の連作を作ったとは考えにくい。

「潮音」に発表される歌の数も極端に減っていた時期でもあり、歌風も異なる。かりにノートのようなものが作られていたとしても、後に多くの手が施されたに違いない。[注1]

昭和二十四年二月号の「潮音」誌上で、葛原は「残された半身」と題する興味深い文章を書いている。「通勤の途上、超満員の電車の中であやふく押したふされさうになつた瞬間、辛うじて爪先で足場を探す」という生活の細部を詠んだ歌が話題となり、「今迄の我社の象徴」にとっての「残された半身」であり、「今後相当に重視されるべき」とされたと伝え聞く。葛原自身は、この歌がなぜ評価されるのかを理解出来なかったとして次のように記す。

果してさうした一見日常茶飯事的とみられやすい素材による抒情が、どの程度に買はれるべきかといふことと、それを通じてその背後に象徴される世界が、どのやうなスケールをもつものかといふ疑問が残つた。

花鳥風月に拠ってきた「潮音」の歌論が、よりリアルな生の現場に立った歌を「残された半身」と呼んで切実に必要としたことは容易に偲ばれる。葛原はこれに納得できず、学生に尋ねなどする。学生の懇切な解説によって一応の納得をするのだが、「言葉の選択、リズムの問題などが起る」として婉曲に保留の態度を取る。文章全体が不満げなのだ。葛原のこの頑固な態度は、後の歌論に結びつくものを秘めている。

一つには葛原がこれまで信奉してきた花鳥風月による象徴の道は、現実の猥雑を振り払い深めてゆく方向を取っていた。その詩的な純化の方向に反するのではないか、という気分がある。またもう一つには、葛原が戦後の生活の厳しさを知らず、それを切実なテーマとする必要を感じていなかったことも考えられる。例えば、葛原がライバルとして仰いでいた倉地與年子は、この頃次のような歌を詠んでいた。

おちてゆく木枯白し指針いま三千ボルトを指して動かず
亡き夫のちかひの金の指輪さへこの王水のなかに失せなむ
「潮音」(昭和23年1・2月号)

夫を亡くし、工場で働く日常が背景となっている。倉地はこの頃からこうした切実な現実を積極的に表現に取り入れてゆく。葛原にとっての日常は、外科医の夫、私立の女学校に通う子供に囲まれ、焼けずに残った家に住み続けるというものだった。当然敗戦の現実は葛原にとって遠いものであり、切実なテーマとはならなかった。こうした実生活は、葛原の歌の方向に大きく関わる。

目を転じてみると、この時期、短歌は戦後の伝統詩批判の渦中にある。第二芸術論に代表される戦後の短歌批判はさまざまな立場の主張や反省を含んでいた。「潮音」がまともに浴びたであろう批判の一つを挙げておく。

しかし現在の歌壇にはなほ封建的な宗匠主義と結社制度とが強固に残存してゐて、大衆の真の創造的意欲を萎縮せしめてゐる。そしてその内容に於ては狭隘な伝統主義に囚はれて生活的実感からは遠く、形式的には古語・雅語への愛着、擬古的定型への固執が甚だしい。そこでは感情の真実性が失はれ、固定した形式の束縛が生活的現実から遊離せしめてゐる
「人民短歌」(昭和21年創刊号　渡辺順三)

敗戦の失意と混乱、生活の困窮のなかで旧態のままの短歌に対してこのような批判が向けられても不思議ではなかった。そして葛原はまさに批判の対象となる方向で自らの歌を模索していたのである。しかし時代に逆行するかのような葛原の「日本的象徴」への執着は、やがて「日本的」を振り捨て、より普遍的な象徴の方向へと展開してゆく。直接に時代に対応するのではなく、象徴を潜ることによる可能性、葛原はそこを探ろうとしている。その大きなエネルギー源となったのが、これまで不問に付されてきた女の「自我」に関わる未知の文脈の存在である。

注1　藤田武は『橙黄』の中で疎開中の生活を背景とした「霧の花」の章が出版の年に当たる二十五年の夏に書かれたことを記している。
「疎開生活の記録的作品とされていた第一部『霧の花』の大半が、実は、昭和二十五年夏過ぎてからの一週間ほどの間の製作で、全体的に再構成され、逆に『橙黄』のなかの最も新しい部分であることは、従来見逃されていたことである」（「短歌研究」昭和55年10月号）

## 2、「女人短歌」創刊と『橙黄』誕生

敗戦は、角度を変えるときカルチャークライシスとしての側面を持つ。ことに戦時下での挙国体制から占領下の体制への劇的な移行は、国のシステムのみならず拠って立つ文化をも当然揺さぶった。第二芸術論もそのような流れを反映する議論の一つと位置づけられる。

第二次世界大戦の敗戦とともに現れたこの議論は、戦時下において体制の側に易々と流れ、戦意高揚のための作品を量産した短歌、俳句という定型詩の文学としての自立性と作者の精神性を問うものであった。代表的な論としては次のようなものがある。歌壇の閉鎖性を批判し近代詩としての自覚を促した小田切秀雄「歌の条件」(「人民短歌」昭和21年3月号)。開戦時と敗戦時に作られた歌が同じパターンで作られていることを指摘し、短歌自体が抒情の質を束縛しているとして短歌との決別を促した臼井吉見の「短歌への決別」(「展望」昭和21年5月号)。「がんらい複雑な近代精神は三十一字には入りきらぬものである」と主張した桑原武夫の「短歌の運命」(「八雲」昭和22年5月号)。「三十一文字音量感の底をながれている濡れた湿っぽいでれでれした詠嘆調」と短歌の抒情性を批判した小野十三郎の「奴隷の韻律」(「八雲」昭和23年1月号)。近代以来間歇的に出ていた短詩型文学の近代性を問う議論は、戦後、日本人批判、日本文化批判としての広がりをもちつつ激しい勢いで展開された。

しかし、一方で次のような事も考えられていい。すでに指摘されていることだが、この論議を概観してみると、女性からの発言がない。これに限らず当時の雑誌から女性の書き物を見つけるのは大変難しく第二芸術論の議論が結果として男性の作品を中心に男性の間のみでやりとりされたことは一つの特徴として考えられる。女性歌人達はその発言が表に出にくかったという以上に、この論議の流れとは別の所で時代の激動を受け止めていたのではないかと思われるのである。

内野光子は、『扉を開く女たち』のなかで、敗戦前後の女性歌人達の動向を次のように纏めている。

敗戦にいたる数年間の女性歌人たちは、男性歌人と比べると執筆の機会が少ないながらも、大いなる期待と役割が担わされ、みずからも大政翼賛的な活動に積極的にかかわっていった。にもかかわらず、そうした女性歌人達は、若干のパターンの違いや執筆頻度の差異はあるものの、ほとんどそのまま敗戦後の短歌再出発に立ち会い、敗戦後も間断なくごく自然にスムーズに活躍し始めたのである。戦時下の言動をみずから精算する志向も見えないまま、また、外圧としての他からの糾弾もほとんどなされることはなかった。

戦争責任を軸として見渡すならば、このような負の側面が見えてくる。そもそも一連の議論のなかに女性の発言がなく、責任を追及されないということは、問題にされていなかったとも言えるだろう。また、内野が書くとおり女性の自覚の薄さがそうさせた面もある。しかし、反面で「ごく自然にスムーズに」敗戦後を生き始めた女性達は、「国家の敗北」や「言論の変節」などというレベルで敗戦を意識していなかったかもしれない。時代の激変を、もっと卑近な個々のレベルで受け止めていたのではないか。

事実として、戦後の多くの女性達は寡婦となったり、失意の夫を支えながら物資の不足のなかで生活せねばならないという生活の困難に直面していた。敗戦後の女性達の歌の多くがそうした生活を主題にしている。それは物理的に否が応でも自立せざるを得ないという立場に立っていたということでもある。こうしたのっぴきならない現実生活からの要請は、一方ではより現実生活に即した主題を呼び寄せる契機となったが、もう一方では精神に及ぶ課題となり、私は誰か、という主体への問いとなって沁み広がっていった。ことに、いささかでも生活に余裕のある者にとっては新憲法による女性の人権の保障や、ようやく与えられた参政権に後押しされながら意識の改革を果たすチャンスであった。そのような女性達が活字に載らない水面下に少なからずあったと思われるのだ。

例えば「短歌研究」昭和二十二年三月号に掲載された安藤佐貴子の「女性詠」と題する三十七首詠はそ

のような兆しを見せている。

男性の恣意に縋りて生きしもの遊行婦・白拍子・大夫・公娼
夫を子を詔《のり》のまにまに死なしめて唯唯《いい》と言擧げせぬ日本女性
この國の女と生れし慘さは今より後に遺すべからず

この作品の掲載はいかにも突如、と言った印象であり、女性達に問いかけ自覚を促すべく詠み掛けられている。作品としては性急なプロパガンダの域を出ないものの、しかしこうした歌の背後に多くの女性達が女の生き方の模索を始めていたことが窺える。

このように戦後のメインストリームとなった議論から外れたところで女性達は時代の激変を生きようとしており、それは議論としてではなく、まず作者の主体に関わる問いとして個々の作者を訪れていたと考えるべきではなかろうか。そしてそれは旧来の規範の去った社会に明るく見通しのいい空き地のようなものを出現させ、戸惑いや困惑、そして新しい時代を励ます希望をも生んでいた。そこではまさに〈女という文化〉が問われ揺さぶられていたのである。

また、折口信夫の次のような発言もある。

今どうしても、歌の変はることが予期出来るとすれば、其は女性に期待する外ない。男の歌はもうアララギで尽きてゐるといふ気がする。（略）今は、客観的には女性的な文学は一往求められなくなつてゐて、もつと女の側から見た近代性が、出てくる余地があると思ふ。

（「短歌研究」昭和22年12月号）

こうした発言も女性という性とその文化を問う空気を強くあと押しした。葛原の「自我」へのこだわりや模索もその中に位置づけられよう。こうした中で、口火を切ったのが五島美代子であった。五島は「女の歌」という文章のなかで「女が女の歌を詠まうとする時は、『女形』の眞似をする『女優』の悲劇をくりかへさなければならなかつたのではないか」と、これまでの女性の作品を反省し、次のように述べる。

女の感傷とか甘えとか一口に片づけられてしまふものゝ中にも、よき感動の芽があり、男に學べない柔軟性がひそんでゐることさへあるのだから、女が女であることをもうはづかしがらない方がいい。誰にも遠慮なくのび〳〵と心の奥をうたひあげて、女である事にこだはつたり、しひて「女らしく」見られようとしたりする「女くささ」から脱けださなければいけない。

（「短歌研究」昭和23年1月号）

五島はここで、古い女性像から抜け出したところに女の創造の可能性を見出そうとしている。この発想の是非についてはのちに議論を産んでゆくのだが、ともあれ女であることは新しい社会のなかで積極的に生かしうる文脈を秘めている、と女自身によって宣言されたことの意味は少なくない。男の眼に映る女を演ずるのでなく、それぞれの内に眠っているものを大らかに詠おうという誘いは、女性の手による新しい文学を励ますものであった。

こうした動きが自ずと一つの形となる。昭和二十四年九月、北見志保子、五島美代子、阿部静枝、川上小夜子らが中心となって「女人短歌」が創刊される。そこに掲げられた「女人短歌宣言」にも五島の文章の基本的な方向性は汲み取られている。

・短歌創作の中に人間性を探求し、女性の自由と文化を確立しよう
・女性の裡にある特質を生かして、[注1]新鮮で豊潤な歌をつくらう
・伝統と歴史の中に生きてゐる女性美に、新時代性を積み重ねて成長しよう
・同時代の女性歌人の相互研鑽と新人の発見に努めよう

葛原はこの創刊号にエッセイ「アカシアの花」と、短歌六首をもって参加している。葛原にとって女人短歌への参加ははじめての本格的な「潮音」外での活動であり大きな転機となる出来事となった。歌は「潮音」（昭和23年8月号）に発表したミッションスクールを題材としたものに新作三首を加えての発表となっている。うち新作一首を見てみよう。

その背に圓光を負ふがねたましくマリヤの像は高くかかりぬ

ここでは新しい風俗としてのミッションスクールではなく、「ねたましく」と踏み込んで西欧の母の象徴に直面しようとする視線がある。エッセイではかねてから自らの裡に燻っていた思いを綴る。家庭での妻や母としての役割と自らが軋みはじめた日常を語った後、次のように述べる。

人が己の開花に生命をかけて悔いない情熱を持つて生まれついてゐる場合、その周囲の者がそれを生かす為に少からぬ犠牲を蒙ることは間々あり得る。併しそれらの犠牲の強要はそれにふさはしい秀れ

た『創造性』を持つた天才だけにゆるされてよい。

葛原はこのあと「自分は天才ではない」と言い添えるのだが、歌に賭ける心もちと自負はこの時あきらかだ。また同時に自分が直面している課題、女性をとり囲む古い制度と新しい意欲との摩擦をこの新しい場で葛原ははっきりと自覚しはじめたのではないか。

しかし、女性達の意欲を集めた「女人短歌」の活動も当初から成果を見たわけではない。強い批判が寄せられたのを受けて翌年四月号の「短歌研究」に生方たつゑが書いた「女流歌壇と洗練」を見るとその批判の大方が想像できる。

一つのものへの感情蓄積が充分に行はれないで、不消化のままで吐出されてしまふやうなサッカリンのやうな甘さ、末梢神経的な甘さでは困りものだ。女性は特に感性が鋭敏であり随つて感動のままに支柱のない流れ方をする危なさをよく自身が知つて置かねばならないと思ふ。溺れるやうな感情を持つてゐて、いつでも溺れない主観が欲しいのである。

生方はこのように述べ、「井戸端会議的短歌や、お嬢様や奥様のおたしなみ程度の短歌に安住することなく、人間性に根ざした、短歌への本質的な掘り下げをのぞんでゆき度いと思ふ」と結んだ。ここからは、女性の意欲を結集して開かれた場がなお充分な内容を伴っていないと評価されたことが透けて見える。作品に全く見るべきものがなかったかというと必ずしもそうではないのだが、女性が集まったということのセンセーショナルさが評者にも先行した趣が強い。しかしこうした批判は、女性達が戦後の表現の土俵に本格的に参加してゆくために一度は潜る必要があっただろう。少なくとも葛原にとってはもっとも良い研鑽の機会となった。

葛原を特徴づけているのは、彼女があくまでも生活の現場と具体を志向しなかったことだ。それはこれまでにも述べているように、生活を切実な主題とするよりもっとブッキッシュに新しい女性像を求めうるような生活の余裕があったこともある。新しい現実や生活のリアリティを取り入れようとする議論に対して葛原が見せた「残された半身」(「潮音」昭和24年2月号)での逡巡は、一方では旧来の象徴論への拘泥であったが、もう一面ではそのようなリアリズムの直な摂取は表層的な変革にとどまるのではないかという疑問を含み持っていた。彼女の頑固さは、戦時体制から戦後思想へと主題を横滑りさせることによって歌の現代性をごく浅いところで確保することの危うさを突いていた。葛原は現実や生活の主題に触発されつつも、文体の創出により多くのエネルギーを注いでいた。その事が葛原の特異な文体の成立に深く関わっている。

一見素朴な体験告白に読める信州への疎開体験も、そうした方法的な模索をしつつ、自らの体験を振り返り詠んだ一連であったと言うことが出来る。葛原は新しい主題には新しい文体が必要であることを痛感していたのである。

「女人短歌」への参加を経て昭和二十五年には葛原の文体への意識はそのアウトラインが出来上がりつつあった。それが窺える発言があるので抜き出しておきたい。作品批評のための座談会であり、葛原の発言だけを抜き出すのは正確さを欠くかもしれないが、概観することで見えてくるものもある。

○木俣修の歌「この友も孤独なるべしいくつかの痴話もつことを酔へば誇りて」に対して大方が賛意を表したのに対して。「大体この作者の歌は存外感傷性が強いと思ひます」　(「女人短歌」昭和25年3月号)

○佐藤佐太郎に対して。「氏は心象を生で露出することを好まぬ作者らしい。形にならぬもやもやした心象をも感覚でキャッチし表現出来る人。この一連平明だけれど、氏の優れた作品には常識的、範疇的でない詩があつて好きです。かういふ素質はやはり大切にされなくては」（同）

○潮音歌友の作品に対して。「この歌、かなり字余りです。それも意識せず自らかうなつたのでせう。近代的なものを表現する際、おのづからにしてなる字餘りは許してよいでせう」（「潮音」昭和25年8月号）

ここから見えるのは、葛原の文体の特色となるいくつかのポイントである。「感傷性」を排し、「形にならぬもやもやした心象をも感覚でキャッチ」して「常識的、範疇的でない詩」を目指す。その際の「字余りは許してよい」とする。この時点で葛原は自分の目指すべき歌をはっきりと意識している。既成の女性の型をどのように抜けてゆくのか、主題として女性達の議論があるなかで、葛原は文体の問題としてそれを受け止めていた。運動としての「女人短歌」に内容が問われようとしていた時、葛原のこの文体への拘りはかなり重要なものだったのではないか。

昭和二十五年葛原は二度の総合誌への発表の機会を得る。

カルキの香けさしるくたつ秋の水に一房の葡萄わがしづめたり
正倉院展ある博物館前に停めてあるJapan Occupation A.1の自動車《くるま》
熱ばみし掌《たなうら》にふれしひとふさのぶだうをむさぼりやがてふかぶかとねむる
（「日本短歌」1月号）

「醞醸」十五首中より。全体に生活の背景が捨象され、部分が強調されている。どのような生活のどのような場面の感慨なのかといった読み方を拒む緊張感があって、葡萄が持つ存在感と、葛原の呼吸とが出会う瞬間が象徴化されようとしている。二首目の占領軍の車の歌でも、ここから当時の社会についての物思いはいくらも引き出せそうだが、葛原はあえてそれを拒み、「Japan Occupation A.1」と「正倉院展」との強烈な対比だけを引き出す。詩的な緊張感ある空間ができつつあることがわかる。

またもう一つの連作「冬菜」十五首より。

奔馬ひとつ冬のかすみの奥に消ゆわれのみが纍々と子をもてりけり

をみな孤りものを遂げむとする慾のきりきりとかなしかなしくて身悶ゆ

わがうたにわれの紋章のいまだあらずたそがれのごとくかなしみきたる

（「短歌研究」昭和25年3月号）

この一連では培ってきた文体と抱えてきた主題との充実した出会いが果たされていると言えよう。子を持つことの哀しみは、疾駆するサラブレッドの姿によって引き出され、その幻想性、象徴性によって母である自らの姿が陰画となってたち現われるのだ。二首目にはより直接に女であることへの「身悶ゆ」るような問いが表われる。そして三首目。花鳥風月に依るのではない自我の詩への渇望は明らかだ。葛原が想う詩歌の理想は、これまでとは比較にならないほど高くなり、それゆえ「われの紋章」はいっそう手の届かないものとしてかなしい遙けさに退くのである。この時点で葛原はあきらかに以前とは異なる歌論を手に入れている。

この年十二月、「橙黄」が刊行される。

『橙黄』とはどのような歌集なのだろうか？　ごく一般的には、後年の方法的成熟へ至る助走の歌集、名歌もあるが生活的背景を縦糸とする従来の方法に拠った、全体として素朴な歌集として位置づけられてきたのではなかったろうか。少なくとも、例えば近藤芳美の『早春歌』や『埃吹く街』が戦後を象徴したように『橙黃』が象徴的な役割を担うことはなかったし、『乳房喪失』で中城ふみ子が登場したときのようなセンセーショナルな話題をもったわけでもない。いくつかの突出した代表歌が拾い読みされることで全体の印象はいっそう模糊としたものでありつづけた。しかし、例えば短歌にとって戦前戦後という節目がどのようなものだったのかという視点を設けるとき、また、ことにも女性にとってそれがどのような意味をもつのかという視点を設けるとき、『橙黃』のもつ意味は少なくない。

わがうたにわれの紋章のいまだあらずたそがれのごとくかなしみきたる

例えば葛原の代表歌の一つであるこの歌をどう読むべきだろうか。塚本邦雄は「『いまだあらず』とは、むしろ、既にあらうとしつつ、形をなさず、自己確認をためらふいらだちではなかつたらうか」とし、「『われの紋章のいまだあらず』こそ、妙子紋章の第一頁に、心ある人の目にのみ映ずるやうに置かれた『無紋』と呼ぶ紋章であつた」(『百珠百華』)とする。また、稲葉京子は「『わがうたにわれの紋章のいまだあらず」と歌い上げた一瞬に、葛原は自分自身の紋章を得たといっていいだろう」(『葛原妙子』)とする。いずれの解釈も魅力的であり、葛原の芸術魂に迫って「紋章」の意味を証している。確かに葛原はこの時自らの目指すべき歌の理想の遙かさに憧れ、かつ胸痛め、それゆえの焦燥と闘っていたのだ。そして葛原の生涯を思うとき、自ら「紋章」を手に入れたと満足することはなかったであろう言葉の求道者であった人の、険しい旅の入口に立つ記念碑にも思える。

しかし一方で私はこの歌のこうした読まれ方にある物足りなさを感じ続けている。それは解釈としての不足というものではなく、読まれ方の角度に関わる。これらの読まれ方は、葛原の人生の歩みを縦糸として前提し、歌人としての覚悟、言挙げとして解釈している。それゆえ最も素朴に読まれる場合、自らの歌の未完成への嘆きとして矮小化されかねない。しかしこの歌から私たちが受けるインパクトはもっと強く鮮烈で、葛原の人生の時間軸を飛び越える力を持っている。もしここに戦後というより大きな時代の軸を付け加えるなら、この歌は一回りサイズの大きな普遍性を獲得するのではないか、ということなのだ。

葛原が「われの紋章」を求めたとき、その遠景には戦時下の体制の中で量産された「無数の眉目なく姿のない」歌が亡霊のように漂っていた。そして戦後においては既成の表現のなかで育まれ、既成の生の規範の海に呑み込まれそうになりつつ明滅している短歌があった。これまでに見てきたように、葛原はそうした表現と女性像との格闘を自らの戦後とし、文体獲得への闘いとしていった。それゆえ、葛原が求めた「紋章」とは、孤独な表現者の未完成の嘆きに止まらず、戦後の短歌の運命と行方とを賭けた言挙げとして読まれてもいいのではないか。それは、より内向的に突き詰められ、表面的には分かりにくいものである。例えば次のような歌とは全く異なる方向を秘めていた。

世をあげし思想の中にまもり来て今こそ戦争を憎む心よ　　近藤芳美『埃吹く街』昭和23年

誤解を恐れず言えば、この歌は戦後を象徴する「制服的歌」[注2]の要素をもっている。戦時中こぞって詠まれた戦意昂揚歌が戦時という制服を着ていたとするなら、この歌は、戦後を覆った気分という制服をまとっている。この歌の明快さは、それゆえエポックメーキングたり得たと言ってもいいだろう。しかし葛原が立ち上げようとしていたもの、自らの「紋章」としようとしていたものはもっと底深くくぐもってにわかには輪郭を持たないものだった。だが、それゆえいっそう深い普遍性を相手にしてもいた。

あまり話題になることはないが、『橙黄』のなかに戦犯を詠った歌がある。「烈霜」一連より。「巣鴨収容所に面會にゆく家族の寫眞頻りに掲《の》りて朝の霜鋭《と》し」に続いて

立派さを死にゆく人に期待して大方のこころやすらぐらしき

と詠まれる。この歌では視線は戦犯そのものよりそれを見守る群衆に注がれている。「立派」であるために死ぬ者と、その立派さに「期待」する群衆。そのどちらにも空虚な何かがある。「立派」な死という虚構によって「やすらぐ」人々の心、それを見る眼は戦後の性質、ひいては人々の心の闇を言い当てて辛辣である。戦争が終わり、直ちに「正しい」戦後が始まる、その深い溝に隠された真実の一つをこの歌は見届けようとしている。ここには葛原が激変の時代を通じて手に入れた独特な視線がある。それがもっとも明瞭な形で告げられているのが次の歌だろう。

水かぎろひしづかに立てば依らむものこの世にひとつなしと知るべし

浅間山麓への疎開が舞台となった一連に置かれたこの歌は、疎開当時にではなく、おそらく『橙黄』刊行直前に製作されている。ここには、戦争、敗戦、戦後という時代の激変のなかから葛原が得た、何ものをも頼まぬ精神が告白されている。葛原は疎開体験を歌った一連を製作する際、自らの体験のもつ意味を

その時点で消化出来る限り消化し、「依らむものこの世に一つなし」という覚悟に至る。浅間山への疎開は、時代の渦から身を離し、そのような孤独な位置から世界を見るための場となったと考えられるのだ。それは後年葛原自身によって次のように語られる。

信濃の火山浅間山麓はわれわれの隠れ里ともいうべきであって、そこは木の葉同様の国内亡命者達の吹き溜りであり、一切の生命威嚇の介入のない真空地帯であったのである。

『孤宴』（執筆年不明）

「国内亡命者」という言葉は葛原のみのものではない。戦中戦後、いく人かの創作者がそのような位置で自らの言葉を守ろうとした。葛原は自らの疎開体験をこのように命名し、より自覚的に「国内亡命者」に連なろうとする。疎開当時からエッセイが書かれるまでの間に、疎開体験は何度もその意味を反芻され続けたにちがいない。そして、『橙黄』編纂のとき、他に頼む者のない孤独が自らの戦後を支えることが予感されたのではなかっただろうか。

草枯るる秋高原のしづけさに火を噴く山のひとつ立ちたる

「昭和十九年秋、單身三兒を伴ひ淺間山麓沓掛に疎開、防寒、食料に全く自信なし」という詞書きとともに据えられた『橙黄』の巻頭歌は、体験を元にした連作の始まりに見える。しかしよく読むとこの自然詠は『橙黄』の性格を伝えるために緻密に計算されたものになっている。一見静寂な秋の風景だが、下の句には、くぐもるエネルギーを湛えてこれから始まる大事を待っている火山の不穏な静けさが感じられる。

事実浅間山はしばしば噴火しており、葛原は火を噴く山の姿を常に平静の山の裡に見ている。その噴火と自らの内にくぐもる何かは自然と重ねられたのではなかったか。その象徴的な場である浅間山麓を自らの歌の出発の地としたとき、戦後を生きる糸口が見出されたのだ。

今一度読んでみよう。

奔馬ひとつ冬のかすみの奥に消ゆわれのみが纍々と子をもてりけり

「纍々と子をも」つということ、産み継いでゆくことがこのように見えるためには、「われのみ」の視点が絶対に必要だった。人間であること、女であることは、そこに埋もれていては見えない。その普遍から身を引き抜くように孤独な視点を得たとき、葛原には産み継ぐという当たり前に宿る悠久の悲哀と時間の累積が見えた。「奔馬」とはこの時葛原が得た孤独の表象であり、自らを映す鏡である。「われのみ」には「われの紋章」の「われ」と同じような誇りに支えられた孤独な視点が用意されている。この歌を得たとき、葛原は生のさまざまを孤独の鏡に映すという方法を自らのものにした。

とり落さば火焰となならむてのひらのひとつ柘榴の重みにし耐ふ

女孤りものを遂げむとする慾のきりきりとかなしかなしくて身悶ゆ

『橙黄』を代表するこれらの歌のどこにも「われ」であることの誇りと孤独とが反映している。「ひとつ」や「孤り」、『橙黄』の特色の一つにはこのような孤独の視点の確認が挙げられる。それは決して自閉的な小さな個人の孤独ではなく、より鋭く時代を見、その奥で起ころうとしていることを感知するために葛原の足場となっていった。

こうした文学的「孤」の立場は、文体にも反映されている。葛原の文体の特色である破調は、戦前より間歇的に現れるが、戦後、ことに『橙黄』編纂の頃にはより自覚的に試みられるようになる。

アンデルセンのその薄ら氷《ひ》に似し童話抱きつつひと夜ねむりに落ちむとす
熱ばみしたならうらに觸れしひと房のぶだうをむさぼりやがてふかぶかとねむる
青きぶだう、黒きぶだうと重ね賣る濁水に洗はれし町角にして
掌《て》にのせて昊れたるだりやひややかにしかもくれなゐのしたたかの量感《ボリウム》

これらの歌からは、破調ゆえの重量や不安定が感じられる。厚ぼったく、不器用で小暗く、心を溢れてくるもの。またそのエネルギーのゆえに、周囲にもたらす緊張感のようなもの。それを葛原は充分に意識している。どの素材もこの世に投げ出されたように不安定であり、その不安定から字余りの濃密な緊張感が迫り出してくる。すでに触れた「ソ聯參戰の二日ののちに夫が昊れしスコポラミン一〇C・Cの致死量」などは典型的に字余りの不安定感が不安に結びついた歌だと言えよう。

一方で、熱く、また他方で金属質の冷たさを感じさせる葛原の字余りの余韻は、従来の言葉繋がりによっては引き出すことの出来なかった物や事柄の質感を引き出している。こうした形のない、言い遂げることの出来ないものは、定型を自覚的にはみ出した音韻によって、感覚として伝えるほかないものだった。つまり、葛原は短歌という器そのものを内側から歪め変形し広げるという困難な仕事に取りかかろうとし

ていたのだ。

今一度問うてみたい。『橙黄』は素朴な歌集だろうか？　後年の葛原の作品群に置くとき、その比較からしばしば方法的未熟が語られる。その視点からは、『橙黄』が残している生活背景の具体、日常の手触りは未完成の印とされる。しかし、戦後という観点から見るとき、時代の激変をどのように受け止め、内面化するのかという葛藤、その独自性において『橙黄』は重要な歌集として扱われてもいいのではないか。女であること、母であること、その現場の感触が言葉に付き添っていることによって葛原の言葉は孤立しない。そして根が深く古びないのだ。敗戦による価値観の激変や、既存の文化への疑いから自らの視点を探り当て、同時にそれを文体の創造に結びつけようとした点で葛原は同時代の中でも独自である。『橙黄』は戦後の価値観からの光と、葬り去られた時代の闇からもたらされる不安の両方を見ている。その根底に女であるとはどういうことかという問いの覚醒があったとは言えまいか。

注1『扉を開く女たち』「女人短歌会」（阿木津英）ではこの部分を巡る議論を詳述している。葛原も「女性の特質」への反発を書くが、それは『橙黄』刊行後のことであり、歌集刊行後の批評の影響を受けていると思われる。

注2　戦時体制の中での歌の画一的傾向について斎藤茂吉は次のように述べる。「そして実際歌壇は武装した。しかしその武装は一様の武装で、千差万別各人格別といふわけには行かなかつた。なぜかといふに、事実が一つで、それを報道する新聞などの文章もまた一つだからである。その一つの材料に数千の歌人、数万の歌人が寄つてたかつて作歌するのであるから、いきほひ、一つの材料だけの歌に終始し、単調にならざることを得ぬ運命になつた。私はさういふ歌に、『制服的歌（ユニフォームてきうた）』といふ名を附けて、みづからを慰めた。」（「アララギ」（昭和17年5月号））

## 3、『橙黄』への批評

昭和二十五年十二月、『橙黄』が出版されたときの主な批評をまとめると次のようになる。

・昭和二十六年「潮音」二月号高尾亮一（1p）、赤松秀雄（2p）、松井英子（2p）ら、「潮音」同人による批評特集

・昭和二十六年四月「女人短歌」七号、宮柊二（2p）による書簡形式の書評

・昭和二十六年「潮音」四月号、フランス文学者渡邊一夫（2p）寄稿のエッセイ

・昭和二十六年六月「短歌雑誌」六月号、生方たつゑ（1p）による書評

当時定期的に刊行されている総合誌としては「短歌研究」「日本短歌」「短歌雑誌」の三誌しかない。「潮音」「女人短歌」という葛原が所属していた歌誌を除けば、「短歌雑誌」において生方が取り上げた批評が総合誌での唯一の反響であったということになる。しかし、女性歌人への扱いとして特別葛原が恵まれていなかったとは言えない。むしろその批評の内容を見てゆくと当時において葛原のデビューはまずまずの反響をもたらし、強い批判と強い肯定との両論において充実したものであったことがわかる。

特に「潮音」社中での期待は大きく、誌上での批評特集も三人が書いている。通常の「潮音」での書評は一人なので、異例の扱いと言えよう。二月の批評特集に続いて四月、フランス文学者である渡邊一夫から批評が寄せられている。また昭和二十七年に書かれた「潮音」第七回大会記念号の年表では昭和二十五年の欄に「この前後より四本堯政[注1]・葛原妙子等の新スタイル漸次注目を引く」と記されるなど、戦後の方

向を探っていた「潮音」の期待の大きさが窺える。

まず、高尾亮一は「半襟の柄をえらぶやうに好みにあつた風景だけを拾ひあげて自らの世界を構成してゐる」と葛原の素材選びの片寄りを批判、「作者の作品に『紋章』がさだかでないとしたら、それは作者が自ら綴りあつめるもろもろの美を支へてゐる、もうひとつ次元の深い奥のものをまだ探しあてゝゐないからであらう」と、ともすれば素材の好みに走り過ぎる傾向を厳しく批判した。こうした葛原の傾向、強い美意識からくる素材選びへの危惧は、当時潮音社内で注目され始めていた松井英子からも出される。松井は「短歌的抒情の世界の歌ひ得なかつた知性と感覚をもつて、四十年代の女性の生の悩みを、極めて克明に心憎いまでに歌つてゐる」と疎開中の歌を評価する一方、「氏の作品が環境を無視しては論ぜられない程、今日の社会に於て恵まれた特殊な生活を営み得る境涯に氏があるからである」と、葛原の置かれた環境が「特殊」と言えるほど恵まれたものであり、葛原の好みや美意識がそうした環境によって選ばれ囲われていることを指摘。さらに「真に人間としての苦しみを苦しみ、表現にのみとらはれ過ぎることなく真実なるものをなほ多くこの世に残されむことを切に祈る」と結んだ。葛原が『橙黄』において開こうとした世界、ことに西欧趣味の生活の片鱗、キリスト教文化への傾斜などは、当時の一般的な社会の状況から遥かに遊離した世界であった。この松井の感想は、高尾の批評と併せておそらく当時の一般的な読み手の反応を代表していると考えていい。

このころの日本は、急速に復興が進む一方で、各家庭レベルではまだ相当に貧しく、年間五千人もの子供が特殊飲食店に売られるという人身売買が問題となる現実さえあった。また昭和二十五年の国勢調査では、母子家庭が百八十万世帯にのぼっている。そうした状況に葛原の歌、例えば次のような歌を重ねてみる。

チェッコのグラス鮮烈に冷ゆ一束ね焰を噴けるだりやのかたへ
なにかながきひと生を意識《よ》すとなりびとがテムポの遲きオルガンを彈く
もつこ置きて乳房含ませゐるひとよ思惟によごれし瞳をもたず

これらの歌は、葛原の表現意識の色濃い作品であることがわかる。「チェッコのグラス」と「だりや」の取り合わせにも、それぞれの持つ質感がぶつかり、激しい筆遣いの静物画のような気迫が生まれているし、「テムポの遅きオルガン」にもオルガンの音色が生む時間の質感が描かれようとしている。しかし、こうした素材が垣間見せる作者の生活やその気分は当時の多くの人々が置かれていた状況と遠く遊離している。

焼け跡のバラックに棲み、仕事を得ることや日々の食料を調達することに追われる人々にとって「チェッコのグラス」の置かれた食卓や、日常的におっとりとした「オルガン」の音色を聞くような生活は遙かに遠いものであったろう。恵まれ囲われた世界で「半襟の柄をえらぶやうに好みにあつた風景だけを拾ひあげ」たと評されても仕方のない状況であった。

多くの読み手は葛原の創作意識に到達する以前に、こうした美意識や好みによって弾き出されてしまったであろう。また、葛原自身も自らの立場への自覚が薄く、三首めに見えるような意識を抱え込んでいた。「もつこ」を担ぐような激しい肉体労働をしつつ乳飲み子を育てる若い母親。そのような厳しい現実を「思惟によごれし瞳をもたず」と見る。この歌には葛原の知性を得ようとする欲望が反映し、その反対の生に対する憧れが詠まれようとしている。しかし当時圧倒的多数であった厳しい生活の渦中ある女性たちとの距離感は紛れもなく、この若い母親への視線には葛原の優越感がはからずも滲んでしまっている。まして餓死の危機と戦うような女の立場で世の中を見ることなどできようはずもなかった。こうした要素が「真に人間としての苦しみを苦し」めという批評へと繫がってゆくのである。
しかし、一方で確実に葛原の可能性を感じ取り、方法意識を読みとっていた人々もいた。「潮音」内での葛原のよき理解者であった赤松秀雄は、次のように記す。

全巻を貫くものは、専ら芸術家として成長せんとする作者のあがきである。そこにあるものは単なる生活の苦しみではなくて、創る者としての生命の苦難である。成る程「霧の花」の巻は一人の自我を自覚した者が、而も女人が戦争と闘つて生き抜いた記録としても興味がある。併し戦争は結局精神の空白の外の何者でもなかつたであらう

この赤松の批評には重要な論点が見える。疎開生活を主題とした「霧の花」部分を、生活との戦いの切実さのゆえに読み、評価するだけでなく、そこに「自我を自覚した者」を見る。また、「創る者としての生命の苦難」とは、これまでに論じてきた葛原の方法との格闘、文体獲得の闘いを指している。
こうした表現意識を読みとったのは宮柊二も同様であった。昭和二十六年四月の「女人短歌」七号に次のような言葉を寄せている。

ややゝ、省略が飛躍してゐて、言葉が部分的に美しく走りすぎてゐて、背後を空にしてゐるやうなおもひも致します。斯うした例を擧げれば他にも表現意志の不透明、不備なものがあります。けれど、さうした不備に拘らず、それが却つて、時代の詩解釈法を乗り超へやうとしてゐる焦慮、情熱をさへ窺はせるやうなところがあつて不思議です。

宮柊二は美意識ゆえに素材に走りすぎる傾向を高尾同様批判しつつ、しかし同時に「時代の詩解釈法を乗り超へやうとしてゐる焦慮、情熱」を読む。なにか新しいものが生まれようと蠢きもがいている、ということを宮は確実に感じ取っていた。それゆえ、「一巻に生活詠や時代詠のない」ことに触れて、「むしろ生活や時代を云々する批評に漂ひ寄らうとする妥協感を拒んでゐる貴女の口ごもり、と言つたふうに同情的に感じてゐるかも知れません」とも述べるのである。

『橙黄』の批評が書かれた昭和二十六年は、「戦後の社会が暗転する。おのずから戦後短歌の徹底的な見直しと整理がおこなわれる」（『現代短歌史I』篠弘）年となる。戦後を一途に走ってきた人民短歌運動や、新歌人集団の運動が、朝鮮戦争の勃発やレッドパージ、サンフランシスコ講和条約などの社会的出来事を背景に沈滞してゆく気分が漂い始めていた。運動ではなく個々のうちに育てられた方法が求められる時期にさしかかっていたのだ。

宮柊二によるこの書簡形式の文章全体には戸惑いと危ぶむような調子も漂っていることは否めない。だが同時に、この歌集が時代が求める新しい何かを抱えていることも見抜いていた。また、生方たつゑも同様に、「かけ引きなしで言へば橙黄の作者には危ふさがある。しかしその危うさをカバーする敏俊な感覚とたくましい対象把握とがある」と、文体の未完成を危ぶみつつ葛原の素質に期待を寄せている。

さらに同年の「潮音」四月号ではフランス文学研究者である渡邊一夫が自らの和歌体験の告白という形で『橙黄』との出会いを綴っている。渡邊は自身が短歌から離れていった経緯を記しつつ、

和歌がこのやうな方向にも行けるものならば、何も桑原武夫氏に倣つて『第二藝術』だなどと呼ばは

ることもなささうだと思ふやうになりました

と『橙黄』が第二芸術論の批判にも応えうるものだという視点をだす。そして「あの一冊の歌集が一つのまとまつた詩になつてゐて、ある時代に苦しく生きた作者の心で貫かれた叙事詩にもなつてゐる」と、葛原の短歌が旧態依然とした和歌ではなく、詩としての新しさを持っていることを強調した。この渡邊の寄稿は葛原が請うたものである可能性もあるが、全体に流れている雰囲気は誠実で、作品への感想は心からのものであると感じられる。

しかしながら、こうした一部の人々によって感じ取られた葛原の方法の新しさは広く認められていたわけではない。一面では素材主義的な未熟さを抱え、また一面では一般的な生活感から遊離した恵まれた生活であったことが原因と考えられるが、もう一つの状況として、葛原が属していた「女人短歌」への反発も背景として働いていた。

同年の「短歌研究」三月号での匿名時評では「女人短歌」が俎上に載っている。曰く、「はつたりはがらの悪い男だけが使ふ道具だとばかり思つてゐたら、女も特に程度の低いやからは其れをやすやす使つてのけるのには驚いた」また、「真の意味での女性の文化といふのは、家庭生活一般に於ける文化であつて、年がら年ぢゆう外を飛び跳ねて歌の話をすることでは断じてない」。これらは匿名の無責任さによる放言であるが、それだけに世間一般になお流通している女流に対する感覚を代表してもいる。この時評では葛原の「女人短歌」掲載歌「耳孔にさわだつ風黄ばみつつ人も草も粛々冬に入らむ身構へ」も取り上げ、「身構へたり鞭聲粛々だつたり川中島の合戦ぢやないんだから、つまらぬこけおどしは止した方がいい。こんなのを新鮮だとか、詩だとか言ふならもう短歌なんか止しちまつた方がいい」と切り捨てる。葛原が開こうとした文体はなお「こけおどし」とさえ受け取られかねないような、方法への意識が先行したものでもあった。

注1　四本堯政の歌としては「卓の椿紅をひらけるその日よりわがホルモンにひびくものあり」「櫻花散華とふ名を捨て去れよ甘んじて自己に死なむ日のあれ」（「潮音」昭和24年）などが見える。

# 三　身体表現と戦後

マリヤの胸にくれなゐの乳頭を點じたるかなしみふかき繪を去りかねつ

『飛行』

## 1、折口信夫の女歌論と葛原

「女人短歌」への参加によって刺激を受け飛躍していった葛原は、『橙黄』刊行ののち様々な課題を抱えながらより独自の道を歩もうとし始める。賛否両論の『橙黄』への批評とともにこの頃の葛原が大きな刺激を受けたとみられるのが折口信夫の発言である。『橙黄』が刊行された昭和二十五年十二月には「女人短歌序説」(「女人短歌」6号)が書かれ、またその翌月には「女流の歌を閉塞したもの」[注1](「短歌研究」1月号)が発表されている。

『橙黄』を含む女人短歌叢書の刊行に寄せられた「女人短歌序説」は、「根岸派の後を襲つたアラヽギの盛時には、女性は無力なものとなつた」と分析、「長い埋没の歴史をはねのけて、今女流短歌が興らうとしてゐるらしい」とその刊行を励ますものだった。同時に「女歌だつて文学でなければならない。ただ、そこに『男歌』にはない別の行き方があつた筈である。別のゆき方で短歌の上に文学性が樹てられなければならない。男の歌に追随することのほかに」と、女性独自の文学を開くよう示唆するものでもあった。続く「女流の歌を閉塞したもの」はそれをさらに展開し次のように述べる。

今の女の人には却つてポーズがなさすぎ、現実的な歌、現実的な歌と追求して、とう〳〵男の歌に負けてしまふことになつたので、もう少し女の人には、現実力を発散する想像があつてもいいでせう

「『男歌』にはない別の行き方」の具体化とみられるこの文章で折口が語ろうとする「ポーズ」について、

今あらためて読み返してみる。折口はこれを無条件に肯定しているのではない。

乳房おさへて　神秘のとばりそとけりぬ。中なる花の紅ぞ　濃き[注2]

与謝野晶子

この歌を例に「ぽうずばかり盛んで、之を具体化する前に大きな誤算をしてかゝつてゐたのです」とも批判、新詩社的な技法の弱点として論じる。折口が見ていた可能性、「自由に語を流して、魂を捉へる」という方向は、弱点と隣り合わせの、しかし「女流」に残された可能性として見えていたのである。しかし、この歌に関する限り、折口は歯切れが悪く、「ポーズ」を持ち上げようとしつつ口ごもり戸惑っている。折口のこの戸惑いは、この歌に対する咀嚼しきれぬ感じから来ているのではあるまいか。ポーズとのみ言えぬ何か、想像力とのみ言えぬ何か、が残り続けるのである。特に下の句はポーズから飛躍して、命や性や情熱といった目に見えぬものの象徴化が果たされていると読める。先の文章の中で「現実力を発散する想像」と呼んだものは、新詩社的なロマンティシズムの可能性に開けていただけではなく、象徴表現を励ます可能性をも持っていたのではないか。折口はこの論文の中で次のようにも述べている。

あまり現実主義の歌ばかりを正しいものにいひたててゐるうちに、今日のゆきづまりを招いた。其れは我々の考へる現実に、若干の誤算があつたのが、時を経ると大きくなつて来る。此が現実主義の破綻なのです。だからここらで写生主義以後栄えた現実主義もそれを救ふものは何かを考へて見なければならないでせう。

「写生主義以後栄えた現実主義」とは、人民短歌運動などに見られる敗戦後の厳しい現実生活を直接テーマにした歌を指す。敗戦から五年、時代の曲がり角にさしかかり、折口のみならずより広く現実主義に対抗しうる新しい表現を求める空気があった。

折口の「女流の歌を閉塞したもの」を葛原はどのように受け止めたのか。ごく大まかに言えば、葛原はこの論に励まされ刺激を受けながらも、折口の語る女流の歌とはかなり違う道筋を思い描いていたのである。『橙黄』刊行直後、ちょうど折口の文章が発表された月の「潮音」に葛原の興味深いエッセイがある。親友であった倉地與年子を自らの別荘に招いた時の会話という形をとっている。

「(倉地)話はそれに繋がるらしいけどわたし白昼夢といふものが見れるのよ。自分が孤りでゐてもその夢を見ることで満足があるの」葛原のり出して「(葛原)へえ、それは驚くべき告白ね、あなたそれが歌にならないかしら」「(倉地)それがねえ、実に整理不能の混沌さでね。もつとも苦しんで試みたことはあるの、だけどまだテクニックが追つけないのよ」「(葛原)勇気を出して頂戴、第二の與年子の誕生はその辺にあるかもしれない」……(中略)……「(葛原)解る。そしてそれを煎じつめてゆくと既成の短歌の限界をはみ出すシロモノよ、おそらく。」

(「潮音」昭和26年1月号「山草をかたへに」)[注3]

白昼夢や幻想に対して葛原が寄せた関心の強さを窺わせる文章である。この会話が本当に交わされたものであるかどうかはともかく、葛原にとってこの時このような幻想性が大きな関心の的であったことは確かだ。次の歌集である『縄文』[注4]、『飛行』へと実ってゆく過程は、いかにこの「幻想」を方法として成熟させてゆくかという試みの時間であった。

この文章から間もなく「剥落」十二首（「短歌研究」昭和26年3月号）には次のような歌が見える。

美しき沼に嚙み合ふ軟體のくらげなどみき酔ひつつわれは
枯山の日ざしあかるしひらひらと身を剝がれゆく雲母のごときもの

二首は葛原の目指す幻想への志向を窺わせるものの、歌として成功しているとは言い難い。素朴な「白昼夢」の範囲をいくらも出ていない。しかしここで注目されるのは葛原の言う幻想が、自らの身体感覚と親密に結びついているということである。くらげが嚙み合うさまにはその柔らかな質感が、雲母には、日射しの比喩としてのみでない軽い薄片を感じる皮膚感覚が添っている。また翌年の「短歌研究」二月号には「甕」三十首が発表されている。

水禽がいつせいに首をあげてゐる沼あらむかかる月光の中[注5]
ひかりの斑まばらに置きしガラスの部屋ひとりゐを襲ふかすかなるめまひは
逆光にわが立つかたへひしひしと階を積むビルあり鐵を商ふ

こうした歌もまず中心となるのは自らの感覚であろう。「水禽」の群れが夢想されたとき、そこには水鳥の白く柔らかな感触が、月光の白く冷えた光との対比のなかに浮かび上がるのである。「ガラスの部屋」に「めまひ」を感受するのはガラスの質感に敏感な内面があるからであろう。三首めの歌も戦後の街の風景や風俗に関心を寄せているというより積み上がる「鐵」の感触がより強い。「逆光」となった自らの黒い影と積み上げられてゆく鉄の重量感とが並列されている。しかしこれらの歌もやはり発想としての面白さに止まり、歌としての奥行きや自立性はいまだ弱い。葛原にとって未完成と感じられたらしく、「剝落」からは一首も歌集に採られておらず、「甕」からもわずかに三首ほどが『縄文』、『飛行』に採られているにすぎない。しかし、例えば次のような歌は葛原にとっても可能性として感じられたらしく、改作の上『縄文』に収められている。[注6]

くらくらと白晝の海のしあがり地はひた沈むかぐろき燈臺
白日の海鳴りあうむはものいへり百年も生きるべらぼうな鳥め
鸚鵡の嘴わが肥大せる心臓の翳と重なるときの間なれど
「潮音」(昭和26年7月号)

「潮岬」と題された一連の中の三首であるが、ここではより明瞭に葛原が何を試みていたかがわかる。一首めは成功しているとは言い難いものの、葛原が風景をどのように感覚化しうるのかで苦闘するさまがよく見える。巨大な生き物として重なり合い蠢く海や大地、そうした表現のために風景は著しく擬人化されデフォルメされている。風景を風景として眺めるのではなく自らの身体の一部のように感受することで鋭敏にし、極端化する。外界を自らの内側に取り込み詠う。二首めの鸚鵡の存在感は巨大であり、「白日の海」を背景に、鸚鵡は「百年も生きる」。さらに「べらぼうな鳥め」と呼びかけることで、鸚鵡は大きな存在感を得る。この歌は実験的な作品が続く中での葛原の代表作の一つと言ってよいだろう。また三首めでは、自らの病む心臓が取り出され、鸚鵡の嘴の前に差し出されているかのようでさえある。

自らの内側にあるものを外側に、外側にある物を内側に取り込むかのようなこうした手法は外界と内面の境界を曖昧にしてゆく。言いかえれば内面を保障するものが取り払われ、「私」は外界に曝されているのである。その結果ここでは「私」の眼差しや感覚は、取り出された内臓のように鋭敏であり不安だ。葛原はこのようにさまざまな素材に自らの身体感覚を及ぼし身体の内側の感覚と外界との関係を探りつつ「幻想」の可能性を模索していた。

この時期に書かれた「反写実短歌表現の種々相」(「潮音」昭和27年6月)にはそうした葛藤がよく見える。葛原は倉地の「わが骨の一部みるみる膨張しゆきわれを喰ひ果てぬ疲れしならむ」を取り上げ次のように述べる。

元来が幻想と云ふものは精神の特殊な病的生理に起因するので特殊の感官を必要とする。故に、それによつた作品はその人だけにゆるされる所の「創造(クリエート)」の世界」を現出する。云ひ替へればこれには「類型」がないと云ふ強みを持つのである。

この文章からは、葛原の考える幻想の質が伝わる。それは、言葉の固定化や固まった美学と格闘してきた葛原に見えていた可能性であった。またこうした感覚への拘りは、既成の表現を踏み越えようとする試みであり、既成の女性像に束縛されない未知への希望でもあった。

こうした動きを見ていると、葛原はより積極的に折口の論を乗り越えようとしたことがわかる。折口の示唆する「ロマンチック」や「ぽうず」に対して女性像の「類型」を見、そこに女流の表現の現代性がないと感じていた。折口の文章を契機とした議論を意識して書いたとみられる「女流歌人小論」(「短歌雑誌」昭和26年10月)では次のように記す。

女性が今日でも尚、勝手に定めたがる『女性の特質』に自ら甘え縛られる事の愚は少なくとも今後は避けたいものである。女流歌人からこの『女流歌人の特質強調意識』を取除かない限り女流の歌は飛躍することは不可能である。

この文章は「過去四十年間の短歌史から女流がハミ出し勝だつた理由は、リアリティを重んずる当時の短歌が、いつの間にか規定されてゐた『女流歌人の特質』にふさはなかつた」からだとも訴え、折口の論に乗じるようだが、その実アララギの写実主義の対極に明星風の女性像を暗示する折口とも対立している。晶子の歌に対して折口が言い淀んだまさにその部分に葛原は問題を見ていたのである。その代わりに葛原が可能性として見出したのが身体感覚を大いに発展させた幻想だった。

しかしこの時期の作品は歌集に収められる数も少なく、表現として不満足なものであった。葛原は未完成のこうした方法についての問題点を自覚しており、さきの「反写実短歌表現の種々相」では次のように書いている。

この様に特殊な感官から生れ出た作品は、それ自体に強烈な自我をひそめてゐるが故に、発想、表現共に一種の晦渋さがあり誰にでも受け入れられる事を強制しがたい。結果として万人に訴へる力が薄弱とならざるを得ない。

この問題は後に前衛短歌論争のなかであらためて厳しく問われることになる。だが、この時期葛原にとって重要だったのは、「特殊な感官」から生まれた幻想的な表現が果たして伝達しうるのか、それは大衆性を得づらく孤高の芸術となるのではないか、という問いであった。ここには未だ焦点を結ばない方法への焦りも加わっており、全体にいささか単純で論理的には無防備である。しかしこの文章には葛原の幻想の特徴が思いがけず明瞭に語られている。葛原はほとんど無意識に「幻想と云ふものは精神の特殊な病的生理に起因する」としている。しかし「幻想」はなにも「特殊な感官」や「病的生理」を必要とするばかりではない。もっと多様な幻想のありようを文学は経験している。それにもかかわらず、「幻想」と「感官」、さらには「自我」がほとんどイコールなものとして考えられていることに注目したいのだ。

折口の提案から身をかわすように手に入れようとしていた表現は、かつての女性像のような枠組みを持たず、またアララギの写実のような明瞭な方法論もない。しかしそこにはいまだ見ぬ新しい自我表現の可能性があるはずだという信念が据わっていた。自我の発露としての幻想、幻想の家としての身体、これらが不可分のものであると信じることがむしろその後の葛原を育てていった可能性が大きい。

注1　この論文は、「短歌研究」目次では「女人の歌を閉塞したもの」と紹介されているが、本文のタイトルは「女流の歌を閉塞したもの」である。書き出し部分で「女流」が使われていることもあり「女流の」を採用した。
注2　文章中の折口の表記に従った。
注3（　）内の発話者名は、便宜のため川野が加筆。
注4『縄文』は未刊歌集であり、『葛原妙子全歌集』（砂子屋書房）の森岡貞香の解説によれば、昭和四十五年の三一書房版『葛原妙子歌集』刊行時に「作品の取捨、推敲、変更があったとおもわれる。したがって『橙黄』と第三歌集『飛行』の作品をつなぐ歌風として見るときには違和感をもたせるところを持つ」としている。それゆえ

『縄文』は、『橙黄』と『飛行』を繋ぐ歌集と見るより、『橙黄』以後『朱靈』までの歌集に平行する歌集として読むのが相応しい。

注5 水禽《みづどり》がいつせいに首をあげてゐるうす茜差すとほき水上　『縄文』所収

注6 昏《く》ら昏《ぐ》らと白晝の海のしあがりつかのま立てる大地《おほつち》しづむ　『縄文』所収

白日の海鳴りあうむはもの言へり百年も生きるべらぼうな鳥め　同

鸚鵡の嘴《はし》わが肥大せる心臓の影と重なるときのまなるを　同

## 2、女性歌人の身体表現

この時期の他の女性歌人の作品を見てみると「特殊な感官」によって新しい女の歌を拓こうとしていたのは葛原や倉地だけではなかったことがわかる。むしろ女性歌人がそれぞれに育んできたものが一つの傾向として、うねりとして動き始めていた。

傷甜めてゐるけだものも濡れてをり時雨してかの石もぬれゐる　生方たつゑ（「短歌研究」昭和28年4月号）

とさかより血のにじみゐる雄鶏が日向の落葉おとたてて蹴る

いきものの爪よりするどきとげ立ててばら咲きはびこる防波堤の上　阿部静枝（「短歌研究」昭和27年2月号）

冴えきはまる月光にあたりわがあやし猿と聲かはし唬かんばかり

どの作品も方法的な過渡期を感じさせる。生方たつゑは端正な写実主義的詠風から、阿部静枝は社会批評を表立てた作風から、それぞれより幻想的感覚的な表現を求めて模索を始めている。動物的な感覚や動物そのものの幻想、身体の比喩などに特徴がある。生方は「けだもの」の幻想や「とさか」や「血」などによって風景により生々しい感触を与えようとしている。阿部はさらに積極的に試みているが、例えば「猿」の幻想が内面的な何を引き出しどこを目指そうとしているのか焦点を結び切れていない。方法や志向はありながら、その向こうにある何かが摑めていない弱さを抱えている。

こうした中ですでに評価を得ていたのは森岡貞香であった。

月のひかりの無臭なるにぞわがこころ牙のかちあふごとくさみしき

森岡貞香（「短歌研究」昭和26年1月号）

月光にうづくまりをるわれのなかのけものよ風に髪毛そよめかす
うしろより母を緊めつつ甘ゆる汝は執拗にしてわが髪亂るる

（「短歌研究」昭和26年8月号）

拒みがたきわが少年の愛のしぐさ頤を手觸り來子の亡父のごと
甘えよる子をふりほどきあひし眼のぬるめる黒眼よつと捕はれぬ
追ひ出しし蛾は硝子戸の外にゐて哀願してをるはもはやわれなり
水たまりにけばだちて白き蛾の浮けりさからひがたく貌浸けしそのまま

（「短歌研究」昭和27年9月号）

森岡は昭和二十八年に刊行される歌集『白蛾』の中心となる歌をこの時期に集中的に製作している。身体感覚を表現に生かしていこうとする女性歌人の中ではこの時最も完成度が高い。夫を亡くし子供を抱えるという追いつめられた境遇を足場として、生き物としての人間の根源的な孤独を探り大きな共感を得、話題となっていた。

自らの感官でこの世を感触し直すこと、自らの中に生きる「けもの」への気付き、身体と心、幻想と現実の境界をこのように越境するとき、例えば母子というありふれた関係も揺らぎ動き始める。孤独と官能をぶつけ合うような母と子のこのような関係は、身体感覚の参加がなければ辿り着けない。こうした表現においては見るものと見られるものの関係も変化し、六、七首めのように「蛾」と作者とが等身大となる。自らを鏡に映すように蛾は描かれ、生き物として同じ苦しみを苦しんでいる。森岡が描きつつあったのは、対象と自分とが一体となり、あるいは混沌として既成の関係性を壊し新しい自我を目指すことであったと言えよう。

葛原を初めとする女性歌人達が目指したこうした表現は、考えてみれば、外界とそれを見る作者の図式が明確な近代、そして「アララギ」の写生主義とは異なる。世界と自分、対象と作者との一対一の関係を可能な限り明確にしようとしたのがアララギ的リアリズムだとするなら、葛原らの「感官」によって描かれた「幻想」は世界との関係を壊し不分明で不安定なものにする方向性を持つ。それは単に表現の問題にとどまるものではなく、否応なく表現の核となる「自我」のありようの違いに及んでいた。

このような試みの結果、『飛行』には身体の感覚を通じて世界を感受し直すかのような歌が数多く見られる。

かりかりと嚙ましむる堅き木の實なきや冬の少女は皓齒《しらは》をもてり　『飛行』
長き髪ひきずるごとく貨車ゆきぬ渡橋をくぐりなほもゆくべし
殺鼠劑食ひたる鼠が屋根うらによろめくさまをおもひてゐたり

鯨の血白きタイルに流るるをみてゐきしづかにちからを溜めて
夏のくぢらぬくしとさやりゐたるときわが乳痛めるふかしぎありぬ
こめかみがきしめるほどに梳きし髪こころもはらに涼しからねば
血液のあるひはにじみゐるならむしたたかに草の太根抜きたれば
黒き肝臓《レバー》の血をぬく仕事に耐へむとすもの溶けにじむごときひぐれに
どの窓も傷口となるさん然と雪厚らなる街の照りいで
油澱む水のおもてに浮びたる卵白の太陽をわれはまたぎつ

このように、葛原ら戦後の女性達が幻想性や体感と関わりながら新しい文体や自我の形を模索していたことは今一度省みられていい。それは戦後短歌史のなかで何度か問われようとしながら議論の機会を逸し、女性の作品に読み残されてきた部分である。

### 3、中城ふみ子と葛原

昭和二十八年から三十年にかけて刊行された中城ふみ子の『乳房喪失』、『花の原型』、森岡貞香の『白蛾』、葛原妙子の『飛行』は、ともに女であることを表現の核に据えた歌集として短歌史に一群の強い磁場を形作っている。昭和二十八年八月に『白蛾』、昭和二十九年七月に『乳房喪失』と『飛行』が、昭和三十年四月『花の原型』が相次いで出版されている。

しかしなぜ戦後の女性達がこぞって身体感覚に鋭敏な表現へと動いたのであろうか。葛原の第二歌集

『飛行』の刊行直前に登場した中城ふみ子もこのような読み残しを抱えたままの作家である。森岡貞香をはじめとする女性たちのこの頃の表現に、動物や昆虫といった他の生き物と自らとを重ねたり、あるいは輪郭を解いて溶け合うといった特色があった。

昭和二十九年四月号の「短歌研究」誌上に中城ふみ子が登場したとき、中城もそうした表現を多用していた。中城に対して否定的な意見が多い中で、「歌と観照」主宰の岡山巌はその表現の特色に早くから注目していた。

追ひつめられし獣の目と夫の目としばし記憶の中に重なる
さびしくて画廊を出づる画のなかの魚・壺・山羊らみな従へて
メスのもとひらかれてゆく過去がありわが胎児らは闇に蹴り合ふ
魚とも鳥とも乳房なき吾を写して容赦せざる鏡か

中城ふみ子『乳房喪失』

岡山はこれらの歌を引きながら、絵画の世界でフランス後期印象派の一つであるフォービズム（野獣派）と重ねながら、「野獣の眼と人間の眼を『記憶の中に』アブストラクト式に『重ねて』描く」方向を可能性として評価した。そして、「人間が野獣に見えたり野獣が人間の世界を犯したり」、「無機物が有機的機能を発揮したり」、「人間と動物が仁義をきり合つたり」し、「胎内と現世、或は彼の世と此の世が、直接つながつても何の不思議もな」く、「この世界では幻想は、現実のうちである」とこれらの歌を読む。さらに、「共通する所はいづれも肉体をもつて現はれる事である。それが動物の特権である。たゞにこの作者は興味をもつてさういふ世界を扱つたのではない。既にこの作者の血の中に、さうした宿命がある」とした。

中城は歌壇に登場してわずか四ヶ月で亡くなる。そのセンセーショナルな登場や、離婚に続く乳癌での死といった物語のために、慌ただしい毀誉褒貶の渦をくぐり抜けていった感がある。そのために、中城に対する評価は常に彼女の創り上げた物語の表層を撫で、それに対する好悪に左右されてきた。しかし、表現に立ち入って見てみると、中城は少なからず同時代の女性達の動きと連動し、大きな流れの中でその志向に共通するものを持っていることが分かる。

ここで岡山が注目している「フォービズム」は、具体的に挙げられているように、そのどれもが肉体感覚を基調とした幻想性に特徴がある。明らかに葛原や森岡が積極的に試みていた方向と同一線上にあるのである。戦後の女性達は、相互に影響し合いつつこのような共通した表現を志向したのだ。昭和二十八年八月、森岡貞香が『白蛾』を刊行するが、その影響は中城にも如実に現れている。

月のひかりの無臭なるにぞわがこころ牙のかちあふごとくさみしき
月光にうづくまりをるわがなかのけものよ風に髪毛そよめかす
　　　　　　　　　　　　　　　　　　　　森岡貞香『白蛾』

鷹の鋭き爪感じつつ立ちをれば一つかみなるわが肩は冷ゆ
われとわが腐臭を嗅ぎし夕べより鷹の鋭き目はつきまとふ
　　　　　　　　　　　　　　　　　　　　中城ふみ子『花の原型』

これらの歌には、方法として岡山が指摘する「フォービズム」が典型的に見える。獣の視線や感覚を自らの裡に取り込み、身体感覚をさらに鋭敏に拡大する。獣と自らとが重なり合い、感覚を共有することで獣は幻想として以上のリアリティーを持つ。これまで表現されてきた女性像では描けなかった、内面と一体になった女の身体がここで現れたと言えよう。この事によってこれまでの文脈に載りにくかった女性としての内面は、ありありと目に見え、皮膚感覚に訴える身体を持ったものとして読む者に迫ることになった。

考えてみれば写実の立場からは、自らの肉体、ことにも女性の肉体感覚が省みられることは少なかった。女性自身の自我の発露として、肉欲や、喜怒哀楽や世界への認識の基点として肉体感覚を生かす芽を持っていたのは与謝野晶子であり、そこで途絶えていたのである。また写実主義では写生する対象と自分の区別が明瞭であることが求められ、それによって〈私〉を確保しようとした。そのため現実と自分との関係は、逆にその明瞭さに規制され束縛されていたのではなかったか。

そうした表現史のうえで戦後の女性達が開拓しようとした、「野獣」を自らの裡に宿したり、視線をそこに重ねたり、自らの肉体の感覚を拡大し敷衍する表現は、これまでの〈私〉と世界の関係を疑い再構築する事だ。同時にこうした戦後女性達の動きは、覆われてきた「自我」に光を当てようとするものでもあったと言えよう。

なかでも中城は乳癌で乳房を失う自らを赤裸裸に詠み、失うという最も強い反語で女性の肉体の所在を明らかにした。失われたゆえに乳房は一層強調される。その意味で中城は最も象徴的に戦後の女性達の志向を代弁したと言えるだろう。こうした中城を葛原はどのように見ていたのだろうか。中城の死後一年ほどして、葛原は遺歌集『花の原型』に寄せる文章「荒地の通行者『花の原型』に寄せて」を書いている（「潮音」昭和30年9月号）。まず葛原は中城の次の歌を取り上げて違和感を語る。

幾房の葡萄を抱きてわが行けばとりまく風の孤独なる声
温むる土を持たねば花の種袋に鳴り合ふさびしきゆふべ

中城ふみ子『花の原型』

詩人が他の誰よりも強く常時孤りを感じてゐるといふ事実を疑はないしそこに常の人との違ひがあるのであるが「孤り」と言葉に出して孤りをあらはす事は私にとっては不可能事である。中城ふみ子の場合この歌でぶだうの房を抱いてゆく自分をとり巻く風が孤独の声を立てると言つたことはとりもなほさず己の孤独の間接表現であらう。とすればこの歌は四句で終つてよいのである。

人生を直接には詠わない方向をとってきた葛原にとって、中城が吐露してはばからなかった不幸のドラマはやはり気になったらしい。「孤独なる声」、「さびしきゆふべ」、こうした結句を不要とした葛原は、そのわかりやすさによって大衆性に流れ、奪われるものを怖れていた。反対に中城はこれらの句の明瞭さによって広い読者を得たのである。ここには、後に難解派のレッテルを貼られることになる葛原が、自らの歌が大衆性を得にくいことを気にし、読者との接点をどこに開くのかについて悩みつつも守ろうとした譲らぬ線が窺える。しかし、こうした違和感を抱えながらも葛原は中城の最も深い部分を見ていた。

中城ふみ子『花の原型』

熱ありし夜ふけにさめぬ鰭青く濡れたる魚と唇ふれて
われとわが腐臭を嗅ぎし夕べより鷹の鋭き目はつきまとふ
破片のやうな目もてキリストと刺すしばし直ちに苦悶は帰り来たれり
藻のごとき髪乾ききりそこに棲む金魚も鮒も死に絶えしなり
黒犬の犯しゆきしのちもなほ光る水溜りを眠られぬ夜に見てゐつ
熱たかき夜半に想へばかの日見し麒麟の舌は何か黒かりき

戦後に当然出るべくして出なかつた頽唐《デカダンス》の美、それが十年後の今日中城ふみ子の「花の原型」にこの様に定着して現はれた驚きを私は茲で率直に伝はねばなるまい。ときに頽唐とは果して不健康な精神の所産であらうか……（略）……それらは白秋、牧水、勇のかつての頽唐とは全く異質である。この意味で中城ふみ子は日本の短歌の或る荒地のはじめての通行者であるかもしれない。

ここで葛原が取り上げた歌は全体に暗く、荒涼とした内面に屈み込むような歌である。このうちの多くは死期が迫って書かれており、人生のドラマから切り離されたように内面との対話に集中している。そうした内面の荒涼感を葛原は「頽唐《デカタンス》」と呼び、「不健康な精神の所産であらうか」と問いかける。この問いかけには、中城に対してされたさまざまな批判が反映している。代表的なものは尾山篤二郎の「女人歌の在方の問題」（「短歌研究」昭和29年10月号）であろう。

この荒々しい言葉つき、疎々しい感情、これ後天的なものには相違なからう。悪い時代の波浪をかぶり過ぎて教養も修養も出来なかつた為めか、アドロム愛用者を夫に持つた不幸な生活からも、癌といふ絶望的な病患からも、その多色々《ママ》なものが一緒になつて此女の人格を滅茶々々にしたものだらう[注1]

葛原はこの尾山の批判を最も強く意識してこの文章を書いている。中城の荒涼とした歌に湛えられた追いつめられた独白が、尾山の語るような時代の表層レベルのものではないことは明らかである。中城はその背景のドラマチックさゆえにこのように読まれ易かった。そのため葛原は表現論の側から反論を試みたのである。「白秋、牧水、勇のかつての頽唐」と葛原が呼んだものは、言ってみれば男性の文脈の上にうち立てられた頽唐趣味、政治や中央を傍観する姿勢としてのデカダンスであろう。中城のそれは死に晒された孤独を見つめる人間の精神の風景である。その違いを言い、誤読から救わねばならぬほど中城は理解されなかった。

葛原が取り上げたこれらの歌には、先に森岡との共通点を見てきた歌も含まれ、典型的に肉体感覚や幻想性が生かされている。魚、鷹、金魚、黒犬、麒麟、言うまでもなくこれまで述べてきたような身体感覚の拡大による内面描写が行われているのである。対象と自己、動物と人間、幻想と現実の境界もなく、肉体と精神の区別も虚しいようなこの荒涼とした孤独の風景を、葛原は人間の精神の原風景として読んだ。それは死期迫る癌患者の記録なのではなく、より高い普遍性と精神性に辿り着いた表現だったからだ。「日本の短歌の或る荒地のはじめての通行者」と中城を呼んだ葛原は、このときはっきりと中城の裡に根源的な孤独との闘いを読み、こうした孤独との対面が日本の文学に不可欠であることを意識していたのではなかっただろうか。葛原が

水かぎろひしづかに立てば依らむものこの世にひとつなしと知るべし　『橙黄』

と詠んだとき、孤独ははっきりと葛原にとっての課題として意識された。そして中城が

冬の皺よせゐる海よ今少し生きて己れの無惨を見むか[注2]　『乳房喪失』

と詠んだとき、環境や立場を超えて何か根源的な課題としてそれぞれに孤独への意識を深めることに

なったのではなかったか。

葛原と中城には、強い相互影響が見られる。それは短期間ながらかなり濃密にお互いを意識したものだった。中城は昭和二十六年から「女人短歌」に参加しているが、その頃の歌は離婚を背景とした人生ドラマを縦糸としたリリカルなものが多い。さらには「潮音」に入っていた時期もあり、葛原との接点はかなり早くからあった。中城が『橙黄』を読んでいたらしいことはその歌から窺えるが、その影響が表に現れるのは死を意識した時期以降の歌に多い。

1　奔馬ひとつ冬のかすみの奥に消ゆわれのみが纍々と子をもてりけり　葛原『橙黄』
　脱出を計れと馬に翼附すわれの美しき独断として　中城『花の原型』

2　わがうたにわれの紋章のいまだあらずたそがれのごとくかなしみきたる　葛原『橙黄』
　この夜額に紋章のごとかがやきて瞬時に消えし口づけのあと　中城『花の原型』

3　色盲の顯はれ少き女體の法則緋のダリヤ一つ眩むごとくあかし　葛原『橙黄』
　ダリアあまり紅かりければ帰京せし人を悲しみゐし瞳をひらく　中城『花の原型』

4　わが死《しに》を禱れるものの影顯《た》ちきゆめゆめ夫などとおもふにあらざるも　葛原『飛行』
　光に立つ君のうしろ動かねばわが死を祈りゐるかと怖る　中城『花の原型』

5　はるかなる黒き森はも身ふるはむわれのみぞその位置知れる森　　葛原『飛行』
樹々の葉が苦渋にみちて鳴る森を畏れをもちて夜は思はむ　　中城『花の原型』

1は馬の自在なイメージに、2には「紋章」の使い方に類想性が見られる。しかしこれらはほとんど単語レベルの発想に『橙黄』を読んだ形跡が窺えるという程度だ。しかし、3、4、5には孤独を見つめる表現としての共通性が見える。死に瀕したベッドから恋人を見るとき、そこには遥かな距離がある。その距離こそ人間の根源的な孤独に他ならない。ここでは葛原が見つめてきた、孤独に縁取られた事物の濃い輪郭や存在感が中城の歌にも強い影響を及ぼしていることが読める。[注3]

中城の登場前後、葛原はまるで孤独と引き替えるように自我の問題に向かっていた。それは、4の歌に見えるような家族との緊張した関係や摩擦を生み、夫という最も身近な存在を反転させ、そこに自らの死の影を映すような突き詰めた問いとして現れている。中城は人生ドラマを表現することから、死期迫りより内面的な掘り下げを必要とした時期に、顕著に葛原の歌を読み直したらしい。戦後の女性達が問わずにいられなかった自らへの問い、〈私は誰か〉、という問いを最も典型的に全身で表現し駆け抜けたのは中城ふみ子である。中城の死後、彼女の分まで女歌への批判を受けて立つことになる葛原は、最も深いところで中城を理解し、その絶対の孤独の姿を自らへの問いとして受け取ってゆくのである。

注1　アドルムの箱買ひ貯めて日々眠る夫の荒惨に近より難し　　『乳房喪失』
注2　薄命ならざるわれ遠くきて荒海の微光をうつすコムパクト　　『原牛』
　この歌が中城を意識して詠まれたことが結城文『葛原妙子　歌への奔情』に指摘されている。

注3 『飛行』が刊行された昭和二十九年七月、中城がそれを読める状態であったかどうかはわからないが、初出である「わが死を」は「短歌研究」二十八年四月号に、「はるかなる黒き森はも」は「短歌研究」二十九年二月号に発表されており、これを読んでいた可能性は高い。中城の歌が背景としている再手術前後という時期を考えると、葛原の作品の方が先に作られていると思われる。

## 4、森岡貞香と葛原

中城は喪失という形で女性の肉体の存在感を刻んだが、森岡貞香の『白蛾』はさらに象徴的に女性の身体感覚と表現の問題を考えさせ、葛原に強い影響を与えている。

花瓶の腐れ水棄てしこのゆふべ蛾のごとをりぬ腹張りてわれは
飛ばぬ重き蛾はふるひつつ女身われとあはさりてしまふ薄暮のうつつに
生ける蛾をこめて捨てたる紙つぶて花の形に朝ひらきをり
くるしむ白蛾ひんぱんにそりかへり貝殻投げしごとし疊に
蛾の飛べぬぶざまさ見ればその腹のごとき貪慾さわれとくるしき
追ひ出しし蛾は硝子戸の外にゐて哀願してをるはもはやわれなり
水たまりにけばだちて白き蛾の浮けりさからひがたく貌浸けしそのまま

森岡貞香『白蛾』

『白蛾』の城をモチーフにした歌は、昭和二十二年から二十七年ごろまで連作中に織り込まれつつ断続的に発表されている。[注1] 森岡は戦後間もなく夫を失い、幼い子供を抱えて生きる現実のなかから、愛と憎、生と性、身体と心の混沌としてのたうつような自らの内面を蛾に見る。『白蛾』のあとがきには次のように記される。

夏の夜の蛾は、きらひを通り越して怖しいとさへ思ひながら、わたくしはあの腹太い美しい蛾が飛んでくると、あたかも催眠にかかつたかのやうに、じつとみつめずにはゐられません。

これらの作品では、蛾と自らとのけじめのない、まさに蛾のような自分、自分のような蛾が描かれる。それは、「腹張りて」や、「重き」、「ふるひつつ」、「そりかへり」、「さからひがたく」などに現れているように、身体の動きや感覚が駆使された表現であった。重たさや震え、反り返る緊張、抗う力をなくした虚脱など、見つめられた蛾の動きはそのまま作者の身体のものである。「貪欲さ」も「くるし」さも、蛾のものであり自らのものである。これまでに見てきたように、動物などと自分を重ねてゆく「フォービズム」は、まず身体感覚として直接に森岡を訪れていたのである。「見る」ことではなく、「感じる」ことを表現の核に据えたとき、はっきりとアララギ的写実の方法とは別の方法が生まれている。対象と自分との間の境界が身体感覚を共有することによって取り払われるとき、心と体とが不可分のものであるような、これまでに表現できなかった内面が発見される。

花山多佳子はこうした表現について「森岡貞香――その表現のプロセスについて」(『花山多佳子歌集』砂子屋書房刊所収)で、次のように指摘している。

短歌では、おおむね一つの心情が、統一的に表白されることが多いが、そうした自己確定がここにはない。

またこの蛾のモチーフに現れるような「切迫型」の他に、「茫然自失型」として次のような歌を取り上げその特徴を語る。

子雀の近くに鳴けばいつしかと前歯をわれはひらきてゐたり
亂れあひまたしんとして野菊咲けりわが顏流れゆくごとき陽の中

一種、離人症的な、歯や顔など、身体の部分だけになって、存在している、といった感覚のもの。「前歯を」とはずいぶん変わった言い方だが、ここには、思わずの官能の悦びがある。外界から見出された存在感と言ってもいい。いずれにせよ、われはこう思う、こう見る、という前もってのスタンスからのうたい方ではない。

花山が見ているのも、森岡の独特な主体の在りようである。それは、自分をあらかじめ定めず、輪郭を曖昧にしたまま外界と出会う柔らかなものであった。あらかじめ輪郭をもたず、外界によって見出される自分は感官を鋭敏にしてはじめて支えうる。そこには自分とは何か、私は誰かといった問いが濃厚に反映しており、問いの濃さが蛾にも他のさまざまなものにも預けられるのである。

森岡は、この歌集において、自分の息子を「少年」と呼ぶ。現在一般的となっているこの呼称の短歌における使用は森岡が最初であったことが知られている。こうした試みにも現れているのは、自らと他、自らと外界との関係のありかたそのものの組み替えである。心と体とは不可分のものであり、自らと外界、あるいは自ら自身が計りがたい暗闇を抱えて軟体動物のように、あるいは破片のようにこの世にある。この歌集は話題となり、広く受け入れられた。それは表層的には未亡人として苦しく生きる生への共感であったが、もう少し深いところでは、戦後の激動の中で既成の表現では掬えなかった内面がこのように吐露されたことへの共鳴であったはずだ。自らと世界との関係をこのように組み替えるとき、例えば蛾が露わな自らの姿をして現れるということへの驚きは大きかったに違いない。

こうした方法への関心は葛原にも見られ、この時期葛原は森岡をかなり意識していたようだ。例えば「潮音」昭和二十七年二月号には「蛾のかほ」と題して次のような歌が発表されている。すでに蛾は森岡の見出したモチーフとして知られていたから、葛原の作品は、これを自分なりにいかに歌うか試みた作品と考えられる。

礫うつごとくきたりて透硝子へだてまみゆる巨き蛾のかほ
蛾のかほとしばし見合へりそのかほが徐ろにメフィストの相となるまで
蛾の羽の震音やまず有限のわがさきはひの詩章を埋めよ

葛原の蛾へのアプローチも写生的に見るという関係を超えることから始まっている。つくづくとその貌が見えるまで視線を寄せてゆき、やがて等身大になってゆく蛾。この迫り方は、森岡が蛾に魅入られてゆくときと似ている。しかしモチーフを共有しているだけに、森岡との詩質の差も見えやすい。葛原はここでは森岡が駆使した身体感覚より、かなり観念的な想像力によって一首を展開している。「メフィストの相」や「わがさきはひの詩章」などはいかにもブッキッシュだが、蛾の命に踏み込み感官を共有するのではなく、自らを訪れ脅かし侵入しようとする者への怖れと拒否の感覚がある。これらの歌は大いに成功しているとは言えないが、葛原が森岡をどのように摂取しようとしたかがわかる例だ。何ものかに自らの感官を投影し、時には重ねてゆくという方向性において葛原の『飛行』は『白蛾』と共振しつつさまざまな試みに満ちている。

はるかなる黒き森はも身ふるはむわれのみぞその位置知れる森　葛原妙子『飛行』
月の夜の裸木の影踏みゆけばあなうら痛し黒き棘たつ　森岡貞香『白蛾』

これらの歌の森や裸木は独自の命を持っているようであり、不気味な力を湛えているという共通点がある。葛原の歌では、森が身を震わせるのを感じるとき、その位置が自分だけに感受できると言う。また森岡の裸木の枝の影はまるで意志を持つもののように棘となって足を刺すのである。こうした身体感覚の拡大は、抽象的なもの思いへと繋がっている。葛原は黒き森の歌を「未知の森」の一連に収める。「青ずむまで黄なる硫黄は積まれつつ霧のたむろをいづる無蓋車」といった歌とともに並べられた黒き森の歌は、ナチスドイツのユダヤ人強制収容所さえ連想させる。森岡の歌でも、裸木の影を棘と感じる感覚は、「月光に黒部棘となりし裸木の影の中に這入りぬ貞女となれよ」とも詠われる。「貞女」であることの痛みそのものとして影の木々は茂るのだ。このように身体感覚によって森に、裸木に、吹き込まれた命は、人間の暗部として息づいている。
森岡にとって生の苦しみとして現れた身体感覚の表現は、葛原の『飛行』においては死の問題として現れる。死についてのもの思いや感覚は一冊中に夥しいが、例えば次のように直接に現れる。

直線は死に繋がらむふた筋のれいるにぶしよ雨に光れば
いかに死は潑剌たらむ磨り減りし女のいのちにあらざるかぎり

直線が死に繋がるというイメージや、女の生と対比される潑剌とした死のイメージなどは観念的であるより直感的である。その直感の出自は、生のどんよりとした重たさの実感である。そして葛原にとって身体感覚と死とは密接に結びついている。

わが肩に頭髪に黄炎の捩れつつ見えざる死《しに》を遂げゐる白晝《まひる》
胸の上に黒き轍のゆきかへりそこに絶え間なし雪のはなびら
水死のオフェリア顯つはしばらく水に搖れただよへるあはき花びらのゆゑ
黒き肝臓《レバー》の血をぬく仕事に耐へむとすもの溶けにじむごときひぐれに
『飛行』

どれも方法的模索を感じさせる歌だ。一首目は、「黄炎」と呼ばれる幻想の炎が、肩や髪の感触によって自らの内側から立ちのぼる死のように直感されている。また二首目は、まるで礫死体になって横たわるかのような幻想である。雪道の轍の景色は身体と直接に重ねられ、死者の視野のようなこの世の雪が見られる。三首目は水死体と水面の花びらのイメージが重ねられる。水中を揺れるものの感触はこの頃の女性達によってしばしば詠われているが[注4]、それは象徴的に女性的な身体の柔らかさを呼び出すものだろう。見ることのみではなく感じることによる表現への広がりが窺える。四首めは、より直接に台所仕事が死を扱う仕事であることが直感されている。葛原はこの歌集でこうした台所仕事の感触を幾度かテーマにし、日常にある鮮明な死や、自らの身体に皮膚で接する生肉の手触りなどを発見している。

そのような感覚はさらに次のような歌となり普遍的に深められてゆく。

長き髪ひきずるごとく貨車ゆきぬ渡橋をくぐりなほもゆくべし
マリヤの胸にくれなゐの乳頭を點じたるかなしみふかき繪を去りかねつ

貨車のあの重たい連なりが長い髪に重ねられる。女の髪に籠められてきた濃い情念は歴史的な重たい情念を引き出し、「なほもゆくべし」と呪詛のような言葉を引き出す。貨車の走る姿はもはや風景ではなく、人間の心そのもののようである。また、聖母マリアのあらわな胸の生々しく初々しい「くれなゐの乳頭」はそこに現れてはいけないものだから「かなしみふか」いのだ。聖画としての暗黙の約束事、無性性を破って生々しい乙女の乳頭は、それを描いた画家の哀しさを引き出すが、またマリアの肉体に気付いた者全ての哀しみをも呼び覚ます。

『白蛾』にも『飛行』にも共通して現れているのは、身体が備わるときそこに現れる苦しみや怯えや痛みの感覚であろう。まるで忘れられていた身体を取り戻したとき、心が蘇ってきたかのように。戦後の女性達の中でも身体に敏感であった中城ふみ子、森岡貞香、葛原妙子らは、一群として特徴的であった。それは女歌と呼ばれ括られたが、その意味は何だったろう。既成のやり方で感知できない生を感知する方法の名として女歌を考えるとき、女であるということは、既成の世界観から零れるものの総称ではなかったろうか。短歌史上におけるこの時期の葛原らの役割は意外に明瞭なのではないか。

例えば戦争は、切実な心身の問題を空虚な精神論と神話にすり替えていった時期であったとも言えよう。

葛原でさえ次のような歌を詠んだように。

天長節ことほぎまつる銀翼の百千のひびき雲を搖るなり
恍として瞳は濡るれますらをらけふの佳き日の空を高飛ぶ
（「潮音」昭和19年6月号）

これらの歌に詠まれているのは、神話化され記号化された空軍の勇姿であり、神話を神話として全幅の信頼で仰ぐ一庶民の姿であろう。書き割りのように整然とした構図で配置された英雄と庶民、ますらおを仰ぐ女が描かれている。

当時広められた「欲しがりません、勝つまでは」や「頑張れ！敵も必死だ」などの「国民決意の標語」（昭和十七年採用）に見るまでもなく、当時の思想や情報、生活の隅々にいたる統制が目指したのは、現実を空疎な標語で覆うことであり、同時に個人の領域を極限まで狭めることであった。その動きの中で、恐怖や痛みや餓えや悲しみなどの心身の問題は先ず真っ先に切り捨てられたであろうことは想像に難くない。しかし戦争こそは血が流れ、肉が砕かれる肉体の痛みの問題であり、拉がれ歪められてゆく精神の苦しみであり、心身の問題以外ではなかったはずだ。

戦後短歌は、戦争を国家と個人の問題として、家族の問題として、また社会や思想の問題として問いかけたが、肉体の問題として考えることはなかった。女歌と呼ばれた表現は、戦後短歌史に欠落していたこの心身の問題を埋めようとし、生きた心と肉体を取り戻すための表現であったとは言えないか。それは、例えば戦争や戦後を、愛や孤独や社会を、それら全てをそれぞれの既成の鋳型から外し、心身の感覚として再生し、痛みや苦しみとして感受しなおす事であった。

注1 蛾のモチーフの最初は昭和二十二年「新日光」二号に「寡婦のうたえる」として発表され話題となる。「短歌研究」昭和二十五年十月号の「女身」五首中に「花瓶の腐れ水」、「飛ばぬ重き蛾は」、「生ける蛾を」が、「短歌研究」昭和二十七年九月号の「白蛾」十二首中に「追ひ出しし」、「水たまりに」が見える。改作された歌の初出形は次の通り。

飛ばぬ重き蛾は震ひつつ女身われと合わさりてしまふなまなましけれ

蛾籠めたる昨夜の紙つぶてほどけゐて花のごとも地にひつそり息づく

注2『岩波現代短歌辞典』、『現代短歌大辞典』、『現代短歌全集十二』による。

注3「蛾の羽の震音やまず」以外は『縄文』に収められている。葛原はこのモチーフを温め続け、『葡萄木立』にも蛾の歌四首あまりが見られる。

注4『白蛾』には次のような歌がある。

一群の海藻は黒くただよひてわがこころにものりあげて來る

## 5、近代の終焉と『飛行』

『飛行』が出版された昭和二十九年は、中城ふみ子の登場とその死、また寺山修司の登場という話題多い年であったが、同時に戦後十年という節目を迎えようとする時期でもあった。前年に近代短歌の巨人である斎藤茂吉と釈迢空が相次いで亡くなり、旧世代に代わりうる新しい表現がいっそう切実に求められるようになっていた。葛原はすでに『橙黄』を出版し、未刊歌集として『縄文』を携えており、その独特な作風を知られるようになっていたが、評価が定まったとは言えず、激しい毀誉褒貶の渦中にあった。そんな中で出版された第三歌集『飛行』はどのような批評に迎えられたのだろうか。

『飛行』を直接に対象とした批評として次のようなものが挙げられる。

・「短歌研究」昭和二十九年九月号

「ふたつの女人像――中城・葛原作品」（森岡貞香）

・「潮音」昭和二十九年十一月号

「詩人の条件――葛原妙子歌集『飛行』を貫くものをめぐって」（波汐國芳）

「現代短歌への一考察――葛原妙子小論を主として」（藤田武）

・「短歌」昭和二十九年十一月号

「『飛行』について」（坪野哲久）

・「まひる野」昭和二十九年十一月号

「再び近代主義への反省――女流歌人の作品について」（武川忠一）

・「短歌雑誌」昭和三十年一月号

座談会「新しさとは何か――噂にのぼる最近の女性歌について」（佐伯仁三郎、加藤克巳、中野菊夫、栗原潔子）

・「女人短歌」昭和三十年四月二十三号

「断想美のありかた」（高尾亮一）

「飛行のうた」（齋藤史）

『飛行』の刊行が七月だから、「短歌研究」九月号での森岡貞香の反応は最も早いものだと言えよう。森岡はこの中で、中城ふみ子と比較しつつ次のように述べる。

同じ角度から言つて飛行は、易々とモラルを抜け切つてゐる乳房喪失のやうな魂ではない。（略）風のごとき性格と己れを言つてゐる中城さんとは対象的な真直な本質を持つてゐて、ためにかへつて原罪にくるしむ態度が見える。（略）原罪にくるしむやうな精神は不思議と乳房喪失には無い。葛原さんの本質は作者の苦闘を勝利のごとく昇華させてゐるけれど。

葛原が中城のような人生の背景や明瞭な物語的輪郭を持たず、それゆえに難解にならざるをえないという問題を抱えていたことは先に述べた。森岡はここでそのような葛原の文体に「原罪」との葛藤を見る。短歌という形式と向き合いつつ、そこに人間の根源的な悲苦をいかに収めるかという難題と向き合っていたことを言い、文体とテーマとの混沌として一体になった歌の特徴を言う。森岡は次のような歌を挙げている。

糸杉がめらめらと宙に攀づる繪をさびしくこころあへぐ日に見き
有限者マリヤの肌を綠色《りよくしよく》に塗りつぶしたるはシャガール　あはれ

これらの歌について森岡は次のようにも述べる。「このような作品にある苦悶といふものは、従来の短歌にあるあの東洋的な詩精神とはやや異なり、それは絵硝子の中に押しこめられてでもゐるやうに私には感じられる」。文体との格闘に滲む「苦悶」や、従来の短歌的土壌から抜け出したゆえの不安定感を指摘しつつ森岡はそれを評価している。一首めの糸杉の絵はゴッホだろうか。絵のなかの糸杉の捩れが自らの心そのもののように見えると言い、またシャガールがマリアを塗り込めた緑色が葛原の切実な渇きや寂しさと共鳴するのである。こうした抽象的な葛藤が出口を求めて呻吟しているような、文体との格闘それ自体が意味のあることだと森岡には映っていたのである。そうした評価の方向は齋藤史にも共通していた。

> 葛原さんの歌は、びしよびしよの、じようじようの、という型ではない。濡れつ放しに濡れてなどゐないのである。「なにを。」といふ性根が、芯までだらしなく濡れ切る前に、頭を持ち上げてくるに違ひない。安住のない位置にゐて安定を取らうとするやうな苦しいもがきが、短歌を作つてゐる人の姿に見せてゐる。実際以上に割り切れた歌、ねばり気なく見える歌は、めんめんと裾を引いてまつはる女歌の類を、わらつてゐるからだと思ふ時もある。わたくしはそこを頼みにする。

史が言う、「安住のない位置にゐて安定を取らうとするやうな苦しいもがき」は、森岡が「絵硝子の中に押しこめられてでもゐるやう」と語ったものと似ている。短歌にとって馴染みのある「東洋的な詩精神」を離れ、「安住のない位置」に積極的に身を置いて「苦しいもがき」を晒す。このような葛原の方法に齋藤史は旧来の女歌的抒情からの脱出を見、希望を見ていた。同じような評価は歌人坪野哲久によっても書かれている。

> まことに不敵に、ぬけぬけと、ふてぶてしく歌い放つている。おそらくしんの勁いひとにちがいない。こころ昂ぶつているところ、時に孤絶と独断がとぐろを捲き、それがいさぎよいまでに美事に開花して

いる。驚畏と新鮮をいうのではない。生命感のこのような汪溢は、女歌としては希有のものであろう。

坪野は、葛原の歌に従来の女歌にはなかった「生命感」の「汪溢」を見、「ふてぶてし」さや「不敵」さを強調する。この批評が言おうとしているものは、森岡貞香や齋藤史と底流において通じ合っている。森岡や齋藤が見た「苦闘」や「苦しい」もがきが、坪野には不敵な「生命感」と見えている。「孤絶と独断がとぐろを捲き」という語り方には森岡や齋藤が言う不安定な位置でもがきつつ自らを晒す孤独が重なってくる。この文章が特徴的なのは、森岡や齋藤以上に女であることに表現の特色を感受していることだ。こうした評言の背景にはこの文章が発表される三ヶ月ほど前の葛原の発言が影響していると考えられる。[注1]

葛原「反対に『女のいやらしさ』といふものを、作品の上でぶちまけてみるのもいいとおもひます。ぶちまけるといふこと自体のなかに、すでにそれに対する批判が、作者に働いてゐる筈ですから。」

（「短歌」昭和29年8月号）

この発言に呼応するように坪野は次のような歌を取り上げ、そこに濃厚な女性ゆえの表現を見る。

はるかなる黒き森はも身ふるはむわれのみぞその位置知れる森
腐葉土の中にかすかに疼きくるものの芽のごとき言葉を待てり

女の生理、オルガニ《ママ》スムのかもしだすふしぎなあやしい光。男どもの持つ単純素朴な機関など及びもつかない。生命のぬめぬめしさ、業がふかいと言はねばならぬ。仮面の裏側にひそませている女たちの眼をおそれなければならない。

ここでは葛原に感じ取った「生命感」の質が語られる。坪野の受け取っているのは生き物の雌の持つような命の感触である。身体の感覚を積極的に表現に生かそうとした葛原にとってこの批評はほとんど絶賛に近い。しかしこの歌に限ってみれば、感覚的なものの底に沈めた抽象的なもの思いに鑑賞は届いていない。葛原が未知の森に託した存在の孤独、植物の芽のような未知の言葉は、感覚で感知するほかない切実な抽象とでも言うべきものであった。森岡や齋藤はそこに至る苦悶を読み、坪野はそれより強く女性の感覚を先立てた表現に注目したと言えよう。

坪野は終始挑戦的にこの文章を書いており、個々の歌についての批判は厳しかった。

・外物遮断のエゴの世界、痛切な裸身のたたかいにはほど遠いことと言わねばならない

・この種の疑似創造又は模写的傾向の歌、底が見え透くではないか。姿が美しいというだけのこと、オリジナルな営みから遠いのだ

・詩には粉飾はいらぬと思う。存在を主張する言葉が大事なのだ

等々の批判は葛原が創り上げようとしていたスタイルの危うさを衝いていた。ほとんど同様の趣旨の批判を展開したのが藤田武、武川忠一であった。

藤田武は同門の若手として身内ゆえの厳しい批評を寄せている。

・個の内面の追求といふものは個の内面に於ける追求のみに於ては達成されず、むしろ、外面に於ける衆の立場との対決によつた時こそ、より深い個の追求の可能性が展開されて来る筈である
・かかる作者の作品群の底に根づよい日常生活の事実性の単なる報告的再現が少なくない
・かゝる狭い視野に於ける作品群は、如何程の機能を発揮し得るのであらうか。広く社会に批判的な眼をむけてゆくことにこそ、近代文学の希求し続けて来たものがあつたのではなかつたらうか

また歌誌「まひる野」の論客である武川忠一は次のような歌を取り上げ批判する。

ゆふべ堅い蠟となるなりめぐらせる硝子の中の暗緑の蘭
かりかりと嚙ましむる堅き木の實なきや冬の少女は皓齒《しらは》をもてり

『飛行』の晦渋さは要するに近代主義的である。内容の空虚を飾り立てて、何かありげに見せるだけのものである。内容があるとすれば、まさしく「自己暗示的な」救済のなさに作者が住むという、一つの錯覚のようなものだけだ。ここからは何も出て来ない。作者の折角の感覚的な資質がこれは相当なものだと思うがこのようにだけ消耗されるのは残念なことだ。

これらの批判は、おおよそ次の点に集中している。個人の感覚に閉じた表現が自閉的であり社会との関わりを持たないという点。また、そうした感覚表現が徒らに難解であり、粉飾的、虚飾的な危うさを持っているという点である。確かに『飛行』には『橙黄』より濃厚な方法意識が現れており、『橙黄』が持っていた疎

開生活のような物語の輪郭はなくなっている。『橙黄』が戦中を生き抜いた生活の記録として読まれることもあったのに比較すると、方法意識が鮮明な『飛行』はそれゆえに批判の対象になっていた。武川が言う「近代主義的」であることは、葛原に対して向けられる場合、西洋趣味や、感覚的な抽象表現に自我を投影するような作風を指すと思われる。確かに武川が取り上げた蘭の歌などには、感覚のなかに溺れてしまいかねないような危うさが見え、それが感覚の「消耗」に繋がるのではないかという危惧を呼んでいた。

同様の危惧は「短歌雑誌」の座談会でも出されている。

・加藤克巳「やつぱり感覚を通じて追求してゐるものの世界が狭いと思ふんです。時代性、社会性とかいふことだけでなく、そこに一つの限界があると思ふ。卑俗なるものに対する強い反発という長所を一方に持ちながら。どうも。」

・中野菊夫「表現そのものに没入していつたのでは、現象的な末梢的なものになる。本質的なものに捕《ママ》へてゆかなければならない」

「世界が狭い」ということ、「現象的」「末梢的」なものに陥る危険、藤田や武川の危惧と同じ批判がここでも出されている。しかしこの座談会のなかで栗原潔子は

・「葛原さん、あの人の仕事は、深刻な形式の中のレジスタンスなのではありませんか」

・「古いもの、卑俗なものに抵抗して自分を出したい。それをどういふふうに出すかといふことで苦悶してゐる」

と発言し、森岡貞香や齋藤史と同様に形式との格闘それ自体に意味を見出していた。この時、葛原は森岡貞香や中城ふみ子とともに女歌という名に括られ、それゆえの注目と批判を浴びていた。こうした議論にもその影響は見え、女性歌人は独自な世界を開こうとする苦闘に対して共感と理解を寄せ、男性歌人はそうした闘いを閉鎖的な、消耗戦として見ていた。

こうしたすれ違いは、批評の際に拠って立つ場所がそもそも違っていたことが要因であった。新しい短歌が求められる時代の節目で、葛原のような方法が短歌の未来を開けるのかどうか、男性歌人からの批判は主としてこうした視点からなされている。藤田の論の「近代文学」も武川の語る「近代主義」も、「近代」に込められた意味やコンテクストは微妙に異なりながら、長い歴史的な枠組みの中で歴史を俯瞰する言葉であったと言えよう。茂吉、迢空亡きあとの短歌の世界を牽引し未来を開くには、と考えるとき、そこに不足する要素が批判の俎上に上げられていたことになる。また男性歌人が「社会性」の不足を重要な問題として語るとき、女性歌人達にそれより重要な要素として考えられたのは「自我」や「孤独」といった言葉で表される個人の実現に関わるものであった。それゆえ、形式の中で旧来の枠組みから脱出しようともがく葛原の苦闘はそれ自体評価に値すると感じられたのである。

篠弘は『現代短歌史Ⅱ』においてつぎのように茂吉と迢空の死を纏めている。

偉大な二人の死にさいして、まったく見通しは暗かった。おのずからそこに、深い溝が穴を開いた。しかしたしかに茂吉・迢空の死によって、個のかなしみに徹した悲歌の時代が終わったのである。この時期をもって近代短歌終焉説の出てくるゆえんでもある。

巨視的に眺めるなら、『飛行』が出版されたのは、近代と現代の文学史のちょうど節目にあたる時期であったと言えよう。近代文学の何を引き継ぎ、何を終わりとするのか、それぞれの評者が思い描いている見取り図が異なっている。主として男性歌人によって指摘された「社会性」の不足の問題は、近代歌人が造り上げた「個のかなしみに徹した悲歌の時代が終わった」とする歴史観と重なっている。より社会に開け、社会と関わる中で個人を見出そうとする動きが加速するなかで、男性評者は社会性を切望していた。あるいは男性と女性との間には大きなタイム・ラグがあったのではなかったか。なぜなら、葛原ら自覚のある女性達にとって「個のかなしみ」はまだ充分に語られてはいず、それどころか敗戦を機にようやく言葉を得て表現の緒についたばかりだったからである。

あるいはこれは単なるタイム・ラグではなく、近代というものの捉え方自体が違っていたのかもしれない。与謝野晶子によって、あるいは岡本かの子によって開かれかけた身体性と強く結びついた個というものの、自我というものの追求はそこで途切れていたともいえるのではないか。そうであれば葛原は、まさに近代の宿題を抱えたまま現代の扉を独力で押し開くという課題を負わされていたことになる。近代の終わりと現代の始まりの狭間に送り出された『飛行』は、それゆえ新しい短歌への期待と近代の宿題の貫徹という重い期待を自ずと負うことになったと言えよう。

注1 「女性短歌の前進のために」と題された座談会で、葛原妙子、五島美代子、生方たつゑ、阿部静枝、山下喜美子が参加していた。

# 四　近代という宿題

長き髪ひきずるごとく貨車ゆきぬ渡橋をくぐりなほもゆくべし

『飛行』

## 1、　再読「再び女人の歌を閉塞するもの」

葛原は評論においても決して寡作ではなく、むしろ当時の女性歌人の中では論客でありオピニオンリーダー的存在でさえあった。しかし今日ほとんど唯一の評論のように記憶されているのが「再び女人の歌を閉塞するもの」（「短歌」昭和30年3月号）である。これは折口信夫による「女流の歌を閉塞したもの」（昭和26年1月号）を受ける形で書かれているが、葛原が展開している論は折口が示唆した方向とは全く異なる。そうであるからこそ「女人短歌」からにわかに輩出した一群の個性の強い作品は、注目を浴びつつ強い批判の対象ともなっていたと言えよう。

この評論がことさら印象深く記憶されることになったのは、ここに葛原の本音が赤裸裸に吐露されているからに他ならない。そしてそれは、葛原のみならず、当時女歌と呼ばれひとくくりに論じられていた森岡貞香、中城ふみ子らの作品を支える歌論となり、また他の多くの女性歌人達を代弁するものでもあった。そして今日の目から見るとき、戦後の女性歌人達の拠って立つ文脈を明かし、女達にとっての戦後とは何であったかを語るものでもあった。

この論を読む前に、この論が反論の対象としている文章を見ておこう。直接には尾山篤二郎の「女人歌の在方の問題」（「短歌研究」昭和29年10月号）、山本友一の「素朴な清新さを」（「短歌」昭和29年12月号）、近藤芳美の「女歌への疑問」（同）である。これらの論には共通する傾向がある。それは、女性の歌に対して向けられる文学批評以前の感情的好悪の問題である。この事は、些末な問題のようであるが実は女歌への是非を巡る議論の核に座っていたと思われてならない。例えば尾山の中城ふみ子に対する発言にその要素があることはすでに触れたとおりだが、尾山に限らず、女歌に対する批判には常にこうした要素が混在していたことが窺えるのだ。

・たとへば貴方の息子さんの配偶に「乳房喪失」の著者の中城ふみ子のやうな人を選び得ますか、といふことを聞きたい。私にはとても出来ない。(尾山篤二郎)

・絶望だの近代精神だの孤独だのと深刻さうな顔付をして作品をなしてゐても、れいれいと着飾つて会合などに出席して、高級煙草をふかしたり、ここの料理はまづいのうまいのなどと云ってゐる姿を見ると、私の様な愚鈍なものにはその作品に信用をおけなくなるのだ(山本友一)

尾山の文学批評と嫁探しとを混同している物言いは論外だが、そのような揶揄を含まずには語れなかった女歌への反発を明かしてもいる。また、山本の発言では作者への人物批評がそのまま作品の価値判断に繫がっている。山本は続けて「おのれみづから傷つかずに何を言ふのだ」と糾弾するのだが、『飛行』に対する批評において文体を含む一切を虚飾とみなす批評に繫がる見方と言えよう。しかしそれにしてもこれらの発言には評者が抱え込んでいる女性像への好みが反映していないだろうか。このことはさらに作品に踏み込んだ読みにも窺える。山本は次のようにも述べる。

・言葉を痛めつけた佶屈した語法、肉体をくねらせたやうないやらしい表現、何のことか判らない比喩、ひとりよがりの観念、何か無理に存在を主張した様な態度、周囲に対する好意のこもらない目、肉親を素材に扱ふのがまるで恥と思つてゐる様な口吻(中略)私には想像もつかないマゾヒズムとも云へる潮流が女流歌人の間には奔流となつて流れはじめてゐるのではあるまいか。

また近藤芳美も期待という形で葛原らへの不満を語る。

・もつと清潔な知性に満ち、もつと現代の共感と理解の上に立ち、それで居ながら女だけの知る悲哀を情感として静かにたたへた、そのやうな女性の歌が、今日の、歪んで奇形児めいた流行的な「女歌」に代る日を待ちたいと思ふ。

・二十代から三十代にかけての女性作者の作品は立派である。（中略）そのやうな若い女性の人達の作品が一様に清らかであり、知性に満ち、それで居ながら一種の悲哀感が常に流れて居る。

こうした語りには、嫌悪と理想の両方からあるべき女性の作品の姿が映し出されている。近藤の語る「清潔な知性」や「清らか」さ、つつましい「悲哀」といった好ましい要素はそのまま山本の語る「肉体をくねらせたやうないやらし」さや「何か無理に存在を主張した様な態度」への嫌悪へと繋がってゆく。これらの言葉は多分に感覚的感情的であるが、それ以上に問題となるのは、女性のあるべき姿と作品のあるべき姿とが直接に重ねられている点であろう。作品を一つのテキストとして受け取る前に、好ましい異性であるかどうかという非常にプリミティブな価値判断が無意識に働いている。そのことに私たちは今日なお意外に無頓着だ。おそらくは男性歌人への批評の場には表だっては働かない読みのコードが女性の作品に対しては強く働く。葛原はこの点に鈍感ではなかった。直接には近藤に対して次のように反論する。

氏自身の資質による女性の作品に対する嗜好とでも云ふべきものを、少からず発見するのである。(中略)又最も重要な事は、現在の女流歌人のすべてが氏のこの文章中の「女流作品への注文」にこだはり過ぎて作品を作るならば、女人の歌は再び閉塞の運命に見舞はれはしないか、といふ懸念である。

近藤の語るような好ましい女性の表現は、言いかえれば山本や近藤が抱え込んでいる女性像、すなわち「嗜好」を裏切らず、その範疇に収まるということを意味する。それを葛原は「閉塞の運命」と呼ぶ。葛原は当初折口が示唆した女歌の方向にもこのような運命を感じ、そこから脱出しようとしていたことをこの論文の冒頭に滲ませている。

葛原は折口信夫の「女人短歌序説」より「長い埋没の歴史をはねのけて今女人の歌が起こらうとしてゐるらしい」を冒頭に掲げつつ、次のように述べる。

現在女流の歌は旺んになりつつあるといふ。頷いてよいことかも知れない。しかしそのことは、先に述べた折口氏の言葉とは、直接のかかはりはないのである。なぜなら、それをひとつの啓示めいた言葉として受取る程、特に、その時分まだ若かつた作家達は、聡くはなかつたからである。むしろ、今までの女流の作品の概念から、ややはみ出した作品は、折口氏の発言の前に、それぞれの小さな巣に生み落とされてゐたと言へるのである。作家達は各々の個性にしたがつて、至つて気儘に歩いた。それにもかかはらず、今日考へてみるときに、折口氏の予期と作家の歩み方は、それ程ずれてゐるとは思へない。折口氏は洞察の人であつたと言へる。

ここで葛原は、大枠では折口の示唆した方向に「思いがけず」自分たちがあることを認めつつ、しかし折口の示唆より先に自分たちのオリジナルな歩みは始まっていたと強調する。控えめに書こうとしつつ、葛原の譲らぬ主張が感じられる部分だ。この葛原の主張の裏には、「女人短歌」成立の経緯も関わっていると思われる。女人短歌会は、葛原ら戦後新たに新鮮な自負を抱えて入会した人々の集まりと、もう一つ、戦前から続いていた女性歌人の集まりが一体となった集まりであった。女人短歌会の原型とも言える組織は昭和三年に成立し、昭和十三年まで続いていた「ひさぎ会」と命名された〈女流〉の集まりであった。これは、折口の息のかかったものであった。この会の第一回には次のような名が見える。

四賀光子、今井邦子、岡本かの子、茅野雅子、杉浦翠子、狭山信乃、原阿佐緒、北見志保子、水町京子、川上小夜子、横田葉子、長岡とみ子、杉田鶴子、阿部静枝、川端千枝、中河幹子、片山廣子、尾崎孝子

(『女人短歌小論』女人短歌会編　長沢美津「女人短歌と折口信夫」)

この中から多くが戦後の女人短歌会に参加することになるが、これら戦前から活動している女性歌人達と、戦後新たな表現を求めて参加した葛原ら新人達との間には基盤となる世界観、女性像、短歌観に大きなズレがあったとしてもおかしくはない。葛原がここで書いている「その時分まだ若かつた作家達は、聡くはなかつた」とは、折口の息のかからぬ人々のことであり、自前で新しい女性像、短歌観を造ろうとしている女性達を指す。少なくとも葛原自身はそのようであろうとしていた。

折口が描いてみせた「ポーズ」のある歌にも、近藤が描いてみせた「清潔」な歌にも、スタイルは異なりながら枷として働きかねない枠組みが透けて見えたのである。そのような既成の女性像の範疇では描け

ないものがあることを葛原は訴える。

・戦後の女性の内部に、氏の見知らぬ乾燥した、又粘着した醜い情緒があるといふ事実である。そしてひよつとしたら、さうしたものの一部は、女性の本質の中に昔からあつたものかもしれない。それと同時に今迄の短歌的な情緒とはやゝ異質なものが、別に生れてゐるといふ事も確かである。それらを露はにする多少の勇気を、限られた現在の女流の人たちが持つたと云へると思ふ。

・中年女性の短歌は、当然その生活の反映であり、広い意味での矛盾に充ちた日本社会の反映と言ふ事が出来る。

・粘着したもの、臭気のあるもの、ひしがれ歪んだものの一切を含み、かつ吐くがよいと思ふ。

「乾燥」し、「粘着」し、「臭気」を放ち、「ひしがれ歪んだもの」。これらはことごとく近藤の期待する女性像を裏切っている。そしてそれはもともと女性自身の裡にあったものだと言う。むしろ既成の表現に現れている抒情のほうが女性自身の本音を裏切っていることを示唆するのである。

事実、『飛行』では家族との齟齬をバネとしながら女であること、母であることを問いつつ自らの裡に澱む物を吐き出すような歌が見られる。

殺鼠剤食ひたる鼠が屋根うらによろめくさまをおもひてゐたり　『飛行』

長き髪ひきずるごとく貨車ゆきぬ渡橋をくぐりなほもゆくべし

けいけいとなにを企む夫よりものちに死にたしとおもひたる日は

わが死《しに》を禱れるものの影顯《た》ちきゆめゆめ夫などとおもふにあらざるも
わがうちの暗きになにかは顯はるるたとへば黒き森のごときもの
みづからをみづからの手であざむくにいかにか愉し化粧といふは
夏のくぢらぬくしとさやりゐたるときわが乳《ち》痛めるふかしぎありぬ
きつつきの木つつきし洞《ほら》の暗くなりこの世にし遂にわれは不在なり
眼鏡の澄みしづかに深くなるときの男の子よ潔し母にちかづくな
あるときは空に突き刺さる山嶽をわれは戀する人間よりも

こうした葛原の方向は、一方で深い理解に支えられてもいた。『飛行』での苦闘を評価する女性達の理解の他に、次のような発言も力になっていた。

あの人の歌にはひとりの中年の婦人の生態というものが出ていると思いますね。歯ぎしりし、のたうちまわりながら、いきてゆこうとしている地獄絵みたいなものではないかな。あれを単に唯美的なものとみることはできないな。
（木俣修「短歌研究」昭和30年7月号座談会[注1]）

この座談会では中河幹子も『飛行』について「新鮮だし、今までにない変わつた抒情をうち出して大変いいと思いました」と評価しエールを送っている。また長沢美津も、尾山篤二郎との論争の中で葛原を擁護する。

女歌が恋ひ乞ふものを他に求めるところから自分のうちに求める。女性のしん底からの欲求を見出さないではゐられないところまで来たしるしの一つとして見ることが出来ると思ふ。男との平等を叫び女の役目のみじめさを嘆く騒々しさではなくて人間として男と共に求め合ふものが女性の本質に触れてきびしさとなるのを否めないのではなからうか。

（長澤美津「翼と骨と」―「短歌研究」昭和29年10月号）

こうした賛同に語られている「地獄絵みたいなもの」や「女性のしん底からの欲求」といった言葉は直接に葛原の歌と論を後押しする言葉となっていよう。葛原が語った「今迄の短歌的な情緒とはや、異質なもの」は、「女性の本質に触れてきびしさとなるのを否めない」ものであり、「歯ぎしりし、のたうちまわり」ながら求めるほかないものでもあった。長澤はそのような苦闘に男性と対等に文学を求める自立した精神を見ている。従来の短歌では規制されてきた内面を吐露し、醜いものも表現し尽くそうとする方法は、賛否拮抗し、常にそれを押し戻そうとする力とともにあったと言えよう。

またもう一つ葛原が拘っているのが、この議論の中でしばしば言及されている「中年の婦人」、三十代以上の女性という世代である。三十歳以下の「清潔」さを良しとする近藤に対して、葛原はそうした若い世代と同列に中年女性を論じることを「戦争によるいはゆる傷跡派と、二十五歳以下の無傷派を一括して論じることと、何ら変らない」と批判する。女歌に括られた葛原や森岡、中城らは中年女性として経験の厚みの中から自らを打ち出すほかない地点にいた。そしてことにこの時の中年女性とは、戦前、戦中、戦後という時代の激変を生活を通じて心身に刻み込んだ世代でもあった。そうした世代と戦後の空気を当たり前のように摂取した若い世代とでは抒情の質が異なるのは当然であった。葛原は次のように語る。

今日中年女性の周りには「家族制度」といふ厚い壁が、いまだに厳然と存在してゐることが忘れられてはならない。余程聡明な処理が行はれない限り、中年の女性は、そこから脱け出す事は先づ困難と云へよう。強ひて脱出を企てれば、たちまちその壁に突きあたるのである。さうした中年婦人の環境が、自我を著しく屈折せしめるときに、どのやうな現象を生むか、近藤氏には推察される事はむづかしいであらうか。(中略)中年女性の短歌は、当然その生活の反映であり、広い意味での矛盾に充ちた日本社会の反映と言ふ事が出来る。

葛原らを表現に駆り立てていたのは、古い社会の強い枷と新しい社会の価値という相反する二つの力である。形の上では廃止されたはずの家制度は、しかし現実の生活ではなお根強く女達を覆っていた。一方で欧米から流れ込んでくる風は、近代からの宿題であった女性の精神の自立を急がせたのである。こうした状況の中で生まれた表現について長澤美津は先の文章の中で葛原の歌を引用し次のように語っている。

わが蒔ける未知の花どもひしめきて多慾のわれに一夜せまりき
植物の細根が肥料にとどく夜頃いたくつめたき夏は往來《ゆきき》す

ここにもわれの打ち出しがある。他から来る圧力を何としても一応われのなかへ集約して未知の花のひしめきにひろげたり季節異変に到達したり、この場合のわれは経験的立場の自己でもなければ境涯的の自己でもない。自己展開の途上にあつてこの作者のうちとそととのつながりに具体性を与へてゐるのである。

ここでは葛原が拓こうとしている自我と表現との関わりが象徴的に語られている。「他から来る圧力」を「われのなかへ集約して」想像力の世界を開くという独特な方法。葛原は幻想の世界に自らを映し出し、現実社会の圧力に耐えそれを超えようとしたのである。長澤はこうした葛原の「われ」の在り方に深い理解を示している。しかし葛原の方法には懐疑の声も強かった。近藤芳美は先の「女歌への疑問」の中で

自分の「いのち」へのかたくなな独断があるのではないかと思ふ。自分の内部的なものへの過信が、はるかに吾々男性の場合より強くひそめられて居るのではないかと思ふ。

と述べ、自己の内部に深く屈み込む姿勢を批判、さらに、「人間の『いのち』と云ふものを観念的にだけ追つて行けるか」と追求した。また尾山篤二郎はやはり先の「女人歌の在方の問題」で、次のように批判していた。

感官的なもの、即ちセンシイビリチーが人一倍希薄なところから、それを懸命に隠蔽する為にセンスを虐使し、とんでもない見当違ひをやつてゐるのぢやあるまいか。

確かに葛原の表現には一見自らの内側のみに耳を澄まし、神経を働かせているような危さがある。それが尾山には繊細さの希薄を「隠蔽」する術とさえ感じられた。しかしそれが社会と自我との軋轢や、今だ吐露されたことのない女の本音をより深く表現する方法であったことは理解されにくかった。こうした懐疑を押し返す事も「再び女人の歌を閉塞するもの」の重要な論点であった。

・或ひはマイナスとなり易いのではないかと近藤氏が考へてをられるところの女性の本質が、かへつてプラスとなつて強く働くのである。故に女性はこの感覚という天賦の武器を、善用すべきであると思ふ。

・反写実的な「方法」は、単に象徴のみならず他に種々の形をもつものである。幻想・虚構などの一切がこの中に含まれる。いづれも人間生活の中から「真実」を取り出す方法である。

敗戦による社会の激変をつぶさに見た葛原は、写実によって描けるものの限界を傍らに見つつ、感覚や幻想や虚構による表現を拓こうとしていた。また古い女性像を超えようとする一方で「女の感性」に拘り、それを生かしながら未知の文脈に迫ろうとしていたのである。この論文は近藤芳美への反論に多くを費やし、戦後をリードしてきた文学が見落としてきたものを訴える。しかしその意味を受け止め得たのは少数であった。最も深い理解を寄せた藤田武は青年歌人会議による討論会「戦後派を批判する」（「短歌」昭和32年2月号）で、（女歌こそが）「近藤さんのいつている終戦の経験を一番最初に問題にしたんじやないか」と前置きし、次のように語っている。

・終戦を契機として人間の魂の醜さ、近代的な自我の覚醒ということも出てきたんじやないかと思う。（中略）こういう女流の作家がのつぴきならないもの、とにかく詠わなければならないものを内部に摑えたということを戦後に評価しなければならないんじやないか。

注1 中河幹子、前田透、森岡貞香による。

## 2、読み残された女歌

ほとんど反応らしい反応のなかった「再び女人の歌を閉塞するもの」だったが、その中で、この藤田武の発言は、葛原の目指したものを最も深部で理解したものだったのではないか。藤田は

（女歌のやろうとしたことは）いまに始まつたことじやなく、二十世紀後半の当然の波として起こつてきたんじやないか

とも語り、近藤芳美ら戦後派を大きなスパンから見、そこに女歌を対比しようとしていた。この発言はうまく受け止められることなく途切れるのだが、ここには当時の状況論に止まらない短歌史的に重要な視点がある。

近藤芳美が戦後間もなく新しい時代の短歌の在り方を記した記念碑的論文「新しき短歌の規定」（「短歌研究」昭和22年6月号）には藤田の発言に繋がる「終戦の経験」が記されている。近藤は、「新しい歌とは何であらうか。それは今日有用の歌の事である。今日有用の歌とは何か。それは今日この現実に生きて居る人間自体を、そのまゝに打出し得る歌の事である。」と語りかけ、次のように記していた。

新しい歌は人間を大胆に打ち出したものでなければならない。さうして、打ち出されるべき主体であ

る作者自身は、総ての意味に於て、最も誠実に今日の日に生きて居る人間でなければならない。別な言葉で云へば近代的人間でなければならぬ。（略）誠実に今日に生きるとは何を言ふのか。（略）それは、吾々の今居る現実を直視して眼をそらさない生き方のことである。弱々しく背をむけない、逃避しない生き方である。今ほのぼのとした眼をして天を見てはいけない。吾々はこのあらあらしい人間世界の渦流の中に立つて居る事をありのままに認知しなければならぬ。苦しみと、悲しみと、怒りと、よろこびとをこの渦流の中からそのまま把握し来たつて、短歌詩型としてうち出さねばならない。

戦後を象徴する論文の一つであるこの論には、このように「終戦の経験」が据えられている。現実を直視し眼を逸らさぬこと、ありのままに人間を描くということ、描き描かれるに足る近代的主体の確立、これらは、戦中にうち捨てられたものの確認である。戦時下の国家体制が強いたのは、現実を直視せぬこと、人間を理想化し、生身の人間として見ぬこと、個々人の自我を否定することであったと言えよう。この冒頭部分については、敗戦を潜り戦後を体験した表現者が共通に嚙みしめた認識であり、広く戦後歌論の礎となっていった。そして、葛原の主張もまさに同じ礎に築かれたものだったのだ。藤田はこの点を突いていた。

葛原らが直視した「現実」は女を囲む社会制度という厄介なものであり、また描こうとした「人間」が女というもう一人の「人間」であったに過ぎない。こうした「人間」論こそは、自我と表現の問題であり、近代以来の課題が伏流として流れている。女歌の問題は表面的な話題性にとどまるものではなく、戦後のみならず近代にまで遡りうるものだった。

しかし一方で、同様に短歌史的視点からそれゆえの欠点が指摘されてもいた。上田三四二は、「短歌のなかの現代詩」(「短歌研究」昭和31年8月号)のなかで、「難解派」と一括された塚本邦雄と女歌を比較してその違いを語る。上田は、塚本邦雄に現代詩の方法を見つつ、女歌に対しては次のように言う。

「難解派」の主流をなす「女歌」が、実は全然現代詩でないのは、それが「明星」の紫の袴を、緋のスカートにかえただけのものだからだ。(略)しかしこの花(「明星」*筆者注)が結局仇花に終わらねばならなかつたのは、それが方法の自覚から生まれたのでなく、感性の痙攣によりかかつていたからだ。

上田は、女歌が「明星」と同様に方法論が不在であることを指摘する。さらに与謝野晶子らの近代意識が「蜃気楼にすぎなかつたと言つてはいけないか」と語る。さらに葛原に対しては次のように批判する。

黒き車輪氷雪に軋るすなはち黒白は生殺のマチエールなり

これは、女性に感性の高揚が去つたときのなすすべをしらぬ虚脱を、詩でもなんでもない常識をもつてもつともらしく構えたものだ。だから、この頽廃は、いつか再び感情の嵐をよんで、高い叫喚の韻律発想に舞いもどらねば居られぬ。

上田はこの論において、女歌が感性に傾きすぎ、方法論を持たぬこと、さらに『女歌』の本質は、霊妙な韻律の波動のなかに言葉の魔性を存置しようとする巫女術にある」と指摘してその前近代性を批判した。この批判は、主に方法論に重きが置かれており、「再び女人の歌を閉塞するもの」が訴えようとした主題としての「女」、政治的、文化的概念である「女」を無視している。女歌が目指したのは文体と主題の一体となった独自の新しい表現なのであり、そこに込めようとしたのはあくまでも女による亀裂の経験、「終戦の経験」であった。晶子等の近代と葛原のそれが違ったのは、戦争を内的経験とした出発である。初期晶子の浪漫的な近代と、屈折を強いられながらの女歌の「近代」とは明らかに歴史的スタンスが違っている。上田の方法論への視点は鋭いが、晶子と葛原等を単純に「接ぎ木」してしまった点においてはいかにも性急であった。

しかしこうした批判は、「再び女人の歌を閉塞するもの」が書かれる前に寄せられた批判と重なりつつ、女歌を話題の表面から消してゆく。そして女歌という枠組みが消えるとき、女という主題も力を失ってゆくのである。例えば、この論文発表から間もなく開かれた女性歌人による座談会「妻の世界・歌の世界」（「短歌」昭和32年1月号）は、次のような発言を主調としたものとなってゆく。

女つてものはね、どんなに家庭から逃げ出そうと思つてもね、一生涯逃げられないものだということが、この頃ハッキリわかつてきたみたいですわ。（鈴鹿俊子）

葛原が闘った「『家族制度』といふ厚い壁」は、ここまで押し戻された形となった。女歌は、ここまで言ってみれば女性による近代の生き直しであり、それに相応しい独自な表現の開拓であった。話題として女歌が消えることにより、そうした主題は表層的には力を失っていった。しかし話題としての女歌の後退は、結果的に葛原に方法と主題の深化を促すことになったと言えよう。

この時期葛原自身も女歌の抱え込んだ贅肉を削ごうとしていた。ことに安易な主題へのもたれかかりを警戒していたことが窺えるのが、倉地與年子の作品を批評した次の文章である（「短歌研究」昭和32年3月号）。

葛原は倉地の歌を引用しつつ次のように述べる。

〝人間たらむとする欲望〟を腫瘍のごとくもつ頭蓋を梳る缺けし櫛もて
突放さるる裸身みどりにおののけりスティームの熱冷えゆく定時

だが、かうなると抵抗はやや被害妄想めくのである。灰汁の強い言葉の積み累ねや自意識過剰の発想の為、ひすてりつくな叫び丈が残る。(略)これは歌の技巧丈で解決は出来ないと思ふ。もつと奥のもの、即ち作者の自らの苦悩への過度の陶酔、それを作者自身ひと先、避ける努力にあるのではないだらうか。

「被害妄想」や「苦悩への過度の陶酔」の危険は、即ち葛原自身が受けてきた批評に他ならない。同じ言葉で女歌の弱点を切り捨てつつ、より強靱な作者主体の在り方を求める葛原は、女が自らの立場の不遇にもたれかかり女という主題を狭めてしまうことを怖れていた。同門の親友でもあった倉地へのこうした戒めには、女歌を軌道修正しつつ「歌の技巧丈で解決は出来ない」「もつと奥のもの」を求める葛原の切実な姿が見える。

上田三四二による女歌への批判は、この時期女歌論と入れ替わるように始まった前衛短歌の論争を背景にしている。女歌から前衛短歌運動へという短歌史的な流れは、表層的にはすでに飽きられつつあった女という主題の問題からより新鮮な方法論への乗り換えでもあった。しかし、前衛短歌論争と葛原との関わりを見ているとその差の大きさに気付く。現代詩など他ジャンルとの接点から新しい方法を求めてゆく前衛短歌に対して、葛原はあくまで伝統的方法の発展と女という主題との融合に新たな方法を見出そうとしていたからだ。この違いは前衛短歌と葛原それぞれの拠って立つ足場の違いとして重要である。上田は先の論文の中で、難解派に括られた一群の歌を次のように分けていた。

僕等の目からみれば、前三者（中城ふみ子、葛原妙子、森岡貞香＊筆者注）は「女歌」派だ。そうして、「現代詩」と呼ぶべきものは、塚本邦雄たつた一人である。系譜の根のまるで違つた両者の、たまたま開いてみせた花が「反写実」の同じ青い花であつたというに過ぎぬ。

「現代詩」である塚本を持ち上げ、「巫術」である女歌を批判するためのこの分類は、同時に葛原と前衛短歌との違いを言い当ててもいる。こうした違いについては葛原自身も自覚的であった。昭和三十一年、「短歌研究」三月号の誌上で組まれた「前衛短歌の方法を繞って」という特集を契機に「新しい調べ」を求める論争へと展開してゆく議論の中で、葛原は次のように語っていた（「短歌研究」昭和31年4月号「想像力の翼を」）。

現在の短歌の懸命な脱皮の苦痛は、（略）特に女性に取つては長い歴史によつて拒まれてゐた自我意識の表出の一つの方法を、敗戦といふかなしむべき事を契機として再び自らの手によつてとり戻したと言へるであらう。それは「明星」がひとたびその手から取り落し、長く地に潜んでゐた自我意識を対象とする象徴の新しい展開を見る事が出来ると思ふ。それを真に今日に適用させる為に（略）特に忘れられてならないことはこゝで短歌の伝統が無謀に無視されてはならない事である。（略）「所謂近代詩」が日本の伝統継承を怠つた為に、真の意味の「日本近代詩」となり得なかつた事実を吾々はここで冷静に考へるべきであらう。

葛原はここで、自らの目指すものが方法的には伝統的な象徴に基づくことと、主題としての女の自我の問題を確認している。ここには葛原や塚本らの作品が現代詩の不十分な後追いであるという大岡信の批判が反映している。それゆえ葛原は短歌の伝統を引き寄せ大岡に反論する。これは大枠で終戦直後から葛原が一筋に貫いてきたスタンスの確認であり、前衛短歌論争の始まりの時期にあって、自身の作品の方向を伝える。

この後、論の上では沈潜してゆく葛原は、歌においては矢継ぎ早に大作を発表してゆく。それは前衛短歌の論争を傍らに眺めながらの独行である。歌集で言えば『飛行』から未刊歌集『薔薇窓』をへて『原牛』にいたる時期の作品群となる。これらを見ていると、葛原がいかに独自の道を拓こうとしていたかがわかる。

まず、女というテーマの行方である。女歌から前衛短歌運動へ、という既成の見取り図のなかではあたかも消えたかのように取り扱われがちだが、女歌が遂げきれなかった女であることの深化、普遍化を葛原は一人試みていた。

・「母系」三十首(「短歌研究」昭和30年5月号)

いくつもの木綿の袋にわが充たす　黒き白き斑らなる種子

花と少女ひとつに溶けるカオスよりにじみ　滴り　母系あり

靜かなる暴力われ猫一尾をみな子三人《みたり》をしたがふるとき

・「薔薇窓」三十首（「短歌研究」昭和31年新年号）

流血は恍惚たらむましてわれに呼びすつるいちにんあらば

掘り起されし木の根の畸型陽に乾くうらかなしかもわれも乾けり

「再び女人の歌を閉塞するもの」で訴えた戦後の女性が内面に抱え込んだ乾燥し粘着した「醜い情緒」は例えばこのように描かれる。歌によっては感覚的な把握が浅かったり焦点を結び切れていない恨みもあるが、女同士の関係に「静かなる暴力」を見、名前を呼び捨て合うような肉親の関係に「流血」の「恍惚」を見るような角度はこれまでになかったものだろう。それが単なる新しい角度の発見なのではなく、時間をかけて秘められ蓄えられてきた内面の吐露であると葛原は主張する。

こうした歌は確かに既成の関係の枠組みを超えた直感として新鮮だが、感覚的である限り感覚的にしか通じないという弱点を持っていた。その事は葛原自身が「難解派の弁」（「短歌研究」昭和30年1月号）で「現代の短歌を難解とするものにエゴの問題があると思ひます。何故なら現代程各々の自我が類型的でない時代は少く、従つて作家の自我追求が真面目であればある程作品は個人的となり共鳴を得ません」と述べ、自我の独自性と読みとの接点に問題を感じていた。

# 五　前衛短歌運動との距離

築城はあなさびし　もえ上る焔のかたちをえらびぬ

『原牛』

## 1、塚本邦雄と葛原

葛原妙子は前衛短歌運動の伴走者なのだろうか？

前衛短歌は次のように解説されている。

第二芸術論の克服を通じて近代短歌の脆弱さを払拭し、モダニズムとリアリズムを綜合することで、短歌を現代短歌たらしめた文学運動。昭和三十年代に開花し、尖鋭な批評意識によって、韻律の変革、隠喩の導入、「私」の拡大をもたらした。塚本邦雄・岡井隆・寺山修司が主要な前衛歌人。

（『岩波現代短歌辞典』加藤治郎筆）

葛原は従来、この男性歌人による運動の「伴走者」であり、「倍音的存在」であるとも語られてきた。しかし、短歌史のうえで未だに位置づけの難しいこの歌人をごく漠然と前衛短歌運動に括るとき、葛原の本質も、また前衛短歌の性質も見えにくくなるのではないだろうか。とりわけ昭和三十年「再び女人の歌を閉塞するもの」を書いた後から昭和三十四年ごろにかけての葛原の大作群、歌集で言えば『原牛』に収められた作品の制作は、さながら前衛短歌運動の先駆けとなった議論と競うように発表されている。同時に、この時期前衛短歌運動の旗手とされる塚本邦雄も大作を発表しており、葛原と塚本とは新しい方法による表現が運動としての輪郭を見せはじめた時期に個性を競った。前衛短歌の伴走者としてイメージされがちな葛原は、しかし、明らかに塚本とは異なった短歌観を抱えており、それを作品の上にも明らかにしつつあった。

葛原と塚本とは、近藤芳美ら戦後派の行き詰まった時期、反写実が注目された時期にともに注目されはじめ、またともに「難解派」のレッテルを貼られている。しかし、それに反論したときの文章（「短歌研究」昭和30年1月号）には二人の短歌観の差が浮き彫りになっている。

塚本は「短歌の判らなさについて」の中で次のように述べ、自らの反写実の立場を明確にする。

戦後十年間廃墟の地図のように変転した歌壇に、ただ一ついじらしい位頑固に守り徹されてきた「黙契」のようなものがある。それは事実（決して現実でも真実でもない）に対する殉教的なまでの忠誠、経験と実践以外のものへの処女のような羞恥心、そしてメタフイジカルな世界への生理的な反発である。そしてそれは「詩はメタファーとイメージなしでは成立し得ない」という詩の技術に関する根本的な考え方、ひいては創作並びに虚構性への酷薄な反感、敵愾心となつて現れている。

ここには、戦前戦中から戦後のこの時期まで、底流で変わることのなかった現実重視の短歌への反発が吐露されている。そしてまた、短歌を詩と呼ぶ塚本は、「メタファー」や「イメージ」といった詩の技術への無理解を嘆いているのである。ここには短歌に写実以外の技術論が絶えてなかったことを短歌の立ち後れと見、短歌に詩と同等の技術を持ち込みたい塚本の意欲が表われている。また葛原は、歌壇の事実重視、写実一辺倒に対しては同様の立場をとっており、「難解派の弁」の中で次のように述べる。

現実の把握、又、美の追究が写実の方法によつてのみ得られるといふ信念、従つて他の方法による作品を低俗と見る傲倨が仮にもあるならそれは批評家即歌人である罪であり、その様な批評精神の貧困は他の芸術の批評水準に比べて恥づべきものと思はれます。

このように反写実、反事実一辺倒では一致しながら、しかし、葛原と塚本には大きく異なる部分がある。詩の技術論を語り、技術に対して開かれることの重要性にポイントのある塚本に対して、葛原は、人間の存在と深く結びついた言葉の働きに興味を持っていた。この「難解派の弁」の中で葛原は次のようにも語る。

しかし一方、言葉といふものの象徴性を考へるとき、そこにまだ探られてゐない色や響、また意味を探り当てる冒険はそれ自体一つの創造への参加であるといふ信念があつてよいと思ひます。

そして評論家小林秀雄の次の文章を引用する。

言葉といふものが元来自然の実存や人間の生存の最も深い謎めいた所に根を下し、其処から栄養を吸つて生きてゐるといふ事実への信頼を失つては凡そ詩人といふものはあり得ない。習慣といふものは恐しい。何故何もかもわかり切つた事しか書いてゐない事に愕然としないか

言葉が人間の生存の神秘な深みから生え出ているという小林の文章を葛原は大変に気に入っていた。言葉の根拠に横たわる、この存在の謎についての理解は、葛原の歌論の核心に据えられていた。「短歌の判ら

なさについて」と「難解派の弁」は、前衛短歌論争の始まる直前に書かれたものだから、むしろ率直にシンプルに塚本と葛原の短歌観が現れていると言えるだろう。塚本は自らの歌が難解とされる原因を、技術への無関心にあると感じ、葛原は生存の不可思議への無関心にあると感じていた。前衛短歌の議論が韻律やメタファーを巡る技術論に展開してゆく中で、葛原は自らの方法を模索しつつ、しかしあくまでも自らの「生存」を中心に表現を考えていた。そこが塚本邦雄との根本的な違いである。

昭和三十二年「短歌」七月号での座談会で葛原は塚本を次のように批評している。

「非常なダンディなので、突きつめた情感といつたものより、突きつめ方の面白さに重みがかかつているんじやありませんか」「塚本さんはあまり人間否定の方に傾斜しすぎているという感じなのです。だから作品の幅がややせまいと思います」

この発言は、同年の「短歌」六月号での特集「日本の現代詩」を背景にしている。この特集で塚本は、「日本民謡集」十五首を発表している。

戰死者ばかり革命の死者一人も無し七月、艾色の墓群
われら母國を愛＊＊＊し味爽《あさ》より生きいきと蠅ひしめける蠅捕リボン
日本しづかに育ちつつあり木に干してちぎれたる耳のごとき子の沓

『日本人靈歌』の主調となってゆくこうした歌には塚本の辛辣な日本批評が読める。塚本の歌作りのエッ

センスは、直観的な批評を映像として、さらには音として再生してゆくダイナミズムにある。批評はあくまでも直観的でありながら、そこには散文や詩に通じる文脈が流れ込んでおり、そこに向かって開かれているると言えよう。「艾色の墓」は艾のくすんだ色合いとイメージによって日本の古臭い叙情を象徴し、「蠅捕リボン」は何かに捕らわれつつひしめく日本人を客観する呵責ない視線である。それを葛原は「人間不信」と呼び、幅の狭さに繫がる危惧として感じていた。この時葛原は塚本を強く意識している。牽制が働いていないとは言えないが、塚本と葛原の間で人間への距離が問題となっていることは興味深い。

突風に生卵割れ　かつてかく撃ちぬかれたる兵士の眼
はつなつのゆふべひたひを光らせて保険屋が遠き死を賣りにくる

「遁走曲」(「短歌研究」昭和32年1月号)

こうした塚本の初期の代表作を見ても、非常にブッキッシュであることが感じられる。この五十首の一連にも「キャパ」「エリュアール」「ランボオ」といった名前が散りばめられている。塚本はブッキッシュな美学とシャープな批評性を併せ持っていた。その事は、葛原が女の内面の吐露、感覚や体感から生まれるものに拘った泥臭さと対比的であろう。世界を批評で再構成しようとする塚本と、感覚の深みでとらえ直そうとする葛原。あるいはこれは「私」の位置が違っていたとも言えるのではないか。例えば塚本が「われら」を名乗るとき、そこに居るのは「われら」の中の点となった「私」である。塚本にとってはこの「私」が限りなく小さく無私の状態になることが批評の純度の高さを証すものだった。反対に葛原は「私」をどこまで拡大し世界に浸透させうるのかを考えていた。同じ時期昭和三十二年の「原牛」五十首(「短歌研究」3月号)には次のような歌が詠まれている。

毛髪を解かむ鏡にうつりゐてわが顔の原寸ある怖れ
原牛の如き海あり束の間　卵白となる太陽の下

日常の何気ない行為である鏡をのぞくことが怖れに変わる一首目、日本海を「原牛」と見、太陽を「卵白」と見る感覚の拡大、「私」が染み渡るとき風景は変化する。どこにも「私」のいる汎「私」と言ってもいい状態だと言えよう。こうした「私」の位相において葛原と塚本はむしろ対照的でさえあった。

また韻律の問題についても葛原は前衛運動の議論を横目に睨みつつ独自の方法を模索していた。昭和三十一年実質的な前衛短歌論争の先駆けである方法論争が「短歌研究」（昭和31年3月号）誌上で行われた。大岡は「前衛短歌の〝方法〟を繞って――想像力と韻律と」と題する文章の中で次のように述べていた。

短歌における想像力の回復は、メタフオアやイメージその他もろもろの技術的な問題の処理にかかっているのではなく、実は新しい調べの発見にかかっているのではないかと思う。

この、大岡信が提唱した「新しい調べ」の問題をまともに引き受けたのは塚本邦雄と葛原のみであったと言っていい。塚本は同じ号の「ガリヴァーへの献詞」と題した文章の中で次のように応える。

（大岡によって）引用された（塚本らの）諸作にいずれも調べが破壊されていることに気づいて貰えれば寧ろ本懐だ。短歌も、亦、その本質に逆ってでも歌うことを拒否しなければ、その近代化はむつかしいという僕達の決意の間接的な現れであるから。　（　）内、川野による補足。

そして、「オリーヴ油の河にマカロニを流しているような韻律」からの脱出をはかりつつ「魂のレアリスム」を求めることこそ自らの取り組んでいる課題だとした。またそれは第二芸術論で小野十三郎が批判した「奴隷の韻律」からの脱出の課題とも重なっていた。この新しい調べの問題は葛原にとっても切実な問いとして抱えられた。

この頃の葛原の作品に第三句が欠落したものがしばしば見られるようになることはすでに幾人かの論者によって指摘されている。結城文の『葛原妙子歌への奔情』に従って『原牛』から引用してみよう。

インク壺にインク充ちつつ　凍結のみづうみひびきてゐるも
晝の視力まぶしむしばし　紫陽花の球に白き嬰兒ゐる
猫は庭をみる針の目に　ゆめのやうなるいきものとなりて
黒峠とふ峠ありにし　あるひは日本の地圖にはあらぬ
キリストは青の夜の人　種《しゆ》を遺さざる青の變化者《へんげ》

こうした不安定な文体の誕生については、葛原自身、先の座談会（「短歌」昭和32年7月号）の中で次のような発言を残している。

「わたしなんか最近三句目あたりがポカンと抜けたのが出来てしまつたりするんです。はて、これは俳句に行つたらいいんじゃないかな、と思つたりするんです（中略）短歌と俳句との間ぐらいの詩型があつてもいいんじゃないかということを最近真面目になつて考えるんです」

いかにも自然にこのような欠落が生まれたかのような発言であるが、事実昭和三十二年に発表された作品の中には第三句欠落の歌が散見される。また、それ以前からこうした破調誕生の兆しがあった。

1　赤きものなべてを怖るわきて微量なるときそは致死の色なり　「半身」（「短歌研究」昭和29年11月号）

2　雪原の光の屈折さながら刺しつらぬきき殺め去りにき　「母系」（「短歌研究」昭和30年5月号）

3　わが服の水玉《ドット》の無數閃き暗き木の間にいなづま立てり　「瀝青」（「短歌」昭和31年11月号）

1は第三句から第四句にかけての句跨り、2は第三句、あるいは第四句の字足らず、そして3は第三句字足らずである。このようにいくつもの例が挙げられるが、この他にも結句が六音で極めて不安定な姿をしていたり、著しい句跨りによって順当な調べが壊されていたりと、音数の欠落としてはっきりと自覚されるより以前から現れ始めていた。これらの歌には、次第に第三句が壊れ、短縮されてゆく課程が見える。こうした変化は『飛行』から『原牛』に至る変化として顕著である。『飛行』では下の句の七七音は比較的忠実に守られており、時折字余りによる音の過剰によって切迫感を生んでいたのが特徴であった。

頤より下に炎《ほ》明りあれば對《むか》ひゐてわれらとことはにさびしき人々

わが死《しに》を禱れるものの影顯《た》ちきゆめゆめ夫などとおもふにあらざるも

ことに二首目では下の句の字余りは意図的に強調されている。こうした変化は、自然発生的であっても偶然ではなく、葛原の内的な心の韻律と深く結びついている。『飛行』のとき、結句の字余りによって身を乗り出すように自らの内面を差し出した葛原は、「五、七、五、七、七という形に入れにくくなつているもの」（「短歌」昭和32年7月号での座談会）を抱えていた。この時期に至って、字余りより強い破調感をもたらす字足らずによる乾いた韻律を欲するようになっていたのである。

それは、塚本が伝統的な濡れた韻律からの「脱出」を志したのと似ていながら異なる志向を含む。葛原は後に比喩と韻律に関して塚本を次のように評している。

塚本の喩法偏重は、当然、喩の為にイメージを提供する体言の過剰を招く為、「喪章の歌」の様に一首の有機的な情緒、つまり楽音を与ふる用言を失い勝である。「観念象徴」は短歌に昔からあったが、塚本の場合はこれと違い、最も知的な詩であろうとして西欧から「イマジズム」なる詩の技法を輸入した現代詩の意識的摂取であった。先ず短歌から「私性」を廃除し、従って主情的詠嘆を現わす音楽性を極力追放し、専ら心象イメージの構築によって作歌したので彼の作品は彼自身の肉声が極めて希薄である。

（「潮音」昭和41年9月号「短歌の言葉の機能について」）

三枝昂之は、『昭和短歌の再検討』で、葛原のこの文章を引用し、次のように述べている。

奴隷の韻律を脱却するための新しい調べは必要である。しかしその調べは、〈魂の揺らぎ述《ママ》べる〉という歌の本来的なはたらきを喪うものであってはならない。これが葛原妙子を捉えていた問題意識だった。

三枝のこの見解はおそらく最も的確に葛原の韻律の問題を言い当てている。「魂の揺らぎ述《ママ》べる」という究極の目標は、「魂のレアリスム」を求めた塚本とそう大きくは違わない。ただ、葛原の「魂」は、自らの人間としての体感や心動き、感覚などと直結し、明瞭な比喩に還元できないものであった。それゆえ、「魂」をより有機的に表現しうる「楽音」を創り出す動詞や形容詞、助動詞などの「用言」は失われてはならないものだった。ここには、葛原が伝統的な短歌と戦いながらもそのエッセンスを撓め抱えている姿が浮かび上がる。三枝は同じ文章の中で前衛短歌運動を、「時代と激しい火花を散らしながらの男たちの運動だった」と書いているがまさにその通りだろう。男たちによる方法論争から距離を置いたところで、葛原はより本質的な短歌の改革に取り組んでいた。前衛短歌論争は、葛原が手探りに探りつつあった方法を自覚に変え、自信を与えたと言える。葛原の第三句欠落の歌は、その象徴的な成果でもあった。

昭和三十二年「短歌研究」六月号に歌集『原牛』の中心部分をなす「原牛」五十首が発表される。この一連には第三句欠落に止まらずさまざまな韻律表現が現れている。それは試行というよりすでに自らのものとして手中にある。

1　海草の青きは匂ふあさ明くるを暗き砂の斜面より

2　埴輪の目もちて語れり人と人砂丘圓くめぐれる中

3　唇に朱を入れさびしき　海砂の日照の中に立てるも
4　毛髪を解かむ鏡に映りつつわが顔の原寸ある怖れ
5　蟲となり砂上にかぎろふしばらく　われ呟けり「砂丘・鳥取」
6　窓かけをづらし深夜　深海の黒き直線をみし

1、2、3は結句が字足らずであり、4は第四句と結句の句跨りによる韻律の滞りが見られ、5は第三句が字足らずである。そして6は第三句の欠落がある。葛原はこの一連でこのようにさまざまな欠落する韻律を駆使している。それはさながら風景を韻律によって私のものにし、視覚のみならず音によって「私」そのものを表現する試みである。砂丘の表情は生存の不安を反映し、心の揺らぎそのものとして表現される。そうした韻律は葛原にとって自らの「生存」を証す切実な必要によって生み出された。方法を先立てる前衛短歌運動と葛原とはそこが大きく異なっていたのである。

## 2、『原牛』の成立と斎藤茂吉

『原牛』の中心部分を占める連作「原牛」は韻律の上でのさまざまな試みを含んでいるが、さらにもう一つの顕著な特徴としてこれまで葛原がとらなかった方法（より正確には表だてなかった方法）が使われていることに気づく。それは「日本の裏がはを旅して」という詞書きが示すように、旅行詠として旅の現場を描写し、刻々と変化する視野を描くというものである。それはこれまでの感覚中心の構成や「球」の一連に見られたような抽象イメージを次々に展開してゆくような構成とは異なり、視覚を強く働かせ、ある意味では素朴な写生に近づいているとさえ言える。「原牛」の一連をもう少し見てみよう。この一連はスケッチのような視覚を働かせた風景の切り取り、想像による造形という方法の意識的な繰り返しによって成立している。

氣泡のごとガラスを吹けり海の家繊く光れる管の先より
充電を終へたる如き夜の海一つの窓に切られありにし
海草の青きいきれはいづこよりあさ明くるを暗き砂の斜面より
とらへがたく微けきひかり千鳥ゐて冷砂のあひに抱卵のさま
『原牛』

一首目は海近いガラス工場の風景であろう。吹かれるガラスに視線は集中する。また二首目以降は海岸のさまざまな風景だ。夜の海の力に満ちた静けさを「充電を終へたる如き」と言い、明け切らぬ薄闇から漂ってくる海草の匂いに海を感じる。千鳥の抱卵を見る目は砂の冷たさに及び、その風景が含みもつ光を捉える。これらの歌は、旅行詠としてのバランスを欠いてディテールにのめり込んだり、感覚のデフォルメがあって不思議な感興を呼ぶものとなっているが、基本的にはどれも風景を描写しようとしたものだ。最もデフォルメされたものとして

毛髪を解かむ鏡にうつりゐてわが顏の原寸ある怖れ
『原牛』

がある。この歌は連作の中に置かれるとき、日本海の暗くくぐもる力を背後に、おののくように自らと

いう存在をのぞき込む「私」の姿が浮かびあがる。こうした独特のスケッチに想像力が加わると次のような歌となる。

海底に嵐の氣ありさわさわとみどりの爪をもつ蟹のむれ　　『原牛』
二十四本の肋骨キリストなるべし漁夫は濡れたる若布を下げて

これらの歌は感覚のデフォルメというより知識を生かしつつ想像を広げている。海底の蟹の不穏な群も、キリストに見立てられた漁夫も、目の前の海の気配や漁夫の姿を契機に想像の世界へと展けてゆく。

しかしこのような目の前の事物に取材しつつ展開する方法はもともと葛原のものであったとも言えるのだ。[注1]葛原は歌を作る際素手で空想を広げることはなく、必ずその契機となるものをつくづくと眺めねば気が済まなかった。例えばこんなエピソードがある。森岡貞香によれば、葛原はかなりの電話魔であったらしいが、ある早朝けたたましく電話があり養老院の火事のニュースを新聞で見たという。「あなた、九十六人も老女が亡くなったのよ」、と繰り返し興奮が収まらぬ様子であったらしい。年表によれば確かに昭和三十年二月十七日、横浜の聖母の園養老院で火事があり、老女九十六人死亡と記されている。この事件は葛原にとって身近であったわけではなく、また人間愛のような分かり易い発想から悲嘆されたわけでもない。多数の老女が焼死したという壮絶な事実と図柄が葛原の想像力を刺激したのだ。この事件は『原牛』に先立つ歌集『薔薇窓』で次のように詠まれる。

養老院の原型を示し燒けし野の央《まなか》にあらはれいでたる礎石　　『薔薇窓』

火起りしたちまち逃れあたはざるあまたの老女《らうによ》ら立ちてまどひき
あるひは砂礫に混り掃かれたる骨片のひとつわれかもしれず

一首目の礎石は新聞の写真によるのかもしれない。二首目、三首目はそこから想像を展開している。事件そのものの凄惨さが葛原の想像力を超えるものであったためか、この事件はそれほどの飛躍なく詠まれている。また同様に森岡によれば、葛原はミミズクをじっくりと見るため自室で飼っていた時期もあるという。餌にするためのネズミも繁殖させるなどして当時その精悍さを気に入っていたミミズクの観察をした。このミミズクの飼育は、餌のネズミが増えすぎて自室で飼えなくなったことで諦めたらしい。

こうしたエピソードから偲ばれるように、葛原はしばしば常軌を逸するほどの情熱で事物を食い入るように眺めた。それは一つの素材をたやすく素材として扱うことのない、詩として纏めることのない、混沌へと向かう方向でもあったと言える。「原牛」の一連もとうていバランスのいい旅行詠・風物詠に纏まっているとは言い難い。むしろ、当たり前の風景が葛原の参加によっていびつにゆがみ奇形してゆく、その様を丹念に描いて見せたとも言えるのだ。上田三四二はこうした葛原の資質について次のように述べている。

葛原妙子は、ロマンチシズムを盾にとる甘えがあるとは言わぬが、また、彼女が精いつぱいの情熱をこめて歌つた世界が、女性の豊かな内面を開いてみせた事実を無視することは出来ぬが、それにもかかわらず、彼女の詩はそれ自身自足するコスモスを形成せず、詩はおびただしい詩の素材、詩の基質として投げ出され、まだ詩句をなさぬ無数の木霊となって空しく響きを反《ママ》している

（「短歌」昭和34年5月号「葛原妙子論」）

これは一見批判のように見えるが、直ちにそうであるとは言えない。葛原の歌の数々を好意的に鑑賞したのちの結論として添えられた部分であり、肯定否定を超えて葛原の歌の本質を語ったものだろう。「自足するコスモスを形成せず」「詩の素材、詩の基質として投げ出され」た葛原の言葉は、詩の統合や完成に向かうより、事物の奥にある何かに向かっていた。それは自らが存在するということの不可思議や惨さや驚きを映すものへの飽くなき好奇心でもあった。旅行詠は旅行詠としての輪郭を持ちながら、しかしあくまでもその主題は「私」の「生存」の不可思議にあったと言える。それは愚直に対象に向き合う態度として現われている。そうした事物への執着の仕方は事物の奥にある本質を見ようとした写実の方法であり、最も斎藤茂吉に似ていると言える。

事実、葛原は茂吉にのめり込んでいた。このころの散文を見ていると斎藤茂吉に触れたものが実に多い。歌を引用して語る場合のほとんどを茂吉の歌が占めるようになる。例えば次のように鑑賞している。

尊とかりけりこのよの暁《あかつき》に雉子《きぎす》ひといきに悔《くや》しみ啼《な》けり　斎藤茂吉『あらたま』

茂吉のこの「雉のうた」の、声調の佶屈を思ふとき、なぜかあの日の雉のぎこちない飛びざまが浮んでならない。またほとばしり切れない甲の強い啼声が聴える。雉子は啼いた、ひと息に啼いたと歌ひながら茂吉ののどもとも出口を塞さがれてゐる。そこに熱湯のやうなものがあつたと思ふのだ。（略）とどこほるものを一気に吹つ切らうとしながらかすれ、しかもキーンと断ち切るように啼いた。このあらがひの切なさ、鮮しさを、茂吉は「尊とかりけり」と断じたと思つた。

（「灰皿」2号　昭和33年）

葛原が引用する歌を見ていると、特に『赤光』や『あらたま』を読み込んでいたらしいことがわかる。この初期の茂吉の歌集は、近代の息吹を受けた青年として自我に苦しむ姿が詠まれており、葛原は自我の苦しみを茂吉との接点にしていた。佶屈とした茂吉の声調に共感し、茂吉の見た雉の声の苦しさに自らの生きがたさを重ねる。この鑑賞文は、ほとんど茂吉と同化しているとさえ言えよう。また別の文章では次の歌についてこのようにも述べる。

ためらはず遠天《をんてん》に入れと彗星《すゐせい》の白きひかりに酒たてまつる　斎藤茂吉『赤光』

茂吉は強い生の肯定者であつたと思ふ。「赤光」の後半の歌にみる特殊なあの生の不安は、むしろ直ちに生の激しい哀惜に繋つてゐる。

（「短歌」昭和32年10月号）

「『赤光』ノート」と題されたこの文章では、歌の観賞をとび越えて直感的に語られる。生の不安はまた生の強い肯定でもあること、それこそは葛原をつき動かしてきたものだ。ここでも葛原は自らと茂吉を繋ぐものを見ている。葛原こそは生の不安を突き詰めようとしてきたのであり、そこには濃厚な命への希求が張り付いているからだ。このような茂吉論は、一般に茂吉以降の歌人が皆その影響を受けているという以上の情熱でしばしば語られる。葛原がこのように茂吉に同化せんばかりにのめり込むのには二つの理由があった。

一つには自らの歌が抱えていた問題である。女歌と呼ばれ、あるいは難解派と呼ばれ議論された戦後の自我の問題を、このころの葛原は茂吉を読み込むことでより深めようとしていた。先にも述べた「難解派の弁」のなかで葛原は自らの歌が抱える問題を次のように語っていた。

現代程各々の自我が類型的でない時代は少く、従つて作家の自我追求が真面目であればある程作品は個人的となり共鳴を得ません。

（「短歌研究」昭和30年1月号）

他の誰でもないたった一個の自我を追求する葛原にとって、その追求は真摯であればあるほど独特の感性と表現を求めることになり他に理解されにくいものになると考えたのである。この部分は大岡信の「想像力と韻律と」（「短歌研究」昭和31年3月号）によってそうした問題設定自体が「歌いながら同時に歌つているおのれ自身を常に批評」するような近代的な詩の方法（サンボリズム）を通過していないゆえの「批評精神の欠陥」だとして批判される。このとき大岡は葛原ら難解派の歌が「現代詩の立場に近づこうとする意図をもつてつくられている」と解釈しており、以後この議論は詩と短歌との方法論争に発展してゆく。だが葛原はこの問題がそのような方法論で克服できるとは考えていなかった。前衛短歌が運動と呼ばれるほどの動きとなってゆく傍らで葛原は引き続き自我と言葉の問題としてこの問いに向き合っていた。そして再発見したのが茂吉だったのだ。このころ葛原は茂吉の歌を取り上げ次のような発言をしている。

たらたらと漆の木より漆垂りものいふは憂き夏さりにけり

斎藤茂吉『あらたま』

茂吉の歌は平明でありながら、その奥に孤独な詩感を持っている。それはモヤモヤとして、うまく説明出来ないが、とにかく実感として読者を打ってくる。それはなぜか。つまり茂吉の「漆」の歌は、結果として自分の生のゆううつさ、広げて言えば人間存在そのものの憂苦を歌っている。

（「灰皿」昭和33年6月号座談会「抒情詩における『個』と『普遍』と」）

葛原は一見平明に見える茂吉の歌の奥にある「詩感そのものの個性」に注目する。そして茂吉の非常に独特な個人的な感性が多くの人に伝わる理由を、人間の奥深い普遍性に至ってそこから歌っているからだとする。個人的なものが普遍的になりうる可能性を葛原は技術論の側からではなく、人間存在の探求の側から探れると考えていた。その可能性を茂吉に感じていたのである。

もう一つの理由として、塚本邦雄らの前衛短歌から距離を置こうとしていたことが挙げられる。葛原は先の発言に続けて塚本の歌を挙げ次のようにも語る。

賣るべきイエスわれにあらねば狐色の毛布にふかく沒して眠る　　塚本邦雄『裝飾樂句』

「ところが塚本さんの『イエス』の歌は、自分と外界、つまり衆とのかかわりあいの中で歌われていま す。衆のなかでみずからのエゴイズムを貫こうとする時の、自責のようなものが歌われていて、その意味ではすぐれた社会詠です」

塚本の歌が個人的な感性を遂げようとするものではなく、「衆」、つまり社会から個人を割り出すような方向を持っていることを語る。また続けて「詩感そのものは孤独ではない」と指摘する。茂吉と塚本のこの違いは大きなものだろう。個人という存在を塚本のように社会の側から考えてゆくか、それとも茂吉のように孤独の中に掘り下げてゆくか。葛原は前衛短歌の論争が社会と個人、ひいては思想と文学といったテーマに展開してゆくことに違和を感じていたのだ。それはこの座談会で参加者の一人である鈴木英夫が語っている前衛批判とも重なる。

鈴木「知性、合理性といったものに頼った一部の前衛的な短歌がつまらない、ということは、こうした生物的な人間存在を無視して、あるいは軽視しているところからくるんじゃないか」

葛原は徹底して孤独を突き詰め生き物としてのレベルから自我を問うという一貫した姿勢を貫いてきた。前衛短歌が方法論を急ぐ傍らで葛原は自我をもっとプリミティブな方向で掘り下げようとしていた。それはある意味では戦中戦後を通しての忘れ物であり、問い残され続けた課題であったとも言える。[注2]前衛短歌運動が「私」とは何かという近代以来の課題を置き去りにしようとしていた時期だからこそ葛原は積極的に茂吉を引き寄せ自我の問題を深く抱え込んだのだ。

『原牛』は、そのような経緯の中で育まれた歌集であった。葛原が茂吉から積極的に学ぼうとしたものは、自らがこれまで拓いてきた表現の延長上にあった。加わったのは、平明な表現から存在の根底に至る方法であり、事物を見つめてその奥に眠るものを明るみに引き出すような視線である。茂吉が果たしたものよりも正確な意味での「写実」を葛原は目指したと言えるかもしれない。『原牛』に現れた特徴を見てみると、さきに述べたように、事物を「見る」視線を明らかにしたことが挙げられよう。

『原牛』

ゆきずりに眸縋りしくれなゐに唐がらしゆきリヤカーゆけり
あやまちて切りしロザリオ轉がりし玉のひとつひとつ皆薔薇
ひとつかみ卓上に置く銀杏《ぎんなん》の小さき角目あひよりにけり

このように鋭い目線が幻想性や感覚に先立つ歌が多く見られる。そこにはつくづくと見ることによって生まれる自我の反射がある。そして次のような歌では見る力は事物を貫いてそのものの本質に刺さってゆく。

生みし仔の胎盤を食ひし飼猫がけさは白毛《はくまう》となりてそよげる
胡桃ほどの脳髄をともしまひるまわが白猫に瞑想ありき
いつしんに樹を下りゐる蟻のむれさびしき、縦列は横列より　『原牛』

葛原はここに至って茂吉の目指した「写実」を本当の意味で果たしたと言えよう。

注1『現代短歌研究　第三集』（二〇〇四年三月）において中西亮太が、葛原の作歌ノートから改作過程を追い、葛原が「写実的傾向」をもっていたことを記している。
注2この事については「補論　語り残された自我」に詳述。

## 3、「魔女不在」と『原牛』の位置

『原牛』は一方で前衛短歌運動を横目に睨みながら、またもう一方では初期茂吉の読み直しによる写実への接近によって大きく作風の変化をとげた歌集と言っていい。同時にこの歌集によって葛原は文体を完成させ、その位置を確かにした。葛原は生涯茂吉を愛読しそこに学ぶが、また一方で、茂吉とは大きく異なる方法意識を携えてもいた。それは当然のこととは言え、葛原がこの当時前衛短歌運動と茂吉との間に挟まっていたことと無関係ではない。

人の影ふとありし消ゆ城櫓《やぐら》昇りつめたる小さき窓に
城主は高きにのぼる軍兵《ぐんぴやう》のよするまぼろしを四邊に置きて
ひとつの城ひとつの峯とむかへるに津輕のひろ野ま青《さを》なりしなり
築城はあなさびし　もえ上る焰のかたちをえらびぬ

「劫（Kalpa）」一連より、連なる四首を引いてみた。この一連は「北のみづうみを中心に、山脈や野や舊い町などを」と詞書きされた、昭和三十三年四月の十和田湖、弘前への旅による連作である。一首目は、遠くから見上げた城の窓に人影を認めたという、「見たままの体験」に拠って詠まれている。しかし、この人影は紛れなく葛原の心理に働きかける何かでもあった。二首目ではこの人影に触発された想像力によって在りし日の城主の「軍兵よする」不安に迫る。また三首目は視野を広げ、広い風景の中に城を捉え直す。この視野の転換によって、城は現実の中でのバランスを取り戻すのだ。そして葛原の名歌の一つに数えられる四首目。この歌では城というものの本質が捉えられる。目の前にある城が抱え持つ運命、さらには城を築くという人間の営為そのものが秘める悲劇性が直感されるのである。

こうした連作の展開からもわかるように、葛原は見るということ、想像力を遊ばせるということを自在に繰り返しながら事物の深みに降りてゆく。城の窓に見えた人影から城主の心理に至り、さらに城というものの形状が孕んでいる滅びに至る。その想像力は奔放であり飛躍に富む。だがその放恣を辛くも制御する何かがある。写生を御し、感覚や幻想を御す明確な何か、それは同じ一連の巻末に置かれたこんな歌にも窺える。

白き浴衣おほき張子人形《はりぼて》の下に浮き闇あるところ　祭とはなに

この歌はデッサンが荒く作為が露出して名歌とは言えないが、しかしそれだけに葛原の目線の背後にあるものがよく見える。「祭とはなに」、まさにこうした問いが見ることに常に付き添っていたのだ。「築城」の意味を問うた時にも働いていたそうした問い、直接に事物の本質に刺さってゆく問いを茂吉は持たなかった。

茂吉は優れた直感と言語感覚によりしばしば事物の本質を引き出したが、しかしそれを相対化する視線に欠けていた。[注1] 大岡信の言い方を借りるなら、歌いつつその己を不断に批評するような「自覚した批評家」[注2]をその詩の中に棲まわせることがなかったとも言える。それは典型的には、次のような歌を考えるとわかりやすい。

くれなゐの獅子をかうべにもつ童子もんどり打ちてあはれなるかも
うつしみは悲しきものか一つ樹をひたに寂しく思ひけるかも
あなあはれ寂しき人ゐ浅草のくらき小路にマッチ擦りたり

茂吉は近代歌人の中でも最も「寂し」「かなし」「あはれ」を多用する歌人であり、またそれらの言葉に深い奥行きと、幅広い多様なニュアンスをもたらした歌人でもある。こうした言葉は、作者である茂吉と対象とを一直線に結ぶ役割を果たし、茫洋と広がる抒情の懐に理屈抜きに抱き込む役割も果たした。獅子を舞う童子のアクロバットがなぜ「あはれ」なのか、あるいはうつしみはなぜ「悲し」いのか、マッチを擦る人はなぜ「寂しき」と見られているのか、全ては不明である。しかし一切が不明なまま哀しまれることによって、対象は茂吉の情緒を映す鏡となる。獅子舞の童子も、樹もマッチ擦る人も、それが何なのかを問われる前に茂吉の哀しみの染みこんだ茂吉の分身となってしまうのである。それは葛原が「祭とはなに」と問いかけたあり方と大きく異なっていた。問うこと無しに祭りの抒情の中に巻き込まれてゆくようなあり方、あるいは北国の城のたたずまいに魅了されるようなあり方は葛原には許されなかった。祭りを見る目にも城を見る目にも人間の営みとしての戦への問いが深く刺さっている。それは戦争と敗戦をつぶさに見、そこから一度は壊れた言葉を再建しようとする者の問いであろう。葛原は戦後の歌人として、茂吉のような「個のかなしみに徹した悲歌」(篠弘による)は許されなかったのだ。その違いは大きい。

こうした葛原の展開は、ようやくその評価となって出始めていた。山下陸奥は、「写実・新しい写実自然詠にみる'59年」(「短歌研究」年鑑　昭和34年)の中で、葛原の作品を新しい写実による自然詠という観点から捉え、次のように述べている。

　これらは従来の自然詠の観念を否定するところに出発し、その代りとして作者の意志の強力な投入によって構成されている。従つて問題は投入する作者の文学意志によつて決定する。この選手は幸いにして、戦後派として自然詠の新しい世界への可能を証しているが、これは案外希有な例かも知れないここでは、葛原が「自然詠の新しい世界への可能」、つまり自然詠の成功例として考えられていることである。またその方法が「文学意志」によって統御されているとする。それゆえその「意志」が弱まる時方法は崩れかねない危うさを秘めている、と山下は言外に語っているようにも見える。

こうした評価の中で最も核心に迫っているのが前登志夫による『原牛』書評（「短歌研究」昭和35年2月号）であろう。「近代の成熟」[注3]と題した文章の中で「反写実短歌と一般に呼ばれ、モダニズム短歌といわれる、戦後の新しい短歌の大きな一つの傾向の一つの完成」と高く評価している。葛原は一方では写実の現代的成功例と考えられ、また一方では反写実の成功例として考えられてもいるが、この評価は実のところ大きな差はなく、写実を狭い意味に考えるか否かの差に過ぎない。この点では前が見ている『原牛』の美点は山下とほぼ重なっていると考えていい。前はさらに踏み込んで、葛原の旅行詠について、「激しく外界に体ごとぶちつけて、行動しようとする作家がみられる」と語り、次のように述べる。

じつは『原牛』にとって、著者の旅行はたんなる偶然であってよいのだ。旅行がきわめて象徴的に語るのは、著者がすさまじい勢いで、著者の心理と外界を美しく隔てていた一枚の硝子を打ち砕いたことである。その傷はかくしようもない。しかしそこから噴き出る血もまた美しいのだ。

この評言は『原牛』における試みの何であるかを言い当てていると言えよう。もちろんそれ以前の歌集においても幻想のフィルターを破る試みはなされ、個々の歌で成功を収めたこともあったのだが、この歌集での旅行詠の大作は、はっきりと葛原の目指すものを読者に伝え得た。前はその試みが「傷」を伴うものであることを言う。それは、「文学意志」によって、辛くも現代に相応しい写実を成功させ得たという山下の評と通じるものである。近代の写生主義が作り上げた枠組みを大きくはみ出す時、歌の形は不安定になる。連作中では、見ることや幻想や観念的な物思いなどが複雑に交錯し、前の言うように「旅行はたんなる偶然」であるように見えるほどだ。この文章の中でも葛原を含む反写実派の特徴は「想像力によって作られ、知的な観念が発想の主調になっている」とされ、葛原の旅行詠もそうした機知に触発されているとする。しかし葛原にとって旅は、やはりつくづくと見ることに大きな意味があった。その事を前の文章は次のように語る。

・私がこの歌集を大人の文学とするのは、そうした機知の限界をよく知って歌っているものの逞しさなのである。機知によるささやかな詩的現実の発見——それほど才気《エスプリ》の保証を必要とするものはない——をスポイルするものは、それを厳かな社会的モチーフや、人生的・宗教的すべての高邁な倫理的テーマに安直に結びつけようとする物欲しさなのだ。そのとき輝く現実の壁面は常識の次元に曇ってしまう。

・モダニズム短歌としての〈大人の文学〉と言った第二の理由は、雑多な観念と意味を削ぎ落とすことによって、歌の原質をよみがえらせている魅力である。（略）近代人のもっている様々な観念や影像が、芸術的な修錬によって思想にまで成熟することの意味を『原牛』ははっきりとみせてくれる。

前は葛原を塚本邦雄らと同じモダニズム短歌として前提し、しかし機知に溺れることなく歌の「原質」を蘇らせているとする。歌の「原質」とはこの場合、意味や観念や機知に咀嚼されてしまわない「輝く現実の壁面」が言葉とともに生きているということであろう。また、『原牛』の序文で室生犀星が「歌の形をこはしたかに見える一應の見方をなほ熟視してゐると、葛原妙子の流れの落ち着きは美しい古歌をその地下に浸透させてゐる」と語ったように、古典的な歌の要素を潜ませていることにも関わっている。

この時、前登志夫の頭に葛原との比較対象としてあったのが前衛短歌であり、塚本邦雄に続いて登場したエピゴーネンであった。塚本の歌は人工的な美学によって徹底的に造形された「新しい人間の歌」だが、その亜流は形だけを真似ていた。それに対して、葛原の歌はあくまで意味や観念や機知で覆いきれない現実の手応えを相手にしていた。観念化し、問いつめてそこから余るものの手応えを前は葛原の歌に感じていた。「大人の文学」であるとの評は、葛原が現実との接点をより太くし、その観察を深めたことと同時に、現実の深みに刺さる問いかけを機知的な言葉の背後に宿していることへの評価だと考えていいだろう。前はこの時点で、葛原を塚本ら前衛運動と切り離してイメージしていたと考えていいのではあるまいか。

この頃、塚本らの前衛運動に対して批判が起こり始めており、それに応えるための座談会が開かれている。その中で塚本は自らの作品を次のように語る。

「ぼくが否定的に批評される場合に、短歌の現代詩化などと言われますね。いままでの短歌に一番欠けていたのは、『詩《ポエム》』そのものだったと思うんです。現代詩化ではなくって、詩としての短歌の再確認をしたかったんです」

（塚本邦雄、岡井隆対談「前衛批判に応えて」―「短歌」昭和34年6月号）

この発言は塚本が最も端的に自身を語ったものと言えよう。「詩」としての短歌を目指すという塚本の発言は、近代的な批評眼に耐えうる明確な意識のある短歌を指していると考えられる。現代詩の追随として批判されることもあった塚本の方法は、徹底した虚構性によって新しい短歌の秩序を構成することにあった。その塚本は葛原を次のように批判する。少し長いが有名な文章なので引用しよう。

葛原妙子の『飛行』を読んだ時、ぼくは稀に見る美学の存在と、飽くことのない潜在意識の追求に感嘆を吝まなかった。虚構という言葉を昂然と使用し、それに拠った創作態度を表明したのも彼女が最初ではなかったろうか。その人のいくつかの歌集に、しかもなお、彼女のプライヴェット・ライフに関するデーターが随所に散在している。ぼくたちは彼女が、五十枚の扉のある家にすみ、眼鏡を用いる医師の妻であり、海外に旅する娘をもち、壮年で娶らぬ兄の妹であり、白布を裁ったり、鯨肉の血をぬいたりする家事にもたずさわることを知るのに、大した時間も労力も要しない。そしてそれを知ることは、ひどく索漠としたものだ。彼女がそういう日常的なテーマに乾いた目をむけ、冷酷な態度で抒情することも、それから遁れ得ないという事実をいささかも消し得ない。彼女の豊富な想像力も、一本の綱で脚を縛られた、雌のペガサスの飛翔力とえらぶところがない。彼女すら日常と環境の地獄から脱出したところで創作の場がもてないのだろうか

（塚本邦雄「魔女不在」—「短歌研究」昭和35年4月号）

塚本はこの文章の中で女性歌人一般の意識の低さを嘆き、葛原を末尾に挙げて、この人でさえと語る。そして、（葛原らが）「人間について、愛についてうたうべき場に於てさえ、女について、性について告白しつづけているのを奇怪に感ずるだけである」とするのである。塚本にとって「人間」や「愛」について歌うのは詩であり、「性」について「女」についての告白は詩とは呼べないものである。

確かに女歌論争が去ったこの頃、女性歌人たちの歌は一般に沈滞し、前衛運動に追随する者、あるいは旧態依然とした日常告白の表現に止まる者などによって未来の見えにくい状況にあった。注4その中で塚本は

葛原には一目置いていた。塚本の葛原に対する不満は、彼女の歌に日常的背景や私性の片鱗が見えることである。そこから飛翔して徹底した虚構の中に棲むことなしに女歌の飛躍はないと考えられている。しかし葛原にとっては塚本が否定する現実的背景は重要なものであった。塚本が対象にしていると思われる『飛行』の歌を引いてみる。

曇る硝子うしろにありて血を切ると吊りし鯨肉《くぢら》のしたたりやまず
冬のメスむきむきに光る灰色になりたる夫の髪のうしろに
かがやける白布裁たれつつわれは置く熟する前の濃緑のレモン

これらの歌の中には確かに日常生活のモチーフが十分に消化されたとは言い切れず、未完成の感があるものもある。しかし塚本は歌の完成度のみを問題にしているのではなく、「詩」意識の不徹底さを批判していた。それに対して、葛原は日常の澱になお眠る不安のようなもの、意識化しにくいものこそが歌いたいのであり、日常こそは手離すことのできないものであった。塚本の目指すクリアな「詩」意識とそこが大きく食い違っていたのだった。

注1「かりん」平成十六年一月号の拙稿「暗室と薔薇窓」。
注2「前衛短歌の方法を繞って——想像力と韻律と」(「短歌研究」昭和31年3月号)
注3 前がこの文章を「近代の成熟」と題したのは、武川忠一による「近代主義批判」(「短歌研究」昭和30年9月号)を念頭に置いているためと思われる。武川は、『飛行』の葛原の作品を「持って回った強烈なことばと表現によっ

て、晦渋さに遊ぶ演技の底には、案外な内容しかないのである。みせびらかしの深刻さと意識の水ましこそ、まさしく近代主義的な世界」として批判した。

注4　五島美代子が「曲り角に来た女流短歌」（「短歌研究」年鑑　昭和34年）でその状況を嘆いている。

# 六　「原不安」の発見

原《げん》不《ふ》安《あん》と謂《い》ふはなになる　赤色《せきしょく》の葡萄液充つるタンクのたぐひか

『葡萄木立』

## 1、『葡萄木立』の「原不安」

塚本が葛原に求めた魔女であれとの要請は、虚構性によって現実を凌駕し再構成するほどの「詩」への希望であり、それと同時に旧来の女歌が抱えていた現実との生々しい葛藤を払拭せよという要請でもあった。しかしそれは塚本自身の方法と美学とを雄弁に語るものであったとしても、葛原の歌の核心に刺さるものではなかった。このころ塚本は次のような批判を引き連れてもいた。

塚本邦雄につきまとう孤絶感こそは、彼の密室における錬金術師としてのエネルギーを、同時に自己充足の姿勢をも生みだす源である。現実忌避にのみ、未来を分かちあえるという、イントロヴァーシヴな確信こそ、塚本邦雄の宿命的な悲劇なのだろうか。塚本邦雄はひとり狼なのだ。

（藤田武「塚本邦雄論」―「短歌」昭和35年11月号）

この文章は全体として批判に終始するものではなく、塚本の特徴を取り出してゆく過程で挟まれた批判だが、批判の側面からその歌の質が語られている。塚本の強い虚構性は、彼を高みの孤独へと追いやりかねない危うさを秘めていることが指摘されている。このような批判はこれに止まらなかったが、むしろそれゆえに塚本は自らの方法への確信をもって、葛原を励まそうとしたのだ。だが、塚本が夢想する新しい女性の歌が「魔女」である点にも塚本が「密室」で練り上げた美学は滲む。美学は美学であるゆえに排除するものが少なくない。

徹底して生活を排除した虚構の女性性、塚本が指すそれは、見方を変えれば、「魔女」というあらたな美学のバリエーションが追加されることでしかない。それは折口信夫の「女流の歌を閉塞したもの」(「短歌研究」昭和26年1月号)が「国学的要請」(『折口信夫の女歌論』阿木津英)により期待した女歌の姿、「自由に語を流して、魂を捉へる」「ぽうずのある歌」がやはり一つの美学を伴っていたことと無縁ではない。

このように現実を超越した「魔女」であることを要請される一方で、「母性」を期待されていたのもこの頃の葛原の位置であった。先にも引用した上田三四二の「葛原妙子論」(「短歌」昭和34年5月号)は冒頭で次のように葛原の印象を語っている。

「男はたとえば木である(略)畢竟女にとつて男は越えがたいなにかであり、男にとつて、女はなだめがたいなにかである」「女の本性は、女性自身にとつても、なだめがたいものなのではあるまいか、そして女の本性は、彼女の髪のなかにひそんでいる」「葛原妙子の女性は母性である。しかしこの女性は、世のつねの女性のように、その母性によつて容易になだめられることを知らない」「依然として日常は女性を閉塞し、現実は女性を救う何ものも約束していない。女性の本性を解放するためには日常は越えられねばならず、現実は否定されねばならない──こうして、彼女は透視者たるべく志す」

この文章で強調されている「女性」「母性」は、イメージの先行によって肥大しており、ある意味では葛原自身が「再び女人の歌を閉塞するもの」で語ったことを確認し強調しているに過ぎない。葛原は次のように語っていた。

しかし私は女性の本質から云つて、その短歌が男性のそれよりも、より情緒的であり感性的なものである事は、やはりどのやうな時代が来ても否定できないのではないかと思つてゐる。従つて、そのやうな本質を利用して、女性には主観を伸長した発想をゆるす時に、男性とは違つた特色ある文学を作るものであらうと思ふ

ここで葛原が語っている女性の「本質」についてはその是非をめぐって賛否が分かれてきた。葛原がこのように女性の「本質」を強調したことに彼女の限界を見る見方もある。しかし私はここで葛原の語る「本質」は、当時の戦後派の行き詰まりを睨んだ文学的な位置取りであろうと考える。近藤芳美ら戦後派と葛原との関わりについてはすでに述べたが、葛原のこの女性の「本質」は戦後派の観念的理想主義的態度に対してのアンチテーゼとしてあった。すなわち、「情緒的」「感覚的」「主観」的であることだ。これは抒情詩にとってある意味で当然の特性であり、これによって女の「本質」を規定したことにはならない。

同様に上田の強調する葛原の「母性」もこの当時論争の中心をなしていた前衛短歌論争を横目に睨んだアンチテーゼの性格が強いのではないか。塚本の期待する徹底した虚構性を考えてみても、前衛短歌運動はテクニカルな方法論の先行する運動であった。それに対して上田がイメージしたのはそのようなものの対極にある不可思議な性と生のカオスとしての「母性」である。それは生命感に裏打ちされた何かであり、前衛短歌の論理が語らない「生存」の謎であったとも言えよう。

一方では魔女であれ、また他方では母性であれという要請をこの当時葛原は受けていたことになる。魔女、巫女、娼婦、母、少女、女性の文学的役割はこの中のどれかに仕分けされ安心されてきた。しかしそのように名前が付き、安心される役割としての女性を「本性」として葛原は引き受けたのではなかった。

女であることは相変わらず未知であり、女自身の手によって手探りされるほかないことを誰よりも葛原はよく知っていた。上田三四二が語る「母性」もその内実は不分明なものであり、次のような歌を挙げながら語り直されてもいる。

くらがりにわが手觸《たふ》りしはひそみたる菊の無數の固き蘗なりき　『飛行』

わが蒔ける未知の花どもひしめきて多慾のわれに一夜せまりき

發眼の魚卵、羊歯の胞子見え　雨夜蟠るものをおそれき　『薔薇窓』

葛原妙子は、このやみがたい生命力、夜である女性、大地たる母性を、罪ふかいものとして自己のうちに感じとる。罪ふかさと言うよりは、その内在する力の抗しがたさに対する怖れといった方がよく、怖れはうちに誇りを秘めていなくはないが、この罪と怖れのなかに、彼女は一層ふかく自己の本性を見きわめようとする。

ここで上田は自らが「母性」と名付けたものを「やみがたい生命力」への「罪と怖れ」と言い換えている。「蘗」や花の種子や「魚卵」、「胞子」いずれも命の象徴であり、これから激しく育ち蠢こうとするものだ。その命の激しさを感じ取る鋭敏さは葛原が意識的に育んできたものである。こうした要素を評価した上田の目は鋭い。だが、「母性」は葛原の歌が抱える、混沌としたエネルギーを語るための要素の一つと考えていいのではないか。葛原は、前衛短歌運動が方法論を争う傍らで、自らの感官を通じて見える命の不可思議を覗き込もうとしていた。

その方向はまた、自らの生理的な感覚を拡大してゆく方向でもあった。「發眼の魚卵」の歌について葛原は次のようなエッセイを書いている。

ある夜はまた、家の周囲に水濁りがいくつも出来ていた。あたりは蒸していて雨水の中には微生物がうようよといた。私はそのような夜、ふと、発生の怖れ、増殖の怖れ、といつたものに見舞われたのであつた。

（葛原妙子「球体恐怖」―「短歌研究」昭和34年7月号）

これは上田の「葛原妙子論」から二ヶ月後に書かれたものであり、上田の論を受けている可能性もある。葛原はエッセイを書くに当たって相当に自覚的であり創作的であるから、これがそのまま歌の成立の背景だとは言えない。だが、少なくとも葛原が何に敏感であろうとし、どのような視線でものを見ようとしていたかは窺える。自らが培ってきた感覚の拡大という方向を、葛原はこの頃から意識的に展開してゆく。

鯉のぼりの大き眼球せまりゐて繁《しじ》に青葉となるを怖るる　『薔薇窓』

赤きものなべてを怖る微量なる赤色《せきしよく》ただちに死を致す色

羊歯の胞子増えゆく夜をおそれをりめぐりの闇に雨水光りて　『原牛』

原始恐怖　おほいなる杉のうしろより動かぬ黒き水をみしかば

水中にみどりごの眸流れゐき鯉のごとき眸ながれゐき

窓に碍子《がいし》黒き夜　星黒き夜　われはなにゆゑに群《むれ》を怖れし

いはれなき生理的恐怖　そらまめの花の目、群るる人のあたまなど鯉のぼりの表情のないあの大きな目が恐怖として捉えられると同様に、嬰児の見開かれた瞳、空豆の花も不思議な怖れの感覚で眺められる。羊歯の胞子の増殖や、群れへの恐怖などは、虚飾ではなく自身の生理的嫌悪を反映したものだろう。これらの歌のいくつかは葛原自身の解説を得て「球体恐怖」として幾たびか論じられている。それは「妙子の内部にある生の不安」（『葛原妙子——歌への奔情』結城文）の投影されたものであり、しばしば存在の底に眠る不安を明るみに出すものでもあった。

生みし仔の胎盤を食ひし飼猫がけさは白毛《はくまう》となりてそよげる　『原牛』
晝の視力まぶしむしばし　紫陽花の球に白き嬰兒ゐる
胡桃ほどの腦髓をともしまひるまわが白猫に瞑想ありき

これらの歌では、対象の存在の本質へ垂直に降りてゆく。そうした迫り方を可能にしているのが対象と同量の不安を抱える自らの存在としての自覚だ。産むことが秘め持つ無惨な生理は、猫のみならず女である自らの裡にも秘められているのであり、紫陽花の球に棲む嬰児はかつて自らが孕んだ、そして自らが過ぎてきた発生の時間の静けさを思わせる。葛原は「幻視の歌人」と呼ばれるが、その不思議な視力とは、軽々と幻想に羽ばたく華麗さなのではなく、自らの生の不安に共鳴するものを注意深く探り当てる忍耐力であった。

葛原が球体のイメージの中にその怖れを見たものは少なくないが、ガスタンクもその一つである。

ガスタンク遠《をち》にしらみて沈みゆくひぐれ蒼白の薔薇を咲かしぬ　『飛行』

逆光に球くろみたれおほいなる球はみづからの重みにとどまる
球形タンクをちこちにころがるむさし野の未來圖を思ふ　ふとも謐《しづ》けき　『原牛』

東京都大田区山王の葛原の自宅は、当時東京湾まで数キロあまり。埋め立てが進み、昭和三十年頃から目に見えて増えていった京浜工業地帯のガスタンクや石油タンクが日常的に遠望できた。一首目ではその不安はいまだ華麗でさえあるが、二首目には巨大な球という抽象形に不安な存在感が見られている。自らの重みで辛くもそこに止まっている暗く大きな球はいつ動き出すやもしれぬ形でもある。三首目では未来図として球形のタンクがごろごろと転がる武蔵野が描かれている。この頃まだ珍しかった球形のガスタンクが未来図ではあちこちに不気味に点在しているのである。葛原はこのガスタンクへの恐怖を生命への怖れと共に強く抱えており、エッセイ「球体恐怖」(「短歌研究」昭和34年7月号)のなかで次のように語っている。

遠望する球形の瓦斯タンクや油のタンクが光線の工合でくろぐろと異様に見えるのは球の別の怖ろしさである。それは危険物が最も充実した形で一所にまとまつているぶきみさであろうし、ころがり出しそうなものが自身の重みで危うくそこに止まつている感じがある。まだ珍しい球形タンクは追々にわたしたちの周りにふえるだろう。私は球形タンクがごろりごろりところがつている未来の野や街を思う。

このエッセイでは付近で飛行機が墜落したエピソードなども語られ、ガスタンクは戦後の社会とその未来に待ち受ける危険の象徴として感じ取られていることがわかる。みっしりと命の詰まった球、それは胎児を孕む子宮を思わせる。ガスタンクは命の対極にあるというより、人間が命と同じ形に作ってしまった危険な形であり、命の球形にこの危険な球形は影としてぴったりと重なっているのである。葛原はそれぞれの対象の本質に垂直に降りてゆこうとしたが、同時に、よりグローバルに戦後の日本社会が今どのような状態にあるかも直感した。葛原の不安は、社会での出来事に自らの生理を重ね直感することによって独特に形成されていったと言えよう。

また、さらによく見てゆくと「球」の一連では葛原が球に託そうとしたものがよく現れている。連作中の連なる四首を引いてみよう。

止血鉗子光れる棚の硝子戸にあぢさゐの花の薄き輪郭
レントゲン線密室に放射せり雨後の雲高くありし眞晝を
死神はてのひらに赤き球置きて人間と人間のあひを走れり
赤ん坊はすきとほる唾液垂れをり轉がる玉を目に追ひながら
『原牛』

葛原は歌の配列にはことのほか気を配ったというから、これらの歌の流れも偶然ではない。外科医院を家業とし、そこに生活する日常は、常に命と「止血鉗子」のような無機物の危うい接点を見る生活でもある。紫陽花は冷えた金属にふれる危うい球として現れる。二首目もまたレントゲンのような危ういものと接する日常を伝える。そうした不安のイメージから一気に幻想へ飛躍する三首目の赤い球は、死に神によって持ち去られる命の象徴であろうか。命の不安はこの空想によって高まり、四首目の赤ん坊へと手渡される。嬰児の無心の涎は美しい命の輝きを伝えるが、その姿には危うさがつきまとっている。それは、三首目に用意された死神のイメージが尾を引くからでもあろう。

葛原が命の形として見た球は、常に死やレントゲンや止血鉗子のような冷えた危ういものに接している。しかしその危うさは球という形があらかじめ秘める宿命でもあって、命の象徴でもある。こうしたテーマは、次の『葡萄木立』では一層明確に深められることになる。命と死、不安と充実、静と動、このような異なる要素を併せて含み持ちうる形として球はあり、葛原の「球体恐怖」はある。そのような存在の突き詰め方こそは前衛短歌運動とは異なる彼女なりの戦後の引き受け方だったと言えよう。

原不安《げんふあん》と謂《い》ふはなになる　赤色《せきしょく》の葡萄液充つるタンクのたぐひか　『葡萄木立』

## 2、戦後短歌史のなかの「原不安」

葛原は独自のやり方で戦後を歩んだが、同時に伏流のように流れ続ける戦争への問いを手離さなかった。それは突如地表にしみ出す砂漠の地下水のような現れ方をする。そうした戦争の抱え方は、葛原が意識し続けた茂吉や塚本の抱える文脈とも異なるものであった。

このくにの空を飛ぶとき悲しめよ南へむかふ雨夜《あまよ》かりがね　斎藤茂吉『小園』

沈黙のわれに見よとぞ百房の黒き葡萄に雨ふりそそぐ
日本脱出したし　皇帝ペンギンも皇帝ペンギン飼育係りも　塚本邦雄『日本人靈歌』
革命歌作詞家に凭りかかられてすこしづつ液化してゆくピアノ　『水葬物語』

これらの戦後を代表する歌が抱えている「戦後」は、どちらも日本の戦後に立ち会っている日本人としての抜き差しならぬ切実さがある。茂吉の場合、それはいっそう明らかで、「このくにの」と詠み上げた「国」は茂吉が懐かしむ「古き良き日本」であり故郷である。二首目の葡萄は敗戦直後の沈痛な物思いの象徴として描かれるが、不思議なことにこの葡萄に、人類規模の戦争への物思いが滲むかと言われればそれは違うだろう。「沈黙のわれ」が想起させるものは、敗戦を深い憤りとし、また痛みとして黙るほかない日本人の姿である。

塚本の場合、その修辞法は近代の短歌的世界から自立し、独自のコスモポリタン的な明快さを持つ。しかしテーマとなっているのは日本の戦後社会や風土や歴史性だ。「皇帝ペンギン飼育係」であり革命歌さえ「液化」してゆくと詠われる日本と日本人。塚本は戦後社会を俯瞰し、鋭い比喩で切り取ってゆくが、その関心はやはり日本の社会であった。その意味では茂吉の歌にも塚本の歌にも「日本の戦後」という文脈が鮮やかに流れていると言えよう。茂吉や塚本に限らず、当時の文脈において「戦後」と言えば日本の戦後を指し、そこに生まれた独特の文脈を指す。

しかし、葛原の場合、茂吉や塚本に流れていた文脈とは異なるものが流れていると思えてならない。『原牛』では戦争を意識した歌として次のようなものがある。

レントゲン線密室に放射せり雨後の雲高くありし眞晝を　『原牛』

かの黒き翼掩ひしひろしまに觸れ得ずひろしまを犠《にへ》として生きしなれば
窓枠の中積亂の雲立てりわれらが死後の風景として　『薔薇窓』

葛原は終戦当時ほとんど直接に戦争について詠うことのなかった中で、「科學遂に神に歸す日のありやなし年ゆく空の富士の壯嚴（「潮音」昭和21年3月号）」と原爆を間接に詠んでいる。戦争に関わる歌が原爆に偏ってゆくのは自ずからであり、葛原は「ひろしま」の後、自らの身辺に核爆弾、またそれを投下した「黑き翼」の残像を折々に見続ける。生き残った者として背負うべきものは、生理的な恐怖に近いものであり、それは容易に語れるようなものではなかった。これらの歌も表現として未消化なものを残し突き詰めきれぬ恨みがあるが、そのように「ひろしまに觸れ得」ぬものは燻り続けたと言える。

また次のような歌もある。

みどりのバナナぎつしりと詰め室《むろ》をしめガスを放つはおそろしき仕事　『原牛』

この歌などにははっきりとホロコーストがイメージされていよう。ガス室にぎっしりと人間を詰め、ガスを放つ仕事と、バナナを蒸す仕事との酷似を葛原は怖れつつ思い見る。バナナはその明るい色合いとともに戦後の豊かさを象徴する食べ物であった。むしろその豊饒のゆえに凄惨な戦争は影となって立ち現れるのだ。戦争がもたらした数多いテーマの中で葛原がことに「ひろしま」とホロコーストに感応したのは、それがもっとも人間存在を裸にする巨きな問いであったからではなかろうか。これらの歌には日本社会を越えて人類への物思いが通底している。それは、日本の戦後という文脈を越えて、絶えず人間の存在に直結するものであり、茂吉や塚本がベースとした「日本の戦後」という文脈とは別種の「人類の戦後」と言える文脈であろう。

もう少し詳しく見てみたい。「葡萄木立」の一連から三首を引いて見てみる。

月蝕をみたりと思ふ　みごもれる農婦つぶらなる葡萄を摘むに
うすらなる空氣の中に實りゐる葡萄の重さはかりがたしも
原不安《げんふあん》と謂ふはなになる　赤色《せきしよく》の葡萄液充つるタンクのたぐひか

『葡萄木立』

葛原は『葡萄木立』の後記に次のように記す。

このほど、旧約聖書の民数紀略の或る章に、竿にとほして人、二人で荷なふ程のひと房の葡萄の記述があることを聞いた。語り手は野溝七生子様であつた。あのモーゼのあらはれた時代、ガザの東、エルサレムの西南にあたるヘブロンの近くのある所に、その葡萄を切りとつた谷があつて、以来、イスラエルの人はその谷をエシコルの谷、つまり一房の葡萄の谷、と呼んだといふ。この葡萄の谷に私は青い夜を覚えたのであつた。

これらの歌は葛原の数多い聖書に触発された歌の中でもとりわけ強くその関連を感じさせ、温めてきたモチーフが機会と言葉を得て形を成したかのようである。キリスト教と葡萄の関わりは深いが、その中でも「民数紀」に描かれるエシュコルの谷の葡萄は印象的だ。二人がかりで担うほどの大きさと記述される。そうした豊饒さの誇張は、その土地を約束の土地としながらたどり着けない民にとって実に残酷である。葛原がこれを意識しないわけはなく、「葡萄の重さ」のはかりしれなさは、イスラエル人の潜ったその後の運命を暗示し、人類の潜った大戦の影を引いていよいよ手の届かぬ暗い豊饒の象徴として感じられた。

またさらに憶測を重ねるなら、葛原は同じ「民数紀」に記された女の姦淫を禁じる神の掟を暗澹とした思いで幾たびも読んだろうと思われるのだ。女にのみ重罪として被せられる姦淫の罪は、しかし妊娠によってのみ贖われる。妊娠した女は罪に問わないという神の取り決めは、姦淫の罪より重いものを妊娠に被せるかのようで、もの思いを誘うくだりだ。一首目、みごもった農婦が葡萄を摘む風景を「月蝕」と捉えた葛原は、単に子宮という大きな球に葡萄の小球が重なったという着想を喜んでいるのではない。葡萄が抱え持つ豊饒とそれゆえに誘う大きな悲劇は、身籠もることにも重なる。生み続けてきた人類の歴史は月蝕のような暗い翳りをあらかじめ孕み持つのではないか。そんな思いの厚みが背後に感じられるのである。

同様の発想をもつ歌として

懐胎女《みごもりめ》葡萄を洗ふ半身の重きかも水中の如く暗きかも　『葡萄木立』

があるが、これなども孕むことと葡萄との関わりの深さを感じさせる。葛原にとって妊娠は、エシュコルの谷で摘み取られた葡萄の象徴する悲劇と同様に人間の原罪に繋がってゆくものだった。三首目のタンクに充ちる真っ赤な葡萄液は、血を満たす子宮のようでもある。豊饒そのものでありながら、これから流される血のように不穏でもあって、豊饒であることの不安、生命の不安、などを呼び覚ましながら「原不安」として存在するのである。

眼前に見える風景としての葡萄畑に旧約聖書の時代からの人類の営みが自ずと浮かび上がってくるこれ

らの歌は、知識や機知を喜ぶブッキッシュな軽やかさに遠い。聖書から葛原が読み取ってきた人類の原罪を、現前の風景や生理感覚として再体験しようとしているのだと言ってもいい。

しかし、葛原はキリスト者ではない。葛原が洗礼を受けたのは死の数ヶ月前のことであり、葛原の散文からも歌からも信仰の対象として神を思う要素は見あたらない。葛原のキリスト教との関わりは長かったが、それは、文学作品を読むように聖書を読み、同様に神やイエスのことをつくづくと眺めた、と言った方が正しいだろう。この事は別項で触れたいが、一言で言えば葛原は神を見放し、神に見放された者として人類を、そして自らを考えていた。寺尾登志子は『われは燃えむよ』で「原不安」の歌について次のように述べ葛原と宗教に触れる。

> 無神論者であるかぎり、キリストの流した贖罪の血によって許されることはありえない。神を持たざる者にとって、大きなタンクにためられた葡萄液とは、自らが抱え持つ「原不安」そのものの量なのだ。

私も葛原はむしろ積極的な無神論者に近かっただろうと思う。それゆえ、救われることなく「原不安」を見つめる他なかったのではあるまいか。そのことを証すように「葡萄木立」一連では先に引いた歌に続けて次のような歌が連なる。

一匹の蛾の翅よぎりし駭きより暗がりのそこここに蛾は泊りゐる
蛾の翅音ひとつならざる闇に見ゆ蛾の目はなべて朱の色なるを
葡萄庫《ぶだうぐら》に蛾の簇生す　むらがる蛾と蛾のあひに葡萄の玉見ゆ

収穫された葡萄が収められる倉庫に大量の蛾が発生している風景である。これらの歌は、昭和三十四年の「短歌」十月号に「葡萄木立」一連として発表された当時は入っていない。あとから加えられた歌である。蛾は葡萄にとって最大の害虫である。今でもワインのコルク栓に蛾が産み付ける卵を食べさせるために専用の蜘蛛が放たれることもあるらしいから、葡萄庫に蛾が発生する風景はあたりまえに見られるのであろう。しかしそれでも異様なこの風景を歌集を編むに当たって加えたのは葡萄のテーマを深化させるためであろう。葛原の視線は蛾を舐めるように追い、目を逸らさない。羽ばたき、蠢く蛾に覆われる葡萄。まさに見尽くすといった気迫で、蛾を見つめる。

この一連にはさらに次の歌も加えられている。

潜《くぐ》る光りに葡萄垂れをり黄緑《わうりよく》のぶだうはかひこのごとく熟れわたる

葡萄が「かひこ」のように熟れるというのはかなり珍しい着想に見えるが、聖書の中で繭は復活に関わる。葡萄の実りを復活に重ねる連想はむしろ常識的であり、歌としてそれほど成功しているとは思われない。熟した蚕とはすなわち繭に籠もった蛹だ。蛹はまもなく羽化して蛾となる。葛原はこの一首を加え、あえて葡萄と城の関連を用意した。豊饒なものが蛹となり、やがて羽化するその循環の中に葛原は命の運命を見ている。乱舞する蛾の羽化は、決して美しく豊かなものとして描かれていない。行き所なく自らの命に怯えているようでさえある。「原不安」はこのようにして形象化され突き詰められてゆくことになる。

それゆえ産むことにもこの運命はあらかじめ孕まれる。

悲傷のはじまりとせむ若き母みどりごに乳をふふますること
風媒のたまものとしてマリヤは蛹のごとき嬰兒を抱《いだ》きぬ
『原牛』

母と子の豊かな愛の光景を「悲傷のはじまり」とし、イエスの生誕にあまねく人間の運命が見られている。それゆえ嬰児は繭ではなく「蛹」として見えるのだ。繭を素通しして蛹を見、その蛹の乾いた姿に神の子の姿を重ねるこの歌は決して神の子の誕生を素直に祝ってはいない。同様に、自らの身近に生まれた赤子も次のように詠まれる。

みどりごを指ししはその母　みどりごはま白き蛹のごとく捲かれゐき
胎兒は勾玉なせる形して風吹く秋の日發眼せり
陣痛は正則なりき窓より大いなる都市かつ歪み見ゆ
一人の女みごもる暗部を指して立つ苦惱《くるしみ》ふかき繪を記憶せり
『葡萄木立』

葛原はこれらの歌について、娘の初産を詠ったものだとしつつ「女性が一つの生命を自分に宿すということは複雑なのですよ。昔からそれは手放しの喜びだけではなかつたのだが殊に現代の様な場合はね」(「潮音」昭和36年12月号)と語る。また、

ひとりのか弱い者が程なくそこに生れてきて立錐の余地もない都会生活の中に割り込む。それは不安

そのものなんです。而も陣痛は正則なりき、なのです。人間の生理の正確さは人力ではどうしようもないのです。

とも語っている。聖書と戦争を通じて人間存在の過酷な運命を見てしまったとしても、子供は生まれてくる。女にとっての妊娠出産は、自らの理知に抗う自然の威力を他ならぬ自らの内部において体験するということに他ならない。四首目の受胎告知を思わせる歌では、妊娠した体は「暗部」と呼ばれ、受胎は「苦悩」として直感される。孕むこと、産むことは人間存在への怖れをかき立てるが、それこそが自らの肉体の出来事でもあるのだ。娘の出産においても、その視線は、「ま白き蛹」のごとく包まれた赤子を見、胎内の生命が見開く未生の目と見つめあう。

葛原は戦争の悲惨を直接に体験することがなく、また無傷であったが、それゆえに戦争を永く反芻することとなった。その時彼女の物思いの基盤となったのはむしろ戦後の復興、復活の風景であった。変化し、豊かになってゆく身辺こそが戦争を想う場となっていった。この場合にも葡萄の収穫、出産といった豊饒といっていい場面に紛れ込む死の影や苦悩は、葛原が時間をかけて体験する戦争そのものであった。

寺山修司は、葛原の『原牛』と齋藤史の『密閉部落』を論じた文章の中で次のように語っている。

齋藤史と葛原妙子に共通していることは、その反歴史性と言えるのではなかろうか。「原牛」と「密閉部落」はともに毒薬の効用を以て日常性を突き刺すが、この見事にスタティックな反俗性は歴史を容認するまいとする頑なな「女」の血の濃さを僕に見せてくれる。(略)「歴史を容認するまい」という意識とは、戦争や敗戦を否定しようということではない。むしろ、戦争が終わって輝かしい戦後が来てというような単純な歴史の進化を認めない意識であろう。

（「女人短歌」昭和35年43号）

同時に寺山は葛原らに「秩序否定、不在の神の弾劾」といった要素を見る。産むという自然の摂理に悲傷を見、葡萄の収穫風景に人間の運命の悲劇を見取るといった葛原の姿勢は確かに秩序の否定であろう。寺山はそうした神や自然の秩序への不信がそのまま「不安」と名付けられる、とする。このように「葡萄木立」において現れる「原不安」は、単に感覚的なレベルにとどまるものではなかった。葛原は塚本や茂吉の文脈とは異なる、「人類の戦後」、さらには「生命にとっての戦後」といった文脈を築いていたのではなかっただろうか。戦中と戦後の言葉と思想の断絶にあって、多くの作者たちが自らの心と言葉を繋ぐことが出来ずにいる中で、「原不安」は、断ち切られた意識と言葉とを貫いて結びうる重要なキーワードとして見えてくる。

# 七　キリスト教という視野

疾風はうたごゑを攫ふきれぎれに　さんた、ま、りぁ、りぁ、りぁ

『朱霊』

## 1、　葛原とキリスト教

葛原が戦後社会に独自の道を切り開いてきた経緯を見るとき、キリスト教との関わりは重要である。戦後カルチャーの一つとしてキリスト教文化に接してきた葛原だが、戦後のキリスト教は葛原に限らず戦後を生きた人々に少なからぬ精神的影響を与えていた。

例えば昭和二十四年の「潮音」一月号には、小林秀雄と太田水穂の対談が載っているが、そこで太田は「来るべき世紀に吾々が恩恵を受けようとするのは基督教だが、仏教のそれの如くゆくかどうかは問題だ」と述べている。小林はこれに対して「問題です。妙ですよ、仏教といふものはどうも……。」と含みを持たせ、仏教が日本文学に深く根を張っている事実をあらためて示唆している。この対談自体は散漫なものだが、キリスト教が未来の日本文学を牽引するかも知れぬと考えられていた戦後当時の雰囲気を知るうえで興味深い。戦中から戦後へという思想と文化の大きな裂け目を体験した人々が、どこに新しい言葉のよりどころを見つけるべきかに苦悩していた様子がかいまみえる。戦後は明治の文明開化と並んで思想的な混迷のなかでキリスト教が注目された時代だった。こうした議論がさまざまな分野で交わされ、戦後の空気を作っていたのだ。

葛原は昭和六十年九月二日に七十八歳で亡くなるが、死の半年ほど前の四月十二日に受洗している。それまでは信者となった家族を通じて間接的に関わるのみだった。信者となることについては、長女である猪熊葉子著『児童文学最終講義』によれば、「断固受け入れ拒否」の状態であったという。しかし昭和五十八年の秋を最後に歌人としての活動を全て中止して療養生活に入っていた葛原は、はじめて「やっぱりあなたたちと一緒になりたいわ」と洩らしたという。この最晩年をどう考えるのかはまた議論の余地のあるところだろうが、歌を手放して初めて葛原は自らに救いを許したのである。その意味では歌人としての葛原はあくまでもキリスト教徒ではなく、キリスト教の精神と文化の周囲にあってそれを凝視し続けた人であった。

葛原とキリスト教との出会いは早く、終戦まもない昭和二十四年、長女の葉子が大学に入って入信したのをきっかけとしており、葛原が歌人として自覚を強めた時期とも重なる。その頃の心境を詠んだ歌として次のようなものがある。

娘《こ》を領せむすでにあやふし受洗のこと息つめて一夜あらそひしのち　『橙黄』
クリスチナ・マヌエラと云ふ汝が教へ名うるはしみ思へかかるゆふべは

歌人として本格的に活動を始める前の葛原はいわゆる教育ママであったらしく、ことに長女の教育には熱心であった。それだけに、心血を注いで育てた娘が見知らぬ世界へ入ってしまうショックは大きかった。葛原は激しく反対したという。二首目の娘の洗礼名の歌は次のようにも再び詠まれている。

クリスチナ・マヌエラといふ汝が洗禮名《をしへな》いみじくあれば死ぬかとぞおもふ　『縄文』

荘厳な響きのある名に対する感嘆が詠まれるが、「死ぬかとぞおもふ」とは見知らぬ名を受けた娘を死とも思える彼方に押しやってしまった名に対する嘆きでもある。このような葛藤はよくある母娘の葛藤のエピソードにとどまらない。最も愛する者が異世界に渡ってしまった痛みとともに、キリスト教という異文化に身近に接するようになったことは、葛原に後まで続く文学的主題を与えた。それは『橙黄』では次のような形で現れていた。

樫の扉《と》を重く閉ざせばゴブランの壁掛とわれと尼のみがあり
視線あひてしばし間のありわが鎧ふけふの母性よたぢろぐなかれ
禮拝堂ステンドグラスの堰きとめし夏昏《く》らぐらとわれを包める
その背《そびら》に圓光を負ひて母性マリヤ現身なりし像高く掲りゐき
原罪をうべなふつつしみ缺けしをみな一人を呑みて御堂の闇深し

『橙黄』

「圓光」という昭和二十三年に書かれた葉子の受洗を背景とした連作のなかから抜き出してみた。この連作から伝わるのは、一つには教会という異文化のもつ重厚な空気に触れた驚きであろう。ステンドグラス、樫の扉、尼僧など、その雰囲気に呑まれまいとして身構える様子が伝わってくる。

同時に重要だと思われるのが、葛原が自らの「母性」をもってカトリック教会が崇める「母性マリヤ」に対峙しようとしていることである。「たぢろぐなかれ」と自らに言い聞かせる葛原の心境は、この時、マリアという突如現れた「継母」に娘を渡すまいとする生身の母のものである。「圓光を負」う母性に対して、自らは「原罪をうべなふつつしみ缺けしをみな」である。生身で聖なる母性に対抗しようとするこの気構えは、人間存在や女という存在、ことにも母という存在に対する物思いとなり、主題として深まっていった。それは、視野を広げるとき、単なる母と娘の葛藤という以上に、戦後という「継母」に抱かれようとする娘世代との世代的葛藤であったとも言える。

宗教を感覚にいつくしむ癡れ者がるると流すなみだ限りなく甘き闇に　『橙黄』
たのみゐる未來多《さは》ならむうら若き男女の祈禱をわれはよこぎる　『飛行』

一首目の「癡れ者」が誰なのかはわからないが、ともあれ葛原がキリスト教をファッションとして拠ってゆく者を厳しい視線で見ていたことがわかる。二首目にも宗教を未来を開く拠り所とする若い世代に対する自らの姿勢が示されていよう。しかしまた次のような歌も詠まれている。

ノートル・ダムの雪の夜の內陣かかる刻《とき》いかなる厚き罪をはらむや　『飛行』
寺院シャルトルの薔薇窓をみて死にたきはこころ虔しきためにはあらず　『薔薇窓』

ここでは宗教そのものの秘め持つ「罪」が雪と対比されたり、また強い憧れでヨーロッパのキリスト教文化の象徴である薔薇窓が想われたりしている。葛原は文化としてのキリスト教に強い興味と憧れを抱き、キリスト教美術などへの造詣を深めていったが、決して信仰の対象とはしなかった。常に一定の距離を取り、一体それが何なのかを見つめていた。そしてことにも母という存在と、女という存在に対する問いはカトリックの文化を凝視することで確実に深められていった。

マリヤの胸にくれなゐの乳頭を點じたるかなしみふかき繪を去りかねつ　『飛行』

薔薇と襤褸《らんる》と赤子はひとつものならめ凋れたる風の林を過ぎゐる
『原牛』

悲傷のはじまりとせむ若き母みどりごに乳をふふますること

風媒のたまものとしてマリヤは蛹のごとき嬰兒を抱《いだ》きぬ

怖しき母子相姦のまぼろしはきりすとを抱く悲傷《ピエタ》の手より
『葡萄木立』

これらの歌に見える聖母はその聖性を暴かれ、荒涼とした人間界に置き去りにされている。一首目、聖母に「くれなゐの乳頭」を描いてしまった画家の哀しみは、描かれた聖母とともに救われがたく、また温かく痛ましい。三首目の歌では若い母親が嬰児に授乳する姿が聖母像に重ねられている。イエスの悲劇が重ねられるゆえにこれから始まる人間の「悲傷」がその幸福な姿に否応なく見えてしまうのである。二首目、四首目は母と子という温かく湿った関係がことごとく否定され、乾いた体温のないものとして再構成されている。「薔薇」「襤褸」「赤子」を一筋に結ぶものはキリスト教に他ならないが、同時にそれは幸福とはほど遠い厳しい物語を呼び覚ます。そして最も突き詰めた見方がなされているのが五首目であろう。

葛原はこの歌と同じ発想でエッセイを書いている。フランスのディジョン・ノートル・ダム教会の聖母像「善き望みの母」を原色版で見たときの感想として、「聖母とは私にとってこの上もなく奇怪、異様なものであった」と記す。そして次のように結んでいる。

マリヤの裾長い着衣の皺の中にあおむきに抱きとられたキリストの裸身は神ではなくて総身白皙の美しい青年である。母と子の相姦により十字架の上で酢を含まねばならなかつたキリストが見えると云えば、その様な妄想は神学者や信徒に激怒を買うであろう。

（「聖母像妄語」―「女人短歌」昭和39年60号）

聖なるものに救われぬ人間の業を見てしまうのは文学を背負う者の視線としては常套であろう。しかし、葛原に特徴的なのはまるで聖母を追いつめるような執拗さである。母とは、美しい息子を姦淫するかもしれず、そのために殺すことになるかもしれぬ可能性さえ秘めた怖ろしい存在でもある。葛原の視線はピエタ像の「悲傷」を貫いてその奥に秘匿された人間の罪業に刺さってゆく。

このような問いの伝記的背景としてもう一つ考えられるのは、三歳の時に実母と別れ母を知らないという葛原自身の特殊な環境である。母という存在が体験を欠き中空に浮いた、しかしそれゆえに切実な問いであったことは十分に考えられる。「甕とマルセリーノ」(「潮音」昭和32年3月号)というエッセイに葛原は次のように記している。

「生きるためには聴手が要る」ふいにこみ上げてさう思ひ、座席の暗がりで私ははづかしい程涙を流した。……ひとりの「聴手」を探す為に。そこでは神も聴手を待つ一人の人格であつた。おなかが空き、のどが乾き、母を恋してゐた。そして母とは、いつたいなにものであらうか。

これは修道院で育てられ、イエスの磔刑像を友とするほかない孤独な少年の映画を見た時のエピソードとして書かれている。この時期の葛原は孤独を人間の宿命と考えようとし、むしろ自ら進んで家族との不和を創り出していた気配さえある。しかしそこに訪れた聞き手が欲しいという願い。葛原は孤独な少年に自らを重ねる。珍しく唐突な感情のほとばしりを見せたエッセイである。葛原自身が悩める母であり、また母を知らぬ子供でもあった。それゆえこの問いは、彼女を存在として裸にせずにはおかなかった。

このように見てゆくとき、葛原にとってキリスト教とは救いにほど遠く、むしろまざまざと神の放置する人間世界の不条理を見せつける鏡であるかのようだ。

十字架に頭垂《かしら》れたるキリストは黒き木の葉のごとく掛かりぬ　『縄文』
キリストは青の夜の人　種《しゅ》を遺さざる青の變化者《へんげ》　『原牛』
ありがてぬ甘さもて戀ふキリストは十字架にして酢を含みたり　『葡萄木立』

ここに描かれているキリストは、先の母子像以上に乾き拉がれている。吹けば飛ぶほどの乾ききった「木の葉」であるキリスト。ピカソの青の時代を思わせるような物思いに沈み、「種」さえ残さない。また三首目などは十字架上に探れるイエスの美しい裸体を思い描いての作品であろう。イエスが酢を含んだことに思い至り粛然として我に返るかのようである。これらの歌はことごとく象徴的なイエスの像を外れている。神の子ではなく、私たち自身よりも救われ難いひ弱な存在である。こうした歌から窺えるのは、異国の神を異教徒の目でつくづくと眺めるかのような態度である。マリアの、そしてイエスの聖性を剝ぎ取り凝視するとき、そこに映るのは人間の抱え持つ欲望や救われがたさそのものである。

そのような葛原と宗教との関わりを見る上で興味深い文章がある。「作歌の機微について」（「潮音」昭和37年7月号）の中で葛原は次のように語る。

私は神というもの、特に人格を具えた神の存在というものに対しては、如何程の考えがあるという訳ではないのですが、常々懐疑的であつて、従つて宗教に対しての考えは幼く、いつも堂々めぐりなのです。

この宗教についての考え方の大枠はこれまでに見てきた歌を裏切らない。葛原は常に懐疑的にキリスト教に接していたことがあらためてよくわかる。この文章では、ある日神父たちと会食したことが書かれ、神父たちの生活について「ある期間にはそれらのすべてを絶つて、自分をきびしい戒律のワクの中に入れ、苦しい勤めを果します」と解説する。そうした神父と対比されるように自らが語られる。

うす墨色の低い雲の下には蒸れ切つた東京の街が際限もなくつづいておりました。この街は一体何ものだろう、と私は思いました。おそらく二人の神父も同じ様なことを考えたかも知れません。（略）その湿気の中で私の身体は少しずつ膨れていくかんじでしたが、それはそのうちに何とも制止の利かない状態になりました。そこで私は膨れる儘にまかせておりました。そして若しここで、雲の間からひとすぢ陽の光が差したとしたら、私はひとたまりもなくやられてしまうだろう、そんなかんじがぼんやりした頭の中を掠めました。

ここでは東京の街と自らの身体感覚とが重ねられている。昭和三十七年の東京、戦後を振り切って発展を続ける都市は、あてどなく膨張を続ける不気味な生き物のように捉えられ、自らもその都市と同様に危うく膨張しつづけている。その膨張の危うさは、葛原が「球体恐怖」（「短歌研究」昭和34年7月号）のなかで語った暴発の危険を秘めた球体への恐怖と重なるものがある。東京という都市そして自ら。膨張してゆくのは神の戒律を知らないものである。神に仕え戒律を守る神父の傍らにあることによって見えてくる、戦後日本の危うさと自らの危うさ。神をもたないということをここで葛原は強く意識している。そしてまた気になるのは、膨張した体を暴発させるのが光だということである。ここにはおそらくヒロシマが暗示されており、膨れ続ける東京も自分も原爆を知ってしまった世界を生きているのだという不安が背後にある。

この文章は、葛原のキリスト教との関わりを象徴しているように思われてならない。戦後社会の復興が底に抱える大きな不安も同様に見つめながら神をもたぬ者ゆえ膨張を続ける不安を書くのである。しかし葛原は決して神を信じぬ者だった。むしろ彼女の歌からは神を弾劾し、呪詛するかのような厳しい精神が感じられる。葛原は神父の傍らでそのような異教徒として原罪に膨れつづける自分を凝視する。葛原は、人間の生に先立つ悲劇として聖書の悲劇をつくづくと眺め、現代の悲劇を直感しようとしていたのである。

## 2、もう一つの戦後とキリスト教

葛原にとって戦後とは、戦中、そして戦後へと続く一本の時間軸の上にはなく、戦争という巨大な問いの周囲をぐるぐると回り続けるかのようである。ことに強く意識し続けた原爆は、人類の生存に深い影を落とすものとして消えることがなかった。例えばエッセイ「球体恐怖」(「短歌研究」昭和34年7月号)や「作歌の機微について」(「潮音」昭和37年7月号)には飛行機が墜落した時のエピソードが記され、飛行機への恐怖と暴発する球体への恐怖が重ねられていたが、このような怖れと不安は戦争直後よりむしろ時を経て濃厚に表れるようになる。

かの黒き翼掩ひしひろしまに觸れ得ずひろしまを犠《にへ》として生きしなれば　『原牛』

このように詠まれるヒロシマは葛原の意識の中で飛行機の翼の陰にある。飛行機と原爆とは分かちがたいものとして象徴的な意味を持つようになっていた。他の散文にもしばしば飛行機への不安や原爆のイメージが書かれている。この恐怖は潜在的な感覚的不安として深層に深く抱えられている。むろんそうした恐怖は戦争を体験した人々全ての中にあっただろう。しかし葛原の場合、戦争は時間の経過によって遠ざからず、むしろまざまざと戦後の復興の光の中に存在し続けた。葛原にとっての戦後とは、生き残ることの中に死の影を見るということであり、生存の意味を問うことであった。その課題をより普遍的な、人類の宿命として捉えるための契機となったのがキリスト教であったと言えるのではないか。

『葡萄木立』のあとがきには次のように記される。

イスラエルびとの切りとつたエシコルの谷の葡萄の大きさ重さは、ふと人間の宿命の、また忍苦の重さとも思はれるが、ときを選ばず葡萄の大きな玉がみえるとき、私にはまた別の思ひがある。それは生存そのものの中に屢々含まれる妖、つまり無気味なものとの対面を意味する。

「大きな玉」、つまりこれまで葛原が感覚的に恐怖してきた球体の象徴としてエシュコルの谷の葡萄は捉えられている。そしてそれを生存の「妖」、「無気味」と捉えるのである。この妖しさや不気味さは、人類が背負う宿命や忍苦そのものである。巨大な葡萄を荷って生きることが、そうせずにはいられぬ命の欲求であれば、生きることは不気味な怖ろしい欲求に突き動かされていることでもある。

葛原は洪水の後を生き残ったノアの視線を借りて次のように記す。

さびしく巨大な水びたしの地球に私は再びうたれるのである。ここに見える地球は全面薄い鉛色に光つてゐて、今日ともすれば私達の頭を掠める高熱に灼かれた地球よりも遙かにメランコリックである。

こうした文章を見ていると、葛原は聖書の時間と戦後の時間を同時に生きているかのような錯覚に捕られる。「高熱に灼かれた地球」よりもメランコリックなものとして映る洪水ののちの地球。ここには戦争の後を生きる者の視野が語られている。葛原にとって原爆は、時間軸の後方に位置するのではなく、現在、そして未来を生きているということ自体の内に蔵われているのである。それゆえ生存するということの「妖」しさ「無気味さ」は、原爆そのものより大きいかもしれぬと感じられている。

戦争を時間軸から外して存在の中にじっくりと見てゆく、この生き方が葛原にとって必然となったのは、聖書が伝える世界からの影響による。ことに『葡萄木立』に至って色濃く打ち出される不安は、感覚的生理的な不安を人間の生存のレベルにまで拡大したかの感がある。葛原は感覚的に自らが恐怖してきた人間の存在を聖書によって経験し直し、それによって不安をより普遍化しようとした。自らの生存の不安は同時に聖書によって経験されている人類のものでもあるというふうに。

これを『葡萄木立』の作品に見てみよう。「啄木鳥」と題する一連から巻頭歌と巻末歌を含む七首を引用する。

霧流れ　木の間に流るるつかのま啄木鳥《きつつき》の木つつく音をやめさせよ
孤獨なるきつつきの貌《かほ》みざるなりその掘りし木の洞《うつろ》をみるのみ
晩夏光おとろへし夕　酢は立てり一本の壜の中にて
木立の家に無數の壜の立てるなれ　立つとふことといかにさびしき
飲食《おんじき》ののちに立つなる空壜のしばしばは遠き泪の如し
鶫は胸をかきむしる鳥　あかるき銃聲にますぐに落つる鳥
高原の晝廊に靑き磔刑圖架かりゐたりpassionと小さく題しぬ

この一連は啄木鳥の孤独、そしてその孤独が彫り上げた洞、そこから空瓶の存在感へと入ってゆく。ここではまるで壜が真裸の人間存在そのもののようであり、ただそこに立つということさえ深い悲哀と痛苦に満ちている。そして救いのない鶫の断末魔。これらの歌の存在感は想像力の放恣によって生まれているわけではない。もともと巻頭歌と鶫の歌は初出時（「短歌」昭和35年10月号）にはなかった。当初の三十首詠では、山荘の風景などが加えられ、いくらか穏やかな一連となっている。しかしこの険しい二首が加わることによって一連は存在の悲苦をより明確に訴えるものとなっている。

また、この一連を最後の磔刑図の歌とともに読み終えると、それまでに詠まれた全てが十字架に架かっているイエスと同様の苦しく切ないもののように思えてくる。葛原はこの効果を十分に意識したはずだ。磔刑図の歌は初出時から巻末に据えられており、葛原は意識の底にキリストの磔の様を忍ばせながら風景を見ていたことになる。啄木鳥も鶫も、そして空壜も全てがキリストと同じような悲苦を味わいつつ今をある。特に空壜は、十字架上にあるイエス同様立った姿勢のまま存在することの悲を背負っているかのようだ。「酢は立てり一本の壜の中にて」と詠ったとき、この壜に添っているのは「ありがてぬ甘さもて戀ふキリストは十字架にして酢を含みたり」ではなかろうか。「晩夏光おとろへし夕」、キリストの最期も午後三時を回った夕方であり、その直前に酢を含んだことが聖書に記されている。壜の中で立った酢はキリストに含まれるために息づくかのようである。

もちろんこの歌は、酢が立つという一般的な言葉の面白みからも発想されているだろうし、他の様々の要素が作歌の力として働いているだろう。しかし歌の配置にことさらに苦心を重ねた葛原が巻末に据えた磔刑図の歌が何らかの形で全体に働いていることは考えられてもいい。そしてキリスト教は葛原に、感覚に過ぎないかもしれぬものを普遍として、個人の体験を人類の体験として普遍化する装置として働いていたと考えられる。

しかし一方で葛原はキリスト教に対して根本的な違和感を抱えていた。次のような発言がある。

キリストの方は、「人間はいかに生きるべきか」に重点があつた。はじめからはつきりした連帯意識があり、それはキリストがしいたげられた民族の中から生まれたことと切離しては考えられないですわね。釈迦は高貴の生まれで、先づ何よりも「存在」そのものについて考えていつたと思うんです。そこでまた茂吉を持ち出すわけですが、かれはどちらかというと「存在」という方向をきわめていつた歌人であり、啄木、文明、プロレタリア短歌の系列は、人間と人間との連帯意識をもとにして、いかに生くべきかを追求していつたと大ざつぱにいえるんじやないんでしようか。

（「灰皿」昭和33年3号）

この発言は、「抒情詩における個と普遍と」と題された座談会でのものである。葛原はキリスト教が民族として厳しい試練を経る中でいかに生きるべきかを問いかけた宗教だとする。仏教と並列しながらキリスト教を分析するこうした理解はあきらかに信者のものではなく、観察する者のものであろう。啄木、文明、プロレタリア短歌を社会のなかでの「連帯」を模索する系統だと言ったとき、葛原自身ははっきりと逆の立場にある。葛原こそ社会のあり方に関わる人間を直接詠うことを潔しとしなかったし、積極的に逆の方向に自らの方法を切り開いてきたからだ。また「連帯」を主題とした前衛短歌が前面に出てくる時代に葛原が茂吉に傾倒していった経緯を考えると、葛原の意識は「存在」を追求する仏教の側にあると言ってもいいはずだ。茂吉に関してこの発言を補足するような発言もある。

彼、茂吉は、その意味において、人間の横の線、つまり社会人としての連帯感を追求した作者であるというよりも、より人間のタテの線、つまり人間存在それ自体の深みに降りて行つた作者であるということが云えると思います。従つて茂吉の歌のテエマは「生」と「死」の問題、また広義に於けるエロティックな問題に多くは根を下しているということが云えると思います。

（「潮音」昭和37年7月号「作歌の機微について」）

確かに茂吉は社会性に乏しく、しかしそれゆえに命の裸形を晒しながら存在の深みに降りていった作家であった。「茂吉をこっちへ取ってしまおう！」と語る（『孤宴』）ほどに私淑していた葛原は、その命の深さに共鳴し、自らの表現としてきた。葛原の歌には存在が含み持つ生と死を同時に見ようとする強い欲求が添っている。それは葛原の捉え方によればキリスト教が宗教として抱える「いかに生きるべきか」、とはあらかじめ方向を違えていた。

『橙黄』において戦後を象徴する異文化としてキリスト教文化を取り込んだような表面的な関わりではない深部において、葛原はキリスト教の示唆するものと葛藤し続けていた。昭和三十八年に書かれたエッセイ「二つのS」(「潮音」1月号)の中で、葛原は自らの悩みを率直に告白している。ここでは、才能が枯渇し孤独死をした画家を主人公とした小説を下敷きにする。画家が白いままのキャンバスに微かに書き残した文字が「孤独(Solilaire)」とも「連帯(Solidaire)」とも読めたことを印象に強く残しつつ、葛原は深夜に孤独を養う自分の部屋にジェット機の爆音が過ぎたことを語る。

私はがく然とする思いだつた。屋根裏に籠つてもこの音だけは避けられまい、とする悲観よりも、人間の立てる物音から自分を隔絶しながら驚くほどものが書けそうな気がする不遜と楽観についてであつた。同時に自分の中にも二つのS、つまり孤独と連帯が存在を主張し合つている矛盾をどうしようもなかつた。

葛原は人間存在の深みにまっすぐ降りていこうとしながら、一方で社会的な「連帯」のなかで人間を考えるというもう一方の力も気にしていた。「連帯」を求めてくるものの象徴が飛行機であることは興味深いが、ジェット機の爆音のようにのっぴきならず自分がそこに置かれていることを意識させずにはおかぬ現実も見つめ、そこと張り合うように自らの存在論を打ち立てようとしていた。

葛原は戦後を生きる人間として茂吉のように純粋に存在論に降りてはいけなかった。同時に神を信じぬ者であった。しかし、キリスト教に人と社会との関わりのベクトルを見いだし、聖書が語る民族の苦難を二つの大戦、とりわけ原爆の後を生きる人間の中に重ねて見ていた。この文章の中で葛原の孤独に侵入してくるジェット機は戦後日本の発展の象徴ともいえるものである。葛原の自宅である大田区は羽田に近く、飛行機は嫌でも日常的に意識せざるをえないものであった。ヒロシマをその翼の陰に収めた飛行機は、再び身近にあらわれ戦後社会の暴力的な発展を印象づけてもいた。葛原はそうした場に置かれながら、人類と文明との関わりについていかにあるべきかを考えずにはいられなかったのだ。

あくまで葛原はキリスト教とは距離を置こうとした。イエスの受難が、エシュコルの谷の葡萄が、ユダの裏切りが、神の意志や生き方の教えから切り離され、存在論として投げ出され見つめ直される。そこに葛原のキリスト教の意味はある。一民族がいかに生き残るべきかを出発点としたキリスト教の問いの追いつかぬ戦後世界が広がっていたからと言えば言い過ぎになるだろうか。葛原にとってキリスト教は、いかに生きるべきかを問う意識からではなく、「これは何か」を問う存在論によって見つめ直されている。キリスト教そのものが人間存在のありようを知るために眺められていたのだ。

ノートル・ダムの雪の夜の内陣かかる刻《とき》いかなる厚き罪をはらむや　『飛行』
「ラビ安かれ」裏切のきはに囁きしかのユダのこゑ甘くきこゆる　『原牛』
ゆだやびと花の模様をもたざりきその裔にして生《あ》れしきりすと　『薔薇窓』
かのザビエルの片手は　右にありしやひだりにありしや　『葡萄木立』
疾風はうたごゑを攫ふきれぎれに　さんた、ま、りぁ、りぁ、りぁ　『朱靈』

聖なる空間であるはずの寺院は雪の白さに対比されてその罪深さを晒しており、ユダの声には誘惑とエロスの甘美が漂う。またキリストの厳しい生き方が花模様を持たぬ民族の出身であったからだと言い、聖人の徴である片手もこの世に取り残された奇妙な異物だ。そして祈りの声「サンタ・マリア」は疾風にひきちぎられ、永遠に続く人類の無惨な喘ぎのように聞こえる。ここには救いがなく、また救われようとする意志もない。キリスト教の成り立ちが、またその文化が、キリスト教そのものが、奇妙な、そして生々しい人類の悲劇の遺物のように眺められるのである。
そのように突き放しながら、しかし葛原は生涯キリスト教の傍らにあり続けた。キリスト教のフィルターをかけたかのように、世界は次のように詠まれる。

池の邊《へ》にコンクリートの濡れをりき黒き魚跳ねいで黒き魚死にける
告別は別れを告げわたすこと　死の匂ひより身をまもること
白骨はめがねをかけてゐしといふさびしき澤に雪解けしかば
かりかりと晝のねずみはみづからの小さき骨を嚙ることあり
死にし者白晝にわれを誘《いざな》へり　青き蚊のごとく立つ弟よ

『葡萄木立』

例えば一首目にエゼキエル書の「あなたとあなたの川のすべての魚とを荒野に投げ捨てる」という神の怒りの痕跡を見ることは無理だろうか。そしてまた五首目の亡き弟の姿にキリストの復活の姿を重ねることは無理だろうか。「告別」の秘める意味の非情に、旧約聖書における死者を遠ざける掟を思うのは無理だろうか。眼鏡をかけたままの白骨が見せつける死の絶対性、そして自らの骨を嚙る鼠の幻想が見せつける追い詰められた生、これらの歌は戦後世界における聖書の世界の再現であり、新しい存在論として存在感を放っている。

猪熊葉子の『児童文学最終講義』によれば、葛原は料理も裁縫も上手であり、良き主婦にもなれる素質をもった人であったらしい。そして実際戦前まではそのように生きてきた人でもあった。そうでありながら、葛原はそれを自らに禁じてしまい、戦後本格的に歌に取り組むようになってからは生活時間を昼夜逆転するなどして家族との大きな軋轢を生んできた。ちょうど「女人短歌」に参加した頃が大きな転機であろうか、当時葛原は四十歳になろうとしていた。戦後一気に入ってきた新しい文化と女の新しい生き方の可能性は、葛原を急かせ焦らせた。同時にそれまで自らが蓄えてきた価値観や文化との断絶を強いた。葛原はこの断絶の淵に立ちながら、世の中を一つの価値観や視野で見ることの困難を味わったに違いない。戦後の日本人の多くが味わったこの断絶を、葛原は複眼になることによって克服しようとしたように見える。すなわち、一つのものを二つあるいはもっとたくさんの視野から見るという方法である。

葛原は常に現実にそこにあるものから発想したが、同時にもう一つの視野からそれを凝視し、現実を突き抜けるまで自分を許さなかった。

靄ふかく人過ぎゐたりあまたなる心臓の影ゆきたがひたり
椅子にして老いし外科醫はまどろみぬ新しき血痕をゆめみむため

『葡萄木立』

こうした歌には典型的に上の句に現実の風景が、そして下の句にもう一つの眼で見たものが重ねられていよう。行き交う人に見えぬはずの心臓の影を重ねるのは、日常の中に潜む命の危うさを感じるもう一つの眼の働きである。また椅子にまどろむ外科医は上の句ではまだ身辺の家族の風景だが、下の句では血を夢見、新しい血を欲しがる危うい存在と化している。葛原が信者としてではなく、むしろ神を呪うものとしてキリスト教の傍らにありつづけた時間はちょうどそのようにして短歌と格闘し続けた時間と重なる。順番から言えば、短歌の本格的な取り組みが先であり、その展開の中でキリスト教が欠かせぬ重要な働きをするようになってきたと言えるだろう。

葛原がキリスト教を必要としたのは、このもう一つの視野を手に入れるためだった。キリスト教はその内に蓄えられた時間と文化の厚みによって常に人間社会を映し出している。聖書が指し示す人々の阿鼻叫喚の世界は、戦中の阿鼻叫喚に重なり、また未来の不安に重なってゆく。葛原がキリスト教を必要としたのは、つまりそのような複眼を生きるためのもう一つの視野を欲したということなのだ。

## 3、神と人工《アート》

葛原は信仰を拒み続けた。この事は歌人葛原を支える重要な要素である。ことに『葡萄木立』から『朱靈』にかけての時期は、女歌をめぐる議論や前衛短歌のような外的な刺激によって自らのスタイルを築いていったそれまでのあり方とは違い、より内面への傾斜を深め、自らの欲求によって方法を磨いてゆく。そこでは技巧として素材としてキリスト教を取り込んでゆくという以上に、キリスト教が人間と自らとを見つめるフィルターとして働いている。カトリック信者である家族に囲まれ、その文化に深く興味を持つ、という生活のなかで、信者にはならないというスタンスは、信仰に匹敵するほどの熱い力で保たれたに違いない。それは一体どのようなものであったのか、もう一歩分け入る必要があるだろう。

信仰について直接に記した文章はいくつかあるが、最も端的に語られているのが『朱靈』のあとがきである。

私の血をわけた者達の大半はカトリック信者である。だが私はキリストやカトリックの世界に少からぬ関心をもつてゐるにもかかはらず、いまもつてそれへの帰依はないのである。他の宗教についてもほぼ同様である。そしてこの意味でのこころの不毛を不幸とも幸福ともしないところにながらく私はゐる。

この淡々とした文章の中に、思わず感情が洩れた部分がある。「私の血をわけた者達」という言葉だ。葛原は歌において肉親への親しい感情をそのまま詠うことはなかった。むしろその親しさから突き放し、一つの存在として見つめたと言える。しかし信仰を語るとき葛原にとって「血をわけた」ことがことさらに問題になる。亡くなる五ヶ月ほど前に入信した葛原の洩らした言葉が「やっぱりあなたたちと一緒になりたいわ」(『児童文学最終講義』)であったことを思うとき、病重い葛原にとっての入信は、肉親と共にあることと同義だったのではなかろうか。そうであればなおさら葛原が血肉を分けた者と隔たりつつ入信を拒みつづけたことは、彼女の強い意志と信念に基づくものであったと見るべきであろう。葛原は神に救われることを拒み、常に人間の側にあろうとした。それは直ちに葛原の歌のエッセンスに関わる。さきの文章に続けて葛原は次のように書く。

省みて『朱靈』をおもふとき、「歌とはさらにさらに美しくあるべきではないのか」といふ問ひに責められる。この嘆きは、とりもなほさず自己不達成の嘆きに他ならず、おそらくは一生、私自身につきまとふ心の飢餓の変形でもあるのだらう。とすればいさぎよくその飢餓とたたかふ外に方法はない。

この文章が先の積極的な信仰の拒否に関わることは明らかだ。「省みて」と書き出される歌は、この時信仰と対置されている。救われぬ人間としてこの世にあることの飢餓感を葛原は積極的に引き受けようとした。「自己不達成」であるゆえに「美しくあるべき」歌を求めつづける。美しい歌を求めるために自らを常に満たされぬ飢餓状態に置こうとしたと言ってもいい。葛原にとって歌とは信仰に並置されるべきものであり、信仰の側にある家族と隔たる孤独を引き受けても守らねばならぬ自らの世界であった。ここには葛原の歌人としての覚悟が語られている。

この頃の葛原の短歌観がかなり明瞭に語られている文章がある。昭和四十三年に書かれた「継承と転身」(「潮音」1月号)である。これは師であった太田水穂亡き後の「潮音」で葛原の立場を表明したものでもある。葛原はこのなかで、現在の「潮音」の歌を「潮音の創始者太田水穂先生が虚実の間を自在に往復して象徴に入る事を究極とされた態度から離れ、多くは身辺的事実、社会的事実についた側からしかも写実的に作歌されている傾向が強い」と批判。「潮音」の現在に強い違和感を表明している。その上で次の四点を挙げている。

・私は「日本的象徴」という言葉は象徴の方法に束縛と限界を与えるので賛成ではありません。又、師と私とは宇宙観、人間観をやや異にし、殊に私には明治人的国家観、社会観、更に美意識が希薄です。
・戦争ニュースなどに即応して作者自身何等傷つく事なく、行動を伴なう事なく徒らに歌い放たれた無責任な観念歌を更に強く否定します。これらは根本態度に於てかつての戦争讃歌と何ら変らぬからです。

・私はまた、人間信頼の積極的な生を信じると共に、極めてネガティヴなとるに足りない弱者の生をも肯定する者です。

・芸術即ちアートとは、その原義に於て「人工」を意味することを思います。天与の様に素直な作といえどもその裏に激しい人工の労苦、つまり技術の操作があることを忘れまいと思います。私自身短歌に対して日々怖れが深くなるのは右のような理由の為です。

これらの主張はすなわち葛原の歌を語っている。最初の太田水穂との隔たりは、葛原が自覚的に歌を作るようになって以来のものである。「明治人的国家観」「社会観」「美意識」と呼ぶものは、水穂の唱えた「日本的象徴」の「日本」と重なるものであろう。葛原がこれを「束縛と限界」と感じるのは、彼女が「日本」ではなく「世界」に視野の基点を置き、「日本人」ではなく「人間」を見ようとしたからである。「象徴」という方法を覆うこの枷を取り払うことで葛原は自らの方法を開いてきた。また二番目の戦争ニュースなど社会的出来事へのスタンスも一貫した姿勢である。無責任に時事などを詠うことが「かつての戦争讃歌と何ら変らぬ」という言い切りは注目に値しよう。葛原は自らの方法論に独自の戦争体験を深く刻み、時事や時流に流されぬ言葉の独立性を求めていた。それゆえ三番目に語られているように、その対局に「とるに足りない弱者の生」を置き、これを強く肯定するのである。この「弱者」への視線はことにこの頃から目立って現れてくる。

そして最も注目すべきなのが四番目に語られている「人工の労苦」への言及であろう。これは単なる技術至上の短歌観について語られたのではない。むろん葛原は常の歌人以上に言葉に拘り、技術に心を砕いてきた。そうした努力が本人の意図したほどには成功を収めていない作品も少なくない。「身辺的事実、社会的事実」に安易に即こうとする当時の「潮音」の傾向への警鐘として、また自らの立場の表明としてこの技術への注目は語られている。しかしこの文章にはそうした技術への拘り以上の何かがある。

ここでの「人工の労苦」への拘りは、後年書かれた『朱靈』あとがきの「歌とはさらにさらに美しくあるべきではないのか」に繋がるものではないか。それはすなわち「自己不達成の嘆き」と重なりながら、救われぬ人間の負うべき業のようなものとして、神を信じぬ者として刻苦して美を造り出すほかないという覚悟となっていたように見える。神を信じぬ者は神に抗う積極的な何かを持たねばならぬ。つまり神に抗う人間の業として「アート」が捉えられているのだ。神に救われぬ人間の証し、「人工の労苦」を葛原は杖とし、その道を歩んでいた。ここには神と人間との相克と呼んでもいいような物思いが滲んでいる。キリスト教の近くにありつづけたことは、葛原にとって神に抗いつつ、より深く人間を覗きその「人工の労苦」を背負う契機となったのだ。

葛原が「アート」をどのように見ていたのかが窺える「聖母像妄語」(「女人短歌」昭和39年6月号)というエッセイがある。「家族のひとりがもって来た某誌、聖母特集号をひらいた」と書き出された文章は、その特集号に取り上げられたさまざまな聖母像について気楽に筆を進めている。例えばフランスのディジョン・ノートル・ダム教会の黒聖母を次のように記す。

聖母は御堂の奥に座り、暗澹たるエネルギーを発散しながら立ちはだかっている様にみえた。形ばかりの着衣はあるが、その薄物は肌に密着し、垂れた乳房や腹部に見える大きな横皺は明らかに多産系の女性の一体型であった。ちょうど野良から帰ってきて腰を下した中年の半裸の農婦をおもえばよろしい。

そしてこの聖母を「ここにみる十一世紀の真黒な木の聖母は、たとえばルネッサンス期の、あの西洋菓子じみた聖母よりも遙かに信仰対象としては、神秘なもののように思われた」と纏める。またスペインの十二世紀の聖母子像については次のように描く。

立腹した内儀が御亭主をこわきに抱えこんだような聖母子像である。当然に内儀はマリアであり、御亭主はキリストだが、抱かれた御亭主は目をくうに反らして片手を挙げ、ひたすら細君に謝意を表しているかのようである。いかっている聖母が甚だ庶民の顔でありながらいかめしい冠をいただいているのもこっけいだが、抱かれたキリストの顔が小さい身体にそぐわない親爺づらであるのもおもしろい。

こうしたルネサンス以前の素朴な聖母像を信仰とは明らかに異なる目で描きながら、葛原はこれらの聖母達を造り、愛した人々に親しい感情を持っている。まるで市井の人々の一人であるかのように聖母像を見つつ、そこに当時の人々の営みを見ているのである。葛原はその歌からはイメージしにくいが、実に人間好きな一面を持っていた。このなつかしみを込めた文章からは、これらのマリア像の背後にあったであろう人々の生活への何とも言えぬ愛が感じられる。このような無骨な聖母に葛原が見ている「暗澹たるエネルギー」とは、人々が聖なるものを刻もうとして思わず残した「人工の労苦」そのものであろう。

さまざまな聖母像を書き記した後、葛原はミケランジェロ最晩年の「ピエタ」像に触れて「青い炎のように精神的である」とし、このエッセイを次のように結ぶ。

目鼻もさだかとはいいにくく立てるマリヤ、死んだキリストの背後に立っている未完のマリヤこそ降りしきるみぞれのような「悲傷《ピエタ》」そのものでなければならない。

ここでは一転してマリヤ像の精神性に注目する。葛原はこの像をもっとも「ピエタ」に相応しいとして見ているのだが、それはマリヤが「未完」だからである。尽きぬ嘆きの象徴である「ピエタ」像のマリヤに葛原は聖性の綻びを見る。「未完」でありつづけること、「人工の労苦」そのものであることによってのみ神聖に近づきうる。多くの芸術家が生きたこの矛盾をミケランジェロもまた生きた。そのことを葛原は嚙みしめるように見ている。

翻って自らの歌に葛原はどのような「人工の労苦」を刻もうとしていたのだろうか。

氷片のひらめきはみゆ彌撒《ミサ》重く斷《き》れつつ續くひまひまにみゆ
受洗のみどりご白しあふ臥に抱《いだ》かれて光る水を享けたり
疾風はうたごゑを攫ふきれぎれに　さんた、ま、りぁ、りぁ、りぁ
さびしあな神は虚空の右よりにあらはるるとふかき消ゆるとふ
首いまだすわらぬ赤子を連れ去りし我子たちまち人中にみえず
『朱靈』

孫の洗礼に立ち会った場面を背景とした一連「あらはるるとふ」から連なる五首を引いた。「疾風は」は

葛原の代表歌としてすでに独立した地位を持っているが、あらためて連作の中に帰して読むとき、描こうとするものが奥行きを持って現れてくる。この一連を読んでまず感じるのが、作者はこの洗礼を温かい目で見ているのではないという事であろう。むしろその場にいながら距離がある。一首目のミサのひまひまに舞い込む「氷片」の描写では、ミサに集中していない。むしろミサを千切るように舞い込む何かに気を取られているのである。この歌は「疾風は」の歌を導き出す役割を果たしている。また四首目も複雑な宗教との関わりが窺える歌である。「さびし」で始まった歌は、神の出現を「とふ」の二度の繰り返しで語る。伝聞形で語りながらそれ自体が葛原の幻想である。しかしこの歌は明らかに自らが神の出現を見ることが出来ず、またそれを信じることが出来ないという立場を詠んでいる。そうした異教徒としての寂しさは、まさに「血を分けた」赤子が神のいる側にゆくという場面で味わわれているのである。最後の歌はその赤子が「連れ去」られる場面である。

この一連は読みようによっては、葛原自身が嘆きのマリヤとなった「ピエタ」のようにも見えてくる。神の側に行ってしまった者と取り残された者、葛原はミケランジェロの未完成のマリヤそのままに「目鼻もさだかとはいいにく」い姿となって立ちつくしながら、「降りしきるみぞれのような」「悲傷」としてミサの声を聞いているのである。

疾風はうたごゑを攫ふきれぎれに　さんた、ま、りぁ、りぁ、りぁ

この歌は、まさに葛原の「悲傷《ピエタ》」である。稲葉京子は次のように鑑賞している。

かなしみ深い歌だが、しかし歌そのものは、永遠に、りぁ、りぁ、りぁ、と続いていくような美しく強い響きを持っている。寸断されつつとこしえにまつわるマリアの御名である。宿命を言いあてているのである。ここにも作者の微妙な神への関わり方を見るような気がするのである。

あるいは葛原にとって神や宗教とは人間の哀しみの最も凝った「人工の労苦」そのものではなかっただろうか。人が生きる限りその存在としての寂しさは神を創造し、呼び続けるだろう。葛原にとって宗教はそれ自体が「悲傷《ピエタ》」であり、人の営みの苦しくそして哀しい象徴として見えていたのではなかろうか。マリアを呼ぶ歌声は切れ切れに千切れ、決して聖なる者に届くことはない。しかしそれゆえに稲葉が語るように永遠に人間に纏わり続けるのである。葛原はこの歌を音韻の寸断という思いきった方法で完成した。不安定な据わらぬ結句は、何かを言い終えるのではなく、言いさしのまま響き続ける。この不安定な美しい音韻の発明こそ葛原の「人工の労苦」であったと言えよう。神に救われぬ者として「歌とはさらにさらに美しくあるべきではないのか」と自問し続ける葛原が見いだした「美」の形の一つがこの歌である。

昭和四十四年三月から一ヶ月あまり、葛原は長女の葉子らとともにヨーロッパを旅する。この時の旅行に触れて『朱靈』あとがきには次のように記されている。

この短い旅で鋭く何をみてきたといふ程のことはなかつたが、只、今日なほ、彼の地の文化や日常生活の基盤を強く支へてゐる、神、すなはちキリスト、殊にカトリック信仰の問題を離れて彼の地をみることは殆ど無駄ではなからうか、といふ至極当然のことを肌身に痛感したことであつた。

ここで語られている「神」や「キリスト」は、ヨーロッパの分厚い歴史と文化を創り上げてきた混沌としたエネルギーである。人の営みが求めて止まない神や宗教を、葛原は救いとしてではなく、救われぬ人間の未完成の象徴、「アート」としてつくづくと確認したのではなかっただろうか。

# 八　「魔女」と「幻視の女王」

他界より眺めてあらばしづかなる的となるべきゆふぐれの水

『朱靈』

## 1、魔女の創られ方

葛原が自らの文体と主題を十全に展開するまでの歩みを仮に葛原の前期としよう。歌集で言えば『橙黄』から『葡萄木立』までを一応このように区切ってもいいだろう。これまでに見てきた葛原の不器用な重い歩みは、「魔女」や「幻視の女王」といった、今日私達が葛原を知るとき最初に出会うイメージとはズレている。こうしたイメージと葛原の歩みとの隙間には戦中戦後を生きた女性たちが抱えてきた課題が読み残されてもきた。今日短歌史を開くとき、葛原のイメージは一様ではない。前衛の伴走者、あるいは先駆者、女歌論議の中心にある母性の歌人、それらは「魔女」や「幻視の女王」といったラベルとすれ違いながら、バラバラなイメージを創り出してきた。例えば上田三四二が次のように語るように。

> 葛原妙子は、この時期、昭和二十年代後半から三十年代初頭にかけて、いわば『前衛短歌』の先駆、もしくは倍音的存在として、そのエコールの呼び水の役割を果したのである。彼女の二つの文書、『再び女人の歌を閉塞するもの』（「短歌」昭30・6《ママ》）と『難解派の弁』（「短歌研究」昭和30・1）には、歌壇ジャーナリズムの上において、思わずしてそういう役割を振られた葛原妙子の、苦い顔が映っている
>
> （『戦後短歌史』三一書房）

また小高賢は『現代短歌の鑑賞101』（新書館）の解説で葛原妙子を次のように紹介している。

塚本邦雄、岡井隆らを中心とした前衛短歌運動の女性側の代表でもあった。しかし、そのような方法意識だけで見てはいけないという意見もある。つまり、母の顔を知らないといった彼女の原体験のなかでの苦しみを読むべきだというのである。アイデンティティーを発見するためのやむにやまれぬ表現だったという考え方も大事である。葛原がさかんに歌う白昼の不安感や恐怖は、単なる幻視ではないというのである。

このように短歌史における葛原の位置と役割は今も明確ではない。多面的であるということは、一つにはこの作家がそれほどに豊穣なものを持っているということであろう。さまざまな切り口の可能性を持ち、どのような切り口からも深いものが読み取れる作家だということだ。しかし一方ではこの不安定な位置づけには、短歌史の創られ方の問題があり、その過程で葛原を読み解く文脈が欠落していったということでもあるのではないか。

今日に繋がる葛原のイメージを最初に刻印したのは昭和三十八年に中井英夫が書いた「現代の魔女」(「短歌」12月号)である。中井は初めて葛原が総合誌に作品を発表する機会を与えた編集者である。

鋭い銀の矢のように彼女を射すくめたものが何であったのか、わたしたちは知ることができない。ただある日、それは眩ゆい光とともに彼女を灼き、そして突然に去ったと推察するほかはないのだが、さながら放射能を浴びて誕生したミュータントのように『橙黄』の作者は『飛行』へ、すさまじく羽ばたき、変身した。跳躍はさらに『原牛』から『葡萄木立』に及び、巨大な尾を曳く彗星は、いまわれわれの傍らを過ぎて涯しない暗黒の天へ翔とうとしているらしい。

このように始まる中井の文章は、これまでに書かれたどの論文より強く絶対の信頼を以て葛原を推している。「現代の魔女」というタイトルはむろん塚本邦雄が昭和三十五年に書いた「魔女不在」（「短歌」4月号）を意識している。塚本は葛原の「美学」や「潜在意識の追求」、「虚構」に拠る方法に賛同を寄せつつ、しかしそこになお残る虚構の不徹底を嘆いて「魔女不在」としたのであった。しかし中井はここで葛原を「現代の魔女」として讃辞を送る。「魔女不在」から「現代の魔女」までの間には、『原牛』と『葡萄木立』が出され、葛原の世界はさらに分厚く確かなものになっていた。塚本が「魔女不在」を書いたとき目にしていたのは『飛行』までであったから、この間の葛原の世界の充実が中井にためらいなくこの文章を書かせたのであったろう。

この文章で注目すべきなのは、中井が『橙黄』から『飛行』への変化を「放射能を浴びて誕生したミュータントのように」と形容していることである。中井は戦争中の疎開生活や戦後の家庭生活などの背景が濃厚な『橙黄』ではなく、『飛行』において幻想性と身体感覚を意識的に追求した文体を創り出したときからを評価の対象としている。さらに『黒衣の短歌史』（昭和46年潮出版社）で中井は葛原について語る。この本は編集者であった立場から前衛短歌の時代を回顧したもので、作家の登場にあたっての生な評価や感想が記されている。

後年の思い切った豊満華麗な作風の展開にくらべれば地味にすぎるといっていいくらいだが、引続いて三月号の『短歌研究』に貰った「冬菜」では、もうまぎれもない新しい文体が出ていた。

奔馬ひとつ冬のかすみの奥に消ゆわれのみが纍々と子をもてりけり
わがうたにわれの紋章のいまだあらずたそがれのごとくかなしみきたる

そして『橙黄』の中でもこの代表歌二首については後年に繋がる作風が見えるとする。ここで中井は「新しい文体」に注目する。しかし、これらの歌を今一度読み返してみると、新しい文体以上に新しい主題を得た新鮮さが際だって見える。「われのみが」母であることの悔しさを噛みしめ、「われの紋章のいまだあらず」と自らの歌を自覚するという自我と主題の強さが突出しているのだ。もしこれらの歌が後年の片鱗を見せているとするなら、文体より多く主題においてであり、そこに譲りがたい自我が宣言されているからであろう。初期における葛原の文体は主題の成立と不可分であり、主題の屹立が文体を引き連れたと言った方がいい。塚本の「魔女不在」は、虚構の成否という技術によって葛原を測り、未熟としたが、中井も文体の成否という、技術の側面によって葛原の誕生を語ろうとしている。

「ミュータント」の形容をそのまま受け取るなら、葛原はある日突然誕生したことになり、それ以前との関わりは遮断されてしまう。敗戦後に葛原が抱えた主題、すなわち『橙黄』に潜む生身の人間の女としての苦悩、その中から立ち上がったテーマがかき消されてしまうのである。葛原は一体いつどこから生まれたのか、という問いは、戦中戦後をどのように短歌が生き延び、変化し、展開してきたのかという問いと重なる興味深い問いであるはずだ。しかし葛原の場合、不思議にそうした歴史性を断ち切られた突然変異のような伝説として語られてしまう。それは中井のこの文章のインパクトによるところが大きい。こうした評価が導くのは、葛原の拓いてきた表現が時間と歴史を背負わない突然変異であるという位置づけである。この歴史性を遮断された評価こそは葛原を短歌史上の孤児とし、文脈をもたぬ独行者としてきた。中井は葛原に最上級の賛辞を送りその評価を決定したが、同時に葛原の抱える普遍的な主題と文脈とをその華麗な賛辞で覆ってしまったのではなかったか。

またこの文章で中井は次のようにも語る。

『飛行』の時代から変わらず彼女が歌いつづけているのは、いわば全身火傷のその痛みであって、ただ彼女は世のつねびとのように率直な嘆きや苦しみを述べようとせず、代わりに傷のひとつひとつに金粉銀粉をきらめかせ、滴る血を緑いろに変じてみせさえした

「全身火傷の痛み」、これこそはかつて森岡貞香が「原罪にくるしむやうな精神」(「短歌研究」昭和29年9月号)と呼んだものにほかならない。中井はさらに「真珠貝のように美しく病んだ魂」とも言い変えているが、その痛みの本質が何であるか、どこから来るのかについては言及しない。むしろその「痛み」を覆う美学と文体の華麗を見ている。しかし、もしその「痛み」の拠って来るところを追求したならば、「ミュータント」ではなく、その背後には戦前戦後の言葉と文化の断絶を身を捻るようにして生き延びた韻文、さらには日本文学に繋がる文脈が見えたはずであった。

戦後、多くの歌人が社会の激変に対峙し、自らの生活と現実を率直に見つめるリアリズムに活路を求めた。篠弘は『現代短歌史Ⅰ』(昭和58年短歌研究社)の自序でその様を次のように概観している。

戦後短歌のもっとも大きな条件といえば、すべての歌人が、戦後という時代の現実と社会に深く結びついていた点であろう。時代との主体的な関わりにおいて、ひとしく再出発を強いられたのである。

人間としての主体性が問われたのである。戦後はすべての歌人にとって再出発であった。まず市民として、あるいは文化人としての自覚が問われたことにより、現実の否定面にたいするリアリズムの態度で貫かれている。個人としての自覚において、みずからの弱さやマイナス面をみつめるという、きわめて地道なリアリズムをふまえている。

それは戦後の女性達の一群が、崩れ去った旧来の価値観によって出来た空き地のような空白に、新しい自我を打ち立てようとした流れと重なる。そのなかで葛原はリアリズムに拠らぬ内面世界に主題を求めた。葛原にとって戦後とは新しい価値観に揺さぶられる契機であり、従来蓄えてきたものを見直し、何が必要で何が不必要であるかを見直す、内的な革命の時であった。それは同時に近代が果たせなかった「私とは何か」という問いにまともに向き合う時間にほかならなかった。

中井は一方では葛原の「痛み」や「傷」を言い当てながら、葛原を旧弊な歌壇の異端として讃え、それゆえに「魔女」とした。それは当時にあって画期的な葛原の位置づけであり、理解であった。しかし、「魔女」の称号はその後も彼女の華麗な文体やその幻想性にのみ注意を払わせる結果になったかもしれない。

そしてさらに塚本邦雄によって「幻視の女王」という桂冠が捧げられることになる。

視るためにとざす目、これが葛原妙子の肉眼を拒んで傲然と選びなほした眼であり、それが方法であつた

（「聖母呪禁――葛原妙子論あるひはロト夫人によせる尺牘」―「短歌」昭和46年3月号）

このように記す塚本は「魔女不在」において徹底した虚構を求めたのとほとんど同じ文脈で「肉眼を拒ん

で選びなほした眼」に讃辞を送っている。しかし葛原は肉眼を拒まなかった。むしろ肉眼と幻想を視る眼の両方という複眼を苦しいほどにきっかりと見開いていたのである。同じ文章の中で塚本は次のようにも語る。

たとへば私などが、芸術の悪意に弄ばれて、陽画を陰画に反転させ、原型を止めぬまでの修正を加へ、極彩を施してあり得ぬ世界を描かうと反間苦肉の策を施らす時、彼女は裸の眼の捕へたありのままを、事も無げに嘯いて通りすぎやうとする。残された結果としての辞句が偶然相似してゐやうとも、虚から出た実の幻影と、実から生れた虚そのものは、質においておのづから百歩の差があらう。

塚本はこの文章で自らの方法との違いをうまく言い当てている。ここでは葛原が肉眼を見開いていたことが語られており、「裸の眼」が視た「実」の力が言い当てられている。ここでは塚本は謙遜を以て「百歩の差」を認めているが、これは質の上下ではなく方法の差としてであろう。先鋭な方法論を競ってきた前衛短歌の流れの中で、肉眼が視た「実」の世界の痕跡は位置づけの難しい部分として残った。塚本はこの肉眼の力に怖れをもちつつ、しかし葛原を「幻視の女王」と呼んだ。昭和五十五年、『昭和万葉集』別巻（講談社）が刊行された時、塚本は葛原を解説し、「幻視の女王」とタイトルし、それが葛原の決定的なイメージとして定着したのである。

「魔女」は尋常ではない力を発揮する畏怖に値する存在かも知れぬが人間ではない。人間の地位から棚上げされることにより、葛原が人間として刻苦してきたさまざまな主題がまるで華麗な言葉の魔法のようにイメージされてしまうことになった。また「幻視の女王」という呼び名は、塚本のかなり正確な葛原論を越えて一人歩きし、見えぬものを見る「魔女」像をさらに印象づけることになった。これらの称号は一方では葛原の桂冠となり、もう一方では葛原の仕事を見えにくいものにした恨みがある。

葛原は近代からの宿題であった自我の問題を背負いながら、この世とあの世、戦争と繁栄、聖書の世界と現代などを同時に見ることを自らに課した。もし、正面から短歌における「私」の問題を考えるなら、このように複眼で生きる「私」こそ現代の裂かれた自我を象徴し、私とは何かという近代以来の課題を果たそうとする近代文学の正嫡として見えたはずではなかっただろうか。

## 2、「幻視の女王」の六〇年安保

「幻視の女王」や「魔女」と呼ばれそのイメージが定着していったのはしかし、全く理由のないことではない。これを方法の上から見てゆくと、葛原が実に不器用に「幻想」と呼ばれるものを造り出していった過程がわかる。現実を常に二つの目で見るという葛原の複眼は、『葡萄木立』において意識的に展開され、ことに連作において「幻想」の質やそれが造り出される過程がよく見える。

この歌集は「魚・魚」というタイトルの三首を冒頭に置く。

氷片を泛《うか》べし玻璃に薔薇を插す黄色橙色《くわうしよくたうしよく》一夜にひらかむ薔薇を
あまたなる弧線入り混り夕光《ゆふかげ》のさかなは水槽の隅にあつまりき
すれちがふ魚のごとくにかへりみぬ家人《いへびと》よわれよ花の香流れたり

この一連は、特に目立つものではない。薔薇を生ける事による感覚の覚醒。魚のいる水槽を見、自らが魚となったかのような視野を得、日常の家族を振り返る。これらの歌は一巻の導入として不思議な感覚の世界へと誘う役割を果たしている。こうした何気なくみえる一連を巻頭に置いたのはそれなりに意図があってのことだと読むべきだろう。葛原は作歌にも苦しんだが、歌の配置にはさらに精力を費やしていたことは森岡貞香がよく語るところであり、また猪熊葉子によっても記されている。特にここは巻頭である。何気なく流せる部分ではない。あらためて見てみると、ここであえて使われている薔薇と魚のモチーフはそれぞれキリスト教において最も重要な象徴であることに気づく。周知のように薔薇は聖母の純潔を現わす象徴であり、カトリック教会にステンドグラスの薔薇窓があるのもそのためだ。また魚は古代キリスト教でイエス・キリストを象徴した。ギリシャ語で魚という単語が、イエス・キリスト、神の子、救済者という単語の頭文字と同じため、古代キリスト教会で象徴として使われたことはよく知られている。この冒頭の三首ではこれら重要なモチーフをさりげなく提示し、これから始まる物語を暗示しているのだ。

続く「雲ある夕」一連は次のように展開してゆく。一連全体を引いてみる。

1　池水より小さき魚の飛びしさま薄き履きもの穿《は》きてわがみし
2　池の邊《へ》にコンクリートの濡れをりき黒き魚跳ねいで黒き魚死にける
3　石組のあはひあはひに仄しろき白晝《まひる》の羊歯萌えて蟠る
4　水中より一尾の魚跳ねいでてたちまち水のおもて合はさりき
5　黒き水なにゆゑぞつよくゆれしかばみなそこに白銀の太陽ゆれたり
6　いうびんを受けとるべく窓より差しいづるわが手つねなる片手

7　美しき雲散らばりしゆふつかた帝王のごと機關車ゆけり
8　閉ざせる月の夜の白き冷藏庫うちらに鯨の鮮血あるを

ある意味ではこれは自宅の近辺での些末な生活の歌、嘱目の歌である。自宅の池で魚が跳ねた。その魚が死ぬことなどもあった。葛原は常のように郵便を受け取り、冷蔵庫には夕餉のための鯨が用意されている。しかしこの一連をそのような単純な生活詠として読む読者はいない。この一連が描かれている場面以上の何かを暗示しようとしていると直感するからだ。これらの歌には少しづつ突出した表現がされている。「薄き履きもの」、「黒き魚」、「白晝の羊齒」、「なにゆゑぞ」、「片手」「帝王のごと」など。こうした表現は、一首の中の蟠りや瘤となって、そこに見えている以上の何かを感じさせる。かつてはこうした表現の傾向は「こけおどし」と呼ばれることもあったが、この一連にはそうした揶揄を跳ね返す気迫がある。ことに4の歌はさまざまに解釈され、読者のもの思いを誘ってきた。稲葉京子は次のように鑑賞する。

読み返すにつれて、一度水中を出た魚は空中にかき消えて水に戻ることを許されなかったように思われて来る。水に許されなかったというよりも、このように決然と「水のおもて合はさりき」と歌ってしまった葛原に許されなかったような気さえしてくる。

『葛原妙子』

また寺尾登志子は次のように鑑賞する。

魚を「家人」に重ね合わせるなら、平穏な静けさに充ちた日常という水界から飛び上がる者、跳ね出る者は作者自身である。その種類の人間が負わねばならない宿命を見つめ受け入れる態度から、掲出歌の魚は生み出されたように思われる。

『われは燃えむよ』

どちらも「魚」に葛原自身を重ねている。葛原が苦しんできた自我の問題や芸術を負うことのもの思いに関わって魅力的な解釈だ。だが、葛原が『葡萄木立』で展開しようとしているのはさらに普遍的な世界ではなかろうか。自我の問題や人間存在への問いをさらに自覚的に人類や世界の問題に展開し深めてゆくこと、それは一方では距離をとり続けてきた前衛短歌から葛原が受け取った課題でもあったからだ。

ここでの魚にはやはりイエス・キリストが重ねられ、その受難の物語が思われているのではないだろうか。水を飛び出した魚はイエスであり、たちまち閉じた水の面は救済者によって救われる事の無かった世界である。水面の重苦しいたたずまいを葛原は暗澹と眺めている。一連を見てみると、この歌の後、5で再び水面が見つめられる。「なにゆゑぞ」は、無意味なこけおどしなのではなく、何事もなく閉じようとする水面を今一度揺らがせ、それは何かと問う働きをしている。さらに2では池から跳ね出した魚が「黒き魚」と二度重ねて強調されることによってそれが単なる魚の死以上の何かであることが示唆される。ここにキリストの死が重ねられていると読むのはそれほど無理なことではない。また8の「鯨の鮮血」は、この一連の末尾に据えられて鮮やかな血を印象づけている。キリストの流した血、と限定する必要はないが、少なくとも鯨は食べ物以上の何かとして血を流し続けているのである。さらに深読みをするなら、1の「薄き履きもの」には裸足で処刑されるイエスを見守る群衆のサンダルがイメージとして重ねられていると読めなくもない。そしてタイトルの「雲ある夕」、イエスが死んだのは暗いほどに曇った夕刻であった。葛原は日常些事に見える魚の死を描きながら、そこにイエスの死の物語を重ね、救われることの無かった自らと世界を問うているのではなかろうか。

　仮にそこまで聖書の物語に重ねて読まないとしても、ここに何か不穏な独自の物語が重なっていることは誰もが感じるだろう。キリスト教が使う象徴記号やマニエリスムによる表象を葛原はかなりよく勉強していたらしい。この時期葛原は、学び培ってきた象徴を一方では茂吉的な直感による暗喩に展開し、もう一方では近・現代短歌ではきわめて見ることの少ないマニエリスムに展開しようとしていたようにみえる。一つの素材を徹底的に詠むという態度において、葛原にはキリスト教に関わるモチーフに限らず頻出する素材は少なくない。そのような徹底したこだわりをさらに進めて象徴的な意味を持たせるところに展開しようとした典型が先にも触れた「球」への執着であることを思えば、この一連での「魚」への拘りも納得しやすい。

　あるモチーフに象徴的な意味を持たせる表現は、ことにも六〇年安保を詠んで独特の世界を創り出している。「麥の日」の一連全部を引く。

1　雨夜の黒き澁滯一瞬に古家具の部屋に押し入りたり
2　人の喪にいそげるわれは出逢ひたる大いなる傘の流れに押されたり
3　いまだ顯はるる傘のむれあるべし日本《にっぽん》に速斷ゆるさざる傘の量あるべし
4　わが動悸なにに搏《う》ちゐる雨氣だつときに赤旗《せっき》の異様に赤きを
5　王宮襲撃の家婦らにあらざるを石の道走るこどもを負ひて
6　昃《ひかげ》りし塀に添ひつつ人をりて百合の根の鱗《うろこ》掘るは生《なま》々し
7　傳はるは未聞《みもん》のをとめの死なりしか土足の下よりあらはれにけり
8　みどりの蚊よわよわと立つあさまだき瓜の皮散亂のあひより

9　さびしふと空晴れゐたりかの黒き傘の大群いづこに行きし
10　麥の針きらきらと光り永世、中立あるごときまひるか

事件や出来事を直接に詠うことの極めて少なかった葛原だが、昭和三十五年六月の事件は直ちに詠っている。安保条約改定をめぐるもっとも激しい衝突であったこの事件では、市民や学生三十三万人が国会を囲み警察と衝突、その中で東大の学生であった樺美智子が亡くなっている。葛原は直ちにこの事件に反応し、「麥の光れば」と題して「潮音」八月号に出詠している。この連作の中では4、5、6、7、10が当時詠まれた歌である。初出から変化の無いのが4であり、他の歌の初出形は次の通りである。

5　ベルサイユ襲撃の家婦にあらざるを　石の道走るこどもを負ひて
6　かげりきし塀にそひつつ人をりて百合の根の鱗掘るは生々し
7　あはれあな歴史をずらす死なりしが土足の下よりあらはれにけり
10　麥の穗のきらきらと光り永世、中立あるごとき晝に涙す

これら初出を見ていると、7と10に大きな変化があることがわかる。7の「をとめの死」は、「歴史をずらす死」として意識されていた。「歴史」が何なのか今ひとつ不明なままだが、葛原にとって最終的に最大の関心事となったのは群衆の「土足の下」で誰かが亡くなった、ということだ。前代「未聞」の意味で「歴史をずらす」であった可能性もある。いずれにせよ葛原は政治的にこの事件を解釈しなかった。このあたりの興味の持ち方はあるいは茂吉のそれに通じるところがあるかもしれない。そして10では初出には感

情が露出している。「涙す」とまで加えたものを削り、「麥の穂」を「麥の針」とシャープな理知を加え冷静な歌にしている。タイトルも「麥の光れば」から「麥の日」と、より抑えられている。二首ともに明らかに改作後の方がいい。「をとめの死」の歌では事件の輪郭が鮮やかになり、それだけに土足の下から現れた事実が衝撃として伝わる。また「麥の針」の歌も事実を客観視し、距離が生まれることによって「永世、中立あるごとき」が悲哀のモニュメントとして刻まれるのである。

しかしもしこれらの歌のみであったなら、秀歌を含みながらも葛原の詠む六〇年安保は短命な一連となっていただろう。この一連を普遍性の高い、六〇年安保を詠んだ一連として忘れがたいものにしているのは、後に加えられた2、3、9の傘を詠んだ三首ではなかろうか。葛原はこれらを「麥の日」の連作として作り直すために極めて意図的に加えた。事件の日は雨であり、当時の写真にも国会をびっしりと囲む傘の群れが映っている。この傘は事件を象徴するものであったが、この一連では重要な働きをしている。

1は大量の傘の波に押されるという印象深い場面の提示である。そして2の「いまだ顯はるる傘のむれあるべし」。平易に解釈しようとすれば、国会を囲む傘の群れは今現在なお増え続けているという意味になる。その「量」ゆえに「速斷」を許さぬ力を持つ。しかしそれでは今ひとつ「いまだ顯はるる」が十分に解釈された気がしない。この歌から読者が受け取るのは、夥しい傘の群れがどこからともなく「顯は」れてくるイメージである。つまりそれこそが葛原の幻想性と呼ばれる、一首の歌を増幅させる何かなのだ。同時にここでは「傘」は市民の意志を象徴するモチーフとなっている。そして9では「黒き傘」、つまり人々の強い意志の象徴が去り、晴れ渡ることの寂しさが詠まれる。

実は葛原は『葡萄木立』中の他の場面でも「傘」、それも黒い傘に象徴的な思いを込めている。土佐の旅を詠んだ「穀倉」一連に黒いこうもり傘をモチーフにした歌を十首あまりも入れている。その中から六首を引く。

1　かうもりは大いなるがよき　目鼻ひそかにかくるるがよき
2　美しき信濃の秋なりし　いくさ敗れ黒きかうもり差して行きしは
3　一九四五年秋　蝙蝠傘《かうもり》の黒女《こくぢよ》山あひに吸はれ消えにき
4　鄙びたる黒きかうもり手にとらば米の幻影　鹽の幻影
5　ゆきずりの硝子に映るわが深處《ふかど》骨歪《ひず》みたるかうもりはある
6　まひなたに見えざる炎燃やしをりわれは眞黒きかうもりに行く

旅先の土佐の素朴さに信濃の疎開生活を連想した葛原は、敗戦の日、自らが黒い蝙蝠傘を差していたことを思い出す。当時窮乏していた米や塩をこの傘は幻影として引き寄せるのだ。表面的にはこのような物語が読めるのだが、この蝙蝠傘はそれ以上に、「私」と敗戦の関係を象徴している。「目鼻かくるる」こと、自らの表情を隠すものとしての傘は、敗戦の日の信濃にあって葛原を山間に紛れさせるものであった。しかし3の「蝙蝠傘の黒女」は決して隠れようと言うばかりではあり得ない。むしろ強い意志と自らを守る傘を差している。5では傘は葛原自身となって、「骨歪みたる」自我を表し、6ではその「私」こそ「見えざる炎を燃やす」者でもあったことが印象づけられる。

葛原は土佐の旅の一連に蝙蝠傘をこのように使って敗戦の日に刻印された屈折を詠んだ。この時傘は意志を秘めた自我の象徴として意識されている。この事は葛原の六〇年安保の歌に現れた傘の群れにも言えるのではないか。傘は人々の意志と感情の象徴として一連の構成上重要な役割を担い、大きく迫り出し迫ってくる。「いまだ顯はるる傘のむれあるべし」は、今国会に集まってくる傘であると同時に、敗戦の日一旦は人々の「目鼻」をかくし、心を隠したものでもあった。戦後十五年、人々の心の中に仕舞われながら、失せることなく隠しきれずぞろぞろと現われ出る心そのものとして、意識的に詠まれる。葛原の「幻視」と呼ばれるものは、例えばこの「傘」や先に述べた「魚」のように周到に、時間をかけて用意されたものであったのだ。

小池光は六〇年安保について次のように纏める。

巨大な憤りとは、裏を返せばまた巨大な自己肯定であり、それは内省する視点、みずからを見据える表現行為の原点を、容易に見失わしめる。むしろ反安保という名の一種の大政翼賛現象を嗅ぎ取ってしまうのはわたしの偏見だろうか。

『昭和短歌の再検討』

葛原はこの「巨大な自己肯定」を傘を介して直観的に感じ取っていたとも言える。夥しい傘の群れは、容易に屈服せず、それゆえ容易に変わろうとはせぬ夥しい自我の群れである。敗戦後、黒い傘で己れを隠した葛原はまさにその中の一人であった。このように、葛原にとっての安保は、敗戦ののち深く秘められてきた巨大な影にまざまざと遭遇する機会であった。

## 3、葛原のヨーロッパ

昭和四十四年三月のヨーロッパ旅行は、葛原六十二歳での初めての西欧への旅である。昭和三十九年四月に日本人の海外渡航が自由化されて以来、海外への旅は日本人にとって急速に身近になりかけていた。

この時葛原は長女葉子を案内役として、家族と共にイタリア、フランス、スペインなどを一ヶ月かけて巡り歩いた。戦後いち早く西欧文化を素材として取り込み、またキリスト教を通じて西欧世界の精神文化を積極的に学び、影響を受けてきた葛原は、しかし現実のヨーロッパに直に対したことはなかった。葛原には本物のヨーロッパを見ることを周囲よりかねてから勧められてきた経緯がある。年齢から考えてもこの旅行はかなり遅いものとなった趣は逃れえない。しかし確実にこの旅行は葛原に収穫をもたらしている。

旅行に直接触れた葛原の書き物は、「ゴヤ――スペイン雑記――」（「女人短歌」昭和44年80号）、「花の聖母寺――イタリヤ紀行――」（「潮音」昭和44年10月号）という二編のエッセイ、そして歌では「地上・天空」（「短歌」昭和44年9月号）五十首詠がある。これらのテキストには、しかし葛原の独特の世界への接し方が凝縮されている。「ゴヤ――スペイン雑記――」にはプラド美術館を訪ねゴヤの「巨人」を見たときの感想が記される。葛原は美術館の玄関に立つゴヤの像に「あなたの画で慰められたことは一度もありません。只あなたの画はたいへん怖ろしいのではるばるとやって来ました」と「挨拶」をし、長年思いを寄せてきた絵に向かう。

だが何というふしぎ、いま眼の前にある「巨人」は私の期待を裏切ってはるかに弱かったのである。一体これはどういうことか。私の感受が鈍ったせいなのだろうか。ちがう。あきらかに絵が弱いのだ。同時に十数年前、初めてこの絵の複製をみたときの感動が蘇った。（略）再び絵に視線を返して私は思う。この絵が今、かくも弱いのは私が心中余りにも長くこの絵に慣れ親しんだためではなかろうか、と。それともおのずからな私の内部の変化なのであろうか。

ここで告白されているゴヤの絵に対する失望は、私達が一般的に味わう憧れの対象との邂逅と似ている。

長年心中で温め続けてきた虚像と実物との落差。例えばモナ・リザがあんなに小さな絵だったとは、という落胆の声にも似ていようか。絵の「弱さ」、それは即ち葛原の心中で創り上げられた絵の「強さ」を証している。この文章の中で葛原は最初に「巨人」に出逢った時「私はこういう白昼夢をみる人、ゴヤその人をそらおそろしく思ったのであった」と記しているが、葛原はその絵に描かれている「白昼夢」を画家と共有してきたのだ。そしてその白昼夢こそ、葛原自身の世界や人間への畏れや不安が投影したものであったろう。現物の絵にはそのようにして育て膨らんだ幻想部分がないのだ。おそらく葛原の中でゴヤの描く巨人は自らが抱える不安の形象そのものとなっていたのではあるまいか。

同じエッセイの中で「砂に埋まる犬」「子供を食う悪魔」「魔女のサバト」などにも触れた後、次のように記す。

この様な時代に聴覚を閉ざされた天才画家は画家の本性である「見ること」に於て殊にすさまじかったと言っていい。こうした中で彼は神を見ず現実とたたかい、十八世紀後半から既に従来のヨーロッパの芸術伝統をくつがえす作を描いていたのであった。

「神を見ず現実とたたかい」というゴヤの姿はまさに葛原の姿である。人間とその歴史を支配した教会と内面で激しい戦いをしたゴヤは、神に救われぬ人間の姿を執拗に抉り続けた。あの世ではなく人間の創り上げた現実社会に地獄を見るようなゴヤの視線は方向において葛原のそれと重なるのではないか。ゴヤに格別の思い入れを持つ葛原は、この時プラド美術館でその絵に出逢う前にゴヤを摑み、見知り、自分の物にしていたと言えるかも知れない。葛原のヨーロッパへの旅は、新しく珍しい異文化に出逢いにゆく旅ではなく、自らが長年育ててきた西欧文化、キリスト教文化のイメージと実物のそれとを突き合わせる旅であった趣が強い。葛原は実によく西欧を勉強し、その奥に何があるかを見つめていた。

もう一つのエッセイ「花の聖母寺――イタリヤ紀行――」ではフィレンツェが語られるが、そこにでは知識として得たものと目の前にしている事物、さらには幻想とが混沌と混じり合う。紀行とはいえどこまでが現実でどこからが知識や空想なのかが判別しづらく、不思議な味わいをよぶ書き物になっている。ここに書かれているイタリアに関する知識は好事家を喜ばせるほどのものではないが、しかし奇妙なありかたで葛原の世界を語る。例えば次のように。

この様な家風の歴代のメジチ家の策謀をめぐってどの様な暗い大量の血が流れたかは察するにかたくないが、同時に同家の人、殊にコジモの偉大さは自からの家系の栄耀の限界を予測し、彼の国に後々まで残るのは形ある美しいものだけであることを知っていた。故に彼は多くの芸術の天才を擁護し、美しいものを作る為には気の遠くなる程の出費を惜しまなかったのである。

メジチ家の栄華の頂点に当主として君臨したコジモ、葛原はこの人物に自らの美学を重ねることによってその内面を描いてみせる。この時観光に行ったのはフィレンツェのサンタ・マリヤ・デル・フィオーレ大聖堂である。葛原は聖堂を覆う大円蓋の美しさを見、このように思う。葛原はこの聖堂の美しさに打たれつつ、自らの美への思いを深めているのである。家は滅ぶが美は滅ばぬというコジモの思いは即ち葛原の思いである。『朱靈』あとがきに記された「歌とはさらにさらに美しくあるべきではないのか」は、信仰を持たぬ者の芸術への帰依の思いであると同時に、ヨーロッパの美に対する悔しい憧憬の嘆きでもあるのではないか。おそらくは地団駄踏むような思いで眺めたに違いない大聖堂の美を葛原は美しいとは一度も形容しない。代わりにその陰にある人間の営みを描くことで自らの美学を練るのである。エッセイにはこのような数々の知識が散りばめられているが、そのどれもが知識の断片であることを超えた肉感を伴っている。葛原のヨーロッパとの出会いはまさに蓄え育んできた知識を肉付け幻想に実感を与えたのではないか。

この旅行を直接の契機として作られた五十首詠「地上・天空」は、これらのエッセイと同様知識と幻想との混沌とした場が形作られている。なかでも面白いのは、葛原が飛行機に乗ることに強い興味を持ち、この旅行詠の半分近くのモチーフにしていることである。もともと葛原は飛行機には強い関心があり、歌も少なくないが、その多くは戦中戦後には戦争の影を引く形象として、また近くに羽田空港が出来てからは現代文明への不安の予感として眺められてきた。しかしここでは葛原は機中の人である。

天なるや無音氣圏をゆけるときわが飛行機に火竈《ひがま》の音する
稀薄なる氣圏にうかぶ飛行機にわれはちひさき鏡をもてりき
人々を完封したる飛行機に人工空氣の如きは充ちゐつ
飛べる機の氣密破れて吸ふ酸素不足とならばわれら喘ぐべし

「火竈の音」はジェットエンジンであろう。そのような危険物の裡にありつつ高揚した気分を伴なっている。飛行機の内部はこれまで不安の象徴として眺め続けたものの内側の風景である。この時の不安は「酸素不足」など具体的であり、想像されている死のイメージは最先端の技術のように無機的である。酸素不足になって喘ぐ人間は小動物のようであり、自分もその中の一つだ。そうでありながら矜持のように小さな鏡を携えている。そのような歌の中に突如置かれるのが次の歌である。

暴王ネロ柘榴を食ひて死にたりと異説のあらば美しきかな

この歌はすでに一首として自立した葛原の代表歌の一つだが、このような連作中に詠まれたことの意味は少なくない。飛行機の無機的な不安の中で、ふと立ち上がる暴王ネロの死に様。柘榴を食べて死ぬとはどのような死に方なのか、喉に詰まらせたのか、あるいは何かの毒によるのか、空想を呼びながら読者にはざっくりと割れた真っ赤な柘榴の不気味な美しさがイメージとして残る。ネロその人の残忍さや善悪を超えて、柘榴を食べ死んだというその死に様は美しいのである。ここで描かれるネロは、機中の酸素不足によって死ぬ小動物のような存在ではない。キリスト教徒の虐殺や、数々の残虐な処刑によって悪名を馳せた暴君ネロ。しかしこの歌ではまるで人間であることの矜持のように悪を輝かせる存在である。葛原は飛行機という新しい不安の場を、人間に対する思いを広げてゆく契機としている。

おほいなる墨流《すみながし》すなはちガンジスは機上の夢魔のあはひに流る
印度の夜漆黒にして泥屋《でいをく》を浊るる瀕死のともし火はみゆ

これら鳥瞰図のような歌にもそれは窺える。葛原が乗った飛行機はジェット機であろうことは他の歌からもわかるが、もしジェット機であるなら高度一万メートルを飛ぶから地上の風景は見えるはずがない。南回り航路での経由地としてインドに降りたとしても、しかし夜である。「泥屋」や「かすかな生活の灯」

など上空から識別出来るとも思えない。この歌は夜間飛行の機中という格好の場を得て葛原が自らの知識と空想を羽ばたかせた歌ではないか。人々の生活の儚さが暗黒の大地に張り付いている風景は目で見たというより心で感じられたものなのだ。多くの人にとってそうであるように、葛原にとっても旅は大きな視野の転換であった。そして葛原の場合、思い溜めてきた知識や人間への洞察を確かめ自在に羽ばたかせる機会となったと言えよう。

　この連作の中でもひときわ印象深いヴェネツィア詠は、そうした幻想、知識、旅の属目などが溶け合い混じり合ってヴェネツィアという都市とそこに生きた人々を浮かび上がらせる。

1　ヴェネツィアの眞晝にいでし一匹の鼠ディヴンの陰を走れり
2　鍬形のへさきを立てし黒き舟水明をゆくときに翳なす
3　みどりの藻人の眸にもつれしめ運河に淡き腐臭たちのぼる
4　ヴェネツィア人《びと》ペストに死に絶えむとし水のみ鈍く光りし夕《ゆふべ》
5　黒死病の死屍をのせゆく喪の舟としてゴンドラは黒く塗られき
6　はふり處《ど》のあらざる石と水の町葬送はまづ舟をえらびき
7　水路よりただちにのぼる聖堂の扉口《とぐち》眞紅《しんこう》の幕を垂れたり
8　死を享けしひとびとのむれ油塗りし小さき足を虚空に垂れしか
9　ペスト寺ともいはばいふべき聖堂に畫家チチアーノの輝く朱をみき
10　薔薇酒《ばらしゆ》すこし飲みたるわれに大運河小運河の脈絡暗し
11　死者を島に渡すことよき　死にし者なにものかにわたすことよき

美しい水の都であるはずのヴェネツィアを葛原はまずペストの町として印象に刻んだ。飛行機に現代の恐怖を感じたのと同様の、ひとの生と共にある死の影はこの街で強く葛原を捉える。1の鼠は現実なのか幻影なのか、ペストを媒介するという鼠の影を走らせることによって街の影の部分が見え始める。同様に、2、3、4では運河を満たす水に死の匂いをかぎ、死の影を見る。水という素材の質感に迫りそれを潜ることによってヴェネツィアは死の世界という異界へ変貌するのである。この2、3、4の動きをよく見てみると、2では観光としてゴンドラに乗ったという現在が詠まれ、3で水面に映る自分の眼と水中の世界が交錯する。ここを境に水の世界に死の匂いはありありと漂い始める。そして4に詠まれる運河はペストの時代の死の静かさを湛えるのである。

寺尾登志子は『われは燃えむよ』で4の歌に

他界より眺めてあらばしづかなる的となるべきゆふぐれの水

と通うものを見ているが、確かに水をモチーフとしてこの世とあの世との境界が取り払われる、あるいは水自体が他界のイメージを喚起するのはこのヴェネツィア詠において葛原が摑んだものの一つだろう。「他界より」の歌は、昭和四十五年七月に「短歌」誌上に発表されており、ヴェネツィアの歌から十ヶ月余り後となる。このイメージが尾を曳きさらに純度を高めて現れたと考えるのも無理ではない。

続く5、6は明らかに知識が詠ませた歌である。ゴンドラの黒い色の由来や、この街特有の死者の葬りかたなどは葛原がこの旅行を契機として得た知識だ。しかし知識が情報の断片であることを超えてある種の生々しさを感じさせるのは、ゴンドラの感触を生かしつつヴェネツィアの死者が思われているからではないか。さらに11のような歌が一連の最後に添えられる。この歌ではヴェネツィアの死者にとどまらぬ死者への考察があるが、それが酷薄に見えながら説得力を持つのはこの連作から葛原が摑みだした死の確かな気配による。

そして9、10の歌では生の側の色彩が浮かび上がる。ティツィアーノの朱、薔薇酒の赤、いずれも死の街から浮かび上がる暖色だ。葛原はこれを添えることによって命の在処を確かめる。9の歌は発表当時にはなく、あとで加えられたものだから、連作の構成上意識的に加えられた「朱」なのである。10で初めて「われ」が使われるが、この「われ」は思わぬ華やぎを持って現れる。運河の街に染みついた死のイメージを振り払うようにほんのりと酔った肉体。この歌が美しくヴェネツィアそのものの感触を伝えるのは、薔薇酒の華やぎとともにある死者たちの影のせいなのではなかろうか。

この旅行詠において葛原が築いたのは、この世に添う異界を訪ねこの世を暴く方法であった。そしてこの世に染みついた人間の悲しみや真実を可視化してみせることであった。ヨーロッパに出逢うことによって、葛原の裡に長く知識としてあるいは観念として眠っていた西欧社会への洞察は、ようやく場を得た。思い描き続けた西欧が現実の風景として目の前にあることは葛原を動揺させなかった。むしろキリスト教文化を通じて思い続けた人間の営みの残酷と華麗と闇と光とをありありと確認する旅となった。

## 4、他界より眺めてあらば

上田三四二は『朱靈』を評して次のように語る。

「朱靈」における詩は恐怖より発している。現実が、現実性をうしなって、他界性といったものに変わってゆくことの、胸をしめつけられるような感情から発している。

（「潮音」昭和46年1月）

上田が語るこの「恐怖」は『朱靈』という最も完成した時期の作品世界の源にあって全体を突き動かしているように見える。例えば、さきに見たベネチアでのペストと死の幻影、死が隈々に染みついた町との出会い、これらは当然ながら幻影である。作者の内面に棲む恐怖が幻影を呼び出し、現実の町に投影している。異変は現実の世界にではなく、自らの裡に起こっているのである。同様のことを上田三四二は同じ文章の中で次のように語る。

「朱靈」のなかで、現実は変事にみちている。（略）そうしてこういう異変の発見は、単なる受動の観察眼からはけっして得られることがなく、それはある能動的な活眼の注視を必要とする。いいかえれば、それは作者の内部における不安や恐怖やあるいは願望の投影、とまではいわぬまでも、少くともその恐怖や願望との結盟なくしては不可能なのである。

『葡萄木立』において「原不安」と名付けたものは『朱靈』に至ってはっきりと「恐怖」として葛原の内側に宿っている。いや、むしろ自ら自身が「恐怖」そのものとしてまじまじとこの世に目を見開いていると言うべきだろう。そういう意味では『橙黃』において戦争の不安、自然の脅威などから不安を摑みだしたように外界の恐怖を感受するところから、自らの内面が秘め持つ恐怖の発見へと展開してきたと言ってもいい。先に見たヨーロッパ詠は、人間と人間の作り出すものへの恐怖の視線であると同時に、自らが秘める恐怖によって現実のベールを引き剝がしてゆく作業でもあろう。観光の町、水の都のベネチアが今は隠してしまった数多の死の影を葛原は露わにせずにはおれないのだ。私自身が恐怖であり、世界が恐怖であり、その往還のうちにあるのが『朱靈』の世界である。

例えば次の歌はその緊張した関係が最も典型的に完成された例だろう。

他界より眺めてあらばしづかなる的となるべきゆふぐれの水

フライパンの穴を覗いたことからこの歌がひょっこりと生まれたという有名なエピソードを葛原は記している（『わが歌の秘密』不識書院）が、この話は嘘であるとは言わないまでも、かなり意図的に作られた可能性がある。葛原はそうしたエピソード作りにも熱心で、自らの歌がどのように読まれるべきかを常に意識していた。この話が書かれたのは昭和五十四年だから、歌が詠まれて十年近く経っている。だが、ことにもこの歌がフライパンを手に取るというような些末な日常から生まれたという事を強調しておくことは葛原にとって重要なことだったのではないか。それは葛原が詠おうとした「他界」の性質にも関わってくる。

このエピソードでは次のようにも語られる。

出来るならば日常のるるとした詳細な事柄や事件、またそれとは逆に大摑みな観念の如きから貫った素材からは逃れたい、というのが最近の実情である。というのは右の様な素材で歌った歌だけが人間の真実を訴えるとは信じがたいからである。

現場や現実の感触を大切にしてきた葛原にとって素朴な日常報告のような生活詠が忌むべきものであったのは言うまでもないが、同時に、観念に陥ることも強く警戒していた。前衛短歌運動ののち、そのエピゴーネンの歌が大摑みな観念に傾きがちだったという状況も遠因していよう。葛原がここで語っているのは特別なことではなく、ごくごく一般的な歌論であるが、ここでは「人間の真実」が強調される。そして次のように自らの作品を語る。

人間の真実とは求めて行くならば実に片々たる素材からも採り出せるのではなかろうか。一例を云えば先のフライパンの様な愚にもつかないものが、考えてみればふと、私にとって逃れがたい空おそろしいものを見せてくれた様にも思うからである。

「片々たる素材」から辿り着く「逃れがたい空おそろしいもの」、それこそが「人間の真実」であると言う。日常の何気ない些事に宿る日常を超えた「恐怖」、この「恐怖」と日々共存しているということが「人間の真実」なのである。この「恐怖」が特別な事件や事象のなかにのみあるのではなく、むしろ淡々とした日常些事のなかにいつも見ようとすればそこにあるのだということを葛原は強調したがっている。ベネチア詠において葛原が描き出した死の影は、それ自体ベネチアという格好のそして特別の場を得て演出されたものだった。その事は『朱靈』刊行後十年近い時間が経った後の葛原には不満であった。フライパンのエピソードがそうした意図のもとにより日常性を強調するために書かれたことは意識されるべきだろう。葛原は先の歌を次のように解説する。

例えば「しづかなる的」などと云いながら或る人には少しばかり悪魔の声もきこえるかもしれない。或いは死者とか天使などがあらぬ所から白っぽい目で現世を垣間みているというふうもあろう。この感じ方は私自身の感じる所に近いがさりとて瓜二つではない。この歌には最早、死者や天使をそこに置くという演出はないからである。ずばりと他界にいるのは他ならぬ「われ」である。

寺尾登志子は『われは燃えむよ』（ながらみ書房）でこの文章が大岡信の評を意識して書かれたことを指摘する。大岡は『折々のうた』（岩波新書）で次のように鑑賞していた。

「他界」といえば「あの世」ということになろうが、必ずしも死後の世界だけを考える必要はあるまい。現実を超えた世界が、他界なのである。その他界からこちらをながめやったとき、今自分が立っている夕暮れの水辺は「しづかなる的」と見えることだろうという。作者はこれ以上何も説明していないが、「他界より眺めてあらば」という視点が、歌に不思議な瞑想性を与えている。

大岡は「あらば」「べき」を仮定と解釈し、もし他界のようなところから眺めたならば、と極めてまっとうなアプローチをしている。そのように読めば「夕暮れの水辺」に「今自分が立っている」ことになり、他界のようなところからの視線を想像していることになる。葛原の「他界にいるのは他ならぬ『われ』である」という主張は、この歌の解釈としてはむしろ深読みの方に属する。しかし、あえてこれを主張したかった葛原には自らの歌をそこに導きたいという強い意志がある。寺尾はこれに触れて、「彼女が一途に求めたものは実に、『他界』に存する『われ』に他ならなかったのである」と読む。また次のように述べる。

「他界」ならざるは、「憂き世」とも「浮き世」ともうそぶかれた煩雑な現世であろう。喜怒哀楽の波に刻々と揺られ、何者としてか在り続けることを求められ、囚われ続けるところでもあろう。その束縛の代償として、人は根源的な不安と向き合う苦痛を免除されるのだが、歌人としての修錬と刻苦は、一人の人間をそうした次元から拉し去り、存在の畏れに真っ向から向き合うべき「他界」へと導いたのである。

「他界」が「存在の畏れに真っ向から向き合う」場だとし、この歌に歌人としての矜持を読む寺尾の読みは魅力的だ。すでに見てきたようにキリスト教との関係においても葛原は神に「救われる」ことを拒み、表現者としての苦痛を引き受けたのだった。表現者としての苦痛を引き受ける場、存在の畏れに向き合う場、確かにそうした場としての「他界」のインパクトは大岡の読みでは得られにくい。その点を寺尾は読み込む。しかし葛原がことさら「他界」にいるのは他の誰でもなく自分なのだ、と主張することにはもう少し別の意味もある。

昭和四十六年、『朱靈』が第五回迢空賞を受賞した折りに五島美代子が祝賀のスピーチを行っている（「短歌」昭和46年7月号）。そこで五島は短歌史に関わって葛原を論じ面白い示唆をしている。

迢空先生のおっしゃった女歌というのは、中世の女性の秀作の中にあるような、妖しい霊の力のこもるものをお指しになっているのではないでしょうか。形而上の世界と申しますか、現象だけを詠んだのではなくて、思いこんだ妖しいまでの魂のゆらぎや深みのある、そういうような歌をおっしゃったのじゃないかと思うんでございます。たとえば古歌でしたら、和泉式部なんかにそういう歌がたくさんあると存じます。

物思へば沢の螢もわが身よりあくがれいづる魂かとぞ見る

あれがほんとうの古歌における女歌じゃないかと思います。物思いに沈んでいると、水辺の螢も自分の体から抜け出していく魂のような気がするというのですけれども…（略）自分の体から魂が抜け出していくような物思い、そんな瞬間の気持ちを持つことはあると思います。それを葛原さんのお歌のあるものは、端的に現代的にとらえて詠みだしていらっしゃると思います。

スピーチの性格上、迢空へのオマージュでもある内容だが、しかしそれにとどまらないものがある。迢空がどのような歌を女歌の理想としたのかは、その文章の模糊とした書き方から判然としにくいところがあるが、五島のように捉えることも十分可能であろう。ことにも五島が和泉式部を女歌の源に据え、葛原をその現代版としたことは、女性初の迢空賞受賞という場への気負いとともに、女歌の歴史をそこに繋げようという積極的な意識が感じられる。葛原はこの五島の発言に共感するところがあったのではあるまいか。神や天使などの何者かではなく自ら自身が「他界」の住人なのであるという主張は、まさに「思いこんだ妖しいまでの魂のゆらぎや深み」と言えよう。先のフライパンのエピソードに窺えるように、「妖しい霊の力」はわれわれの日常にこそ共生することを葛原は訴える。日常茶飯の場から一挙に「他界」へという展開は、歌の面白みを増すが、この妖しい魂は日常こそを恐怖する。この恐怖を知っている自らこそが「他界」の住人なのだという主張は『朱靈』の根底に流れ続けているものである。それゆえ「魂かとぞ見る」という和泉式部の物言いがそうであるように、葛原の「他界よりながめてあらば」という語り口は、仮定の形をとりながら飛躍への導入をしている。

すでに触れたが、この五島のスピーチに先立って初めて本格的な葛原論として書かれたのが塚本邦雄による「聖母咒禁——葛原妙子論あるひはロト夫人によせる尺牘」(「短歌」昭和46年3月号)である。塚本はこの文章で「実以上の虚を示顕するのは魔女、巫女の所業である」とし、かつて自らがその不在を嘆いた「魔女」として葛原を讃える。ここで語られ賛嘆されていたのはやはり五島が語ったような「妖しいまでの魂のゆらぎや深み」に通じる葛原の作風である。今一度角度を変えて読んでみよう。

逆接と人は言はうとも、葛原妙子の歌に、その作品のすべてに、たくらみや敢へてする技巧は全く無い。技巧の痕跡をもとどめぬ技巧の極ですらない。彼女は自然そのものであり、更に逆接めく言ひ方を重ねるならば、自然とは惑はしの源であつた。たとへば私などが、芸術の悪意に弄ばれて、陽画を陰画に反転させ、原型を止めぬまでの修正を加へ、極彩を施してあり得ぬ世界を描かうと反間苦肉の策を旋らす時、彼女は裸の眼の捕へたありのままを事も無げに嘯いて通りすぎようとする。残された結果としての辞句が偶然相似してゐやうとも、虚から出た実の幻影と、実から生まれた虚そのものは、質においておのづから百歩の差があらう。

塚本はここで葛原と自作の違いを詳細に語っている。葛原が「自然そのもの」であるかどうかはともかく、葛原の方法は塚本のそれとは対照的である。ここでの塚本の言い方を借りるならば、塚本が「虚から出た実の幻影」を詠んだのに対して葛原は「実から生まれた虚そのもの」を詠んだことになる。塚本は、自分は人工美を作り出すことに努力し、葛原は自然にそれを引き出すことができたと述べて葛原の「自然」を讃える。この「自然」さへのオマージュが浮かびあがらせるのは葛原の歌のエッセンスである。

これまでにも見てきたように、塚本は徹底した人工美の追求によって現実の何たるかを暗喩した。塚本らの前衛運動の「虚」は、すべて現実に向けられており、現実を再構成する方法であったと言えよう。その意味では前衛運動の歌には「他界」はなかったのではないか。和泉式部が「物思へば」と言うとき、その魂はすでにこの世の外にある。自らは「他界」にすでにあるのだという葛原の主張は、前衛運動が追い求めてきた方法論や思想性とは別の系譜によってその「他界」が生き続けてきたものであることを示唆する。五島のスピーチは、塚本の論文を意識しながらもその点を衝いている。自らがすでに異界の者であるという意識は、王朝の女たちから葛原までずっと潜伏してきたものなのではないか。

葛原には暗喩と現実の区別がなかった。それは塚本のような明瞭な方法論がなかったという以上に、前衛運動が方法論の問題として考えようとした問題を、葛原らは魂の問題として考えようとしたからなのだ。それはひいては現代を生きようとする自我の問題にも繋がる。上田三四二が語る「恐怖」は、この正体不明の現実と私という存在に耐え、つぶさにそれを見届けようとする魂と自我の手応えでもある。それゆえ、葛原の「他界」は塚本の語るように「自然」に見いだされるのではなく、魂の呻きや呻吟のようなものとして産み出されるのである。

水にぶくコンクリートに流るるを酸鼻のおそれありて眺めき
水溜《みづたまり》いくつも繋がりゐるところ空漠非現實なるところ
夕べ來る一羽の鳴を映さむに地上にあまたの水溜あり

いづこにか鈍き水面光りたり人みしことなき水の光るか

『朱靈』にはこのように、「他界より」の歌に通じるような類想歌がいくつも見いだせる。これらの歌は特に成功した歌とは言えないが、現実を眺める魂のもがきのようなものが感じられる。それはこの歌集を通底している「恐怖」の感情を源としながら、しかしそれでも明らかに何かを見ようとする意志に貫かれている。そうした苦しみの痕跡を重たく引きながら「他界より」は詠み出されるのである。

## 5、ある飢餓の感触

五島美代子によって現代版の和泉式部とも語られた葛原が表現しようとしたものとは何なのだろう。現代短歌の孤児、また前衛短歌運動の伴走者という弱々しい文脈に放置されるのではないものが彼女の表現にはあるはずだ。『朱靈』において、われこそは他界に棲むのだと主張するとき、それは矜持と同時に葛原が表現において獲得した位置を告白しているのではあるまいか。

上田三四二は、先の論文のなかで『朱靈』をその頂点の歌において見るべきだとし、「百に二つの確実な成功」を勝ち得ていることを讃えているが、私はここでむしろ頂点ではない部分の『朱靈』が見せる表現の力業について語っておきたい。なぜならそこには『朱靈』が秘める喘ぎの感触、「この世」に在ろうとして在ることのできぬ魂の喘ぎのようなある飢餓の感触があり、それが葛原の位置を探る手がかりになると考えるからである。なかでも印象深い一連である「火山」を見ておこう。流れに沿って九首を引いてみる。

富士ふかく傷つけしより山巓にむかへる道のしろしろと冷ゆ
わが指に一本の煙草　富士山のうすき空氣に火は燃えながら
黄金《わうごん》は鬱たる奢りうら若き廢王は黄金の部屋に棲みにき
大崩壊谷《おほがれ》をここよりおそれのぞくべし落石《らくせき》こだまし富士の膚赤かりき
ききをればうしろのかたにも音ぞして寂しき石はくだりゐるなり
富士はいまぼろぼろなれば絶えまなくいづこにか石まろびつつあり
枯野人《びと》氷穴《ひょうけつ》をうかがふことありて富士は無し富士は濃霧《ガス》に沒せる
霧の中富士をゆく道絶えしかばあまたの白き樹のむくろ見き
雲海の底なるひびき富士を割るダイナマイトの鈍き音きこゆ

ここで描かれた富士は異様である。古歌に詠まれ続けてきた象徴的な霊山、讃えられ見上げられる美の象徴としての富士とは全く異なる。むしろ晒され、暴かれ、問われる存在としてある。葛原は富士を「見る」のではなく、その内に居座ろうとするのである。富士を傷つけるように拓かれた道、背後で絶え間なく起こる崩落の音、そこここに氷穴を開きながら濃霧に没して姿を見せぬ山塊。枯死した木々の骸。一連の最後に置かれた「雲海の」の歌では富士をその内側から割る音さえ響く。ここでは富士のイメージはことごとく常識を裏切っている。聳えるのではなく、崩壊し、不変なのではなく生き物のように動き、美しいのではなく荒んだ姿で。富士は不安定であり不安であり不穏そのものの不気味な山である。富士は何かが終わり、何かが去ったあとの巨大な瓦礫のようでさえある。

そして唐突に描かれる「若き廢王」。この歌を中井英夫「黄金の痛苦者――葛原妙子」（国文社『現代歌

人文庫　中井英夫短歌論集』）は秀歌として絶賛する。葛原がこの歌を『現代短歌大系』に自選していないことを挙げて「自分の作品への評価が時として途方もない狂いを見せる」とする。この「廢王」は、若くして心を病んだバイエルン国王ルートヴィヒ二世であろう。葛原はこの王を別の機会にも詠んでいるが、四十一歳という若さで廃位、ノイシュバンシュタイン城に幽閉されて死んだ数奇な運命の王にはことさら興味を引かれたようだ。ワーグナーに心酔しながら裏切られた経緯、美に溺れ、美のために滅んだこの若き王は、美にこそ歌の価値を見いだそうとしていた葛原にとって特別な対象であった。美に尽くし裏切られ滅びることとは、心密かに願うところであったろう。「黄金は鬱たる沓り」とは王の孤独と誇りを語る。この「黄金」こそ現世の全てをうち捨てて美を求めた王の生の証しであろう。それは同時に大きな欠落であり魂の渇きであり喘ぎでもあった。富士の一連に一見唐突に置かれたこの一首は、ここに欠くべからざる歌である。それは葛原自身の美学の象徴であり、同時に美の象徴であり続けた富士の姿にも重なる。ルートヴィヒの魂の飢餓は、今葛原が対面している富士が誇りとともに晒す飢餓の風景と重なるのだ。

富士の姿を描く葛原は執拗である。この一連が意識に残り、忘れがたいのはその執拗さによると言ってもいいくらいだ。葛原は自らを賭けて富士を見つめ暴こうとする。そこで何が起こっているのか、富士の真の姿とはどんなものなのか。富士との対決のようでさえある。そのなかで「わが指に一本の煙草」の歌は、強いて刻まれた葛原自身の影であろう。しかしこの歌は、自らの姿を刻むことに成功しているというより、むしろ影絵のように切り抜かれている。例えば斎藤茂吉が

こらへゐし我のまなこに涙たまる一つの息の朝雉のこゑ　　　『あらたま』

と詠み、「我」を刻印した時の濃厚な「私」はここには存在しない。茂吉は、どのような場合にも濃厚な自身の影を記し、物思いと情緒によって、その場面を支配する。そのような影はここにはない。
それだけに私はこの一連に茂吉の『あらたま』中の連作「一本道」を思い重ねてしまうのだ。

あかあかと一本の道とほりたりたまきはる我が命なりけり
かがやけるひとすぢの道遥けくてかうかうと風は吹きゆきにけり
野のなかにかがやきて一本の道は見ゆここに命をおとしかねつも
はるばると一すぢのみち見はるかす我は女犯をおもはざりけり
我はこころ極まりて來《こ》し日に照りて一筋みちのとほるは何《なに》ぞも

『あらたま』から茂吉に入り、私淑していた葛原は何度もこの連作を読んだはずだ。茂吉にとって「一本道」が『あらたま』を象徴し、近代短歌の「私」の完成を意味する一連であるとするなら、葛原の「富士」はそれを意識し、茂吉からの距離を思いつつ書かれているのではないか。ともに風景に相対しつつその風景の奥にあるもの、そこに映る自ら自身を描こうとする連作であることは共通している。しかし「一本道」は風景としては極めて簡素であるが、「富士」の風景は混沌としており実に対照的である。さらに、「一本道」に詠み込まれる「私」は濃い物思いを抱えて輪郭くきやかであり、「富士」の「私」は切り抜かれた影絵のように姿を持たない。「私」は生きたいのだ、と「たまきはるわが命」が力強く迫り出してくるのが茂吉の自我であるとするなら、「おそれのぞくべし」「ききをれば」とむしろ受け身で富士を見抜こうと沈黙するのが葛原である。

一貫して戦後の「私」の在処を求め、あるべき自我の脈絡を求めてきた葛原にとって、「一本道」は繰り返し振り返られた連作であったに違いない。しかし茂吉のような鮮やかな自我は決して葛原に訪れることはなかった。それは他の誰も茂吉のような並はずれた自意識を持ち得なかったということでもある。しかしまた茂吉のあの鮮明な自我はそこで完成し、そこで尽きた日本の近代の何かであったということでもあろう。

日本の近代の性格は良い意味でも悪い意味でも茂吉に象徴されうる。茂吉の自我は、野中に通るたった一本の道を自我そのものに変えたが、同時に一本道はその自我に支配された、茂吉以外ではあり得ない茂吉自身なのである。それは風景ではなく、見られるべき何かではなく、探られるべき何かではなく、対話するべき何かではない。一本道は茂吉のためにのみそこに延び、茂吉のためにのみ拓かれている。茂吉はあらかじめ一本道を支配し、自らの分身としてそこに描いた。それゆえ風景は簡素な美しい姿をしている。

それに対して葛原の富士は荒涼とし雑然とし、ノイズと夾雑物のみで成り立っている。葛原は富士と呼ばれる対象が姿さえ現さず、不気味に自ずからの営みを続ける姿に耳を澄まし、目を据えて感じ取ろうとしている。ここでは「私」はどのような明確な意志も示そうとはせず、また自らを主張しない。葛原は見る人と化し、感じる感官と化して富士を風景とし、対象としてそこに据えるのだ。そこには「他者」として表れた富士があり、恐怖の眼を見開いてその「他者」を見つめる「私」がある。富士はおのれ自身の意志を持ち、おのれ自身の姿であろうとしてやまない。それゆえ葛原の「私」はあえて影となってその気配を受け止める陰画であることを選ぶのだ。

このような「私」は、失敗だろうか？　茂吉の在り方に比較するとき、いかにも荒削りで不安定であり、ある意味では「富士」は未完成である。「一本道」に遠く及ばない意匠がむき出しになったプリミティブさもある。しかし葛原はあえてそこを描こうとした。あの荒涼とした富士のプリミティブな存在感は、存在そのものとして永遠に未完成である。未完成でありつつ強く存在しようとする。そこには完成された「私」の代わりに、強い飢餓の痕跡、世界への不安、が記される。同時に富士の荒涼感は自我の飢餓の感触でもある。葛原は茂吉を憧憬しながら、ついに茂吉のように自らを詠むことはできなかった。その代わりに自力で世界の一片一片を見ようとした。世界は断片化し、混沌とし、不均衡となる。そこには完成に至る何かが宿命的に欠けていたと思う。むしろ欠くことをもって自らの証しとしようとしたかのようでさえある。

葛原は、近代がもたらそうとした自我に参加しようとしつつそこから弾かれてゆく「私」を幾度となく感じ続けていたのではなかったか。茂吉的な「私」を掘り当てようとしつつ、ついに茂吉のような仕方では語ることのできぬもどかしさを数えきれぬほど味わってきたのではなかったか。それをこの一連は語っており、不在感、欠落感として風景に反映し、飢餓の感触に結びついている。葛原はここに世界への不安を刻む。「私」は飢えきっており居場所を持たぬと訴え、魂を尽くして自らの恐怖の余韻を刻もうとする。富士の荒々しい肉体を借りて。そしてそれこそが茂吉接取のあり方であった。

近代が求めた「私」の在り方とは異なる「私」。五島美代子が語ろうとした和泉式部的魂、この世にあらかじめ不在であるような魂とは、さらにさらに自由な魂の位置ではなかったか。葛原は写実主義が覆い隠し不問にしてしまった「私」を抱えている。葛原のそれは決して和泉式部のように柔らかではなく、もっと無骨な未完成なものであった。しかしそこには茂吉らの創り上げた近代からの問いを引き受けようとする意識が働いていた。そういう意味でも葛原は前衛短歌運動の伴走者ではなく、自らが不在であった近代を引き継ぎ生き直そうとする近代の正嫡であったと言えよう。

# 九　「伝統」創造の時代

火葬女帝持統の冷えししらほねは銀麗壺《ぎんれいこ》中にさやり鳴りにき

『鷹の井戸』

## 1、「伝統」と『鷹の井戸』

戦後から前衛運動までの短歌はごくおおまかに偏狭な写実主義を具体的な克服目標とし、思想性や社会性、技法をもって対峙したと言えるだろう。例えば塚本邦雄が初期の評論において露わにした凡庸な写実信仰への嫌悪は、彼の方法論とその方向性をより鮮明にした。しかし塚本の歌論がそこにとどまるものでないように、戦後短歌が向き合ってきたものはもっと複雑な奥行きと幅とを持っていたはずだ。葛原を前衛短歌の伴走者と呼ぶとき、その視野は、技法やスタイルといったより狭い意味での前衛運動の成果に狭められている。そしてその視野に納まりきれぬ彼女の不可思議の部分を魔女と名付けるほかなかったのである。茂吉を終生意識し続けた葛原にとって、戦後とは近代に拓かれた「一本道」を拡幅し、あるいは道をつけなおし、現代に繋げるための重たい時間であったと言える。そうした仕事の複雑さと大きさとを葛原は持っている。

巨視的に眺めるとき、戦後短歌の動きは、日本の近代において果たされなかったもの、あるいは失われたものをめぐって格闘してきた時間であったと言えるだろう。そこでは絶えずさまざまな角度から「私」の問い直しが行われてきた。前衛短歌運動も女歌論議もそうした動きの一つである。

ここでさらに葛原に関わり深い動きとして「伝統」との格闘を挙げる必要があるだろう。「日本的象徴」を掲げる「潮音」にあって短歌の骨格を学んできた葛原にとって「伝統」との格闘は敗戦と共に訪れた課題であった。近代においてしばしば克服すべき対象とされてきた日本文化や短歌が蓄積している歴史は、戦後もう一度大きく揺さぶられた。それは葛原の内面で常に問いとして存在し続けていた。例えば葛原の第三句欠落の著しい破調が短歌という形式の美しさをあらためて知らせるように、モチーフとなってきたキリスト教文化も、日本の歴史と文化への問いをあらためて思わせる。

葛原は『朱靈』に続く歌集のタイトルを『鷹の井戸』とした。その経緯については、当初心に決めたタイトルが他の詩人のものと重なってしまったからなど『鷹の井戸』の覚え書きにあるが、実はかなりのこだわりをもってこのタイトルを選んだように見える。そこには次のように記される。

にっぽんの詩人ならざるイエーツは涸井に一羽の鷹を栖ましめぬ
大き鷹井戸出でしときイエーツよ鷹の羽は古き井戸を蔽ひしや

右の歌をうたった同年の夏至の頃、作歌中に私は鷹を見た。影のごとき鷹には見覚えがあって決して初対面ではなかった。鷹は後述するところの三十二歳の私に初めて現われたあの鷹にちがいなかった。

「後述するところの」とは、葛原が昭和十四年に見た舞踏家イトウミチオによる「鷹の井戸」の公演である。この公演の概要は次のように記される。

原名 at the Hawk's well 即ち「鷹の井戸にて」がアイルランドの詩人イエーツの手で書き下ろされたのは一九一五年（大正四年）詩人五十歳の時となっている。みぎはアイルランドの民族伝承に題材を得、それに日本の「能」の演出形式をとり入れた仮面舞踏劇であって、当時、世界第一大戦のためにロンドンに亡命していてイエーツと親交のあった日本の若い舞踏家イトウミチオ、二十三歳に与えられたものだという。

この覚え書きは歌集のあとがきにしてはずいぶん長く、ほとんどが「鷹の井戸」の説明に費やされている。なぜこの時葛原に突然「鷹」が訪れたのか。覚え書きが書かれたのが昭和五十二年であるから、三十八年ほども前の記憶が突然に葛原を動かし、歌集のタイトルとなり、さらにはこれほど長い説明を加えさせたことになる。寺尾登志子は葛原がイトウミチオの舞台を見たという昭和十四年が第二次世界大戦の勃発した年であることに注目する。

戦前、暗澹と悲壮の黒雲が日本を覆い尽くそうとする時、窒息寸前の「美」の光芒に、心ゆくまで心身を委ねた希少な記憶の一つとして、「鷹の井戸」の舞台は葛原の心象に強烈に印象づけられたのだろう。

『われは燃えむよ』

大きな歴史のうねりの中で美を心にとどめる印象深い舞台。この時をふり返る葛原にとっては美としてだけではなく、その後の日本が辿った命運も思い重ねられたはずだ。しかしその舞台をなぜこれほどの時間を隔てて強く引き寄せることになったのか。「にっぽんの詩人ならざる」と強調されるイエーツ。葛原は先の文章中で「『能』という東洋の象徴芸術の極北との出逢いによって彼自身の詩人を覚ました」としている。日本の詩人でない詩人が日本の象徴のエッセンスを理解し「鷹の井戸」を創作した、という葛原の嗟嘆がそこにはこもる。アイルランドの民族伝承を素材にし、故国の文芸復興運動を担ったイエーツを日本の能が刺激した、このことがこの時葛原を強く動かしているのである。

「短歌」「短歌研究」など短歌総合誌を調べていると、昭和四十年代は昭和三十年代とは明らかに異なるエコールに包まれている。まず昭和三十年代は、昭和二十年代終わりから生まれた戦後派批判、女歌論議に続いて、前衛短歌を巡っての議論が流れを作ってゆく。初期においては現代詩や俳句など他のジャンルから短歌の意義と可能性が問われ、後半には安保闘争を契機に思想性がより強く問われることになった。この時代には一貫して短歌という詩型が他のジャンルからの刺激によって、どのように現代性を獲得できるのかが問われていたと言えよう。

それに対して、昭和四十年代に入ると、他のジャンルではなく、短歌が抱えている歴史そのもの、また日本文化や伝統とどのように向き合うのかが問われるようになる。短歌と伝統との問題は敗戦直後から第二芸術論のように烈しい否定という形で問われてきた。また一方で古典研究の形で継続されてきたという流れもある。しかし、昭和四十年代のエコールはそれまでとは異なる特色を持っている。それは、「伝統」がより新しい刺激として働き、前登志夫、山中智恵子、馬場あき子らによる仕事を勢いづけるという形で現れている。六〇年安保闘争が個々の作家の内面にひきとられ、日本の文化と歴史とを自らの手で再考し再生しようとする動きでもあった。昭和四十年代の彼らの仕事を簡単に列記してみる。

前登志夫が『子午線の繭』(昭和三十九年)に続いてエッセイ集『吉野紀行』(昭和四十一年)、歌集『霊異記』(昭和四十七年)を出す。山中智恵子が歌集『空間格子』(昭和三十二年)『紡錘』(昭和三十八年)に続いて『みずかありなむ』(昭和四十三年)、『虚空日月』(昭和四十九年)を刊行、評論『三輪山伝承』(昭和四十七年)を出す。馬場あき子は評論『式子内親王』歌集『無限花序』(昭和四十四年)を刊行、さらに評論『鬼の研究』(昭和四十六年)『大姫考』(昭和四十七年)、歌集『飛花抄』(昭和四十七年)と矢継ぎ早に刊行を重ねている。

こうして拾い上げてみただけで、これらの仕事が古典や民族、風土、といった歴史の厚みから何かを汲み上げようとする動きであったことは伝わるだろう。それらの動きは、前衛短歌とはまた異なる角度から

「私」を捉え直そうとする動きであり、近代から戦後へと駆け抜けてきた時間に取り残され、省みられなかったものを力にしようとしていた。

総合誌「短歌」は昭和四十七年に「シリーズ今日の作家」という当時の中堅歌人を自選歌と評論で掘り下げる企画をしているが、そこに前、山中、馬場が取り上げられている。そこでの評論には当時何が捉え直されようとしていたのかが滲む。

まず前登志夫について詩人、小島信一は、次のように語る。

およそ中世に対する否定的契機を含まない近代がありえないように、伝統との、何らかの意味での断絶の意識に裏打ちされない近代文学の概念は、伝統の根を絶たれているという意味で、それ自身虚構としてしか成り立ちえないのではあるまいか。たとえば、それぞれ伝統の否定あるいは捨象を暗黙の前提としていながら、その実は伝統との緊張関係をまったく欠いていたといえる戦後文壇の「近代文学」グループや詩壇の「荒地」グループは、今にして発想の基盤をそうした虚構の観念に仰いでいたと感じられるのである。

（「前登志夫――または素顔のない詩人」昭和47年5月号）

そうした「伝統との緊張関係」を保っているのが前登志夫だというのである。また山中智恵子について歌人、原田禹雄は、次のように語る。

儒教の精神と、それにつづく合理主義は、ことさらに神々を消し去った。上田三四二のいう「明治初期の幼稚な文芸復興」とは実はすてるべき神ももはやもたぬ人々の営為である。近世から今日までの短歌の最も大きい欠陥も、神をみないか、すてるべき神ももたないところにあったかも知れない。
（「むらさきふかき神います」昭和47年8月号）

続けて「神たちは、遂に山中智恵子を去ることはなかった」とする。馬場あき子については国文学者の松田修が、冒頭に『日本書紀』を取り上げつつ次のように語る。

この日本の古代的形成過程において政治的にも、言語的にも暗黒の中に閉された、多くの星たち、多くの敗北者が存在したということになるだろう。（略）研究者たると歌人たるとを問わず、いかに多くのものが、単眼的にしかものをみなかったことか。日の盛りにあるものは、いつの日も影をみおとし片蔭の闇にあるものは、それゆえに光に眼を覆ってみない、この激しい断絶の中に、日本の短歌史、文学史はあった。
（「馬場あき子論」昭和47年11月号）

そして馬場の『鬼の研究』は、この日本精神史の暗部への鋭く切ない腑わけであ」るとする。これらの評論に通底しているのは、日本の歴史のなかでうち捨てられてきたものに光を当て、失われた時間の中から何ものかを呼び出そうとする方向への共鳴である。ここでは「伝統」との緊張感ある対峙が求められ、そうした掘り起こしに文学と人間の可能性を見るエコールが生まれている。六〇年安保闘争の〈敗北〉は、戦後の流れの中に強く「日本」や「伝統」という言葉を呼び覚ました。まさに「回帰のエネルギーのようなものが、歴史を未来へ運ぶ」（前登志夫「短歌」昭和47年12月）ように熱く語られていた。葛原はさきの覚え書きに記した「鷹の井戸」の歌を昭和四十八年九月号の「短歌」に発表している。葛原が

「鷹の井戸」を忽然と引き寄せたのもこのような流れの中だったのだ。
敗戦直後に訪れたカルチャークライシスを体験し、キリスト教文化を背景とした独自の世界を展開してきた葛原は、一見「伝統」との問答を振り切っているかのように見える。しかし、葛原が覚え書きで見せるのは実に忸怩とした逡巡だ。永遠の命を授かるという水の涌く井戸を守る鷹、その水を欲しがりながら果たせぬ若き英雄クーフウリン、この物語を葛原は「伝統」と自らとの関係の暗喩として引き寄せたのではなかったか。

この井戸は飲めば直ちに呪縛されるたちのものであり、しかも常は殆ど水がない。偶々湧くとしても僅かに井戸の底を濡らす程度のものなのだが彼らは求めた。そこで若者と水、老人と水、との関係を、私は今、ここで苦しく思う。

唐突に持ち出される「若者と水、老人と水、との関係」は読む者を戸惑わせるが、葛原の思いのなかで自らは老人である。珍しく老いの自覚を記したのもこの覚え書きの末尾であり、葛原はこの時永遠の命を授かる井戸を前に老人である自らを思っている。同時に永遠の命を得ようという「迷妄から覚め」「死ぬべきわが身を覚悟の上で再び立ち上り、生きようとする勇気」を讃えている。これは、老人である自らは潔く諦めようというのではない。むしろ若者であるならば井戸の呪縛を逃れ、自らの力で生きることも出来ようが、老人である自らはそれが難しい、というのではなかろうか。井戸が湛える幻想に呪縛され身動きできなくなること、これは「伝統」と文学との危険な関係を象徴してもいる。そのことを葛原は自らの歌を通じてずっと考え続けてきた。第二芸術論の伝統否定の渦の中で、葛原は呪縛を振り切りつつ自らの方法によって「伝統」

を創造してきた。その厳しさを知るゆえに、前、山中、馬場を中心とする若い世代が全く新しい意識と方法論を携えて「伝統」を新しい時代の推進力にしていることに深い感慨を持つのである。

昭和四十年代のこの「伝統」再発見のエコールと葛原との関係はこれまでほとんど考えられてこなかったが、実は葛原のエッセンスに触れる問題ではなかろうか。「大き鷹井戸出でしときイエーツよ鷹の羽は古き井戸を蔽ひしや」、鷹の羽はこの魅惑の井戸を蔽いきったのか、と葛原はイエーツに問いかける。翼が覆いきれぬ幻想の水はまだちらちらと見えている。むしろそれゆえに印象深い一首であろう。イエーツ自身もその水の光を物語の中に残したままだったのではないか、とこの歌は問いかけている。

『鷹の井戸』

曇天に觸るる萩群ぴらぴらと天を掃くべく伸びあがりたり
火葬女帝持統の冷えししらほねは銀麗壺《ぎんれいこ》中にさやり鳴りにき
うねび　みみなし　香具山のあひたひらにて簀のごと朧となりし宮趾
神域の花とし聞ける招魂《たまをぎ》のをがたまの花わが庭に咲く

「をがたま」一連より。これらの歌には、古代の物語への独特の接近がある。どの歌にも生理的な感覚が潜んでおり、一首目、二首目には不気味な感覚さえある。古歌の中でくり返し歌われてきた萩は、この時独自の生命を得て「ぴらぴら」と伸び始める。また日本で初めて火葬にされた女帝の骨の涼やかな質感。火葬に付されることによってようやくさっぱりと魂の業の火を洗われた持統がここに蘇る。葛原は決してまっすぐに古典や「伝統」に近づこうとはしない。むしろ生理的な警戒感をもって迂回するかのようである。しかしまた決して離れもせず、思い続け情念をかけ続けている。

そうした屈折したありかたは、一見、前、山中、馬場らの動きと正反対に見える。しかしむしろ深いところで問題を共有していたと言えるのだ。桶谷秀昭が前登志夫を評した文章がそれを代弁する。桶谷は小林秀雄の「歴史はいつも否応なく伝統を壊す様に働く。個人はつねに否応なく伝統のほんたうの発見に近づくやうに成熟する」(「故郷を失つた文学」)という言葉を引きつつ次のように語る。

私たちは、現代の悪しき文明の変質に悲観することも楽観することも必要ではない。われわれの「生」の意志が今日の文明をもたらしたのであってみれば、必要なのは、その「生」の根源に帰ろうとする意志だ。そしてこの意志は、同時に「帰るとは幻ならむ」という問いを強いる。この意志と、強いられた問いの間でしか、われわれの成熟はありえないとすれば、やはり、「分裂がおこることは必要」なのだ。

(「前登志夫論——短歌の経験基盤について」桶谷秀昭「短歌」昭和47年5月号)

伝統と文学とのこの矛盾し分裂した関係は、矛盾し分裂したまま緊張を保つことが必要なのだと桶谷は説く。そうであれば、葛原は伝統詩型の内側においてその緊張に耐え続けたことになる。昭和四十年代の新しい「伝統」回帰は単なる回帰なのではなく、失われたものを創造するという形で再発見したゆえに葛原を刺激し、潜在する「伝統」への意識を自覚させたのである。

## 2、第二次女歌と「伝統」——葛原と馬場あき子

作品が古いとか新しいとか、もっとひどい場合には人間が古いとか新しいとかという、そんなものは

みな迷信にすぎまい。新奇なものに惹かれるありのままの心をいつわるときに、自分が新しいという錯覚が生まれるので、錯覚が多くの人間を支配すれば迷信になるのは避けられない。新しいものはいつかかならず陳腐になり古びる。古びた自分を認めたがらない心が、今度は古いものに新奇を求めようとする。かくて新しがりやのモダニストと伝統や土俗好みのモダニストが生まれるので、両者は同じ穴のむじなに過ぎない。

（「前登志夫論――短歌の経験基盤について」―「短歌」昭和47年5月号）

昭和四十年代の「伝統」再発見、創造の動きを睨みつつ、桶谷秀昭はこのように語る。桶谷は、前衛に対する反動として伝統を持ち上げようとする安易な動きに釘を刺すとともに、新たに「伝統」から創られようとするものを冷静に見、評価しようとしている。前衛運動が一応の成果と収束を見せたこの時期、表層的な動きやスタイルとして安易に「伝統」が持ち上げられることに桶谷は強い危惧を見せている。桶谷は前登志夫を語りつつ、「伝統」を新しい力とする動きが、決して短期的な模様替えではなく、もっと根深い問いを抱えたものであり、またそうでなければ意味がないと強調しているのである。

戦後という歴史の濁流が一通りの落ち着きを見た時代として昭和四十年代を考えるとき、桶谷の語るように、スタイルや方法の新旧ではなく、もっと本質的なところで短歌を問うべき時期に来ていた。むしろようやくそのような時代が来ていたと言うべきだろうか。戦後短歌の落とし物、さらには近代短歌が素通りしてきた課題は、「伝統」のようなより根深い問題に触れながら、さらなる広がりを持っていた。女歌を巡る議論の復活もその一つである。

葛原、森岡貞香、中城ふみ子らが中心となった昭和二十年代後半から三十年代にかけての女歌の論争を便宜的に第一次女歌とすると、第二次女歌とも呼べる議論の中心となったのが「女歌その後」という座談会（「短歌」昭和48年7月号、大西民子、河野愛子、北沢郁子、富小路禎子、三国玲子、河野裕子、馬場あき子）であろう。その中で馬場あき子は次のように発言している。

私は初め、自分の原点は安保だと考えた。安保を忘れてはわたしの青春はない、って言ってたわけよ。ところがこのごろになると原点だったものがだんだん上にさかのぼってくの。で、敗戦のころのところがやっぱり自分の原点だったなァ、と思ったりね。ところがもっともっとさかのぼっちゃうの。つまり母の血とか、祖母の血とか。刻々に自分の行為が血を通して自覚されるような年齢になってきたような気がするの。

女歌を巡る議論は、これまでにも見てきたように、葛原の論文「再び女人の歌を閉塞するもの」（「短歌」昭和30年3月号）の問いかけにもかかわらず、途切れてしまっていた議論である。葛原は「中年女性の短歌は、当然その生活の反映であり、広い意味での矛盾に充ちた日本社会の反映」とし、「粘着したもの、臭気のあるもの、ひしがれ歪んだものの一切を含み、かつ吐くがよい」と戦後女性の置かれた負の立場を足場とし、文学的価値に転換しうることを主張した。しかしこれに対するめぼしい反応はその後絶えてなかった。それから十数年を経て再び女歌が問題となる時、葛原らのせっぱ詰まった立場とは異なる位相の議論が加わっていることに気づく。

馬場の発言は、「血」という抽象的な要素を含んでいる。葛原が、自らの「生活」や体験の蓄積を基盤としたのに対して、馬場の「母の血」「祖母の血」は、自らの血肉を通じて最も直接に引き寄せうる観念である。葛原らが女を女たらしめている「『家族制度』という厚い壁」を歴史的な時間軸のなかに問い直す余裕を持たなかったのに対して、馬場は母や祖母といった血の繋がりを通じ、一つの思想として歴史的時間軸の中に問い直そうと試みていた。それは女の歴史、女の時間という近代以来の大きな忘れ物であり、再発見されるべき「伝統」のひとつでもあった。馬場にとって「一番ふてぶてしい自覚として」（「短歌」昭和49年2月号　前登志夫、岡野弘彦との座談会）積極的に見直され、新たな創造の糸口としてポジティブな意味を持つものだった。近代が遠く西欧を見、戦後がその続きを走ってきた時間であったとするなら、馬場の語る「血」の発見は、ようやく足下を確かめ、最も卑近なところに創造のダイナミズムを見いだそうとする文学史の転換点にあたっていたと言える。

さらにこの座談会に先立つ馬場の論文「女歌のゆくえ」（「短歌」昭和46年3月号）では、折口信夫の「女流の歌を閉塞するもの」が読み直されている。そこでは「〈女歌〉の興隆に期待を寄せつつ、しばしば短歌の伝統的うたいくちの衰弱をなげいた迢空の場合も、対象はあながち女人にのみあったとはいえないのである」とし、「非アララギ的な〈艶〉の美意識の伝統への愛惜であったと思われるし、日本的な表現技巧への愛着であった」と解釈している。馬場は、折口が、女歌という名で和歌文化を愛惜し、アララギに覆われた近代短歌の歴史に今ひとつの道をつけ直そうとしたと読む。かつて葛原は、「今までの女流の作品の概念から、ややはみ出した（葛原らの＊筆者注）作品は、折口氏の発言の前に、それぞれの小さな巣に産み落されてゐたと言へるのである。作家達は各々の個性にしたがつて、至つて気儘に歩いた」とし、折口が語ろうとした女歌と自らの作品に直接の関わりを拒否していた。

この葛原と馬場との姿勢の違いは、それぞれが置かれた時代の差によるところも少なくない。短歌俳句否定論の嵐の中、戦前、戦中、戦後という時間の裂け目に言葉を見いだすほかなかった葛原、森岡貞香、中城ふみ子ら第一次女歌の作家たちは、経験と感覚を拠り所にまず自らの方法を自力で切り開くことに賭けた。そこでは女歌は蔑称でさえあったのだ。それに対して、馬場らの第二次女歌はさまざまな方法が出、戦後という時間を眺め渡すことのできる地点から何かを創造しようとしていた。馬場は、和歌の伝統のなかに女達の足跡を見つけ、女歌を豊かな水脈として引き寄せようとしたのである。

葛原にとって重要だったのは、「私」を押し流してきた歴史からどのように「私」を回復し、短歌という伝統の蓄積そのものに「私」の痕跡を残すのかということであった。葛原らが女歌と命名されたとき、女であることは歴史のなかに居場所のない違和そのものであった。昭和二十年代当時、折口の論文とともに女歌というカテゴリーが現れた時、近代に覆い隠されてきた何者かの巨大な影がちらりと見えたのではなかったか。むしろその大きさ、問題の根深さが直感されたゆえに反発も大きかった。葛原らは近代とそれに隠されてきた影の歴史との戦いの端緒にあって、自らの方法と言葉とを信じて紡ぐことを最良の方法として選んだ。しかし、第二次女歌論が歴史との接点を結ぼうとする動きを含んでいたこの時期、葛原は寡黙であった。その寡黙はそれゆえに葛原妙子という作家をわかりにくくし、孤高へ幽閉してしまった憾みがある。

一方で昭和三十年代後半から四十年代にかけて書かれた葛原妙子論は、むしろ饒舌に葛原のイメージを創り上げていた。上田三四二による「葛原妙子論」（「短歌」昭和34年5月号）、中井英夫による「現代の魔女―葛原妙子小論―」（「短歌」昭和38年12月号）、塚本邦雄による「聖母咒禁」（「短歌」昭和46年3月号）、それを受けての菱川善夫による「現代短歌のための葛原妙子論」（「日本文学」昭和46年5月号）などが書かれ、今日に至る葛原のイメージを形作っている。すでに論じたように、こうした論の蓄積は間違いなく葛原の評価を高めてきた一方で、それ自体行き止まりである危うさを孕んでもいた。「魔女」や「黒聖母」「幻視の女王」といった葛原を褒めんとする表象のゆえに。

「葛原妙子の本性は母性である」とした上田三四二の論は、これらの論文のベースとなっていると言ってもいい。上田は「葛原妙子は、このやみがたい生命力、夜である女性、大地たる母性を、罪ふかいものとして自己のうちに感じとる」と語った。塚本は「実以上の虚を示顕するのは魔女、巫女の所業である」とし「魔女不在を久しく託ちながら、やうやく葛原妙子と今一人山中智恵子に指を屈し膝を屈する季にめぐりあつた」と先行する論文「魔女不在」(「短歌研究」昭和35年4月号)を改めた。また中井英夫は「自己に内在する魔性を掘り当てずに、どうして現代の作家となり得よう」とし、「真珠貝のように美しく病んだ魂」、「現代の魔女」と葛原を褒めた。さらに菱川善夫は「その女性、罪深い母性、なだめがたい母性に耐えることによって、見るべきでないものを見た悲劇の栄光が、今彼女を包んでいる」とし、「本性である母の罪」「産むことの罪科」「罪障の母としての女」といった言葉を葛原讃として重ねた。

ちょうど第二次女歌が、女であることの歴史的意義を問おうという時期に重なりながら葛原を囲っていったこれらの評言は、どれもが性に拘って書かれている。どの言葉も魅力的に葛原を修辞しながら、同時に〈女という不可思議な存在〉という、それ以上発展のしようのないイメージの袋小路に導くのである。これらの言葉は葛原の魅力を引き出す一方で、葛原の文学のある面を見えにくくしてもいる。

例えば、次の歌はどのように読まれるべきだろうか。

疾風はうたごゑを攫ふきれぎれに　さんた、ま、りぁ、りぁ、りぁ　『朱靈』

菱川善夫は、『朱靈』の挿画となっていたマクシミリアン祈禱書の「あなただけが真の処女である」等々の詩句を引きながら、「『朱靈』の中の『さんた、まりあ』は、『マクシミリアン祈禱書』の輝やかしい栄頌とは別に、次のように疾風にひきさかれている」としてこの歌を揚げる。また塚本邦雄は「聖書には一行も現れぬ挿話や口傳を捏造して、繪に描いたやうな聖女に仕立て上げた」カトリックのマリア像を暴く歌として読み、「決して『聖母被昇天祭』などには関わりのないマリア、裏切られた母マリアの名が、中空に引きちぎられて散亂する」とする。どちらの解釈もマリアの聖性を暴く歌として読み、それゆえに讃を送っている。聖なるものを呪われたものに転換しえたことへの快哉が目立つ。

しかしこの歌の孕む深い響き、断裂する音韻のさびしさ、厳しさはたかだか聖なるものの聖性を暴くという文学の常套によって生まれるとは思えないのだ。ここには聖母を求め続けた人々の声がその深い歴史のかなたから連なっている。「りぁ、りぁ、りぁ」は、これまでも、そしてこれからも続く魂の悲鳴として、悲苦のゆえに聖マリアを求めるほかない人の歴史の声として聞き取られているのではないか。葛原はそれを第三者としてではなく、女という当事者の立場から聞き取っている。人々の悲苦に求められ聖母にも慈母にもなるマリアは、求められ祭り上げられながらその内側で悲鳴をあげている。葛原は聖母を求める側と求められる側との深い亀裂を渡り歩きながら両方の悲鳴を聞き取るのである。ここには女を巡る歴史への直感が働いている。

馬場あき子もまた女の歴史を意識する。

わが背なに幾重ゆれおるかげろうの秋の家霊のみなおんななる　『飛花抄』

葛原の引き裂かれた韻律に比較すると明らかにこの歌は透明感があり意志的である。「『家族制度』という厚い壁」に歯ぎしりし、「私」を歌の底に沈めた葛原に対して、馬場は「われ」を「秋の家霊」という歴史意識とともに差し出す。二つの歌が共有しているのは、歴史と文化とに深く食い込んだ「女」という問いである。馬場の歌には「家」という男系によって繋がれてきた硬い観念は、振り返ればみな女達によって産み継がれてきた柔らかな血の連なりではなかったかという物思いがある。歴史の中に「女」を照らすとき、そこに見えてくる深い断裂や全く別の道筋、それらを積極的に見ようとする意識は葛原にも馬場にも鮮明であった。

葛原をとりまく讃辞には性の問題を遠巻きにしつつその根深さに触れることのないもどかしさがある。「魔女」「黒聖母」「母性」、様々な用語を散りばめながら、結局それらがレトリックのレベルでしか葛原を語れないのは、そうした用語の背後に語られるべきものが隠されていることによる。母という存在が罪障であるか恩恵であるか、また聖母が聖なるものであるか卑しいものであるかは問題ではない。それら女を巡る表象が、既存の歴史と文化を揺さぶるもう一つの文脈であると直感するか否かが問題なのである。

こうした議論が取り巻く中で、葛原はより意識的な伝統への問いかけを試みていた。『鷹の井戸』には葛原がこれまでほとんど詠んでこなかった桜が頻繁に歌われている。「歌とはさらにさらに美しくあるべきではないのか」とする葛原にとって、長い和歌の歴史のなかで練り上げられてきた桜の美が大きな挑戦の対象であったことは想像に難くない。すでに葛原の代表歌となっている

うはしろみさくら咲きをり曇る日のさくらに銀の在處《ありか》おもほゆ　『薔薇窓』

には、冷え冷えとした桜の美が詠まれ、伝統美に対して自らの美学を刻もうとする葛原の意識が読み取れる。さらに『鷹の井戸』では執拗にと言えるほど桜が詠まれる。

『鷹の井戸』

さくらの木蕾おもたく垂れたる夜そらに眞白きこゑもつれたり
おびただしき紙を切りたるゆふぐれにうすべに差してさくら咲きたり
かのさくら咲けるしじまに似かよひて三鷹天文臺に降れる雪はも
かかるさくらありしとおもへ遠草野「平野夕日」といふ櫻ばな
病院にさくら咲きたり　尿瓶濃緑色のゆまりを湛ふ
みづうみの長橋わたるさくらの日先立ちて失せし若者一人
あをみづに散りたるさくらかたよりてちひさき水穴を塞ぎぬ
ぬばたまの夜はすがらにむかひゐる盲目テレヴィにさくら散りたり
あさあけに川ありてながすうすざくらすなはち微量の銀をながす川
咲くさくら散りゐるさくら水に映り地球自轉の方暗きかも

（「潮音」昭和49年6月号）

桜という美の伝統にどのように「私」を刻印するのか、葛原の全作品を見ても多くはない桜の歌がこの歌集に集中して現れるのは、伝統を問い歴史を掘り当てようとする議論が盛んになるなかで、孤高の位置を割り振られつつあった葛原の煩悶のようにも見える。葛原は一人伝統と歴史との寡黙な闘いを続けていた。これらの桜には伝統的な美をじわりと歪めようとする意識が働いている。桜に取り合された「尿瓶濃緑色のゆまり」「盲目テレヴィ」「微量の銀」、それらはかすかな悪意さえ含んで、桜の新しい美を引き出す。その水を飲んでしまえば直ちに呪縛されるという鷹の井戸の誘惑に抗いつつ、その井戸の深さを見尽くそうとする葛原のまなざしがここにある。

## 3、「魔女」と「巫女」――葛原と山中智恵子

伝統見直しの動きと絡みながら再び女歌が話題となる中で、葛原や森岡貞香、中城ふみ子らが中心となった第一次女歌も再評価されてくる。同時に、二つの時期を違えた女歌を巡る議論を繋いで流れている文学史的課題も見えてくるのである。上田三四二は「戦後短歌史」(「短歌」昭和45年7月号)のなかで次のように語る。

昭和三十年の前半、その前衛短歌の時期において、「女歌」――ひろくいって女流短歌一般の印してきた足跡はけっして小さくない。ことにその新人たちは、中城ふみ子を先兵として、生方たつゑ、葛原妙子らの拓いた戦後女流短歌の道を、さまざまな変奏を伴いながら承け継ぐことによって、初め前衛短歌と相交りつつ影響下に立ち、しかも、本質において、いわゆる前衛短歌とは異質の、主情的で反方法的な感情優位の作風の中に、その生活のドラマの反響を木霊のようにこめて来たのである。

「本質において、いわゆる前衛短歌とは異質」であったとされる女歌は、前衛短歌の時代にとどまらず女歌という名で語られるもう一つの文学史の水脈にも触れていた。それはちょうど馬場あき子が「女歌のゆくえ」(「短歌」昭和46年3月号)で次のように語った事と関わりを持つ。

迢空の女歌論がなお特色的であるのは、このようにして具現された艶や幽玄の趣、またはそれを生む

技法を、はっきり〈女歌〉の分野として認識していたところにある。アララギを男歌と断定する対極に女歌を想定したところにその固有の観点を見るのである。

沼空の「女流の歌を閉塞するもの」は当時においては有効な方法論ではあり得ず、また明瞭な方向的示唆をしないものであったが、近代に不在であった方法論を女歌と名付けたという馬場の読みにおいて、鮮やかな文学史が見えてくる。男歌の覆ってきた時間に不在であったものを呼び返すこと、伝統という水脈を引き寄せること、それは近代という細道を拡幅し古典からの歌の歴史に繋がる道が切り開かれることではなかっただろうか。

葛原が「魔女」と呼ばれるのに対し、「巫女」と呼ばれた山中智恵子は確実に近代という時間軸とは別の水脈から言葉を汲み上げていた。

行きて負ふかなしみぞここ鳥髪《とりかみ》に雪降るさらば明日も降りなむ
六月の雪を思へばさくらばな錫色に昏《く》る村落《むら》も眼にみゆ
青空の井戸よわが汲む夕あかり行く方を思へただ思へとや
この額《ぬか》ややすらはぬ額　いとしみのことばはありし髪くらかりき
さくらばな陽に泡立つを目守《まも》りゐるこの冥き遊星に人と生れて
『みずかありなむ』

この「鳥髪」の一連には、山中の特色がよく見える。上田は先の文章で女歌の特色を、「主情的で反方法的な感情優位の作風」とし、それを最も色濃く体現している歌人として山中を挙げている。この特色は、そのままひっくり返せば前衛短歌の特徴を語ることになろう。すなわち、客観性に富み、明晰な方法意識をもち、感情を抑えた作風ということになる。前衛短歌を中心に議論が展開していた時期、山中のこうした作品は、言葉の土壌、発想、抒情主体の在り方、さまざまな意味においてその対極にあることが強く印象づけられたのである。菱川善夫も、次のようにその特色を語る。

女歌と古典、この伝統の根の中に自己をつなぎとめ、過去と現在の凝縮の中から、女の情念や怨念を、あるいはそこに密閉された血の行方をみつめるという方法は、宿命的な女歌の自覚であり、かつ宣言ではなかったか。言葉をかえるなら、それは女の地獄を通して、現代の魂をみる方法であるといってもいい。古典は自己をみる鏡であり、言葉は、自己を覚醒させる血液である。その鏡と血脈の自覚は、なんといっても、女歌が負うべき宿命的な業のようなものであろう。例えば、今日その典型的な作家として、山中智恵子を指名することができる。

（「短歌展望」昭和44年3月号）

こうした批評が重なってゆくところに、「巫女」という呼び名が定着する。「幻想的」「主情的」「反方法的」といったイメージに塗り込められてゆく山中の歌風は、しかし、独自の方法で現代を照らしていたと言える。菱川はその方法を先の文章の中で「中世とも現代ともつかぬ、時間と空間の透視図」と語るが、山中は時間軸を自在に往還し、場をも移しながら他でもない今日の「われわれ」の底に眠る抒情と言葉を掘り当てていたのである。「鳥髪」の一連は、スサノヲの降り立った地「鳥髪」を起点に遠く古代の神話の時代に心を預け、そこから普遍的な人間の悲哀を汲み上げている。同時に六〇年安保の後の精神の在処を探し求めていた時代の心が、おのずからそこに重なってゆくのだ。馬場は「現代の女歌のイメージは、たかだか幻想などという甘ったるいものでしかないのだろうか」「女歌の幻想性が、現実を拒否するという形での現実意識に立っていないとしたら、それは全くだめなものといわれても仕方ない。巫女性においても同様ではなかろうか」（「女歌のゆくえ」）と反語的に女歌が現実意識に目覚めたものであることを訴える。山中の女歌は単なる幻想性や主情性に流れるものではなく、むしろ豊かな迂回を経て現代の深部に眠る普遍的な心を掘り当てるという方法であった。そのことは山中自身によって自覚されたものであった。『三輪山伝承』の中で山中は次のように語っている。

「聡明叡智、よく未然を識る」と『日本書紀』に録された倭迹迹日百襲姫命《やまとととびのももそひのひめみこと》は、その卓抜な降霊能力のゆえに、祭祀と政治の経緯のまぼろしを見透す眼の明晰のゆえに、あきらかに村国の原理の変革があったと想われる、神人分離期の哀歓を負って、西方の男巫、大田田根子《おおたたねこ》に祭祀権をひきつぎ、自死したひとと想われる。（略）百襲姫命は王権を負いつつ、その貌は三輪山の土着神に向けている。王権の側に立ち、三輪山を鎮めつつ、情念において、土着の人びとの血と汗のこころをあつめ、反王権の情念を負った高貴な巫女の、美しい反逆死の、最初のかたちではないかと思われる。

三輪山の神、大物主の神妻である百襲姫命を語るこの文章には、山中が古代の物語の中に見ている「今」と「私」が色濃く滲んでいる。敗戦に続く六〇年安保の〈敗北〉という出来事は、日本の文化を揺るがしつつ精神と言葉の拠り所の喪失として広がっていた。山中は、三輪山を鎮めた巫女、百襲姫命に「私」と「われわれ」の心の寄りどころを見ている。「土着の人びとの血と汗のこころをあつめ」て土着神でありつづけた巫女の「美しい反逆死」こそこの時心を寄せてゆくのに相応しい物語と言葉の拠り所であったのだ。

また「鳥髪」は、この三輪山の神の祖先スサノヲが追い遣らわれた地である。そのスサノヲを山中は「青草びとの罪けがれを一身に負って」と記す。敗戦から続く文化と精神の揺らぎと放浪のなかで、そうした物語の場所「鳥髪」においてこそ「かなしみ」はあらたな意味を持つ。今起こっている出来事の表層を追うのではなく、その心の源を訪ね求める時、きわめて自然に三輪山や鳥髪は引き寄せられるのだ。「鳥髪」の一連において、現代や古代といった時間の流れは意味を持たない。また「私」も「われわれ」もいにしえの巫女も混沌として一体である。そのような磁場において初めて言葉となりうる心があり、露わになる「かなしみ」がある。その「かなしみ」こそは人間の物語として古代から連綿と今に続くものであり、それゆえ最も色濃く「今」を表現してもいたのだ。

そして葛原が「魔女」と呼ばれた時、塚本は「彼女は自然そのものであり、更に逆接めく言ひ方を重ねるならば、自然とは惑はしの源であつた。」と、その方法を讃えたのだった。魂や心をいかにも素手で掬うかのような形のない方法、それを塚本は「自然」と呼んだ。前衛短歌が目指したような明晰な方法論では掬えないもの、それらが「魔女」「巫女」と呼ばれたのであるならば、もはや女歌という範疇で語るのは相応しくない。「女歌が負うべき宿命的な業」などは古色蒼然とした塔に幽閉するようなものだろう。彼女たちが「魔女」や「巫女」であるかぎり人間のものである歴史には何の変化ももたらさない。しかし、もっと文学史を俯瞰し彼女たちの仕事をそこに置いてみるとき、近代において忘れられてきた方法や言葉との関係が見えてくる。それは迢空が語ろうとしつつ口籠もった、古代歌謡や和歌の伝統にも遠く繋がりつつ現代へ啓けて行く道、写実主義中心の近代とは別の道筋を指し示すのではないか。

斎藤茂吉に付き添い、生涯離れることのなかった葛原は、この道筋に茂吉を取り込もうとしていた。葛原が自ら編集した歌集としては最後の歌集となる『鷹の井戸』には、葛原が茂吉から最終的に何を摂取しようとしたかが窺える。

玻璃鉢にシャロンの薔薇の泛けりけるさびしきろかも　めぐりもとほる
ほのぼのとましろきかなやよこたはるロトの娘は父を誘《いざな》ふ
過ぎし旅に悲哀せるものかぞふればイタリアの藤淡く垂りたれ
生ける者ちかづく古墓しづまりぬ　寂しかもただに星あるながめ

これらの歌の細部にはあきらかに茂吉の調子が息づいている。一首目の、多用される助詞、助動詞のたゆたうような味わいには「シャロン」という音韻を生かすための工夫がある。不要とも思える助詞は、しばしばそれが作り出す音韻によって対象の気分を引き出す。それこそ茂吉に独特な文体だ。また二首目から茂吉の次のような歌を連想するのは難くないだろう。

ほのぼのと目を細くして抱かれし子は去りしより幾夜か經たる　『赤光』
ほのぼのとにほふをとめの人形に近づきをれば現身のごとや　『白桃』

葛原はおそらくこうした茂吉の歌を意識しつつロトと娘の禁断の関係を思ったに違いない。これはかなり長い間温められてきたテーマに違いないのだ。娘が父を誘うという禁忌は、茂吉の男としての発想を逆手に取っている。「ほのぼの」に結びつく若い娘の身体は、茂吉においては愛でられ愛撫されるべき無難な対象であり、葛原においては大きな禁忌として危険な力を秘めたものとなっている。さらに三首目の歌については、次のような批評も出ている。

「かぞふれば」と言って「イタリヤの藤淡く垂りたれ」と打起す《ママ》呼吸は見事である。茂吉の「赤光」の調子を、現代に甦らせたようなところがあると言ったら言いすぎか。

（「短歌研究」昭和49年5月号　宮地伸一）

このような葛原の助詞、助動詞への拘りは、ここで指摘されるように茂吉の影響によるところが大きい。一見無駄とも思える助詞を付け加え、順当に付くべき助詞をわずかに捻るような工夫の痕跡には、茂吉的助詞が醸し出す気分への愛着が感じられる。また四首目の「かも」によって強調された詠嘆には、平凡な風景に迫り出し沁みてゆく抒情がある。まず溢れんばかりの叙情性があり、魂の混沌があり、そして次に事物があるのである。こうした叙情性も茂吉に特有のものであろう。写生という方法はそうした叙情性の発露のきっかけに過ぎなかったかもしれぬ。茂吉には少なくとも島木赤彦らが広めた写実の理念からはみ出す部分が多かった。茂吉自身はそのことを時には恥じ、至らぬと自戒していたようだが、茂吉の作品が硬直した写実主義を裏切る、まさにその部分にこそ彼のエッセンスは現れている。そして葛原はまさにそこを積極的に摂取しようとしていたのだ。

テーマにおいて茂吉の換骨奪胎を狙い、技法の細部において茂吉が抱えていた近代ならざる部分、方法論に咀嚼されきらない部分を葛原は自らのものにしようとしていた。それは自身がエッセイで触れているように、はっきりと自覚されてきたものであった。葛原は茂吉の歌を引用しつつ次のように記す。

わが目より涙ながれて居たりけり鶴のあたまは悲しきものを

（歌集『赤光』所収）

「茂吉をこっちへ取ってしまおう！」

余り遠くない昔、森岡貞香と茂吉を論じた末、噴き出したいような熱っぽさで話し合った覚えがある。とってしまおう、が、もともとこっちのものなのだ、となり、二人共決死的大真面目であった。

鶴のあたまは悲しきものを。然り。そして「この歌をいわゆる写実の歌人の何人が理解するだろう」その様な暴言をさえ、そのときのわれわれは吐いた。

（『孤宴』）


「珍《うづ》の墓」と題されたこのエッセイはもともと昭和三十三年に書かれている。エッセイに書かれたことが事実である保証はないが、少なくともこれが書かれた時点で葛原が意識的な茂吉の摂取をしていたことは確認できよう。ことにもここで掲出されている「わが目より」の歌は、葛原が幾度か書いている拘り深い歌である。「作者自身にすらこの悲しみの理由がはじめは不可解であつたのではないだらうか」（「短歌」昭和32年10月号）と記す、不可解な心と魂に直に触れうる言葉、長い茂吉摂取の時間の中で葛原はことにそれを愛好したのである。

前衛短歌が現代詩など他の分野からさまざまな技法や発想を導入し、理性や思想性、客観性を重視して近代短歌の未完成を補いつつ発展継承する道筋をもとめたとするなら、山中智恵子や葛原はあきらかにそれとは異なる道を歩いてきたことになる。短歌に限らず近代文学が目指していた秩序性や明晰性、普遍性、私小説に代表されるような「私」の構築といった理想を近代の要素として考えてみるとき、彼女たちの歌は未だ見ぬ近代を目指していたように見える。山中において古代神話の世界が現代の悲しみを引き出したように、葛原は写実を通り越し、この世の秩序を通り越して直接に魂に触れるのだ。そうした方法は方法論として語れぬゆえに「巫女」とも「魔女」とも呼ばれた。葛原が茂吉に私淑してきたことの意味は、茂吉から未だ見ぬ近代を引き出し自らのものとすること、まさにそこにあったと言っていい。

## 4、二つの影としての葛原と齋藤史

戦後という時間は、女性歌人たちにとって近代短歌史に不在であったものを見直し問い直す時間であった。昭和三十年代の第一次女歌論議を振り返るとき、そこに浮かび上がるのは、近代以来、あるいはさらに長い時間を覆われ、表現されてこなかったものを積極的にくみ上げようとする意識である。そういう意味で戦後という時間は、短歌史において特別な意味と役割を持つ。とりわけ女性歌人は歴史の空白を問い、自らの足下を見つめることなしに新しい時代の自画像が描けず、新しい表現を手に入れる事は出来なかった。戦後という時間は女性歌人にとって、背負ってきた重い沈黙の歴史に言葉を与え、形を与えるべくもたらされた貴重な表現の自由区のようなものであったとも言えるのではないか。葛原はその自由区にあって口火を切り、先陣を走った。その葛原の戦後的特徴を高橋睦郎は次のように語る。

あまたの管あまたのふくろなるわれをネガとしなして月は缺けたり
物の影あやなす部屋にしのび入りあそびもとほりゐしわれ亡ぶ
病身をやしなふ褥やはらかき肉體といふ氣味わろきものを

ここにあるのはおのれという人間存在が影にすぎぬという認識であろう。認識という言葉に注意してもらいたい。定家以降のうたは、存在の影を歌っては来たが、そこにあるのはそこはかとない影の意識ではあっても、あきらかな影の認識ではなかった。この影の認識というところに葛原歌の尖鋭に戦後歌的な本質があるのでなければならない。

（「そのいのちを汲め」――「短歌」昭和53年4月号）

この文章は『鷹の井戸』評として書かれている。『鷹の井戸』が葛原自身が纏めた最後の歌集であることを考えると、その仕事のおよそを振り返ることができる地点から彼女の短歌史におけるエッセンスが語られている。「定家以降」形造られた美意識を超えて、葛原には「人間存在が影にすぎぬという認識」があるという。ここに引かれているのは目立つ歌ではないが、徹底して自らを儚い肉体として捉えたところに特色がある。振り返れば昭和三十年代の第一次女歌の時代、葛原にとって第二歌集『飛行』から実質的な第三歌集である『原牛』までの時間は、感覚という全く個人的なものをどのように短歌に定着し、説得力あるものにするのかで苦闘した時代である。

長き髪ひきずるごとく貨車ゆきぬ渡橋をくぐりなほもゆくべし　『飛行』
生みし仔の胎盤を食ひし飼猫がけさは白毛《はくまう》となりてそよげる　『原牛』

これらの歌に見られるように、これまで表現されてこなかった感覚を通じて存在に迫ろうとする葛原の苦闘は、影そのものとしての人間を捉え、その襞に分け入ることに費やされた。高橋睦郎はそれを「尖鋭に戦後歌的な本質」と戦後短歌史の中で際だつ試みとして評価する。この評言には近代以来の歌に対する意識が働いており、次のように説明されている。

鉄幹・子規、たがいの資質の違いはあれ、その目指すところは、存在の影をしか歌えぬうたを存在それじたいを歌ううたに高めたい、ということであったろう。その結果はどうだったか。たしかに景樹派流の低俗からは救われた。しかし、存在それじたいの叙述を目指し、出来あがった作品の中で残るべきものは、よく存在の影を歌いえたもののみである、とは言えまいか。これに対する正しい意味での再反省が出たのは昭和大戦後である、と私は思っている。

戦後という時間を単に戦前との対比において語るのではなく近代以来の流れに置くとき、戦後という時間の特色はより明瞭になってくる。その中で見えてくる葛原ら女性達の仕事について次のようにも語られる。

昭和大戦後において、最初に歌つくることのむなしさを自覚したのは、男性歌人たちであったろう。しかし、この自覚をその生得の単純さにおいて受胎し、肉化し、官能化して生みつづけたのは女性歌人たちであり、中でもきわだっているのが、葛原妙子夫人ではあるまいか。男性歌人たちのうたのむなしさの自覚はたしかに鋭かった。しかし、その鋭さは鋭さのゆえについ観念化しがちであった。この観念化による拡散への傾きを救ったのは、女性歌人たちの生得の単純さによる受胎、肉化、官能化であった。

女性歌人達の「生得の単純さ」は、別の場面では「不可解な複雑さ」とも表現されている。つまるところどのようにも語れ、またもどかしく説明のつきにくい要素なのである。すでに見てきたように、それが未知の主題と表現であったゆえに大いに男性評者達を戸惑わせ、批判も称賛も呼んできた。昭和三十年代の女歌論議の当時においては好悪を分け、真贋を問われた女性達の感覚的な表現は、この時点でようやく評価の軸を得ることになる。とりわけ葛原が「肉化」「官能化」という身体化を通じて近代以来の流れの中で表現されてこなかった角度から人間存在に迫ったことを、高橋は評価する。

高橋がここで「影」と表現した葛原の戦後的エッセンスは、もしかすると近代の「影」となってきた何かを言い当てているのかもしれない。近代短歌が目指してきた方向、「存在それじたいの叙述」とは全く別の方向に戦後女性は自らの表現を切り開いていった。それは、偶然や趣味ではなくもっと切実な表現意欲に支えられていたと言うべきだろう。それは一方では戦争の惨禍を潜り、歴史上例のない人類の悲惨を「見て」しまった者として、これまでの表現では決して人間を描くことが出来ぬと言う認識であったろう。戦後派や人民短歌運動なども、新しい時代の新しい人間を歌おうと志した動機もそこにあった。しかし、戦後派や人民短歌運動が早々に行き詰まってしまった原因は「そのモチーフに戦後の共通認識をつかんでいたにもかかわらず、その文体や方法が意外に近代からのそれに相通じていた」(篠弘『現代短歌史Ⅱ』短歌研究社)からでもあった。

新しい時代に相応しい新しい歌であるべきはずが、新しい事象や思想に押し流され、そのじつ近代短歌の延長上に方法や言葉は据え置かれていた。塚本邦雄は「戦後派の言葉」(「日本短歌」昭和26年10月号)でこうした戦後派を「作品を日常生活の註釈と心得て、可視的現実の『報告』と『通知』に専念する自称レアレスト。脆弱な抒情の壁に凭れて『乞食節』的なセンチメンタリズムの甘美さに酔い、ただひたすら『歌い』つづけるもの哀しいエピキュリアン」と痛罵したのだった。葛原の「影」そのものとしての人間への認識は、そうした社会の表層を滑る言葉への反論であり、また新しい人間像のいち早い発見の糸口であった。

またもう一方では、女性にとってはこれまで不問に付され、覆われてきた主題を発掘し、自らの置かれてきた文脈を問うことが切実な課題となっていた。これまでの女性像の延長上ではなく、女性の置かれてきた歴史を確かめ再発見してゆくことが新しい時代を始めるに当たって必要となっていたのである。

例えば齋藤史は土地や歴史といった泥臭く重い主題と格闘していた。それは近代から戦後へと流れた時間とは全く別の時間を見つめるものであり、もう一つの影を見つめる作業であった。

流れ細まるかたへたどりて落人《おちうど》の族かくれ棲み血も古びたり
屈葬の墓地小さくてあたらしく入る死者のため古きは出づる
徳川にも明治にも關ることなくて昭和のダムの底に沈まむ
あきらめに慣れ易くして　生臭き漁夫にまかせしのちの夜の髪

昭和三十四年に刊行された歌集『密閉部落』は、疎開先の長野に住み着いた史が、あらためてその土地と人とを見つめた作品である。平家の落人伝説を下敷きに、ひっそりと歴史の外に暮らす人々をフィクション、ノンフィクション半ばしつつ創作した連作だ。「昔の物語は、かたちを變えて、現代の『密閉部落』となり、静脈のようにたどり入る陰濕の谷に、くらい瘤腫となつて固定した」「過去という『おんぶお化け』にとりつかれ、血族の交わりをかさねて、自身妖怪となった人々」と史はこの村を語る。これに対して塚本邦雄は、

なまじな詩才を荷物にもった、婦人記者のくどいルポルタージュを連想した。ただ閉鎖された社会、亡びてゆくべき人間に向けた執拗な眼と、嗜虐的な心理が、まぎれもなくこの一連の裏側に感じられ

る。

（「不死の鳩」──「短歌」昭和37年10月号）

と語り、輝かしいモダニスト歌人として出発したはずの齋藤史への失望を露わにしている。確かにこの連作の出来は良いとは言えない。露悪的であり、執拗にすぎる部分がある。またこの村にとって史は何者なのか、「婦人記者」の無責任な「ルポルタージュ」なのか、そう批判されても仕方のない曖昧さも残している。しかしそうであるにも関わらず、強い執着を持って描かれた連作であることが『密閉部落』を語らせることにもなるのだ。そもそもなぜ史はこのような小さな村、それこそ放っておけば忘れ去られるだけの村にこれほど執着したのだろうか。一つにはこの時点で史には信濃の地に骨を埋めるほかないという覚悟があった。軍人であった父の転任に伴って日本各地に住んできた史にとって、父祖の土地とはいえ長野は異境であったに違いない。その異境に永久に住むということは大きな要因であるに違いない。『密閉部落』は自らがその中の一人となろうとする物語なのだ。

そしてもう一つには、そうした土地に封じられてきた女の歴史、沈黙の時間との出逢いがある。史は疎開した当時の状況について次のように語っている。

とにかく目も耳も閉じられた生活。私はほうぼう、日本中に住んだけれども、だいたい町以上のところ。日本の農村というものを知らなかった。きてみたら、農村というものの風俗、習慣、考え方が、戦争よりはるかに前のところでスパッと止まっちゃって、しかも山国ですから昔の風俗、習慣、考え方がそっくり残っているの。（略）女の話題に社会的なものはこれっぱかりも出ない。

（『ひたくれなゐに生きて』河出書房新社）

身近に二・二六事件に加わった父、友人達を持ったことは齋藤史の歌人としての出発に大きく関わっている。悲劇とはいえいわば歴史の表を生活の舞台とし、歌の舞台としてきた史にとって、長野の農村の時間が止まったような空間は舞台裏の闇である。時間が止まり、歴史が素通りして行くこの空間に齋藤史は大きな衝撃を受けたのだ。多くの人々がこのような空間で生活し続け、ことにも女達は社会や歴史から遮断された生活を続けてきた。そこへの気づきが史を大きく揺さぶったに違いない。いわば歴史の表から影となってきた部分へ視点が移ったのである。

この連作が秘めていた可能性を馬場あき子はさきの「女歌のゆくえ」のなかで、「その主題への姿勢が伝統的感覚からも、また前衛的立場からもはさみうちの不満を述べられたとしても、ここには一つの重要な契機があった」と指摘する。

ここには感覚的・生理的発想と評された、いわゆる〈女歌〉の概念を破壊しようとするおのずからなる営為があったからである。それは、政治的・社会的緊張の中にあった女流のうたが、はじめて積極的に自らの哲学を得ようとした時期であった。そうした意味で女歌はまさに〈曲り角〉に来ていたのであり、「女の地獄を通して現代の魂をみる」ということが、単なる〈方法〉に止まるか〈哲学〉にまで昇華しうるかの分岐点に立っていたのである。

馬場がここで強調する「〈女歌〉の概念の破壊」は、女歌、また女歌を取り囲んでいる批評の破壊をも意味するのではないか。齋藤史の連作がより強く語りかける姿勢を持ち、影であったものを光のもとへ引き出そうとし、沈黙の人々を言葉にしたことは、背後の多くの歴史、時間、埋もれている言葉を引き出す契機になるかもしれなかった。例え失敗に終わったとしても、そこには表の歴史に対抗する影の歴史からの言葉が顔を覗かせていたのである。それは既成の文学史との対話の可能性であり、異議申し立ての可能性であったと言えるかも知れない。

齋藤史にとって、こうした影の歴史への踏み出しは、また特別な意味を持つ。彼女が咲かせたモダニズム短歌の花は、西欧詩と伝統詩との接点における最初の収穫であろう。しかしそれは戦争を挟んで挫折せざるをえなかった。ここには論じられるべき多くの問題がある。しかし一つ確実に言えることは、戦争によって歴史の表から裏へ、影の部分を見ることになった齋藤史はそこから目を背けるわけにはいかなかったということだ。そしてそのような自らの居場所という問題と深く向き合うことなしに戦後の伝統詩型がありえなかったということである。『密閉部落』は少なくとも嗜虐的な興味本位のルポルタージュではない。自らが棲もうとする土地、その奥深くに澱んでいる歴史を摑みだすことなしに戦後という時間を始められなかった、モダニスト齋藤史の戦後の踏み出し方なのだ。

それはちょうど塚本邦雄が日本とは何かを問いかけた『日本人靈歌』と主題において似ている。日本とは何か、自分はどこにいるのか、それを問うことが戦後だったのである。しかしその見方は大きく異なっていた。史は塚本に対し次のように述べている。

彼の日本はしばしば、やや絶望的にあるいはいとわしい口調で述べられるのだが、これがまた、熱いほどにはいとわしくなく、作品そのものの緊密感にかかわらず、ショウ・ウィンドの中の日本模型を思わすのはなぜであろうか。彼の構成する観念のイメエジに、時によって生命の熱さが流れないのは、いかなるところからくるのであろうか。

（「喩の刺繡者」――「短歌」昭和37年10月号）

長野という土地に深く浸かり、時には溺れるほどに密着しながら取り組んだ齋藤史と、日本を「観念のイメエジ」に造り替えようとしたと語られる塚本。塚本の〈日本〉を観念的と捉える史の言葉からは、地を這うような影の部分に自らの居場所を確かめようとする姿勢が強く感じられる。

戦後の齋藤史がモダニズムの残り香を漂わせながらモダニズムを離れたのに対し、葛原は象徴の技法と身体感覚を融合させつつ独自の「モダニズム」を切り開いていった。比喩的に語ればそのようにも言えよう。二人の道はくっきりと分かれているが、影となってきたものを引き受けたことにおいて共通している。戦後という時間はこのような問題との対決なしに先へは進めないものを含んでいた。女歌の問題はまさにその中心にあった。

# 十　晩年の峰

さねさし相模の臺地山百合の一花《くわ》狂ひて萬の花狂ふ

『をがたま』

## 1、もうひとつの『橙黄』

昭和四十九年三一書房から『葛原妙子歌集』が出された時、葛原は第一歌集『橙黄』にかなりの手を加えている。それは、多少の改作ではなく、削られた歌、加えられた歌の数も相当数にのぼる。さらに構成そのものが大きく変化し、歌の置かれる脈絡が異なる場合も少なくない。この『橙黄』は、『橙黄』改訂版というよりこの時期に至るまでに創られてきたもう一冊の異本『橙黄』として語られるべきだろう。

葛原の改作への執着の強さは、『橙黄』を過去の作品にしておかなかった。改作や再編集は刊行されるまでの長い期間に渡って行われただろうことが推察されるが、そうした期間を通じて、一方では新しい歌集の世界を形作りながら、傍らに『橙黄』の世界があったということになる。『飛行』『原牛』『葡萄木立』『朱靈』と独自の新しい世界を問う歌集の刊行と平行して『橙黄』時代のテーマがそこに生き続けていたのだ。さらには『縄文』、『薔薇窓』という未刊歌集の編集、改作もこの時期には平行して行われていた。『橙黄』が戦中戦後という時代を背景にしている以上、そうした改作は行きすぎだとする声もある。しかし、その作業の跡を少し詳しく見てみると、手に入れた新たな技術で旧作に手を入れるという初期作品への一般的な改訂以上に、『橙黄』においてはその時代の体験やテーマに対する執着が強かったことがわかる。葛原の歌集の中で最も生活体験の描き込まれた第一歌集に葛原はなぜこれほど拘ったのだろうか。

その改作がどの程度のものであるかを見てみる。例えば『橙黄』に「父逝く」という一連二十二首があるが、それが異本では「滅したまひぬ」二十五首となっている。この連作に、新たに制作され加えられた歌は十二首、反対に削られた歌は九首。さらに改作された歌は八首におよぶ。ここに細かい漢字や仮名などの改訂が加わり、元通りの歌はわずか四首しかない。葛原の改作の程度がどのようなものであったかを偲ぶのに十分な例であろう。こうした改作、構成の変更は全編に及ぶ。しかしことにも手入れの跡の激しいこの一連からは葛原の改作の目指したものがよく見える。この一連は父の死が詠まれるが、『橙黃』では

なきがらを包まむ衣《きぬ》を縫ひいそぐ梅雨まだ昏きひるの白布よ
抱かれし記憶一つなし名聞《みやうもん》の著き醫師《くすし》にて在しき君は

など臨場感のある歌、生々しい感情のにじむ歌で構成されている。だが異本ではそうした歌が削られ、

死の位置の影浮ける醫家わが家にひとつは生みの父の死の位置

など、その死を時間の経過から見つめた歌、観念的な把握を経た歌が多く加わる。「『橙黃』の改編、改作にあたって一貫して貫かれている姿勢は、具体の削除と抽象への指向性である」(『われは燃えむよ』寺尾登志子)と語られるように、確かに異本は素朴に過ぎた具体性を削り、より洗練された抽象世界を目指したかのように見える。一冊全体を見渡してみても、当時の状況の滲む次のような素朴な歌は削られている。

東京より下駄穿《ば》きで來し夫がありはじめて泪止め度なく下る　『橙黃』
三文小説の主人公になるなとはげまして霧濃き夜の道をおくりぬ

また、インパクトの強い歌として現在では多くの読者に記憶されている次のような歌も削られている。

アトミックボムと人らささやけるわが結髪低き頭蓋を擬装してあり　『橙黄』
額《ぬか》高くうづまき立てる頭髪を砦《とりで》となしてけふもものいふ
女孤りものを遂げむとする慾のきりきりとかなしかなしくて身悶ゆ

これらの歌が削られたのは、その荒削りさゆえにであろうか。『橙黄』時代、すなわち「女人短歌」に参加し、その刺激の中で女である自分の立場を問い、切り開いていった当時の意気込みが伝わるが、その生な息づかいが後年の葛原には気になったのかも知れない。逆に加えられた歌を見てみると次のようなものになる。

殲滅といふは軍《いくさ》言葉なれ鏖殺といふは魔の言葉なれ
菊枯るるまぎはを支那の書籍云ふ、死臭すなはち四方《よも》に薫ず、と
あらそひたまへあらそひたまへとわが呟くいのちのきはも争ひたまへ

こうした歌には、句跨りや字余りなどの破調が駆使され、緊張感のある乾いた響きが生まれている。さらには独特の抽象化がはかられ、葛原らしい陰影が濃く刻まれている。こうした変化は、これまでの文学史的理解によれば、『橙黄』の素朴な体験記述からより自覚的な前衛的手法へと展開してゆく過程だと理解されてきた。しかし本当にそうだろうか。

例えば先に触れた父の死をテーマとした「父逝く」の一連は、もし前衛的な価値観や手法から評価するなら一連全体を捨てるか、あるいは多くを削り捨てより簡潔な一連にするべきところだろう。それを反対に多くの歌を付け加えて歌数を増やしさえした。もし葛原がより抽象度の高い世界を目指し、前衛的手法に連なろうとしたなら、なぜこのような泥臭いテーマに執着したのだろうか。
その過程で派生的に制作したと思われる歌は歌集全体に散見される。

われを育てたまはざりにし未知の母未知なるままに死にたまひしと
抱かれし記憶なき母死にたまひわが肩にしも觸るることなし
命終を看取りし古き寢臺を閉ぢこめし部屋にものの音なし
ちりぢりに入りたまひたる墓みえず父あらはれず母あらはれず
わが繼母《はは》が白き額に落ちゆきし山川いづことおもふにもあらず

『橙黄』では詠まれなかった生みの母や継母の歌が加わっていることは特徴的だろう。『橙黄』に向き合いながら葛原は『橙黄』時代の体験を再び体験し、それが何であったかと問いやめないのである。それは疎開の体験であり、肉親との葛藤であり、敗戦の記憶であったが、それらは時を経て一方的に抽象化されるのではなかった。葛原に限らず一般的に、戦中戦後の歌を、思想や時代の変化から改作した例は少なくない。しかしもともと戦争についての抽象的な思索は『橙黄』の作風ではなかった。また初期の技術の未熟を手直しするというような技術的な問題にとどまるのではないものが異本『橙黄』にはある。そこには、むしろ当時の匂いや気配や悲喜や心動きといった手触りある記憶に再び踏み込んでいった気配があって、それは、回想がともなう美化や抽象化であるより多く、体験のディテールや感情の襞に分け入る作業であるように見える。実母への物思いは止みがたく父の死から派生し、継母の姿は敗戦の草いきれとともに心を過るのだ。加えられた「あらそひたまへあらそひたまへ」の歌は、そうした回想の繰り返しを経て、絞るように吐き出された人間というものへの呪詛と悲しみではなかろうか。葛原はそのようにして自らの心の深部に眠っているものをあえて掘り起こしてゆく。このような異本『橙黄』の特色をどのように読むべきなのだろうか。

森岡貞香によれば葛原は大変な泣き虫であったという。夜遅く泣きながら電話を掛けてきては、自らの子供時代の不遇などを子細に語って飽きなかったという。そのような体験を手放さぬ執心は、『橙黄』を手放さぬ執心とどこかで繋がっていよう。疎開、敗戦、女としての自立へのもがき、肉親との葛藤といった重要なテーマが犇く『橙黄』はその未熟さゆえに手放せぬという以上に、その体験になお未探索の部分があるゆえに手放せなかったのではなかったかと思えるのだ。それは体験というより、『橙黄』時代から心に折りたたまれている襞であり、心情の塊として葛原の歌の性格を方向付けているような気がする。

後年葛原はインタビューに答えて自らの歌を次のように語っている。

> 私がすべてをカオスに依存しているように言われるけれど、それは思い違いよ。私には明らかな実体の重たさがあるのです。たとえば塚本さんや山中さんの様に類いない言葉を組み合わせることによって、つまりそのようにして成り立たせ得ない世界が私にはあるわけです。
>
> （「短歌研究」昭和54年5月号　聞き手梅田靖夫）

これは幼年時代の孤独に話が及んだ時、「火箱にあたって目をつむると、瞼の裏に実にいろいろなものが出る。黄色いの、青いの、緑の、っていった風に。つまりカオスですね。あれ、楽しかったです」と夢想の楽しさを語った葛原を受けて、梅田が「葛原さんはつまりカオスを大切にしてこれから言葉を探していくかたちですね」と問うたのに答えている。ここで葛原が強調している「実体」は分かりやすいものではない。塚本邦雄や山中智恵子のような「類いない言葉を組み合わせる」のではなく、また幻想のカオスのようなものに依るのでもなく、「実体の重たさ」を根拠に詠うのだという。

福井の伯父の家に預けられ、厳しく育てられた孤独な幼年時代の体験は、長く葛原の心に蟠っていた。それは老年にいたってなお森岡に告白せねば居られぬほどのものであったが、しかしそうした体験がすなわち「実体」なのではない。葛原にとって体験は、感触や感覚を掘り起こし、それは何かと繰り返し問うための記憶の嚢のようなものであったのではないか。葛原は次のようにも語っている。

私は作歌については故意に、有機性、生理性を失わない様につとめます。これらはいわばうたの肉体だからです。

「有機性」「生理性」は葛原が初期から意識して大切にしてきた作歌の要素である。葛原にとって言葉とはそれ自体独立した世界のものではなく、現実のどこかに根拠を持つものとして考えられていた。手触りや直感、質感や陰影、思いがけない心の奥行き、それらを支えるものとして体験はどっしりと据わっていた。葛原は体験を大切にし、何時もそこに遡行して事物や自らの心を確かめるように言葉を繰り出してゆく。異本『橙黄』には、戦中戦後という時代に置かれた自らを幾たびも振り返り、それが何であったかと問うことを止められぬ力が働いている。

例えば異本『橙黄』には次のような歌が加わっている。

ふしぎなる迷彩をしも施すか深山《ふかやま》に軍《ぐん》の仕事動けり
ちかぢかとあなちかぢかと戰爭に吹き寄せられし顏すれちがふ
いうびんの絶えたる二十日山屋《さんをく》に生きのこりゐるわれとは何
かうもりに顏をおほひていそぎゆくわれを咎めし者は去りたり

これらは疎開時代の歌に加えられている。当時の技術では詠えなかったもの、時間を経てイメージが凝縮されたものなどさまざまだ。一首目は疎開していた山里で隠密裏に動いていた軍の事実を後年知って加えたものだろう。二首目は明らかに後年手に入れた呪文のような韻律、象徴化によって当時の状況を俯瞰している。三首目は「東京の便り途絶えて二十日なり葛は清き房を垂りつつ」(『橙黄』)の改作であろうか、自分への問いが加わっている。そして最後の「かうもり」の歌だが、葛原は異本制作の過程で蝙蝠傘が出てくる歌をこの他にも二首加えている。この黒い傘は『橙黄』にはなかったものだが、葛原はこのイメージにかなり拘り、『葡萄木立』を中心に頻出する。この事は安保との関わりの項でも述べた通りである。

美しき信濃の秋なりし　いくさ敗れ黒きかうもり差して行きしは
一九四五年秋　蝙蝠傘《かうもり》の黒女山《こくぢよ》あひに吸はれ消えにき
『葡萄木立』

異本に加えられた蝙蝠傘の歌は、これらの歌を制作する過程で生まれたものではないかと思われる。敗戦の日の記憶に葛原が残していた蝙蝠傘の記憶は繰り返し現れてはそれが何だったのかを問わせる契機となっている。蝙蝠傘の強いイメージは敗戦と不可分の記憶となって何度もそこに葛原を立ち戻らせたのだ。そこから派生したと思われる歌として次の歌もある。

鴉のごとく老いし夫人が樹の間ゆくかのたたかひに生きのこりゐて　『縄文』

蝙蝠傘の黒と鴉の黒とは繋がりがあろう。このように、異本『橙黄』成立までには、同時並行的に複数の歌集が関わっていると思われる。葛原にとって時間軸は過去から未来へ一方的に流れるのではなく、さまざまな未消化な記憶とともにいくつも同時並行的に流れている。彼女の戦争体験とはけっして抽象的なものではなく、この蝙蝠傘のイメージに象徴されるような「有機的」「生理的」なものであった。当時未消化であったものを取り出してはにれがむ作業のうちに葛原の戦争体験は深くなっていったのだ。

また、異本の巻末の一連に加わった次の歌は、色濃く『朱靈』との関連を思わせる。

わがめがね毀れしままに過ぎし冬眸晶らかに輝きゐたり
みえざるをみはるといふはかなしけれあなことごとく透きしみどり葉

これらの歌は極めてなめらかに次の歌を連想させる。

あきらかにものをみむとしまづあきらかに目を閉ざしたり　『朱靈』

葛原に見ることに拘わった歌は少なくないが、これほど似た発想で作られている歌は少ない。異本に加わった二首は、もしかすると「あきらかに」の歌の成立の過程で生まれたものかもしれない。

異本『橙黄』は、その構成の大きな変化によって、徒らになめらかになり『橙黄』の持っていた生活感やインパクトを失っている部分も少なくない。多くの改作がそうであるように、後年の技術の巧みさよりは、初心のひたむきさが摑んだ言葉の新鮮味のほうが勝っている場合が多い。そういう意味で異本『橙黄』は、必ずしも『橙黄』を超えているとは思われない。しかし、この異本制作の過程は、葛原の歌の性格を知る上で貴重だ。素朴な生活体験記録から意識的な前衛短歌への開眼と読まれてきた異本『橙黄』は、そうした読みでは掬えない要素をあまりにも多く含んでいる。その道程は、葛原が自身の存在を証明し独自の道を切り開こうとした過程そのもののようでさえある。

葛原は先のインタビューの中で次のように語っている。

世間には、「塚本邦雄は葛原短歌から引き水を受けた」とか、「葛原の歌は塚本短歌の倍音的存在である」とか言うことがありますね。これ程私達に対して失礼な言葉はないと思う。（中略）私は私で初めから私自身だったので人様の為の者ではありません。

## 2、随所に朱となれ――『をがたま』の世界

昭和五十六年五月、葛原七十四歳の時かねてから念願であった個人誌「をがたま」が創刊される。編集

発行人は葛原妙子、季刊の超結社誌である。この歌誌には、葛原自身が「自分一人のためにひっそりと小歌誌を作ろうと心が動いたのはもう余程前のことである」(「をがたま」創刊号)と語るように年来の夢が具現されており、葛原が何を目指し、どこに到ろうとしていたのかが見える。昭和五十八年秋号まで刊行された十一冊の表紙は、すべて古代ギリシャ美術で飾られている。近藤芳美らとともにギリシャを訪れた際に手に入れたであろうカタログから転載されたと見られるフレスコ画、壺絵、レリーフなどである。第一号の表紙には鹿の一種、ガゼルのフレスコ画を四色刷で掲げ、その解説らしき次のような言葉を記す。

「high artistic level attained by the artist and his thorough knowledge of his subject-matter」直訳すれば、「芸術家と彼の主題についての徹底した知識によって達成された高度な芸術的水準」となろうか。ガゼルの美しい線描画は、確かにこの動物の何たるかをよく知る画家によって命を引き出され、生き生きと躍動している。そしてこの言葉は、このフレスコ画に限らず芸術一般についてのシンプルかつ重要な条件を語っていよう。さらに、葛原は自らの歌の間に室生犀星の詩を引用する。

剣を抜いて見詰めてゐると
その逞しい美しさに驚く
じりじりと美しさが滴れる
鏡の中に坐つてゐる眩しい思ひがする
その冷たい研ぎ澄んだやつ
愛しなければ遂に錆をふくむ清浄極まる奴

(『鉛筆詩集』より「剣」)

「をがたま」は、まさにこうした言葉によって開かれた文芸サロンの趣を持っている。ヨーロッパ美術、近代美術の遠い源流である古代ギリシャを遠望しつつ、詩人、俳人、学者、評論家らが集い競うジャンルを問わぬ文芸の場、このような場が理想であることが伝わる。葛原は、晩年と言えるこの時期に至ってジャンルの垣根を越えてあらためて自らの短歌を確認しようとしているかのようだ。

しかし考えてみれば葛原の歌の質を最も早く見抜いたのは詩人であった。かつて室生犀星は、『原牛』の叙文において次のように語っていた。

高度の感情といふものは最早素材を再度くり返して詠むことを拒む者である。その為につねに内材はあたらしく用意され、それを狙ふことが作者の真実の行為になる。葛原妙子さんはくしくも其処に行き着いてゐられる。歌の形をこはしたかに見える一應の見方をなほ熟視してゐると、葛原妙子の流れの落着きは美しい古歌をその地下に浸透させてゐる。

『原牛』の頃の葛原はことにも歌の形と格闘していた。第三句を欠く歌、句跨り、字足らずなど、時には奇形と見える音韻を駆使してそこに短歌でしかない調べを立ち上がらせようとした。そうした歌の底に「美しい古歌」を認めたのは室生犀星が最初の人であった。また俳人の飯田龍太は、この室生の文章を意識しつつ、「一首には一首だけの世界を——その激しい気息がおのづから自在を生み出しているように思われる」(『現代短歌大系7』「葛原妙子論」)と『朱靈』を語る。また次のようにも語っている。

斑雪地に敷きしより遠き方人來るごとし人去るごとし　『朱靈』

のように、歌われている言葉は抽象的であっても、読者の感銘はきわめて具体的であり、そこには幻想を超えた実在がありありと顕在する。また、葛原妙子が短歌の羈と考える中味には、単に定型感覚だけではなく、一作一作ごとに常にひとつひとつの典型でなければならないというきびしい気迫がこめられているように思う。このことは同時に、理論で納得を強いるものは詩でない、という断定も含む。

「一首には一首だけの世界を」と言い、同時にそれが「典型」であるべし、という姿勢は短歌に厳しい緊張を強いる。葛原は一首ごとに新しいテーマを求め、その「実在」に迫ってきた。同時に葛原が常に背負っていたのは、なぜそれが短歌であらねばならないか、という問いであったと言えよう。一首一首の歌はその問いに応えるべく作られてきたと言ってもいい。そうした一首の自立性の高さは葛原の歌をジャンルを越えた文芸の広場に立たせた。「をがたま」がさまざまなジャンルの文芸が集う広場としての顔を持っているとすれば、葛原の歌がそのような方向を持っていたゆえであろう。常に開かれた世界から短歌のエッセンスを確認しようとする姿勢は、葛原が自在に自らの好みを展開することの出来た「をがたま」においてはっきりと見える。

またこの創刊号の第一頁には、印象的な葛原の随想が載っている。葛原はあるとき息子の師の言葉として間接的に「ずいしょにしゅとなれ」という言葉を知る。これは「随所作主」、「随所に主となれ」という仏教の教えであったが、葛原はそれを「随所に朱となれ」と聞き違える。

以来、野に山に、町に巷に、点々と朱になることへの勧め、かつ朱になりうべき美しい魂たちの戦ぎのみえることばは今日なおその場を占めている。すなわち恩師はいまも弟子たちにむかい「あたりかまわず朱と咲きいでよ」と唆しておられるのである。

葛原はこの聞き違えを大いに気に入り、「信じ切るに足る美しさ」であると綴る。ほとんど葛原が創作したに等しいこの言葉は端的に葛原の歌への姿勢や美意識を映し出す。『朱靈』のあとがきに「歌とはさらにさらに美しくあるべき」と記したその厳しい美意識とも重なりつつ、葛原が歌をどのように考えていたのかを知る手がかりとなっている。この「朱」のニュアンスは美しいだけではなく、せっぱ詰まったエネルギーの突出も感じさせる。それは同じく『朱靈』あとがきに自ら記すように、「心の饑餓の変形」であり危機感や不安感でもあるのではないか。それらが厳しく磨かれた美であること、「随所に朱となれ」とはそのような意味合いを含み持っている。

同時にこの言葉は、本著の第一章で触れた葛原のエッセイを再び呼び出す。疎開中の村での出来事を書いた「竹似草往還」という一篇（『孤宴』）である。戦時下の田舎で口紅をつけていたことを「うわっ毒々しい、紅をつけている」と子供に見とがめられた話である。あの話には背景に、「いつの世かの遊女の遺品」であるにちがいない女の髪や櫛などに遭遇したことが書かれていたが、あの時葛原の口紅は遊女の髪や櫛と同様に異形を晒していた。飢餓そのものとして、不安そのものとして裸身を晒し突出すること、その象徴としての「朱」は、抗い荒ぶる魂としての葛原を語る。戦後の危機感の中で葛原に最初に歌の方向を指し示したのも柘榴に宿ったこの色であった。

とり落さば火焔とならむてのひらのひとつ柘榴の重みにし耐ふ　『橙黄』

そして葛原の遺歌集である『をがたま』の巻頭近くにある次の一首には、ことさら考えさせられるものがある。

さねさし相模の臺地山百合の一花《くわ》狂ひて萬の花狂ふ

この歌が「さねさし」の四音を詩想の契機としていることは明らかだ。葛原はこの不思議な枕詞の不安定を増幅させ、何かが足りない、何か調子が狂っているという聴覚に訴える感覚を、視覚へと転換する。「さねさし」が呼び出す「相模の臺地」、そこまでは枕詞の約束する通りだが、一輪の山百合が狂い、そして全ての花が狂ったように咲いてゆく風景は直感に訴えて危うく美しい。咲くというより狂うというのに相応しい山百合が見渡す限り咲く風景が目に浮かぶ。葛原は視覚のみではない五感による写生を極めようとした感があるが、この歌などもその見事な成功例であろう。

しかし、同時に、この歌を発語したとき、葛原に「さねさし」を最初に口にした女の物語、『古事記』の神話が宿ってはいなかったか、とも思う。日本武尊の東征を阻んで荒れる海を鎮めるために身を投げた弟橘媛、彼女は溺れながら次の言葉を詠み上げる。

さねさし　相模の小野に　燃ゆる火の　火中に立ちて　問ひし君はも

それまで単身であったはずの日本武尊に突如として現れ、たちまちに死んでゆく妻が詠った別れの歌はこの言葉で始まる。弟橘の献身の物語は戦時体制の中で歴史として語られ讃えられた。それを葛原が知らぬはずがない。この奇怪な激情の女は長く葛原の意識に眠り、突如として狂う山百合を呼び出したのではなかっただろうか。そのようにして直感と知識、意識と無意識の交差するところに狂った百合のイメージは生み出される。

葛原自身がいくつかの場面で強調しているように、それは幻想でも奇想でもなくある「実体」に繫がっている。五感を駆使した写実として、物事の本質を引き連れていると同時に、葛原の裡に流れる太い主題の水脈にも繫がっている。例えばこの一首が生まれるまでに抱えられてきたいくつもの問い。自我の問題、女とは何かという問い、個と集団の問題、日常が孕む狂気、などなど葛原が幾つかの縦糸としてもっている主題と歌とはいつも関わり続けている。そして最も深部において、葛原はやはり戦中戦後を生身で生きてきた人間として、世界への違和感を核とした感性を持っている。

しみじみと聞きてしあればあなさびし暗しもよあな萬歳の聲　『鷹の井戸』

例えばこの歌について塚本邦雄は珍しく感情を露出する（『百珠百華』）。「萬歳」が時代によってニュアンスを変えてきたことを語りつつ、「私はその昭和一桁代から今日に到るまで、あの掛声が悪寒を催すほど嫌ひだ。強ひられた合唱の一瞬も、私は唇を動かすのみで、心中は他の呪を繰返してゐる」と語る。「万歳」に限らず、この「呪」において塚本と葛原とは互いを深く理解していたのではなかっただろうか。戦中戦後の激変は、信じるに足りるものなどない不安な世界を露わにし、真っ先に葛原に

水かぎろひしづかに立てば依らむものこの世にひとつなしと知るべし　『橙黄』

と詠ませた。世界の亀裂のただ中にあって、短歌という詩型もまた葛原にとって不安の詩型となった。葛原が引き連れている主題の水脈は、鳥瞰すればその水源は戦中戦後の断裂によって出来た世界の亀裂に源を発している。それは、日本に限らず、人間の形作る世界のなべてに及んでさまざまな支流を形作りながら流れている。歌誌「をがたま」が高度な文芸サロンの雰囲気を持つことも、ある意味では葛原の中に止むことのなかった短歌という詩型への問いが反映していよう。より開かれた場において、より美しいものへの志向によって磨かれ続けねば、短歌もまた世界の亀裂の中へ歿してしまう。葛原が掲げた室生犀星の詩には、自らの歌への誇りとともにそのような不断の問いが滲む。

しかし同時に『朱靈』以後から晩年と言えるこの期間、葛原の歌はこれまでの佶屈とした苦しみを御し、言葉に遊ぶかのような自由な境地を得ている。

自轉車に乗りたる少年坂下る胸に水ある金森光太
ハム薄く切りつつぞをりちひさなる豚の瞼のごときも切りたり
彦根屛風、方寸黄金の切手にて禿《かぶろ》のゐたり遊び女《め》ゐたり
青白色《セルリーアン》　青白色《セルリーアン》　とぞ朝顔はをとめ子のごと空にのぼりぬ
クレソンをクレッソンと呼びやりしときかがよひて諸葉《もろは》起ちあがりたり
をりにふと憂鬱なりしモネはしも袖口にレースを着けて歩みぬ

『をがたま』

これらの歌に現れた、言葉そのものを楽しみイメージを味わうような歌風はこれまであまり目立ってこ

なかったものだろう。特に「金森光太」の歌に関しては塚本邦雄が「創作臭からず、しかも平凡過ぎず、即かず離れず、本人の風貌性癖まで躍如たる、このやうな固有名詞に邂逅した葛原妙子は、その意味でも天才であつた」と賛辞を送っている。ハムの色合いと豚の瞼の連想は葛原らしい奇想だが、くすぐるようなイメージの遊びともなっている。しなしなと咲き上ってゆく朝顔の様も葛原の独特の音韻に支えられてしたたかで楽しげだ。モネの憂鬱が選ぶレースは不覚の華やかさが光を引くように寂しい。クレッソンの歌もそうだが、これらの事物の春の光のような和らぎと音韻の解け方は葛原が晩年に到って得た遊びとしての歌の境地であろう。このころ森山晴美のインタビューに答えて葛原は塚本邦雄について次のように語っている。

私塚本さんという歌人の芯はやはり古典派だと思ってます。殊に或時期からは古歌にある「遊び」の伝統を現代の自分の中に入れちゃったのだという感じ。塚本さんの歌、人を愉しませるのですよ。自分も愉しみ人にも与える。その方の大才能なのですねえ。これは西の文化を代表するのだそうです。

（「短歌研究」昭和54年4月号）

こうした塚本への理解は同時に自らの歌境の変化にも影響したはずだ。ことにも歌誌「をがたま」はサロンとして磨きあい与え合う楽しみの場としての理想を持っていた。一方では短歌という詩型を問いつつ、もう一方ではその詩型ゆえの愉しみに心を解いてゆく、そんな地点に到っていたと言えるかも知れない。「をがたま」の編集後記を読むと、会員を励まし、自らを励まし、世界の事象に心を配り、むしろこれから何事かを成すかのような張りが感じられる。いわゆる老境の遊びや愉しみとは異なる、古今東西の美しいもの、そして世界に心開かれた愉しみが葛原の目指すところであったろう。

「をがたま」は二年あまり、十一号で終刊となる。葛原の健康が歌誌の編集を許さなくなったからだが、終刊が実質上葛原の作歌活動の終わりと重なる。葛原没後に森岡貞香の手によって纏められた歌集『をがたま』は、従って葛原の選を経ていない。それら葛原にとってみればまだ素材かもしれぬ段階の歌を見てみると、先に述べた愉しみとともに、脈々と自らが抱えてきた主題を問う歌も少なくない。

滅裂さびしきかな統合さびしきかなみゆる遠景
墓石はうす光りをりとほき祖《おや》日本海の魚を食ひし者
ゆふぐれのかしこにみたり東洋の靜かなるかも五寸深鉢
ピレネーを越ゆる飛行にスペインの遠水《とほみづ》を見し　水は無かりき
木の洞《うろ》のごときところに死にたれば働蜂はうちかさなりゐき

『をがたま』

これらの歌には、出発当初から抱えていたこの世と自らへの問いがなお息づいている。「滅裂」も「統合」も日本は経験した。自らの「祖」とは何者か、そして「東洋」とは何か。西欧に輝く「遠水」、そして蜂の営みの厳しさに読み取られる生の厳粛な掟。これらの歌は自らと世界を貫く問いそのものである。最も個人的なことを最も深い普遍性へ、という文学の役割に葛原ほど深い信頼を置いた歌人はいないようにさえ思う。その意味で、葛原は日本に不完全燃焼し続けていた近代をやり直すために出てきた歌人だったのではないか。また同時に、戦後という瓦礫の広場に差しこんだひとときの光を最も強く浴び、そこに花開くことのできた歌人の一人であったと言えよう。

## 3、近代を遂げる

昭和六十年九月二日、葛原は煩っていた多発性脳梗塞に加わった肺炎のため亡くなる。療養生活に入ってからは歌との関わりも絶ち、ごくひっそりとした生活であった。森岡貞香は、その最後の姿をこのように記す。

痩せて白く透きとおって、くわんのん様のような面長のやさしい顔をして妙子さんが黒い柩の中に抱き入れられるのを私は見ていた。うふふと笑うこともなく、甘くハスキーな声も立てず、なきがら、としか言いようのない形の下に命は消えていた。

森岡貞香（「短歌」昭和60年11月号）

病に倒れる前はかなり豊かな体軀であった葛原は療養の間にほっそりと痩せていたらしい。その姿は「刀折れて伏した者を見るように痛まし」いものであったと先の文章の中で森岡は記す。翻ってそれは、いかに葛原が激しく精根尽きるほどに歌と闘ったかということの証であろう。森岡の文章は、歌に魂を捧げ、燃え尽きた歌人の美しい抜け殻を描く。亡くなる年の四月に受洗。洗礼名マリア・フランシスカとなった葛原は、歌人であるより心細い一人の人間の裸の寂しさを生きていたのではあるまいか。

これまでにも触れてきたように、葛原とキリスト教の関係を考えるとき、こうした経緯の中での受洗であることは重要な意味を持つ。葛原は歌との格闘にあるあいだ自らを神を信じる者としなかった。歌を手放し、一人の寂しい人間に還ったとき初めて神に拠ることを自らに許したのだ。

キリストは青の夜の人　種《しゅ》を遺さざる青の變化者《へんげ》　『原牛』

凭《よ》りかかるキリストをみき青ざめて苦しきときに樹によりたまふ　『をがたま』

ここには飽きることなくキリストの受苦にさえ美を読み取ろうとする芸術家の目が働いている。あるいは美男好みであったという葛原のこそばゆいような嗜好が働いていたかもしれぬ。同時にここにはキリストという信仰の対象を自らの美意識の磁場に引き込もうとする力業がある。葛原とキリスト教との関わりは、葛原に信仰があったか無かったかという問題ではなく、葛原がいかなる力で短歌に向かおうとしていたかという角度からみる時豊穣である。それは、美の力で独り立ちしようとし、救われがたく孤独である人間を追求してやまない一歌人の姿を、あらためてくっきりと浮かび上がらせるからだ。それは救われてはならない「私」の仁王立ちの姿なのだ。

疾風はうたごゑを攫ふきれぎれに　さんた、ま、りぁ、りぁ、りぁ　『朱靈』

つくつくぼふし三面鏡の三面のおくがに啼きてちひさきひかり

方法を感じさせない方法、そして紛れもなくこれは葛原妙子の歌であると指し示すこれらの歌の力。『朱靈』における葛原妙子の現在が、おのれという自然により自在に近づきつつあることのひとつの証左なのではあるまいか。

（「短歌」昭和55年5月号）

昭和五十五年五月号の「短歌」で葛原妙子の小特集が組まれた時、二首を引きつつ河野裕子はこのように書いている。「おのれという自然」と河野が語るものは、形を変え、表現を拡げながら、葛原の底に棲み続けた私とは何かという問いであろう。例えば『飛行』において葛原が先立てた感覚的表現がそうであったように、ここには疾風に攫われる讃美歌に、つくつく法師の鳴き声に、千切れつつ露わになる「私」の悲鳴が棲んでいる。

このような葛原の「私」は常に激しい孤立と潔癖と共にある。たとえば同じ特集で大西民子が「葛原妙子という峰はひえびえととがり、裾野をみせないあやしいそびえ方をして遠ざかってしまう」と語るように、また、追悼特集において藤田武が『葡萄木立』を次のように語るように。

そこでは、存在そのものの根源にひそむ妖なるもの、不気味なもの、怖ろしきもの、さらに言えば、存在自体の悲鳴をも、葛原妙子は直接的にわがものとするのである。（略）そうした魂の痛苦を、葛原妙子は、きわめて静かな独語のかたちで詠いあげてゆく。

こうした葛原のイメージは、彼女の歌が常に魂の表現であること、同時にそれが孤独であることを語る。純度高く「私」であろうとすることが必然的に招くものが孤独なのだ。葛原はなぜ孤独だったのか、また孤独であろうとしたのか、この問いはあるいは文学史的な視野の中に置く方が見えやすいのかもしれない。

青ゴスの皿に伸《の》したる海豚《ふぐ》の胸透きとほりたれ　かなしくをれば　『をがたま』

総合誌への最後の発表となる「短歌」昭和五十九年一月号の作品の巻頭にこの歌がある。茂吉を心の師とした葛原であることを考えれば、この歌にたちまち斎藤茂吉の『あらたま』の河豚の歌を思い重ねることもできよう。

河豚の子をにぎりつぶして潮もぐり悲しき息をこらす吾はや
ひたぶるに河豚はふくれて水のうへありのままなる命死にゐる

背後に性の衝動も潜んでいたであろう若き茂吉の詠んだ河豚を葛原が思わなかったはずはない。茂吉の河豚は料理として美しい青い皿に盛られ晩年の葛原に出逢っている。「海豚の胸」が葛原らしい生々しさを感じさせる。またそこに茂吉の殺した河豚をも引き寄せる。そしてこの歌は他でもない結句の「かなしくをれば」のために詠まれているに違いないのだ。葛原の歌には意外に「さびし」などの挿入句が多いことは森岡貞香によっても指摘されている（「短歌現代」昭和60年12月号）が、晩年の葛原にとってこの「さびし」「かなし」のニュアンスを自らのものとし、独自の世界に展開することは重要な課題だった。

この茂吉との接点において磨かれてきた葛原のオリジナリティーを指摘したのは塚本邦雄だった。塚本は「短歌」の葛原妙子小特集で次のように語る。

西遠く凍れる日なり一本のマッチくれなゐの火をかざしたり　『朱靈』
あなあはれ寂しき人ゐる淺草のくらき小路にマッチ擦りたり　『あらたま』

葛原の歌に、もし、敢へて「本歌」「先蹤」を求めたくば、むしろすべての歌書を閉ぢて、『齋藤茂吉全集』の歌集全六巻を繙くがよい。たとへば、このマッチのやうに、茂吉の歌の方に、逆に葛原の投影を錯覚して愕然とすることさへあり得るのだ。浅草のマッチは『あらたま』屈指の秀歌であるが、このやうな、理不尽な、謎を孕んだ発想と文体を、今日、誰が「本歌」とし、「先蹤」として、正しく継承してゐるのか、長考一時間、人は力なく首を横に振らざるを得まい。私も亦うなだれつつ、しかし、葛原をその希少な一人として指すだらう。そして、真の「系譜」とは、恐らく、父子相伝、師弟授受の形式からは大きく逸れた次元で、ひそかに、確実に創られ、書かれてゆくものではあるまいか。

この指摘は、単に葛原が茂吉に私淑していたことを跡づけるにとどまらない。一方では葛原を塚本の方法的追随者、前衛の伴走者とする見方を退けつつ、もう一方では葛原が文学史的に孤児ではないことを塚本は語ろうとしている。「理不尽な、謎を孕んだ発想と文体」とは、「まず徹底して現実を生き、現実に在ることによって、生命を縛るものを超えようとする」（菱川善夫「現代短歌論のための葛原妙子論」『日本文学』）方法でもあった。そうした方法は、葛原の場合方法とさえ呼びがたいような、のたうつような自我や魂の喘ぎと一体になったものでもある。そうした歌が何に繋がるのかを考えることは、同時にそれが何を目指したのかを語ることでもあろう。

茂吉のマッチの火の醸し出す寂しい色合いは、単に風景として寂しいのではない。それがそのまま茂吉の内面と一体であることによって特別なものとなっている。マッチの火の瞬間の色合は茂吉の心の曰く云いがたい寂しさそのものであり、逆に言えばその寂しさによって茂吉の自我は世界に浸潤してゆく。葛原の歌は、寂しいというよりもっと澄んだ厳しい表情をしている。茂吉の自我が限りなく世界に広がり染みとおってゆくものだとしたら、葛原の自我は身もだえながら世界に割り込もうとするように見える。葛原の感知する世界は、茂吉のものよりいっそう厳しく荒涼としたものであり、茂吉がしたような詠嘆を許さないのだ。それは間違いなく葛原の生きた時代と茂吉の生きた時代の差に拠っていよう。

同時に茂吉も葛原も、このマッチを世界に点すことによって、「私とは何か」という近代が近代であるための命題に応えているとは言えないだろうか。それはどの作者も抱えていた命題であるという以上に、葛原においては深刻な問いであった。葛原が自らの文体を確立していった背景には、近代を巡る激しい問いがあった。葛原が『飛行』を出した当時武川忠一から出された「近代主義」への批判を、篠弘は次のように纏める。


日本の近代文学は、戦後ただちに「近代の確立」といった命題が取りあげられねばならなかったように、いかにも「近代主義」的な結実による「近代」でしかなかったのであり、とくに短歌の場合は、大方の歌人たちの主体性が弱かったために二重の負い目を持っていると言うのである。(『現代短歌史II』)

二重の負い目とは、武川によれば「伝統文学の重荷の中に、近代精神のひ弱さを短歌が集約的に担い、近代の崩壊を、むしろ典型的に示している」ことである。この武川の「近代主義批判」(「短歌研究」昭和30年9月号)は葛原や中城ふみ子ら女歌に向けた状況論であった。もう一方では、戦後あらためて深刻に問われることになった、短歌はいかに近代を果たすか、という課題を念頭に置いた文学史的側面も持っている。

武川は、

だからこそ再び近代は、その真の意味において甦えらねばならない。それは近代主義による「近代」でない、まことの人間の主体的確立でなくてはならない。

とする。その具体的方法は大きく葛原のものとは異なっていたが、表層的な「近代主義」ではない真に強い主体性による近代を、という根本の意識において葛原の作歌意識と重なる。近代の名に値する主体の確立こそ、葛原が自らの表現のさまざまな曲折のなかで自らを支えた支点のような問いだからだ。

塚本が茂吉との接点において葛原を語るとき、それは方法や発想の類似のみを指すのではない。茂吉を意識した葛原が、茂吉のあの巨大な自意識とどのように向き合いつつ自我の糧とし言葉としていったかが語られようとしている。それは、近代短歌、あるいは近代文学を見渡すとき、茂吉にのみ達成された何かを目指すものでもあったのではないか。茂吉はその何かを、天賦の才によって手に入れ、葛原は一言一句を意識のなかから手探りするという努力によって手に入れた。その違いは大きい。

過ぎし旅に悲哀せるものかぞふればイタリアの藤淡く垂りたれ　『鷹の井戸』

例えばこの歌の結句を葛原がどれほどの執着をもって据えたかを思うとき、凄まじいまでの茂吉への執着を感じる。茂吉が自らの欲するところから自然に多用した助詞、助動詞は、茂吉の存在感そのものとして重い役割を果たしている。ことに晩年の葛原はそれを強く意識していた。「垂りゐし」でもなく「垂りゐき」でもなく「垂りたれ」とするとき、藤は異様な存在感をもつのだ。この歌をいかに葛原が意識していたかは次の歌が端的に語っている。

灰いろに瀧きたる紙に吾は書く「イタリヤの藤淡く垂りたれ」　『をがたま』

自身の編集ならば削ったかも知れぬこの歌が目に触れることを葛原は喜ばないかも知れない。しかし、この歌は葛原が茂吉の何を学んだかをつぶさに見せてくれる。この「たれ」には葛原の魂が宿り、なおそこに揺れているかのようだ。

茂吉にとってある意味で自然に果たされた近代の自我の表現はしかし、福田恆存によって次のようにも語られる。

茂吉はたしかに新しい日本人を生みいだす「近代日本の『うらわかきかなしき力』」でありました。それだけでも大変なことであります。が、茂吉の存在理由は――酷薄なやうですが――それだけに尽きてをります。いかに若き母であったとしても、母はあくまで過去のひとであり、年ふれば老いるのでありますす。もしこの若き母の「かなしき力」を保持しつゞけようとつとめたひとを求めれば、ぼくは茂吉よりもむしろ迢空をあげなければいけないとおもひます。茂吉は「赤光」「あらたま」以後、急速に老いこんでいったのではありますまいか。端的にいへばかれは道をあやまったといへないでせうか。

（「短歌研究」昭和24年9月号）

茂吉のこの「老い」については別に論じた（「かりん」平成17年2月号）が、茂吉の老いは、世界との関係の結び方において現れたと言えるかも知れない。福田恆存が指摘する『赤光』『あらたま』以後の茂吉の老いとは、世界の中に自らをねじ込み、立とうとする意欲を失ってゆくこと、世界と対話し不断に問いを投げかけようとする姿勢を失ってゆくことである。嚢のように巨大な茂吉の自我は、初期以降世界に親和し、目に触れるものを呑み込んでいったが、その嚢には出口がなかったかもしれぬ。茂吉は茂吉であるゆえにその老いを生き延びたが、葛原はそれが出来なかった。葛原は老いることを自らに禁じたのだ。それはある意味では優れて意識的な戦後世界の引き受け方であるとも言える。

あらためてこの本の最初の問いに立ち戻るとき、葛原の文学は大きな歴史の何に繋がり、どのような役割を果たしたのかという課題が残っている。それは、『赤光』『あらたま』で果たされた近代を戦後の世界において継ぐことであった。さらには『赤光』『あらたま』を継いだからこそ葛原は孤独だった。葛原は茂吉が早々に老いることによって回避した苦闘の道をあえて引き受けた。それは、深いところで伝統との対決を孕み、既成の共同体に抗う強靭な主体性を必要とする道でもあった。戦後世界にぽっかりと開けた空き地に立った時、まず葛原を訪れた「私とは何か」という問いは、当初は女であることの悔しい自覚として現れ、方法の探索を経て河野の語るような「おのれという自然」の不可思議と理不尽へと展開していった。戦後という世界の廃墟、言葉の荒野に求められた真の近代を目指そうとする者は、そこを避けては通れないはずではなかったのか。葛原は一人、その道を力尽きるまで歩き通したのだ。

追悼は、「短歌」が森岡貞香による追悼記二ページ、「短歌研究」が長沢美津、森岡貞香、馬場あき子による追悼記計四ページと百首抄、略歴。「短歌現代」が近藤芳美、藤田武による追悼記計八ページと百首抄、略歴となっている。「短歌現代」の追悼記に近藤芳美は次のように記している。

> 或るとき穴澤（芳江）さんが、先生のお仕事は必ず短歌史に残りますよと告げた。それを聞いて、葛原さんは静かにすすり泣きをされた。ひとりの病床である。
>
> （「短歌現代」昭和60年12月号）

# 補論　語り残された「自我」

最後に、これまでの論の流れを振り返りつつ、葛原の問いかけたものを短歌史の中に見てみたい。

ごくおおざっぱに通説的な見取り図でイメージするとき、葛原は女歌議論の衰退と共に前衛短歌に加えられ、その伴走者として、まさに「先駆的、もしくは倍音的存在」（上田三四二『戦後短歌史』三一書房）として定着し今日に至っているように見える。しかし、この時期に交わされた議論の中で葛原が訴えていたものは、折口信夫に先導された女歌論議とも、方法論を主体とする前衛短歌運動の議論とも本当は嚙み合っていなかった。昭和三十一年、大岡信と塚本邦雄の間で交わされた議論は、前衛短歌運動の始まりを告げる論争として記憶されている。口火を切った大岡が当初論敵としていたのは塚本ではなく葛原妙子であった。葛原もそれに応えた。それにもかかわらず、この論争の流れはいつの間にか葛原を置き去ったかに見える。そのような漠然とした力に押し流され見えなくなったものがある。葛原が目指していたものは何なのだろうか。そしてそれはどんな意味を持つものだったのかを補い検討する必要があるだろう。

## 1、「女流の歌を閉塞したもの」と葛原

「女歌」論議は周知のように、折口信夫の昭和二十五年の「女人短歌序説」(「女人短歌」6号)、昭和二十六年の「女流の歌を閉塞したもの」(「短歌研究」1月号)の二つの論文を契機とする。折口はこの文章の中で、戦後の短歌の可能性として「アララギ」の「写生主義」とは別の方向の可能性を示唆し、女性歌人達を励ました。折口は、「女人短歌序説」で「明星が百号で終つて、やがて子規一門根岸派の後を襲つたアラヽギの盛時には、女性は無力なものとなつた」と述べ「長い埋没の歴史をはねのけて、今女流短歌が興らうとしてゐるらしい」とアピールしたのに続いて、「女流の歌を閉塞したもの」では次のような論点を挙げ、より具体的に女性歌人の取るべき方向性を示唆した。今一度引用してみる。

・今の女の人には却つてポーズがなさすぎ、現実的な歌、現実的な歌と追求して、とうとう男の歌に負けてしまふことになつたので、もう少し女の人には、現実力を発散する創造があつてもいいでせう

・新詩社時代の女の人たちは、かういふ口から出まかせな歌に長じてゐた。さういふものが出来るまでは、かういふ事を詠まうとは思はずに、語を並べてゆき、そして最後に近づいて、急に整頓せられる。(中略)この頃の歌に、生命の流動が乏しくなつたのは、この点に関する考慮が欠けてゐるからではありませんか。口から出まかせといふ語はわるいが、自由に語を流して、魂を捉へる——さう言ふ行き方を、てんで罪悪のやうにして、態度が硬化してかゝるところにあるのでせう

折口は、さらに「鷗外美学が結局新詩社を壊滅させるに至つたのだとも言へます」とこの論を結ぶ。折口は「アララギ」に止まらず、さらにそれ以前の森鷗外の美学が封殺してしまった歌の伝統としての女流の歌の復興を語り、近代全体の流れを見直すべきことを示唆したのだった。折口がこの文章を書いた頃は、敗戦直後から起こった新歌人集団、人民短歌運動などの戦後短歌が曲がり角に来ており、折口の言葉で言えば「あまり現実主義の歌ばかりを正しいものにいひたてゝゐるうちに、今日のゆきづまりを招いた」状況にあった。折口にとってみれば、近代を覆った写実主義の代わりに「現実主義」が来たことは大した変わり映えとも言えない状況で、相変わらず歌の伝統は殺されていたのである。そのために具体的に折口が挙げた省みられるべき女流の特質が「現実力を発散する想像」であり、「ろまんちつく」な「口から出まかせと見える歌」であった。

この時、折口の頭にあったのは与謝野晶子や山川登美子など新詩社の人々の歌である。折口にとっては一貫した持論でありスパンの大きな短歌史的展望に立った示唆であるにしても、しかしこのときすでに半世紀ほども前の歌が思い描かれていることに無理はなかったのだろうか。

敗戦を潜り、欧米の思想の影響を受け、戦後の厳しい生活と闘い、より屈折した内面を抱えた女性達にとって、新詩社全盛のころの若い晶子や登美子の歌のエッセンス、「ろまんちつくな靄の様なものに包まれゐる気分」が直接の参考になったとは思えない。折口自身この文章の中で「ポーズ」のある歌を推奨しつつそれをためらってもいる。晶子の「乳房おさへて神秘のとばりそとけりぬ。中なる花の紅ぞ濃き」を挙げながら、「ぽうずばかり盛んで、之を具体化する前に大きな誤算をしてかゝつてゐたのです」と逡巡し、「ぽうずを持つてかゝ」るということを「暫らく見逃して置きたい」とも保留する。この言い淀みには晶子の文学の行き詰まりが頭にあり、「文学の座が浅」いものに止まった事が影響しているのだろう。折口は新詩社がその後どのような方向に展開すれば良かったのかについてここに述べられているより先の展望を持っていただろうか。折口の掲げる女流の方向性は、大きな枠組みでは女性達を励ましながら、しかし具体的な方法においては現実味の乏しい示唆に止まったのではないかと思えるのだ。この点について次のような指摘も出されたことがあった。

折口氏が『アララギ』のリゴリズムを批判したのは正しいが、現在の作者は皆まがりなりにもリアリズムを通過している、そこを揚棄しこの主情歌というのがどんな方法をもつものなのかは説かれていなかつた。『女人短歌』の人たちの多くは、この折口氏の説に追随したが、これを理論づけ発展させることはできなかった

(高尾亮一「女人短歌批判」——「女人短歌」30号 昭和31年)

確かに折口が示唆したものは、反写実主義、反現実主義の大枠で女性達の共感を呼んだものの、その先に戦後社会に対応できるような「理論づけ」可能なビジョンがあったようには思えない。折口は別の機会に「現代短歌が、短歌の形でとゞまる——といふことを前提にすれば、なほ若干、ろまんちつくな作風だけが短歌の領域に残されてゐる」と述べて、晶子らの方向性に「残した為事」としての可能性を見ている。同時にこの論では「この方向に、今から若い歌人たちが赴くことを決して望むわけではないが」という保留もついており、折口が新詩社風の「ろまんちつく」な歌風を女歌の伝統に繋がるものとして思い描きながら、しかし新しい社会に対応しうるものかどうかについては折口自身ためらっていることがうかがえる。

この論文がとりあえずの例として若い晶子や登美子の歌を掲げたとき、しかしそこには〈例えば〉、と取り上げられた歌が纏う時代特有の女性像やスタイルが自ずとあらわれ、思いがけず歌の理論を支配したの

ではなかったろうか。葛原はいち早くこの点への反応を見せている。

・しかし女流歌人が「女性の特質」もう少しはつきり言へば、直感的、主観的、無批判的、社会及時代性の欠如、などをむしろ武器として自己の周辺のみを探り、自己の作った殻の中にのみ籠らなければならなかつたという理由はほんとうはいづれの時代にも無かつたと云ふ方が正しいかも知れない

・女性が今日でも尚、勝手に定めたがる「女性の特質」に自ら甘へ縛られる事の愚は少くとも今後は避けたいものである。女流歌人からこの「女性の特質強調意識」を取除かない限り女流の歌は飛躍することは不可能である。

（「短歌雑誌」昭和26年10月号）

この文章は、女性自身の自覚を促す形で書かれているが、その奥に折口の示唆への抵抗がある。葛原は折口の励ましを大枠では追い風としながら、しかしそこに含まれている「女性の特質」への囲い込みを危ぶんでいた。折口が新詩社ふうの「ろまんちつく」な歌を〈例えば〉と思い描いたときに、同時にそれが限界ともなっていることを葛原は見抜いていたのである。

葛原は昭和三十年に発表した「再び女人の歌を閉塞するもの」（「短歌」昭和30年3月号）において、折口との関わりを「現在女流の歌は旺んになりつつあるといふ。頷いてよいことかも知れない。しかしそのことは、先に述べた折口氏の言葉とは、直接のかかはりはないのである。」と述べ、前置きとしている。この論文は、折口の論文から時間も経っており、中城ふみ子の登場によって女歌がセンセーショナルな話題の中心になると共に集中的に批判を浴びたのを受けての弁明の役割を負っている。一人歩きし始めた議論を修正し、元を糺したい意図で記された部分は、「女歌」を折口が励まし女性歌人が発憤し、といったごく大

まかな見取り図では見失われるものを語ろうとしていた。女性達の動きは折口の発言と同時平行的なものであって、「折口氏の言葉とは、直接のかかはりはない」と言い切る。そして昭和二十五年に女人短歌の数人が折口に意見を乞うた事があったが、「戦後にあらはれた女流達はこの席には無関係であつた」とも語る。この距離の取り方には、折口の示唆をまともに受けた戦前の女性達とは別の所に自分の道を拓こうとする自負がある。少なくとも葛原にとって折口のイメージする「ろまんちつくな靄の様なもの」や「ポーズ」のエートスの範囲では描けないものが大事であり、むしろ真っ向からそのような〈スタイルの支配〉と対立してきた。またそうであるからこそ批判の対象となっていたのである。

## 2、女性像と自我

「再び女人の歌を閉塞するもの」で葛原は迢空にとどまらず、近藤芳美や山本友一らの嫌悪したスタイルが、女性を取り囲んでいる社会と自我との相克の表現であるとも訴えた。そこには表面的な好悪に止まっている男性側の批評を、その表面から主題のほうへ導こうとする意図があった。

こうした主張は中城ふみ子への擁護に際してもっとはっきりと語られてゆく。「一人のエゴイスチックな女性の、鮮烈な生き方をとほして、それは如実に戦後社会を反映してゐる作品である」と社会性の不足として指摘されてきた点を擁護、そして「自身の内部の矛盾を曝すことなく、社会の矛盾を取り出すことは、彼女自身の立場としては少くとも負目であつたに違ひない」と個人の内部を曝すことが日本の社会の不幸を表現することになるのだと強調する。そしてさらにそれは、「むしろ日本の不幸そのものの摘出であった」とするのである。個人の経験や内部という、従来社会性とは呼ばれず、むしろ社会性の不足とされてきた部分を覆して、それこそが社会性だとする論は画期的なものであったはずだ。これは今日なお充分に理解されたとは言い難い論点だ。このようにして葛原が探っていたのは、個人の内面表現がどれほど社会に対応し対抗しうるのかということであった。

葛原は近藤や山本によって反語的に提出される「女性かくあるべし」の歌のスタイルを拒否し、むしろ嫌悪される表現に新しい歌の可能性を見ようとしていた。葛原らの歌を一つの表現として迎える前に既成の好ましく懐かしいスタイルに押し戻そうとする力、これこそが女流の進展を阻むものだと葛原は感じていたのである。

折口が提出した女歌の方向性も少なからず折口の思い描く女性の歌のスタイルが支配するものだった。ここで近藤や山本らが批評の物差しとしているのもそれぞれが思い描く女性歌のスタイルなのであり、その点で見るかぎり女流の歌へのアプローチは似ているとさえ言えるかも知れない。折口は励ましというポジティブな形で、近藤らは批判というネガティブな形で女流にあるべき歌のスタイルを論じたとも言える。葛原はそのようなあらたな形で「女流歌人の特質」に囲い込まれることを警戒したのだった。

葛原にとっては表現と自我の問題とは切っても切れない関係にあり、第一歌集『橙黄』刊行から第二歌集の『飛行』までに苦しんだ文体の確立の問題は、すなわち自我の確立の問題とイコールであった。自らの内面の醜さを晒すことが戦後の女性の生の表現、ひいては社会を表現することに繋がるという確信は、自我と表現との深い一体化によってしか正当化され得ない。その確信こそは葛原が苦しみつつ自らのものにしてきたものだったのだ。『橙黄』にあって葛原を代表する次の歌は同じ一連の中に置かれ葛原の原点となっている。

女孤りものを遂げむとする慾のきりきりとかなしかなしくて身悶ゆ
わがうたにわれの紋章のいまだあらずたそがれのごとくかなしみきたる

ここでは表現を求める自我そのものが主題となっている。「われの紋章」とは自分の文学、自分だけの文体であるとともにその根拠となりうる自我の成立を指してもいる。もしそのように読まなければこの歌は創作の悩みを吐露しただけの愚痴になってしまう。葛原は敗戦からこの歌を得るまで、自らが育った土台である「潮音」の「日本的象徴」との格闘を通じてすでに充分「女性の特質」と戦ってきていたのだ。

今一度戦中の歌を見てみよう。

地震ゆれて朝しづかなり白牡丹はつかにみする蕋あえかなり
（「潮音」昭和18年6月号）

越えきます碓氷よいかに草の穂に秋の灯をかかげてぞ待つ
（「潮音」昭和19年11月号）

これらの歌には私たちの知る葛原の面影はない。牡丹の蘂にも、灯を掲げて夫を待つ姿にもすでに充分すぎるほど「ポーズ」と「ろまんちつく」があるといえる。葛原はまさにこのようなスタイルから脱出することなしに新しい歌はないことを「潮音」の伝統と格闘しつつ知っていたのであり、またそれが新しい自意識と不可分のものであることを痛感していたのである。そして『飛行』では、幻想と現実とを往還しつつ、孤独と引き替えるように自我の手がかりを手に入れてゆく。それは自ら進んで家族との齟齬を創りだしてゆくような直接的な日常体験を含みながら、より幻想的な表現となって結実してゆく。

わが死《しに》を禱れるものの影顯《た》ちきゆめゆめ夫などとおもふにあらざるも
きつつきの木つつきし洞《ほら》の暗くなりこの世にし遂にわれは不在なり

一首目の歌の背後に具体的な事件などを想像する必要はない。夫という存在をどこまで突き放し他者として意識できるかを試みている作品だと読んだ方がいいだろう。先に見た戦中の夫を待つ歌との違いは言うまでもない。葛原は自らの内にのめり込み、半ばは幻想に踏み込みながら自我のうちに展開する世界を探索し、その深みから他者としての姿を現した夫という存在を見つめているのである。きつつきの歌にはより象徴的に孤独が詠われ、葛原はこの歌で自らの幻想を表現に載せる手がかりを摑んでいる。それは一面では確かに近藤や山本の批判するような「マゾヒズム」的傾向を持つものでもあった。しかし、その根本に起こっていたのは自我への渇望であり、新しい女の自意識の創造という大仕事だったのだ。

あるいはこれは近代以来自我の表現を求めつつ挫折してきた日本の文学にとって看過できない問題ではなかったのだろうか。折口もその後の評者も戦後の自覚ある女性達に訪れていたこの問題に気付いていない。

しかし歩みを共にしてきた女性達にとってはそうではなかった。女性達はこの時期、それぞれのやり方でこの問題と向き合っており、それぞれが抱えるものに敏感であった。森岡貞香は、『飛行』の時期の葛原の抱えている自我について中城と比較しながら次のように語っていた。もう一度読んでみよう。

同じ角度から言つて飛行は、易々とモラルを抜け切つてゐる乳房喪失のやうな魂ではない。(略)風のごとき性格と己れを言つてゐる中城さんとは対照的な真直な本質を持つてゐて、ためにかへつて原罪にくるしむ態度が見える(略)原罪にくるしむやうな精神は不思議と乳房喪失には無い。葛原さんの本質は作者の苦悶を勝利のごとく昇華させてゐるけれど。

（「短歌研究」昭和29年9月号）

さらに森岡は中城を「手に触れるあらゆるものを摑んでみた勁さ」と言い、葛原には「従来の短歌にあるあの東洋的な詩精神とはやや異なり、それは絵硝子の中に押しこめられてでもゐるやう」と付け加える。この文章には中城と葛原の対照的な自我の形が鋭く認識されている。森岡が語るように葛原の自我意識は少なくとも東洋的な雰囲気のものではない。かといって他者や神との対話によって成り立つ西欧型の自我でもなく、もっと内向的な姿をしたモノローグに見える。人間が普遍に抱える「原罪」のような問題に向き合って苦しみ、苦しむ自らを「絵硝子」の中に閉じこめて晒すような独特の厳しい姿をしていた。中城の苦しみが、より人生に添い、具体的で分かりやすかったのに比べると、葛原のそれはもっと抽象的で見えにくいものであったと言えるだろう。自らの人生を丸ごと晒した中城は、それゆえ普遍的な問題を突き詰める暇なく自らの時間を駆け抜けていった。葛原はむしろ人生の流れを捨象し時間を止めて普遍に向かった。ゆえに「原罪にくるしむ」自らに向き合うことになったのである。

このような葛原は、「人間の命がどんな時代が来ても孤独であるといふ考へ方を、人生観に根本的な革命が来ない限り私は捨て切れないと思ふ」（「短歌研究」昭和27年6月号）とエッセイにおいて告白し、最も大きな課題として孤独と向き合っていた。これは生涯を通じての問題となってゆくのだが、この時期の葛原にとって自我とは孤独と引き替えに手に入れるほかないものであった。少なくとも葛原にとって自我の模索は自らの深部に眠る痛みを掘り起こすような辛い作業であるほかなかった。それゆえに生身の混沌を抱えており、方法論として明快に理論化できるものではなかったとも言える。

殺鼠剤食ひたる鼠が屋根うらによろめくさまをおもひてゐたり
さながらに鯨肉の暗きわが臓の一つに充ちくるものの質ならむ
『飛行』

死にかけた鼠の姿を想い、鯨肉を自らの内臓に重ねる。奇抜な発想にはその根底に「私とは何か」という問いがある。ここでは自我の茫洋とした翳りが探られている。一首めには斎藤茂吉の影響も窺え、葛原はこのような生理的、感覚的なものを積極的に学ぼうとしていた形跡がある。「幻想と云ふものは精神の特殊な病的生理に起因するので特殊な感官を必要とする」（「潮音」昭和27年6月号）と目指そうとしていた幻想的な方法について述べている。この点でも葛原にとって方法と自我意識とは未分化であり密接なものであった。

二首めはより生理的、感覚的であり、視覚や皮膚感覚など感官に訴えてなまなましい。これまで常識に覆われてきたものを裏返すかのように、なまなましく肉感的な表現で内面を描写しようとする。こうした方向は、混沌とした〈私〉もろとも言葉を差し出す方法である。葛原はこれについて自覚的であった。「この個的な、いはば呟きがリズムをもつ誘引によつて、他人の心に応和の世界を作つた時に、それはもはや個人のものではあり得ない」（「女人短歌」17号　昭和28年9月号）はずだという見通しを持っており、それが「叙情詩といふものの本質」であるとも確信していた。

## 3、前衛短歌論争と葛原

ちょうどこのころから葛原は塚本邦雄を意識し始めており、「潮音」（昭和27年12月号）でその歌を引用して次のように述べる。塚本が短歌総合誌に登場したのは昭和二十六年八月の「短歌研究」での「モダニズム短歌特集」が最も早く、葛原はこれに着目したと思われる。この特集はすぐには話題にならなかったため、葛原のこの反応はかなり早いものと言えよう。

火薬商たちの兩掌はくつしたのやうにしづかに腐蝕してゆき
法王の喪の夕べのみ休息を葡萄壓搾器はたのしみき

内容は総じて体験的であるより観念的であり、云ひ替へれば生理的であるより知的であると言へる。これらの歌を構成してゐる重要な言葉がたいていの場合一つの「観念形態」を持つてゐて、それが解ける者には案外にすらすらと解る。むしろ解りすぎる。

さらに、ここで使われている「火薬商」「葡萄壓搾器」といった「外來臭」ある言葉は、古典中の「紅葉」「鹿」「螢」などのように「暗示するものが大体規定されてしまった」言葉と同じなのであり、「それ丈に日ならずして手垢がつき歌が類型化する危さをはらむ」とする。

ここで塚本の特長として挙げられている「観念的」「知的」であることは、「体験的」「生理的」であることを目指す葛原とは対照的であり大きな方法的違いであった。そしてこの直感は今日の目から見ても塚本と葛原の大きな差となっている。葛原は塚本の言葉が世界との対応関係によって記号のように役割を割り振られて使われており、それゆえに類型的になりやすいと指摘する。そこには翻って自我の沃野から掘り出される言葉には類型化が訪れない、という葛原の素朴な信念がある。そしてさらに奥には「女性の特質」

が規定するスタイルではない、これまで表現されることのなかった表現の文脈への期待もある。〈私〉の深みに沈むものを幻想によって掬い上げ、生理的、感覚的な方法で普通に押し上げてゆこうとする葛原と、表現の表から〈私〉を消し、より方法的論理的な世界を再構築しようとする塚本。方法的には塚本の方が明らかに風通しがよく、論理的であって分かりやすいものであった。この後に来る前衛短歌論争が論理の時代であったことを思えば、葛原の抱えていた自我の問題は、方法論として不利なものをその性格ゆえに負っていたとも言えるのである。

昭和三十一年、「短歌研究」三月号の誌上で大岡信と塚本邦雄が論争する。「前衛短歌の方法を繞って―想像力と韻律と」で大岡信は、

詩人は歌いながら同時に歌っているおのれ自身を常に批評した。つまり言葉を不断に検証した。そういう形で、サンボリスムは詩人の中にはっきりと、自覚した批評家を生み出したのである。

とし、「サンボリスムによってはじめて、自我それ自体が考察の対象となった」と、近代詩が獲得した自我とその方法とを強調する。そして、

ぼくの考えでは、「明星」があえなく崩壊して「アララギ」全盛時代が現出したとき、そして一方、詩の世界にサンボリスムが導き入れられたとき、短歌の進路は近代詩の進路と別の方向を向いたのである。（略）短歌が「明星」において漸くつかみかけた近代的な自我意識が、こうした形で再び埋没しさったのではないか

と短歌が自我の問題を通過していないと指摘した。この論では難解派と呼ばれた塚本邦雄や葛原妙子、森岡貞香、さらに中城ふみ子らの歌が対象となっていたが、主な論敵としては葛原妙子があげられ、サンボリズムを正しく通過していないゆえの「批評精神の欠陥」が批判されていた。この論文ではさまざまな角度から難解派が論じられたが、その大きな部分を自我の問題が占めていたことにあらためて注目したい。

これに対し塚本邦雄は、「氏が誇りかに謂うサンボリズムとは一体誰が獲得したものだろう」、「西欧と日本との『近代』の目もくらむような落差を、どうして見ぬふりをしているのか」と応え、「魂のレアリスム」を主張した。塚本もやはり自我の問題を焦点としていたのだった。そもそも塚本は初めてジャーナリズムに登場した「モダニズム短歌特集」(「短歌研究」昭和26年8月号)において、「モデルニスムといふ旗印は『近代に生きること』の痛切な證しであり、過去の『海外のヴォーグに浮身をやつすこと』とは何ら関りをもたぬ」と宣言していたのである。

このような議論の流れならば近代日本の自我の問題を問い、では今日の日本に相応しい自我の表現とは何か、という方向で議論が発展してゆくべきだろう。しかし、その後の議論は、大岡がわずかに提言した「新しい調べの発見」を最大の争点にした方法論争として発展し、塚本邦雄、岡井隆らが中心となってゆく。この年の評論展望にも新しい調べと韻律の問題としてまとめられ、そこには葛原ら、女性歌人たちの名前は挙がっていない。当然女歌が問い続けた問題は見えなくなってゆくのである。しかし、もし論点が調べの問題に移ったとしても葛原がこの時点で造っていた文体にはその新しい調べが窺えたはずだった。塚本が「オリーヴ油の河にマカロニを流しているような韻律」からの脱出を訴えたとき、葛原こそはすでにそれに応えていたのではなかったか。すなわち、「言葉を痛めつけた拮屈した語法」、「歪んで奇型児」のようなど批判された文体、それこそがまさに戦後という新しい時代を生きる自我の「新しい調べ」だったからだ。

葛原は次のように語っている。

・若しそこに「近代日本」にふさはしい「或詩型」が誕生してゐたとすれば今日吾々の苦しみは少なくとも半減してゐたのかもしれない

（「短歌研究」昭和31年4月号）

・特に女性に取つては長い歴史によつて拒まれてゐた自我意識の表出の一つの方法を、敗戦といふかなしむべき事を契機として再び自らの手によつてとり戻したと言へるであらう

（同）

短歌史さらには日本文学史へのこの悲鳴のような異議が、読み残されていったのである。

# インタビュー　森岡貞香氏に聞く

## 「女人短歌会」創立で出会う

**川野**　「葛原妙子と世界」を書いてゆく中で浮かび上がってきたのが、葛原の大変おもしろい人間像とその時代です。森岡さんは同時代を生きてこられ、また葛原の生涯の盟友でおられました。是非お話をうかがいたいと思いまして。

きょうはまず、戦後の雰囲気からうかがいたいと思います。葛原は特に戦中から戦後にかけてすごく大きな変化がありましたね。

**森岡**　正直言って私、葛原さんが戦前、「潮音」に出していた歌を見たことがないの、全然。でも戦後になってあの人は変わったと思いますね。やはり一つは、昭和二十四年に「女人短歌」ができたことでしょう。あの方は「潮音」から入ってらした。四賀光子さんがお入りになったからなのね。「潮音」は大きいし女流がたくさんいたので、初めての会のとき地方の方はお出ましになれなかったけれど、一度に十人くらい入られたと思う。将来性がある、いい方が入られた。

昭和二十四年は、戦後四年目ですよ、銀座のオリンピック（という店）で、五島美代子、北見志保子、そういう方たちが発起人になって最初の総会が開かれたんです。四賀さんは顧問みたいになるとおっしゃって発起人にはならなかった。そのとき会員の中で一番年齢が若かったのは私だった。ほとんどが明治生まれの人です。大体、下相談ができていたんでしょうね。私には訳がわからなかったけれど、女人短歌会の雑誌を出そうということで話が進み、残れる方だけ懇親会にお残りくださいということで、私は家がわりあい近かったので何となく残ったんです。大きなテーブルに座ったら、私の正面が葛原さんだった。そこへずらーっと「潮音」の人が並んでいた。「潮音」はしっかり横の連携をとっているように見えたけれど。

そのときは葛原さんが「潮音」全体のリーダーシップをとっていましたね。「潮音」ではどうだったか、私は雑誌を見てないからわからないけれど、そこにいたのは、そういうのに参加しようという方だから「潮音」の主だった方だったと思います。みんなで打ち合わせ、発言するのは葛原さんでした。

印象的だったのは、発起人の方たちが「雑誌を出したい。それについては編集委員を決めたい」と言われたのです。北見さん、五島さん、川上小夜子さん、阿部静枝さん、生方たつゑさんの名があげられました。私は、会としての雑誌が出るなんてことを知らないで行ったのです。そうしたら、「潮音」の方たちがざわざわと相談してらしたようだったけれど、葛原さんがすっくと立たれた。背が高ーい方。そのときはまだ、頭のてっぺんがあんなに高くなかったの。ちょっと上がっていたけれど。そして、「ちょっとおうかがいいたします。私どもは『潮音』から参りました。この会で歌誌を出すというけれど、それは選をなさるんですか。歌はそのまま載せるのですか」とお聞きになったら、（発起人の方から）「全員の歌をそのまま載せるというわけにはまいりませんわね」とお返事があった。そうしたら葛原さんは「私どもは四賀光子先生の選を受けている者です。皆様たちの選を受ける気は毛頭ございません。それをご承知おきいただきたい」と言ったんです。

**川野**　意外な印象があるかもしれませんが、葛原は「潮音」という結社の中で優等生として育ってきたようですね。西洋詩のイメージとか外の世界のイメージが強いけれど、「潮音」の中でかなり一生懸命の人でしたね。

**森岡**　そうなんです。余談になりますけれど、後に葛原さんに「『女人短歌』の創刊のころ、あなたはあのくらいの歌人になろうと目指していた人があったの」と聞いたら、「あった。倉地與年子さん」と言うんです。でも、結社は「潮音」だけじゃない、もっといろいろな人がいるのではないのと私が言っても、葛原さんは「いいえ、倉地さんはすばらしい。私は、ずうっと、倉地さんを超えたい、超えたい、葛原妙子は倉地さんを超えると自分に言い聞かせてきたのよ」って。その会のとき、倉地さんは東京でなかったから見えてなかったんです。でも、あの人は倉地さんの上に行きたいということで、倉地さんの歌は目標だったんです。

**川野**　あの当時の記事を見てみると、倉地さんを自分の別荘に誘ってみたり、方法論について議論してお互いに励まし合ってますね。倉地さんは戦後、ご主人を亡くされ、工場で働かれたりして逆境にいらしたようで、そんな歌をたくさん詠まれています。葛原さんのほうは勉強ができた。戦後、二人には大きな別れ道があったみたいです。

## 『白蛾』が出るころのこと

**森岡**　飛びますが、『白蛾』が昭和二十八年に出たでしょう。その少し前に、五島さんの『風』をはじめに、主だった方たちの歌集が十何冊、女人短歌叢書として長谷川書房から一気に出たんです。その合同出版記念会には歌壇のお歴々をお呼びして、それは盛大な会でした。そのとき、森岡さんも歌集を出さないかと言われたんです。でも、私は自分の療養とか、主人が亡くなってましたから今後のこととかを考えるだけでいっぱいで、歌集なんて考えたこともなかったんです。ですから、お断りしたんです。でも、(「女人短歌」の)創刊号に私の歌が巻頭の見開きに出ているから、「やはりここに加わってくださらないと格好が悪い。お金がなければ無尽講のようなのをして、これからお金のない人が歌集を出すという方法も考えるからどうですか」と皆さんがおっしゃった。だけど、私はお断りしました。でも、それが後に自費ではなく

『白蛾』が第二書房から出ることになったのです。

自分のことになって恐縮ですが、戦前、私は「ポトナム」にいましたが、歌なんて出したり出さなかったり。ですから、子供を身ごもっていたときのこと、赤ちゃんのときの歌なんて一首もないんです。終戦間際のころの子供の歌が一首くらいあるとは思いますが、本気で歌をという気は全然なかったんです。ところが戦争中、戦地から「たまには歌を書いて寄越すように。本気で歌をやるんなら歌集の一つも出せるように」なんて、夫の手紙がときどき来るんです。そして自分の歌を二、三首、書いてある。それが上手なんですよ。だからよけいにその気になれなくて、私は送らなかった。戦後になってそれを思い出してね。今は切羽詰まった生活だけれど、歌に心をやることでいくらか自分の気持ちがしっかりするなら、やってみるかなあという気になったんです。夫が亡くなってから後のことよ。

**川野**　戦後の女性歌人たちの圧縮されたエネルギーがグーッと噴き出したような時期だということを私は感じました。『白蛾』が典型的にそうですけれど。それは実感としておありでしたか。

**森岡**　いいえ。というのは、「ポトナム」の歌会には一回も出たことがない。しっかり自分の歌をうたうという覚悟で作った歌がないわけです。そして、終戦になったでしょう。だから、終戦の歌もないんです。でも、夫が亡くなってから何か頼るものがほしい。自分の身を投げ込んで歌でも作ってみるかと初めて本気になった。そして、最初に蛾の歌を作ったの。私は昭和十八年から二十二年まで幼い息子と東京から出て、逗子に来ていました。蛾が大発生したの。山沿いの海岸に行くまでの狭いところに家があったものですから、夜、ものすごくたくさんの蛾が入ってくるの。夫が亡くなったのが四月で、その夏。気持ち悪いったらないの。朝、おなかの大きい蛾がたくさん死んでいるんです。ああ、いやだと思ってね。私は胸の病気の方も調子がおかしくなるし、もう結核だとわかってましたが。（戦後の経済政策の一つで貯金の）お金は全部封鎖されましたから、きりきりしか出せない。脱出口を求めたようなところで歌との巡り会いがあったわけです。蛾がバタバタしているのを見ると自分の無様さを見ているようでね。大きい蛾の感じは女人がバタバタしている感じとイメージが重なったんですね。それで歌った歌です。そうしたら、その歌を新しく創刊された「新日光」という歌誌の二号に載せてくださった。編集の方が逗子に居られた御縁で載せてくださったの。

## 『赤光』と『白蛾』に惚れ込む葛原

**川野**　あの当時、夫を亡くした女性たちがたくさんいました。昭和二十四年当時で一八七万七千人というから、例えば大きな都市の人口全部にあたります。それだけの女性が寡婦になった。森岡さんはそういう女性たちの象徴的な存在になっていかれましたね。

**森岡**　私はそんな気は毛頭なかったのに。初めは第二書房の方で歌集を出したいと言ってこられたから、私はそんな気もないし、費用もありません、「女人短歌」からのお話もお断りしたくらいですと言ったんです。でも、入院した病院に二度まで訪ねていらして、どうしてもうちで出したいとおっしゃる。それも、自費出版ではなくて、という話で。退院してからそういうことで出ることになりました。『白蛾』は思いがけなく一般書店で売れたのでした。『白蛾』を読んだ葛原妙子さんが「『女人短歌』で皆さんの歌を見ていたけれど、私が相手とするのはあなたです。あなたと仲良しになって、やっていきたいと思います」と自分勝手に、なんかプロポーズみたいにおっしゃった（笑）。

**川野**　多分そのころだと思うのですが、「潮音」に出した葛原も蛾の歌を作っているんです。森岡さんの歌に刺激を受けたのだろうと思うんですね。だから心底、森岡さんに惚れて追っかけてたんじゃないですか。

**森岡**　私もびっくりしちゃったんです。葛原さんという人はよく知らないし。でも、あれは堂々としたプロポーズですよ。あの人は「森岡さん、森岡さん」って言いながら、一方的に決めちゃうという強引なところがある。「をがたま」を出したときもそうですけれど。自分の考えたことに対しては貪欲な方だった。理解を得てゆっくりやるという人ではないんです。ご主人様にも、歌をやりたいからこうこうなんて言わないでしょ。そうしてのめり込んでいったものだから、ひどく衝突があったのです。

**川野**　夜昼逆転の生活で、夜は起きて歌を作り、昼間はずっと寝ていたという話もありますね。

**森岡**　そうですよ。うちに電話がかかるのが夜中ですもの。そして、「森岡さん、茂吉の歌はいいわねえ」と言って、独特のハスキーな声で、「鶴のあたまは悲しきものをー」なんて大きな声で朗唱するから、おかしいでしょ。それもあの人は『赤光』がほとんどですよ。晩年の『小園』などの歌はあまり言ったことがないですね。『赤光』。

**川野**　そこがおもしろいなと思ったんです。連載の最終回に書いたのですが、葛原は『赤光』『あらたま』あたりを継ごうとしたんですね。森岡さんと二人で「茂吉をこっちに取ってしまおう」と話し合ったそうですが、それはどういう話ですか。

**森岡**　何だか知らないけれどそう言いましたね。「『アララギ』なんか茂吉をよく理解してないのよ。だれも理解してないところを私たちは理解して、二人で茂吉を取っちゃおう」って、何遍も言いましたね。それもほとんど『赤光』なのよ、めあては。「鶴のあたまは悲しきものを」と言われても、おもしろい歌だとは思うけれど、茂吉の歌は『赤光』だけではないですよ。だけど、あの人は『赤光』。

**川野**　そこが葛原の歌の礎、基礎になっていったところがありますね。

**森岡** そうね。でも、だからといって真似してはいけないから、そこから発進してきているんです。出発点、スタートをそこへとっている。もう、最後まで『赤光』でしたよ。

**川野** でも、茂吉自身は『赤光』をどこかで捨てましたね。別の道を行きました。

**森岡** （『赤光』は）自分の若気の至りみたいなところもあることは認めているところもあるでしょう。ところが、葛原さんは『赤光』。

**川野** 女であるということと『赤光』を継ぐということがどこかでバチッと出会った瞬間があったような気がするのです。森岡さんが『白蛾』で、苦しむ蛾を見て、戦後の自分の心をぐーっと投影していったこと、葛原が『赤光』と出会ってゆくことと何かすべて重なって来るような感じがするんです。

**森岡** そうですかねえ。私もよくわからない。だけど、葛原さんが『白蛾』に惚れ込んだことは確かなの。でもね、私の第二歌集の『未知』も彼女は気に入っていましたね。私は私で一人歩きをしたと思うんです。あの人があんなことを言ってこなかったら友達にはならなかったと思いますね。あの人があんなことを言ってこなかったの。うっかりするとパッと取られちゃうのよ、「あ、それ、おもしろそうだ。私が歌う」って。でも、その歌の註を頼まれたときは困った。だから、デタラメ。あの人の自註で本当のことを書いたのはきびしく言えば一つもありません。

**川野** それ、おもしろいなと思ったんです。〈他界より眺めてあらばしづかなる的となるべきゆふぐれの水〉の歌は、フライパンにあいた穴から向こう側を透かしてみて作ったという話もウソみたいですね。

**森岡** 一〇〇パーセント、ウソよ。そんなバカなこと、あり得ないでしょ。私、あのとき言ったの、「いくら何でもあなたひどいじゃないの」って。「悪い？」と聞き返すから、「よくない」と言い返すと、「私の歌は私の歌です。あなたの歌じゃないんですから、私の勝手」って。

**川野**　葛原は人が褒めてくれたり書いてくれたりすると、それに乗っかるかたちで自分の歌についてどんどん話を作っていきますね。それも葛原の創造性としておもしろいと思うんです。

**五島美代子との交遊**

**川野**　空壜の酢の歌、〈飲食《おんじき》ののちに立つなる空壜のしばしばは遠き泪の如し〉を作ったときのお話をうかがえますか。

**森岡**　あれなんかはウソじゃないのよ。夏、葛原さんがどうしても軽井沢の自分の家へ遊びに来いと言うんです。息子さんも一緒にと熱心に勧めてくださったものだから、高校一年の息子を連れて行ったんです。これは最初に行ったときのことですよ。その年は、東大の一年生になったご長男とそのお友達、それに聖心大学に行ってらっしゃる二人の娘、妙子さんの五人。長女の方はもう結婚していらしたから別です。とにかく、その夏は全部で七人でワアワアと過ごしていたんです。

何日目だったかしら、みんなで森の中を散歩をしていたら、西洋の油絵にでも出てきそうな白いレースの長いお洋服を着て日傘を差した女の人が歩いてくるんです。よく見ると、あと二人、女の人がいるわけ。葛原さんはじーっと見ていた。あの人はひどい近眼で、メガネを外したら何も見えないくらい。私が「五島美代子さんに似ているけれどまさかねえ」と言って、近づいてみたら、五島さんとお嬢さんとお弟子さんだった。一、二日前から、そのお弟子さんの別荘に来ているんですって。「まあ、うれしいわ、ここで葛原さんと森岡さんに会えるなんて」ということで一緒に散歩をしていたら、突然、「私、葛原さんの別荘に行くわ」とおっしゃるから、葛原さんはびっくりしちゃってね。お布団の用意もしなきゃいけないし、当時はまだ食糧が十分じゃないし。でも、「行くわ」と言ったら、もうそれで決まり。お弟子さんには帰ってもらって、五島さんといづみさんはそのまま葛原さんの別荘に来てしまったの。

別荘では、五島さんのお嬢ちゃんのいづみさんは御持参のレース編み。私たちはベチャクチャおしゃべりしているし、男の子三人は知らん顔で別の部屋。葛原家の二人のお嬢さんが立ち働いて食事の用意をしてらした。ジャガイモを買って、つぶして、シャケ缶を出して、一緒に混ぜて。大したものはないんですよ、というわけ。そうしたら五島さん、「あたし、こういうのが食べたかったの」なんて、お嬢ちゃんみたいな声を出して言うの。（葛原さんのお嬢さんたちは皆さんの食事の支度で）大変だから、お醬油だってお酢だって壜のまま、ハイッと出すんです。食事の後も大変ですよ。二人のお嬢さんが立ち働いたの。片付けも何も手が回らないから壜を出しっ放しにしていたら、夕方になって日が壜に射して来た。ああ、いいわねえと言ってたんです。その時の歌。

**川野** わあ、そんな事が背景なんですか。面白いわあ。軽井沢の家に葛原が突然、窓を作ったという話もありますね。

**森岡** もしそこが空いていて見ると好い樹が遠くに見えてくるんですって。それを見なくちゃと言って、二階への階段を上がった突き当りのところが壁になっているのですけれど、そこを四角く切っちゃったの。違い棚のところも切っちゃった。そうしたら、（大工さんが）「奥さん、これ以上切ったら家が壊れます」って（笑）。二階を建て増ししておいて、あっちだ、こっちだと窓をあけちゃうんだから。でもこのことはだいぶ後のことです。

**川野** 「空壜」の歌のときでしょうか。五島美代子と葛原と森岡さんとで歩いていたとき、五島美代子が突然、別荘地を買ったという話があるそうですが。

**森岡**　五島美代子さんとお嬢さんが突然加わって、みんなで二、三日暮らしていたら、五島さんが「私、軽井沢に土地を買って別荘を建てるわ」と言い出してね。すっかり乗り気になっていて「葛原さん、土地の周旋屋さんを探してちょうだい」と言うの。私が「土地を買うのはいいけれどお金はどうなるの」と聞いたら、「お金なんて大したことないわ。私、払う。だって朝日の選歌料がありますわよ」って。朝日歌壇の選歌が始まった年だったんです。五島さん、近藤さん、宮柊二さんとの三人。それが思わぬ高い選歌料だったんですって。「え、そんなに！」と葛原妙子と二人でびっくり仰天したくらい。それで業者（西武）に頼んだら、葛原さんの別荘よりもうちょっと駅に近いところの横の山を開発したところがあって、その隅が残っていた。端っこが傾斜地になっていて、全体で百三十坪くらいあるけれど平地は五、六十坪くらいしかないんです。見に行ったら、小松がポッポッと生えているだけ。周りに家はまだ一軒も建っていない。ただ山並みが見える。そこへ入って行って五島さんはしばらくじーっとしていた。で、「買う！」って言うの。「でも、あなた、五島茂さんに言わなきゃ」と言っても、「いいです。私のお金ですから」なんて言って、すぐに業者（西武）と交渉して買うことにしたのです。

**川野**　わあ、すごいなあ。私が思い切って買えるのって、スキヤキの肉くらいですよ。あのころの女流はすごくエネルギーがありますね（笑）。

**森岡**　五島さんはお金がないからと言って、最初に建てたのは台所とお手洗いとたった一間の家。それも広い部屋じゃない。六畳くらいあったかな。玄関も何もない。お堂みたいな家でしたよ。窓もろくにできないうちに行ってみたら、アブだかハチだかがブンブンお部屋の中を飛んでいて入れない（笑）。それからだんだん建て増しをなさったんだけれど。あそこを買ったそもそもはたった二日ばかりのおしゃべりからなのよ。

秘密の場所「あそこ」

**森岡**　その翌年、葛原さんと二人で変なところに行ったの。軽井沢の星野温泉の奥。前は硫黄を採っていた車が通っていた道だったらしい。だけど、その当時はもう硫黄を採ってなくて、通る人もない寂しい山道だった。崖の下を谷川が流れていて美しいところが見えたのです。私は身軽だったから木を伝いながら降りていったら、その下がすばらしいところだった。彼女は「森岡さん、危ない、危ない」って言ってたけれど、もうたまりかねて、危ないのにズルズルッと滑って降りてきた。谷底のそこは水が流れていて、中洲もあるので水が二手に分かれるの。この中洲に草だか萵だかいろいろ生えているんです。そこに二人で二時間くらいいたの。『原牛』の〈かのひとりご目ひらくごとき藻の花の小さきに白きに悲傷せり〉という歌を作ったのもここ。

**川野**　ああその歌ですか。

**森岡**　何しろそこが気に入ったんです。すごい気に入りようでね。そのときの歌はたくさんあるの。その翌年、「森岡さん、私ひとりであそこに行ってきた」と言っていました。「あそこ」と言えばそこのことなのよ。そこが彼女にとって秘密の場所なの。あの人は二回か三回、行ってるわね。私は「また行ったの、あんなところへ」と言ったけど、「あそこ」にはあの人の心を揺すぶるものがあるのね。でも、なるほどなと思いました。なぜこんなところが心を揺すぶるのか、私にはわかるのですが、それを言うといけないわ。

**川野**　そこをうかがってみたいですけれど（笑）。

**森岡**　今、あそこがどうなっているか、行ってみたいわね。でも、道も変わったし、ちょっとわからないでしょう。あの人は架空からは作らない人なの。お話とか一つの絵を見て、そこから連想するということはある。だけど元の根っこはある。全くの無からは絶対に作らない人ですよ。『葡萄木立』（昭和38年）のときだって、わざわざ甲州に一人で行くのよ。そして、葡萄園を歩いてきて作ったわね。「葡萄売り」なんてところも本当に行って、作ったの。無からは歌わない。

**川野**　そういう意味で葛原の歌を写実だという人もありますね。白いミミズクを飼っていたという話がありますね。あれもミミズクを見て、その歌を作るためにわざわざ飼っていたのですか。

**森岡**　そうですよ。気に入って気に入って、電話がかかるとフクロウのことを話すの。小さいフクロウで、高雅な顔をしていると言うのよ。部屋で放し飼いだから、足にくさりをつけておくの。鳥のひき肉を人差し指の先くらいに丸めて、手にちょっと載せて見せてやるとパクッと食べるって。毎日毎日フクロウのことで電話がかかってきていたのですけど、そのうちにかからなくなった。それがもうすごいことになっていたのです。あまり運動もさせないでしょ。体力が弱ってきて、羽根が抜けたりするので、これは大変だというので、売っていた鳥屋に聞いたら「やはり生き餌が欲しいんですよ。ハツカネズミがいい」と言われたんですって。それでハツカネズミを買ってきて与えたら、パクッと一口で食べて陶然とした目をしていると言うのよ。フクロウは元気になったんですって。でも、それから先が大変だった。今度はひき肉をやっても食べないでしょ。毎日ハツカネズミを食べさせなきゃならなくなった。それで、フクロウに食べさせるためにハツカネズミを飼ったんですって。ハツカネズミって、子供を生んでどんどん増えるでしょ。フクロウはもう貪欲になるし。すっかり気持ちが悪くなって、フクロウは無理矢理、鳥屋に引き取ってもらった。よほど後味が悪かったらしく、「もうこりごりした」と言ってました。

**川野**　壁の隙間にネズミが走るという歌など、ネズミの歌もずいぶんありますね。部屋でハツカネズミを飼っていたんですか。

**森岡**　そうでしょ、きっと。フクロウを飼い始めた最初のころは「ちょっと頭を垂れていて、手に乗るのよ。何とも言えない感じだわ。すばらしい」って言ってたのが、「気持ちが悪い、気持ちが悪い」で恐れて、ノイローゼになるほど怖くなっちゃった。あまり大きなフクロウじゃなかったのに。でも、そのフクロウを捨てたという歌は作ってないの(笑)。

**川野**　ミミズクといるために生活が夜型になったという話も聞いたのですが。

**森岡**　そんなことはないですよ。

## 蛇がとぐろを巻いているような

**川野**　「私は書きますから」ということで葛原が別室に籠もってしまったというエピソードも、軽井沢にいらした時ではなかったでしょうか。

**森岡**　そう。あれは中城ふみ子が亡くなった後のことですね。軽井沢にいるときで、彼女はその文章だか歌集の批評だかを頼まれた。あのときは五島さんが帰った後で、「森岡さん、今から私は書きます。あの四畳半の男どもを出しちゃって、あそこに籠もります。入ってきてはいやよ」と言うから、私は一日だと思ってたの。そうしたら一日たっても二日たっても出てこない。ご飯はその部屋へ持ってこさせて、本人は一切出てこない。三日目にそうっと覗いてみたら、部屋の真ん中に派手な掻巻が一つあって、こんもりとしている。まるで蛇がとぐろを巻いているみたいなの。葛原さんの姿は見えない。死んでるんじゃないかってびっくりしたわねえ。「入るな」と言われていたことを忘れちゃって、「あらっ、葛原さあん、妙子さあん」って大きな声で呼んだの。そうしたらその掻巻からヒョッと首を出し、「入っちゃダメって言ったでしょ」と恐い顔で言って、ざんばらの頭で、また掻巻かぶってそのまま出てこなかったの。何をそんなに必死になって書いていたのかな。

**川野**　すごい！　葛原は苦吟するタイプの歌人でしょうが、書くほうもすごく苦労したみたいですね。

**森岡**　もうとにかく、あの人は添削を一つするんでも準備が要る。講演なんか頼まれてごらんなさい。葛原さんは全部原稿を書きますよ。そうしてそれを見ながらしゃべる。私、「あなたったら、講演のとき偉そうに原稿を読んでいるわね」と言ったことがあるんです。「森岡さんみたいに器用にいかないもの。私はちゃんと原稿を書いておかないと一言もものを言えない人間でございますッ」なんて（笑）。新人の歌集の一首の批評だって、すぐにはできないと言うの。前もって原稿用紙に書いておく。そうしなければしないの。

現代歌人協会で添削の講座をしたとき、葛原さんも担当したの。あらかじめ五首くらい渡されていたから、しゃべることを妙子さんは全部原稿用紙に書いておいた。ところが、その日、遅れてきた人がいて、「どうしても見ていただきたい。一首、お願いします」と言って、受付をしていた私に出したんです。だから、総指揮をしていた加藤克巳さんに断って葛原さんのところに持って行き、「今日、来た人のだけど、最後に一首、付け加えてください」と言ったら、あの人、顔色を変えたわね。「お断りします」って。「たった一首でしょ。一言何かを言えばいいんだからお願いします」と言っても、憤然として「私は不器用でございます。ですから、とっさに言われてもできません」って言うの。作品を出した当人は席で待っているのよ。困っちゃってね。私が「あなたも歌を作っている人でしょ。一首くらい、何よ」と言ったら、「私は前以て原稿用紙に書いておかなければ喋れないんでございまーすッ！」って（大きな声で）言うから、加藤さんはびっくりしちゃってね（笑）。「森岡さん、どうしたんだ、葛原は。この一首くらい、何でもいいから何か言ってやればいいのに」と言うんだけれど、私は「そんなこと言ったって、あの人に通じないわ」で、葛原さんはとうとうしなかった。加藤さんはそれからもう葛原さんのこと、忌避するわね（笑）。でも、男の歌人にはちょっとしたことで忌避されるのは多いのよ。

## 女同士で読み合い深め合う

**川野**　「女人短歌」のことにもつながるのですが、今から考えられないくらい、「女人短歌」の創刊の頃の男の人たちの反応はすごいものがありましたね。あの雰囲気のなかでどうして皆さんは「女人短歌」を続けようという気になったんですか。

**森岡**　やはり男中心の歌壇だったから、女同士、固まってなきゃというわけ。大西民子さん、富小路禎子さん、北沢郁子さん、みんな入ったの。大西さんは木俣修さんが反対されたのでペンネームで入ったと思う。先頃、調べたけれど大西さんの歌がない。しかし、会員名簿にはあるのよ。（だから、ペンネームを使っていたということでしょう）富小路さんはだれの紹介もなしに、最初は投稿欄に投稿し、それから会員になったんです。北沢さんはちょっと遅れて、最初から会員として入会。そして、女人短歌叢書で、みんなが合同して既刊の歌集を出したことがあるんです。大西さんも歌集は会員で入っていると思う。でもね、後日、みな「女人短歌」から離れられました。

私は、女人短歌の中で有名になりたいとか、そんな目的がなかった。私は自分とぶつかり合って、自分の杖とも柱ともするつもりで歌をやっていたでしょう。手術しても病巣が残るから完全には治らないけれど、子供が一人前になるまでは絶対死にたくないと思った。どんなことがあっても。ボロボロになってもいい、子供が成人して就職するまでの命をどうやって保つかというとき、杖か柱になるものが欲しいわけですよ。だから、歌に心をやったわけ。ただ、歌をやるといっても技術も要るし、定型という規則があるわけだから難しいですよ。でも、他人が何と言おうと自分なりのふうで歌っていく。それが認められるとか認められないとか、そういうことは問題じゃなくて、自分のためにそうすることで生き抜けるのではないかという感じだったの。だから、すごく強かったわけ。

葛原さんとは「仲良しでやっていこう。先輩のおばさんたちに勝つには仲良しもいなくちゃいけない」と言っていたの。「組むにはあなたしかありません。見渡したところ、森岡貞香でーすッ。これから勉強していくのにだれがライバルであり友達であるかと考えたら、やっぱりあなただわね」なんて、言ったのよ。

**川野**　あの当時、女流が書く場も少ないとき、五島、葛原、森岡さん、もう二、三人で、お互いについてよく書き合ってますね。今読んでみると理解の深さが男の人たちが読んだときと違います。

**森岡**　難解派と言われて棚上げでした。塚本邦雄も難解派でした。

**川野**　森岡さんが葛原のことを「ガラスのケースの中に入って苦悶する魂のようなものが見える」という言い方をされています。表層的に女歌だ何だと叩かれていたとき、森岡さんがいちばん先にいちばん深いところを摑んでおられたなあと思います。中城ふみ子が亡くなったとき、スキャンダラスな部分が表層的なところで話題になったけれど、そうではない、ああいうふうなことも一つの社会詠だという言い方を葛原はしています。森岡さんも含めて女同士で読み合うことによって深め合っていった部分が大きいのではないですか。

**森岡**　葛原さんって途方もないようなところがあったの。ただ、そういう方が横にいらして刺激になったことは確か。だけど、私の歌と葛原さんの歌は基盤が違う。あの方はお医者さんの奥さんですし、病気でもないし、経済的にも心配がないでしょう。私は当時、家もあるし父も母も生きていたけれど、将来どうなるかはわからなかった。病気がかなりひどかったので、母なんか私がすっかり死ぬものと思ってた。自分の命を自分で支えるには精神的に何かなければ、弱気になってはだめなんです。そこを歌に求めたから、いい歌とかではなくて体当たり的なところがあって、言葉なんかも自分なりに考えてずいぶん無理して使いました。

## 室生犀星へ接近

**川野**　昭和二十年代、ジャンルを越えた議論が盛んでした。短歌も俳句や詩に接近して、短歌の間口を広げようという時代だったことは影響しているんですか。

**森岡**　それは私、全然わからない。だけど、『未知』という歌集は詩的なところがあると言って、ユリイカ社の伊達さんは認めてくれたんです。伊達さんはその後、ガンで急逝されました。短歌はいわゆる詩的にならないほうがいいと自覚したのは逆に『未知』を刊行したことからですね。

**川野**　葛原も詩のほうに接近しようとした時期があったんですか。

**森岡**　私はないと思う。あの人はあくまで短歌でしたね。

**川野**　見方によれば葛原の歌はずいぶん詩のほうに近いのではないかということも言えなくはないですね。

**森岡**　でも、あの人は詩をやろうと言ったことは一回もないわね。

**川野**　葛原は室生犀星と親しかったそうですが。

**森岡**　室生犀星の奥様だったと思うけれど、葛原さんの病院へ患者としていらしていたことがあるというので、詩とかそういう関係からじゃないの。おうちも近かったみたいよ、大森で。

**川野**　何か行き来があったような。

**森岡**　彼女はそういうことを言っていたけれど、それほどないのよ。

**川野**　「女人短歌」で一度、室生犀星を呼んで座談会が開かれたことがありましたね。

**森岡**　ええ、しましたよ。そのときに名乗り出たのが葛原さんで、「私は（室生犀星を）知っている。私が交渉する」と買って出たんです。それで「葛原病院の家内です」と言って、交渉をしたの。旧軽に室生さんの立派な別荘があるから、そこへ行くことになった。「森岡さん、あなたも来るのよ」と言われたけれど、私は用事もあったし体の調子もよくなかったので、「行かない」と言ったら怒ってね。さんざん誘われたけれど、とうとう行きませんでした。それで、生方さん、五島さん、葛原さんなどで軽井沢に集って車で行ったら、案内人の葛原さん、（道が）わからなくなっちゃった。ぐるぐる回って、お約束の時間が来てもまだ着かない。しようがない、ここで車を降りましょうとみんなで決めたら、五島さんが「腹が減っては戦ができないと言うから、私はここにいます」と言って、手提げの中からアンパンを出して食べ出したんですって。葛原さんが東京に帰って来てから感心してましたね、「やっぱり五島さんは大したものね、一人で車に残ってアンパンを食べてるなんて」と。そこで、葛原さんが車から降りてみたら、そこが室生さんの家の前だったんですって（笑）。

**川野**　わあ、すごいなあ。あの座談会は葛原の独演会みたいになったとか。

**森岡**　もう、一人で出しゃばったのよ。他のみんなはうれしくなかったみたい（笑）。

## 第一歌集『橙黄』の改変

**川野**　『原牛』（昭和34年）の叙文を室生犀星が書いていますね。

**森岡**　「女人短歌」のことでおたずねして以来のことでお知り合いだからってことで。でも『原牛』は室生さんは「和歌の體位」ということで書いていらして、良い歌集として認めていらっしゃいます。

**川野**　『橙黄』（昭和25年）から『飛行』へ、方法的にずいぶん飛躍がありますね。どんな苦しみ方をしたんでしょうか？　『飛行』誕生の裏話など、お聞かせいただけませんか。

**森岡**　飛躍があるんですよ、いろいろなことがあったから。私と知り合ったことも一つ。それから、「女人短歌」に行ってみたら「潮音」と違う世界があったわけ。五島さんの歌はもちろん（葛原とは）違うんですよ。あの人はお子さんの歌を詠んでいて、歌い方も何も全然違うけれど、ひたすらな歌なの。だから、五島さんの歌を妙子さんは認めていましたね。あの人の目では、私の『白蛾』と五島さんの歌。そのときは本当にそう思ったらしくて、「だから、あなたとこれからおつきあいしたいわ」と向こうからプロポーズしてきたんです。

**川野**　『飛行』の帯文を頼むほど森岡さんに傾倒していたのですね。

**森岡**　そうなのよ。そして、しゃべっているとどっちが年上かわからないようなところがあった、私のほうが下なのに。二冊目の歌集『飛行』を作るときに、手伝ったことがあるわ。あれは冬だったけれど、原稿を抱えてやって来て、涙をボロボロ流して「一緒に見てちょうだい。順番もわからない。これはどうかしら、あれはどうかしら」と言うから、私が「それじゃ、この歌は捨てなさい」と言うと「いやこの歌は残したい」「それじゃこの歌は残しなさい」と言うと「そんな歌は残したくない」、そんな調子だったんです。そして、最初に書いた「あとがき」を読んだら変だった。「これはいくら何でもおかしい」と言ったら、五回くらい書き直したわね。最後に書いたのを見て、「あ、今度のはいい」って。あのとき、あの人はなぜか本当に自信をなくしていたものだから、自分で歌集をまとめられなかったの。それなのに、『葛原妙子歌集』(昭和49年　三一書房)のとき、私が「この歌はいいから」と言って、本人はいやがったけれど入れさせた歌がはずしてあるんです。

**川野**　やはり頑固ですねえ(笑)。

**森岡**　代わりに二十首くらい足してるかな。

**川野**　ずいぶん足しています。

**森岡**　私がけなした歌が直されて出ている。一首の歌でも大事なの。私なんか、あ、これ、だめだわと思うと捨てるし、どんな歌だったかも忘れちゃう。でも、彼女は作り損ないのものでも全部残してあるんです。そして、歌を頼まれて、いよいよできないとき、そっちを全部見るのよ。

**川野**　『橙黄』を改変して異本『橙黄』になったとき、捨てた歌がいっぱい異本のほうに入っていますね。

**森岡**　あれ、捨てた歌じゃない。新しい歌です。「山川何とか」なんて、みんな新しく作った。

**川野**　半分くらい作っているんですか。

**森岡**　とにかく『橙黄』の一冊、バラバラにしちゃったの。いい歌に○をつけていって、今の目で見て、採れない歌は捨てたわけ。代わりに歌を作った。だから、新作よ。すぐわかる。原作の『橙黄』とは違って入っている歌は全部新作。「いくらあなたが見えっ張りだといったって、第一歌集に新作を今の段階になって入れるのはおかしいし、そんなの卑怯じゃないの。お母さんやお父さんの挽歌だって今作った歌なら今からの歌集に入れたほうがいい。そんなの初版本を持っている人が見ればすぐわかるじゃないの。

みっともないわよ」と私、言ったの。そうしたら、「いくらあなたの言うことだって聞きません。私の歌集についてよけいなお世話をしないでちょうだいッ」と怒ってね。

**川野** 『葡萄木立』と『朱靈』（昭和45年）に、異本『橙黄』を作るときにこぼれた歌が入っていたりするようなので、（この三つは）どうも平行して作っていたような感じですが。

**森岡** そうですよ。多いですね。作り損なった歌を入れたり、塚本が褒めている歌なんてあとから新しく作った歌。初版が出てしまって、いろいろなものにも収録されたものを作り直して入れ替えたりしたら、人はおかしいと思うでしょうに。

## 塚本邦雄とのかかわり

**川野** 葛原にとってもう一人、影響の大きかった歌人が塚本邦雄です。塚本とのかかわりをご存じですか。

**森岡** 塚本さんと葛原さんの最初のかかわりは、塚本さんは会社にお入りになっても本を買うので、話によると奥様がずっと洋裁をしていらして助けていらした。ゆとりがあまりなかったの。それは私たちもわかっていた。ところが、新鋭歌人たちの塚本熱が上がって来た。塚本さんは東京へ出てそういう人たちと接触したいと思っても、勤めはあるし、なかなか思うに任せない。そうしたら葛原さんが「いいことを思いついた。私、塚本さんを東京へ呼ぼうと思う」と言うの。

当時、留学生のためのアジア会館という施設ができたんです。全部洋式で、ホテルにもなっていて、新しいから部屋がきれいなんです。集会室もあるの。そこで「女人短歌」の編集会をやったことがあるんです。そのとき、あの人はあんまり帯をきつく締めてきたので脳貧血を起こしちゃった。顔が真っ白になって、大変だということで、みんなで寄ってたかって帯をほどいて、並べた椅子の上に寝かせたの。ご主人を呼びましたよ。その晩一晩、そこへ泊まったんです。そういう経験をしたものだから、あそこは手頃で、ベッドもいいということで、「塚本さんを土日にかけて呼んで、アジア会館で塚本さんと三人でいろいろしゃべろう。でも、土曜一日で私たちは引き下がって、あとの日曜日は若い人のグループのところに自由に行ってもらって、お帰りいただくことにしよう」というわけ。ホテルをとって、切符を送ったら、塚本はとても喜んで来ました。

葛原さんからは「あなたも一緒に行ってしゃべるのよ」と言われたけれど、私はいやだと言ったの。「あなたが塚本さんの歌がいいと思って、そういうことをするのはいいことだと思うけれど、それに便乗して私が一緒にしゃべったりするのはおかしいでしょ。あなたは塚本さんと話をしたいが忙しくて行けないから、切符を送って、宿をとって、こちらに呼んだ。そういうことならどこでも通るから、そうしなさい」と言ったの。それで、私は行かなかった。そういうことがあったのは二回までは知っている。一回ではなかったと思いますよ。

**川野**　それはいつごろですか。

**森岡**　まだ早いころだけれど、私が『未知』を出したころより後だわ。昭和三十年代でしょうね。アジア会館ができた一年くらい後じゃないかと思うけれど。

**川野**　塚本は、当初は葛原に対して批判的でしたが、『朱靈』以降、非常に深い理解者になっていきますね。塚本と葛原とはもちろん文学的に刺激し合っていたでしょうが、個人的に気が合うというのか話が合うんでしょうか。

**森岡**　どんな話をしたかは知らない。聞かなかったから。「森岡さんも来ればよかったのに」と言っていたけれど。ま、それで塚本さんは葛原さんとはそういうことで親しくなられたわね。あの人は「つかさん」と呼んでいたわ。塚本さんの才能を非常に買っていた。だからこそ、呼んだのだと思う。土曜日一日か半日、おしゃべりして、その晩と日曜日は好きなほうにいらっしゃってくださいということで自分は引いちゃった。それはきれいなやり方でした。あの人はそれだけゆとりがあったわけだから、よかったと思います。

**川野** 前衛短歌と葛原は違うと思うんですけれど。

**森岡** 葛原さんは自分が前衛だと思ってないですよ。「森岡さんと私は前衛歌人だなんて叩かれるけれど、けしからん。何も前衛でないわよね」と言ってました。

**川野** 葛原自身、ずっとそう主張してますね。だけど塚本とは親しかったんですか。

**森岡** そういうことが契機で、いろいろなことがあったけれど、塚本さん自身が葛原さんの歌は買っていた。だけど、葛原さん個人の「人間」にはやはりびっくり仰天したようなところがあって、人間的な親さとかつながりというのとはちょっと違ったと思う。もっともあの人に対しては他の歌人もそうなの。あんまり大きいでしょう。何しろ、頭の上に髪を玉にしたのが載っているし。近藤芳美さんより高くなってしまうのだから。

## 三つのカツラ

**川野** では、そのカツラの話を是非お願いします。

**森岡** （さっき話した軽井沢でのこと）五島さんが一緒に泊まった晩、自分の小さいころの話をして、おんおん泣いたの。お父様は葛原さんが小さいころ離婚しているわけ。葛原さんのお兄さんは父親の手元に引き取られ、お母さんは一人になり、葛原さんは親戚に預けられた。東京から呼び戻しが来ないし、もうつまらなくて、トボンとした子だったらしいと自分でも言ってました。そこでは怒られどおしで、頭をビシャビシャ叩かれたんですって。「だから、私、ここがペチャンコになっちゃった」と言うから、「そんなことないわよ。頭蓋骨なんてはじめからそうなのよ」と言うと、「いいえッ、違います」って、自分でそこが丸みを帯びてないと信じ込んでいるの。それをカバーするためには髪を高くしてここに載せなきゃならないと言う。小学校五年生のときにお父さんが迎えに来た、その翌年、(関東大) 震災に遭ったと言っていたわね。だから、再婚なさったお父さんは忘れていたわけじゃなくて、ちゃんと養育費は送ってらしたんでしょうけれど、そこのおうちの人が葛原さんを可愛がらなかった。(軽井沢で) そんなことを滂沱の涙を流しながら話すのです。五島さんはびっくり仰天したような顔をして聞いていて、私は「そんな泣いた話をしてもしようがない。せっかく三人いるんだから歌の話でもするのかと思ったのに」なんて思っていたけれど、葛原さんは泣きながら話をしてました。そんなことから、頭の上に (カツラを) 載せることにしたんです。

**川野**　カツラを逆に被ったとか。

**森岡**　後ろ向きに被ってみたらとても格好が良かったから、そうしたんですって。三越のカツラ部ですてきなカツラに巡り合った、これなら言うことないって、結局、三つ買ったんですって。一つはよそ行き。一つは昼間。一つは夜、寝るとき (笑)。ふだんは家で夜も被っているの。あれ、頭が蒸れて良くなかったかもね。病気になってからカツラなんてとられたけど、髪はふさふさとして良かった。両側に分けて、お下げにして編んでいました。とても良かったですよ。だから、頭がペチャンコでも何でもないの。

「石畳」に対抗して大田区短歌連盟を結成

**川野**　猪熊葉子さんの『わが最終講義』に葛原と御主人との関係があまり良くなかったことがちょっと書いてありますが。

**森岡**　それはお金をどんどん使ったから。御主人はわりあいと倹約家できっちりしている。それが、葛原さんが「をがたま」を始めたでしょう。表紙に凝ったりして、どんどんお金を使う。そのお金はどうしたかというとお父さんの遺品の絵をお売りになったんです。

**川野**　横山大観の絵だとか。

**森岡**　そう。そんなにお金になるとは思わなかったんだけれど。そのお金をこれはもう自分で使っちゃおうと思った。だから、タッタッタッタッ使ったんだけれど、ご主人はまじめな人だからハラハラして、「あの人、何をする気だ」というわけ。雑誌の費用に見合う会費も取らずにきれいな本を次々と出したり、何でも買ったりなさるので、注意をしたの。

**川野**　「女人短歌」に入った、かなり最初のころからですね。それまではすごくいい主婦であり母親であったのに、歌に対する意欲が強くなってきたころから、いいお母さんとか主婦をやめようと本人が意識しておられたような。

**森岡**　でも、初めのころはさほどではなかった。お孫さんが生まれたころはもう歌に一生懸命でしたけれど（のめり込んでいたわけではなかった）。『原牛』が出た後くらいから少しずつ、あまりよくはなかったわね。

私が「ポトナム」をやめるとき、（阿部静枝さんから）「森岡さん、『ポトナム』の人を引っ張っていって雑誌を出す気でしょ」と言われたけれど、そんな計画はなかったの。それから十二、三年経って、私が歌を見ていた人たちが「先生、雑誌を出しませんか」と言うから、「雑誌を出すって大変なことよ」と言ったんです。そうしたら、どうでしょう。みんなに触れ回ってカンパを集めたんです。私は全然知らなかった。代表がそのお金を持って来て、「これだけカンパが集まりました。どうぞ雑誌を出してください」って。それは一年分あったの。びっくりして、「よくこんなお金を集めたわね」と言ったら、私が雑誌を出す気配がないから、一年分くらいの会費を集めて持って行こうということになったんですって。それで「石畳」を出したのよ(昭和43年)。

私は雑誌を出す気がないってことは葛原妙子は知っていた。それが突然出たでしょう。もうカーッとなって、「あなた、私に内緒で、相談もしないで、どうして雑誌を出したの」と言うから、「私は出さないと言っていたんだけれど、そういうことでやむを得ず出すことに踏み切った。でも、これは私の自由だから、あなたにあらかじめご相談するも何もないでしょ」と言ったら、怒ってねえ。同人雑誌「灰皿」創刊(昭和32年)のときは「女は私一人だから葛原さんと齋藤史を入れてちょうだい」とちゃんと葛原さんを呼んでいるの。でも、「石畳」のときは何も葛原さんの了解を得ることはないし、突然そういうことになって私も慌てたくらいだから言わなかったの。そうしたら、水臭いというわけよ。

そして、翌月(十一月)すぐ、大田区短歌連盟を作って自分が会長になった(笑)。葛原さんの家を事務所にし、大田区に住んでいた岡部桂一郎さんに副会長を頼み、芸能の渡辺プロの社長、渡辺晋のお父様が区議会議員をしてらして、歌人でもあったから、その人も入れた。それでスタッフを固めた。それで岡部さんと親しくなるんです。

かったの。

歌から離れて得た平安

**川野**　亡くなる前後のことをうかがいたいのですが。どういうふうに葛原が歌と離れていったのかなど。

**森岡**　秋、突然、目が見えなくなったの。「私、目が見えない」と言って一週間くらい全く見えなかったんですって。そのとき半狂乱になっていた。「葛原さんがおかしい」と知らせて来た人がいてね。私は知らなかったの。

いいえ、その前にちょっとおかしいと思ったことがあってね。しばらく電話がかかって来ないのよ。あの人も面倒臭くなって電話もかける気がしなくなったんだわと思っていたら、七月ごろ、かかって来た電話での様子が変なの。もう、なんていうスピードでしょうね、その話し方が異常なのよ。「森岡さんですか。今日は寒いですね。どこどこへ行きましょう」って抑揚もなくトットットットットッと早口で言うの。「あなた、ペラペラとものを言っているけれどどうしたの」と尋ねたら、「あら、もっと早く言えます。ペラペラペラペラペラッ」だから、私はびっくりして電話を切って、すぐに車を拾って葛原さんの家に行ったわけ。大森まで二十分とかからない。

玄関のベルを鳴らしたら葛原さんが出て来た。そして「まあ、森岡さん、どうしたの、急に来たりして」と言う。そのときは普通。「あなた、さっき電話をかけてきたでしょ。何ですか、あの電話は。ペラペラペラペラとあれだけよく口が回るというくらいおかしかったから、あなたが変になったんだと思って電話を切ってすぐ車に乗って来たのよ」と言ったら、涙を流して「ああ、うれしいわ。私のことをそんなに心配してくれたの」と言っているところへご主人が出て来たので、涙の顔をパッと向けて「あなた、森岡さんは私の電話が早口でおかしかったといってすぐに飛んで来てくださったんですよ。それなのにうちの者はみんな、なんて不親切なんでしょッ」と言ったんです。ご主人が変な顔をしてたわ。私も困ってね。

**川野**　葛原は亡くなる前はすっかり歌を忘れていたそうですが。

**森岡**　そうよ。目が見えなくなったでしょ。一週間くらいして見えるようになったときは、もう全然（わからない）。歌の部分の脳みそだけが水になったんだわね。他は水にならない。変だというので面会謝絶にした。「じゃ、私が行ってみよう」ということで行ったんです。目が変になったのが初秋だったから、十月くらいになってからかな、行ったら、ご主人が「ああ、森岡さんか。森岡さんじゃ、しようがない。お上がりください」って、入れてくださった。他の人はだれも会えなかったけれど。

葛原さんは「あら、森岡さん」と言うのよ。あら、わかるじゃないのと思った。話をしていても普通なの。「森岡さん、新聞で見ましたら、俳人の柴田白葉女さんが殺されたんですって。あの方、私、存じ上げておりました」と言うから、「何言ってるのよ。私も知ってるわ。二人で会ったじゃないの」と言ったら、「あら、そうでございますか」なんて、言い方がよそよそしいのよ。「他に新聞で何を読んだの」と聞いたら、「今年は風が荒れて軽井沢のプリンスホテルの木がみんな倒れたんだって」と言っているの。そういうことも覚えているのね。だから、「軽井沢のことは覚えているでしょ。いい木が見えるからって、軽井沢の家の壁を刳り貫いたりしたでしょ。覚えてない？」と聞いたら、「知らない」と言うの。夏には軽井沢に行って歌をたくさん作ったり、たいへんな軽井沢党だったのに、おかしいなと思ったので、「あなた、歌集を出したのを覚えている」と聞いたら、「いいえ。私、歌集なんて知りません」というわけ。ご主人に「いつもこんなふうですか」と尋ねたら、「そうなんですよ」って。

それで、ご主人に歌集を持って来てもらったんです。『鷹の井戸』（昭和52年）でした。「これ、あなたの歌集だけれど、わかる?」と聞いたら、クズハラ、タカノイドってちゃんと読めるの。帯に大きく第八歌集と書いてあるんです。「森岡さん、私は八冊、歌集を出しているの」と聞くから、そうよと答えたら、へーえなんて言って、他人事みたい。字が書けるかと聞いたら、「書けると思うけれど書けないかもしれない」と言うから、その歌集に「妙子」とサインをしてもらったんです。あの人、いつも「妙」の字の女偏が小さくてトランプのダイヤみたいなんですが、やっぱりその字よ。そして、「少」はいつものように大きいんです。だから、手は覚えているのね。「あなた、ちゃんと書けるわね」と言ったら、オホホホなんて笑っているの。しゃべっていると普通なんだけれど短歌の過去がない。それなのに私がわかるというのもおかしいでしょ。

亡くなる年の六月に一度、仮死状態になるくらい悪くなったの。そのときに猪熊さんがカトリックの洗礼を受けさせたけれど、あの人は「うちじゅうの者は、娘たちはみんなカトリックだけれど、私は信仰には入りません。罪が深くても歌人でございますから」と言っていたの。御家族のお気持ちでしょうね。

**川野**　歌を忘れちゃってからカトリックにも入り、そしてまた家族とも和解していくわけですね。それまで「歌の鬼」というんですか、ずーっといろいろなものと軋轢を持ってやってきたのに。

**森岡**　あんなに歌に憑かれた人は見たことがない。私などはあんなに憑かれないわね、どこか醒めていて。だけど、あの人は本当に歌に憑かれていた。

**川野**　搔巻を被っている姿、そのままですね。

**森岡**　そう。蛇がとぐろを巻いているようだった。

**川野**　すごく象徴的な姿ですね。歌を忘れたときに日常の穏やかな生活が戻ってくるという一生は感動的です。

## 真っ赤な花で飾られたお葬式

**森岡**　死後のことを話すと、亡くなったのが（昭和六十年）九月でしょ。お葬式で私は弔辞を読んだの。
　中井英夫は葛原さんの歌をずいぶん買っていたの。でも、お葬式に見えないのよ。三日くらい経ってから電話が入ったの。「森岡さん、あなたがついていながらあの葬式は何ですかッ」と怒鳴っている。だから、「私がせっかく弔辞を読んだのに、あなたはいなかったでしょ。来るべきだと思っていたのに来なかったわね」と言ったら、「あの花は何ですッ」と言う。御長女はちょうど海外に行ってらして下のお嬢さんたち二人が、お母さんは派手なことが好きだったから、お葬式の花は全部赤にしましょうということで、真っ赤な花ばかり。ピンクがちょっとあったけど。花輪が全部赤なのよ。

**川野**　いかにも葛原らしいお葬式じゃないですか。

**森岡**　焼き場へ行くとき、岡部桂一郎さんのご夫婦が一緒だったの。車に三人、座っていたら、大きな声で岡部さんが、「ねえ、森岡さん。歌壇も葛原妙子みたいな女流がいなくなって寂しいねえ。とにかく女流歌人で猥談をする人ってあの人だけだったよ。もう残念だ」って。葛原さんにはそういうところがあったのね。私にはあまり言わなかったけれど。

**川野**　それは聞き逃していました。葛原はわりと陽気でおもしろい人でもあったようですね。歌にはあまりそれが滲んでいないのですが。そういえば「割れ目の研究」という奇妙な好奇心のうかがえる歌もありました。

**森岡**　（例によって）夜中に電話がかかってきて、「芸術新潮」の今月号を買いなさいよ、と言うから、何だろうと思ったら、「割れ目の研究」という題なんですって。例えば古い石造建物に入ったヒビ、立ち木が風で折れたときの割れ目、割れ目の切断面とか、いろいろな割れ目だけを写真に撮って、集めた一冊だったらしい。珍しいでしょ。そういう本があったら歌のタネになりそう。「意味が深いじゃないの、割れ目の研究って。私、これで歌のヒントがずいぶんできた」って。それに惚れ込んじゃって、「これ、いいわよ」と何回も言ってましたね。

**川野** ええ、確かに。葛原は割れ目から向こうを覗くのが好きですよね。(覗いていると)何か出て来たり。

**森岡** あの人、写真からもずいぶん歌を作りましたよ。だから、「芸術新潮」は大好きで、ずっと取っていた。あれから啓発されたのね。「あなたは絵も見ないで作ろうというからだめなのよ。ああいうのは刺激になって、イメージがどんどん湧くのよ」と言ってた。私はただ割れ目なんか見ても何ともなかったけれど(笑)。

**川野** そういえば養老院が焼けて、老女がたくさん亡くなったときの話もおもしろいですね。

**森岡** そう、そう。「たいへん、たいへん」って電話をかけてきたんです。養老院が焼けて老女が何人も死んだんですって。「新聞には老婆と書いてある。どうして、老女って書かないのかしら。老婆が何十人も死んでいるなんて気持ちが悪いじゃないの。私、いやだわ」と、えらい怒りようだった。それにかかわる歌があると思う。

**川野** 『薔薇窓』の中の「母系」の一連に入っています。グロテスクなところは全部省いてきれいな一連になっているんですけど、「老婆が何十人」とあるのを見て作ったんでしょうね。

**森岡** ショックだったのよ、きっと。老婆という言語と人数とが。

**川野** きょうは貴重なお話をありがとうございました。

初出 「歌壇」平成十八年七月号・八月号(本阿弥書店)

# 葛原妙子年譜

| 西暦（元号）年齢 | 年譜 | 作品・評論 | 短歌界の動き | 社会・文化 |
|---|---|---|---|---|
| 1907（明治40）0歳 | 2月5日、文京区千駄木に生まれる。父、山村正雄（外科医）。母、つね（俳人）。 | | 3月、観潮楼歌会始まる。4月中原中也生まれる。※翌年に与謝野晶子らの「明星」廃刊。※自然主義文学をめぐる議論盛ん。 | 2月、足尾銅山でストライキ。各地で暴動や労働争議。 |
| 1910（明治43）3歳 | 父の都合により兄弟姉妹ばらばらに預けられ養育される。妙子、父方の伯父の許に預けられ、北陸の福井市に育つ。 | | 4月、若山牧水『別離』。12月、石川啄木『一握の砂』。 | 5月、大逆事件。8月、韓国併合。 |
| 1917（大正6）10歳 | 体質虚弱で孤独を好む。 | | 2月、萩原朔太郎『月に吠える』。 | |

| | | | | |
|---|---|---|---|---|
| 1919（大正8）12歳 | 4月、旧東京府立第一高等女学校に入学。詩を書くことに興味を持つ。 | | 3月、柳原白蓮『幻の華』。※島木赤彦の「写生道」「鍛錬道」について議論おこる。 | ※前年11月、第一次世界大戦終わる。3月、朝鮮独立運動起こる。 |
| 1923（大正12）16歳 | 9月1日、関東大震災にあう。 | | 1月、「文藝春秋」創刊。※関東大震災により雑誌の廃休刊多い。 | 9月、関東大震災。 |
| 1924（大正13）17歳 | 4月、高等女学校卒業後、母校高等科国文科に入学。教科に四賀光子の短歌がある。 | | 4月、「日光」創刊（白秋、夕暮、善麿、千樫、迢空、利玄ら）。※新感覚派起こる（横光利一ら） | ※翌年、治安維持法公布。 |
| 1926（大正15、昭和元）19歳 | 同女学校を卒業。この頃、斎藤茂吉歌集『あらたま』を入手。 | | 3月、島木赤彦没（49歳）。7月、赤彦『柿蔭集』、「特集・短歌は滅亡せざるか」（「改造」）の中の釈迢空「歌の円寂する時」が大きな反響を呼ぶ。 | ※前年12月、イタリアでムッソリーニの独裁政権成立。 |
| 1927（昭和2）20歳 | 1月、医師葛原輝と結婚、千葉市に住む。 | | 7月、芥川龍之介自殺（36歳）12月、「日光」廃刊。※無産者短歌広がる。 | 3月、金融恐慌始まる。5月、第一次山東出兵。※銀座で洋装のモボ、モガ流行。 |

| | | | | |
|---|---|---|---|---|
| 1928（昭和3）21歳 | 8月、長女葉子出生。 | | 9月、若山牧水死去（44歳）。<br>※女性歌人の集まり「ひさぎ会」成立（長沢美津、北見志保子ら）。 | 3月、共産党への大弾圧始まる。<br>6月、張作霖爆殺事件。 |
| 1929（昭和4）22歳 | 4月、輝、旧九州帝大医学部に勤務。福岡市に転住。 | | 4月、斎藤茂吉『短歌写生の説』。<br>11月、茂吉、前田夕暮ら飛行機に乗り、「空中競詠」をおこなう。<br>12月、岡本かの子『わが最終歌集』。<br>※自由律新短歌盛んとなる。 | 5月、小林多喜二「蟹工船」。<br>11月、西脇順三郎「超現実主義詩論」。<br>※国内でも不況進む。 |
| 1931（昭和6）24歳 | 6月、左肋骨カリエスの手術を受ける。 | | 10月、改造社『短歌講座』刊行開始。<br>※プロレタリア短歌の「詩への解消論」おこる。 | 9月、満洲事変始まる。<br>※プロレタリア詩人活躍。 |
| 1934（昭和9）27歳 | 2月、東京に帰住。<br>6月、長男弘美出生。 | | ※前年より発禁、検挙続出。<br>6月、前川佐美雄「日本歌人」創刊。 | ※前年3月、国際連盟脱退。<br>※作家の転向と転向議論多い。 |

| | | | | |
|---|---|---|---|---|
| 1935（昭和10）28歳 | 4月、東京都大田区山王に、輝、外科病院を開設、以後同所に定住。 | | 3月、与謝野寛死去（63歳）。<br>6月、北原白秋「多磨」創刊。 | 4月、美濃部達吉の天皇機関説問題になる。 |
| 1936（昭和11）29歳 | 11月、次女彩子出生。 | | 7月、五島美代子『暖流』。<br>8月、第一書房『短歌文学全集』。<br>※この頃「忠君愛国百人一首」登場。 | 2月、2・26事件起こる。<br>5月、阿部定事件。<br>※千人針、慰問袋、盛んに作られる。 |
| 1939（昭和14）32歳 | 4月より太田水穂主宰の「潮音」社友となり、四賀光子の選を受ける。 | | ※前年に「ひさぎ会」解散。<br>2月、明石海人『白猫』。<br>4月、「岡本かの子追悼」（「短歌研究」）。 | 9月、第二次世界大戦始まる。<br>※黒幕「英霊」マークをつけた列車走り始める。 |
| 1940（昭和15）33歳 | | | 7月、合同歌集『新風十人』。<br>8月、白秋『黒檜』、佐美雄『大和』、齋藤史『魚歌』。 | 9月、日独伊三国同盟調印。<br>10月、大政翼賛会結成。 |
| 1941（昭和16）34歳 | 1月、三女典子出生。 | | 10月、大日本歌人協会編『支那事変歌集・銃後篇』。<br>※歌壇、戦時色を強める。 | 1月、「産めよ増やせよ」政策決定。<br>12月、太平洋戦争始まる。言論出版集会結社等取締法公布。 |

| | | | | |
|---|---|---|---|---|
| 1944（昭和19）37歳 | 8月、子供と共に長野県浅間山麓星野に疎開、寒冷の山荘で越冬し食料に窮乏する。 | | 4月、日本出版会歌誌統合決定。十六誌残る。 | 1月、大都市に疎開命令発令。7月、サイパン島玉砕。※男性不足で女性が社会で活躍。 |
| 1945（昭和20）38歳 | 年末に帰京。山王の住居、病院、被災をまぬがれる。作歌の気構えを確かにする。 | 「潮音」12月号「小田珠子歌集『楢の葉』の作者に」。 | 9月、「短歌研究」「アララギ」復刊。10月、「多磨」、「潮音」復刊。 | 8月、広島、長崎に原爆投下、日本無条件降伏。「血の純潔を保つため婦女子を逃せ」との通報、九州総監府より各県へ流れる。 |
| 1946（昭和21）39歳 | | 「潮音」に初の歌論、「潮音花鳥譜」5回にわたり連載。 | 2月、渡辺順三ら「人民短歌」創刊。3月小田切秀雄「歌の条件」（「人民短歌」）。5月、臼井吉見「短歌への訣別」（「展望」）。宮柊二『軍鶏』。桑原武夫「第二芸術」（「世界」）。12月短歌総合誌「八雲」創刊。※歌誌の復刊相次ぐ。 | 1月、天皇人間宣言。2月、女子の大学入学が認められる。4月、戦後初の選挙で女性代議士39人が登場。5月、極東軍事裁判始まる。8月、厚生省「生むな殖やすな」運 |

| | | | | |
|---|---|---|---|---|
| | | | ※短歌俳句否定論盛んとなる。 | 動を提唱。<br>10月、農地改革。<br>11月、現代仮名遣い告示。<br>※食糧難で京浜地方の餓死者1300人あまり。 |
| 1947（昭和22）<br>40歳 | 6月、実父、正雄、葛原家に身を寄せたまま病没（71歳）。土屋克雄等と「潮音土曜会」に参加。<br>※この頃、「潮音」歌友の倉地與年子を浅間山麓の別荘に招待するなど歌仲間との交流活発となる。 | | 5月、桑原武夫「短歌の運命」（「八雲」）。<br>6月、近藤芳美「新しき短歌の規定」（「短歌研究」）。 | 5月、日本国憲法施行。<br>7月、太宰治「斜陽」。<br>12月、改正民法公布。家制度廃止。 |
| 1948（昭和23）<br>41歳 | 日本歌人クラブ会員となる。五島美代子に初めて会う。 | | 1月、小野十三郎「奴隷の韻律」（「八雲」）。<br>2月、近藤芳美『早春歌』、『埃吹く街』。<br>7月、今井邦子没。その後「女人短歌」創刊に向けての動き。 | 6月、太宰治自殺（40歳）。<br>12月、A級戦犯処刑。 |

| | | | | |
|---|---|---|---|---|
| 1949（昭和24）42歳 | 春、長女、葉子、聖心女子大学進学とともに受洗。妙子は反対。以後キリスト教文化への関心を深める。「女人短歌会」創立メンバーとなる。森岡貞香を知る。 | 「潮音」2月号「残された半身」、6月号「倉地與年子論」、「女人短歌」8月号「アカシアの花」、「圓光」6首、12月号「星の位置」6首。 | 3月、「女人短歌会」設立の呼びかけ。6月宮柊二「孤独派宣言」。8月、斎藤茂吉『白き山』。塚本邦雄ら同人誌「メトード」創刊。9月、「女人短歌」創刊。 | 10月、中華人民共和国樹立。戦没学生遺稿集『きけわだつみの声』刊行。※全国の未亡人の数187万7千人余。 |
| 1950（昭和25）43歳 | 中井英夫に初めて対面する。釈迢空に初めて会う。★11月、第一歌集『橙黄』を長谷川書房より上梓。 | 「日本短歌」1月号「醞醸」15首、「潮音」2月号「土屋克夫歌集『焔』の作者に」、10月号「高原便り」、「女人短歌」3月号「現歌壇の展望座談会」、6月号「春の厨」3首、9月号「未明のをとめ」5首、12月号「月と犬」6首、「長沢美津歌集『雲を呼ぶ』に寄せて」、「短歌研究」3月号「冬菜」15首、8月号「砦」12首。 | | 6月、朝鮮戦争始まる。7月、金閣寺炎上。レッド・パージ始まる。 |
| 1951（昭和26）44歳 | | 「潮音」1月号「対話―山草をかたへに」、「短歌研究」3月号「剥落」12首、「女人短歌」7月号5首、12月号「火」30首、「短歌雑誌」12月号「女流歌人小論」。 | 1月、釈迢空「女流の歌を閉塞したもの」（「短歌研究」）。4月、前田夕暮没（69歳）。5月、山田あき『紺』。8月、塚本邦雄『水葬物語』刊。「モダニズム短歌特集」（「短歌研究」）。11月、斎藤茂吉文化勲章受章。 | 9月、サンフランシスコ講和条約。自由詩同人誌「荒地詩集」創刊。 |

| | | | | |
|---|---|---|---|---|
| 1952（昭和27）45歳 | | 「潮音」3月号「窓」、5月号「窓」、6月号「反写実短歌表現の種々相」、7月号「二人の老人」（太田水穂追悼号）、「短歌研究」2月号「甕」30首、6月号「美しい老女」、7月号「結社雑誌合評」、10月号「白き鹽」11首、「女人短歌」3月号6首、6月号7首、9月号13首。 | ※「民衆短歌」論議盛んとなる。 | 5月、血のメーデー事件。7月、破壊活動防止法公布。8月、原爆被害の写真初めて「アサヒグラフ」に紹介される。 |
| 1953（昭和28）46歳 | | 「潮音」10月号「長野犀北夏日」、「女人短歌」3月号10首、6月号10首、9月号10首、「短歌に於ける虚構について」、12月号10首、「短歌研究」4月号、「雪の街」50首、11月号「雨量計」12首、12月号「白日放歌に応えて」。 | 2月、斎藤茂吉没（70歳）。9月、釈迢空没（66歳）。11月、佐藤佐太郎『純粋短歌』。※歌誌、同人誌の創刊相次ぐ。 | 2月、テレビ放送開始。吉田茂首相、バカヤロー解散。 |
| 1954（昭和29）47歳 | ★7月、『飛行』（白玉書房）刊行。 | 「短歌研究」1月号「自選十首」、2月号「石鳥」30首、11月号「半身」30首、年鑑「氷翼」20首、「短歌」8月号、「焼却」30首、9月号「女性短歌の前進のために」、12月号「胡桃と椅子」10首、「女人短歌」6月号10首、9月号10首。 | 1月、総合誌「短歌」（角川書店）創刊。4月、中城ふみ子「乳房喪失」（第一回「短歌研究」新人賞）。6月、三国玲子『空を指す枝』。7月、ふみ子『乳房喪失』。8月、ふみ子没（31歳）。11月、寺山修司「チェホフ祭」（第二回「短歌研究」新人賞）。 | 3月、ビキニ水爆実験で第五福竜丸被爆。 |

| | | | | |
|---|---|---|---|---|
| 1955（昭和30）48歳 | 1月、師、太田水穂没（79歳）。 | 「潮音」6月号「昼の意識の作者―井戸川美和歌集『冬虹』について」、9月号「荒地の通行者―中城ふみ子歌集『花の原型』によせて」、「短歌研究」1月号「難解派の辯―短歌の判らなさについて」、5月号「母系」30首、8月号「萱の火」、11月号「水の明り」14首、「短歌」3月号「再び女人の歌を閉塞するもの」、7月号「前月號《六十首》評（森岡貞香、「赤き木の實」抄）」、11月号「私の短歌作法―色彩と幻」、「女人短歌」4月号5首、6月号5首、9月号3首、12月号5首。 | 4月、中城ふみ子『花の原型』。<br>5月、馬場あき子『早笛』。<br>6月、釈迢空『倭をぐな』。<br>8月、河野愛子『樹の間の道』。 | |
| 1956（昭和31）49歳 | 4月、「現代歌人協会」結成、発起人に加わる。室生犀星と初対面、『飛行』への理解を得る。 | 「短歌研究」1月号「薔薇窓」30首、4月号「想像力の翼を」、7月号「光と嵐」10首、11月号「神の指」30首、「短歌」3月号「花を摑む」15首、7月号「薔薇窓」62首、10月号「瀝青」15首、「女人短歌」3月号7首、6月号5首、12月号13首、「沙羅談話―書く人・歌う人―」。 | 1月、「現代歌人協会」結成。<br>3月、塚本邦雄『装飾樂句』。<br>7月、森岡貞香『未知』。<br>9月、富小路禎子『未明のしらべ』。<br>10月、岡井隆『斉唱』。<br>※大岡信と塚本邦雄の間に方法論争おこる（前衛短歌運動始まる）。<br>※民衆短歌運動盛んになる。 | 1月、石原慎太郎『太陽の季節』。<br>7月、経済白書「もはや戦後ではない」。 |

| | | | | |
|---|---|---|---|---|
| 1957（昭和32）50歳 | 山陰地方を旅行する。作品「原牛」50首となる。 | 「潮音」9月号「四賀光子歌集『白き湾』小論」、「短歌研究」2月号「作品月評随想的に」、3月号「作品月評文体と資質」、「原牛」50首、「短歌」2月号「氷壺」40首、8月号「球」32首、10月号「赤光ノート」、「灰皿」創刊に参加、「風媒」10首、「女人短歌」3月号5首、6月号5首、9月号5首、12月号10首。 | 3月、山中智恵子『空間格子』。9月、五島美代子『新集母の歌集』。※吉本隆明と岡井隆の間に方法論争起こる。 | 8月、日本の原子炉に火点る。10月、日本、国連の安保理事会非常任理事国となる。 |
| 1958（昭和33）51歳 | 塚本邦雄を招き、アジア会館にて会う。4月、仙台、十和田湖、弘前などに旅をする。後、作品「劫」となる。「灰皿」創刊に参加。 | 「潮音」4月号「一つ鍵—母子通信」、「女人短歌」3月号「喪われてはならぬもの—表現の厳正と潔癖について」、6月号3首、9月号5首、「灰姫」、「短歌研究」2月号「雪蔵」33首、6月号「〝自然〟の歌と人間」、「短歌」1月号「薔薇の錘」30首、8月号「劫（カルパ）」63首、9月号「晶」15首、10月号グラビア写真、11月号「繭—秋の随筆」、12月号「暗い自己の内部に—アンケート特集」。 | 2月、菱川善夫『敗北の抒情』。10月、塚本邦雄『日本人靈歌』。※主題制作、大連作の試み盛んとなる。 | 1月、大江健三郎『飼育』。※出生率世界最低水準となる。 |

| | | | | |
|---|---|---|---|---|
| 1959（昭和34）52歳 | ★9月、歌集『原牛』を白玉書房より刊行。 | 「短歌研究」1月号「風衡」14首、4月号「魔王」6首、7月号「球形恐怖─歌人の日記」、8月号「刻印」10首、「短歌」2月号「冬の花譜」、3月号「黄道」50首、8月号「私の愛歌と現代の愛歌への意見」、10月号「葡萄木立」30首。 | 1月、馬場あき子『地下にともる灯』。<br>5月、「前衛批判に応えて」塚本邦雄、岡井隆（「短歌」）。<br>9月、齋藤史『密閉部落』。 | 4月、皇太子結婚。<br>9月、伊勢湾台風。 |
| 1960（昭和35）53歳 | 蔵王地蔵峠に登る。 | 「潮音」10月号「結社について」、「短歌研究」1月号「海の風」10首、5月号「北の霊」25首、12月号「年鑑自選10首」、「短歌」2月号「魚影」10首、3月号「原牛」60首、10月号「啄木鳥」30首、「女人短歌」43号5首、「短歌との出会い」、44号3首、45号3首。 | 5月、「特集・社会詠の方向をさぐる（安保改訂をうたう他）」（「短歌」）。<br>9月、岸上大作「意思表示」で「短歌研究」新人賞推薦作品となる。<br>9月、春日井建『未青年』刊行。<br>12月、総合誌「律」創刊。<br>12月、岸上大作没（21歳）。 | 6月、60年安保闘争、樺美智子死亡。<br>12月、池田内閣、所得倍増政策を発表。 |
| 1961（昭和36）54歳 | 1月、肺炎を病む。「律」創刊に参加。 | 「潮音」12月号「初学講座」、「女人短歌」3月号5首、6月号3首、「木の間より」、12月号5首、「近代短歌の流れ─昭和後期」、「短歌研究」1月号「標」30首、7月号「自選20首」、8月号「箱」5首、9月号「短歌セミナー」、「短歌」4月号「片手」30首、11月号「秋の人」30首、12月号「宮原茂一氏を悼む」。 | 2月、岡井隆『土地よ、痛みを負え』、塚本邦雄『水銀伝説』。<br>8月、倉地與年子『乾燥季』。<br>10月、吉本隆明「言語にとって美とは何か」連載開始（「試行」40年6月まで）。 | 4月、ガガーリン人類初の宇宙飛行に成功。<br>11月、「女子学生亡国論」論争が巻き起こる。 |

| | | | | |
|---|---|---|---|---|
| 1962（昭和37）55歳 | 5月、徳島市の短歌大会で「作歌の機微について（一）」を講話する。 | 「潮音」1月号「四賀光子歌集『青き谷』覚え書き」、5月号「魂の自由―一人の詩人の死」、7月号「作歌の機微について」、10月号「対話―嘘と真実、感動と興味」、「女人短歌」6月号「伊佐の娘」、「短歌研究」3月号「織女」15首、「短歌」5月号「『原型』の創刊と齊藤史さん」、9月号「穀倉」31首、10月号「岡井隆歌集『朝狩』のうたについて」、「初井しづ枝歌集『白露虫』評」。 | 4月、齋藤史「原型」創刊。<br>6月、「短歌における思想と文体」（「律」2号）<br>11月、長沢美津編著『女人和歌体系第一巻』。 | 2月、東京都、世界最大の一千万人都市となる。<br>3月、室生犀星没（72歳）。<br>6月、安部公房『砂の女』。<br>11月、高橋和巳『悲の器』。 |
| 1963（昭和38）56歳 | ★11月、『葡萄木立』を（白玉書房）刊行。 | 「潮音」1月号「二つのS」、「短歌研究」6月号「銀」30首、「短歌」1月号「風」18首、「直喩のにぎわひ―現代短歌講座」、4月号「集約と拡大―現代短歌講座」、5月号「角川短歌賞決定まで選考座談会」、7月号「市街」30首。 | 3月、山中智恵子『紡錘』。「特集・短歌における〈私〉」（「短歌」）。<br>※前衛短歌運動最盛期。 | 1月、吉行淳之介「砂の上の植物群」連載。<br>11月、ケネディ大統領暗殺。<br>※政治と文学論争起こる |
| 1964（昭和39）57歳 | 『葡萄木立』日本歌人クラブ賞受賞。南日本新聞歌壇選者となる。 | 「潮音」5月号「暗いガラス」、「女人短歌」6月号「聖母像妄語」、「短歌研究」6月号「菱」14首、「短歌」3月号「過客」30首、5月号「角川短歌賞決定まで選考座談会」、10月号「人形―№3」5首。 | 10月、前登志夫『子午線の繭』刊行。村上一郎「無名鬼」創刊。<br>12月深作光貞「ジュルナール律」創刊。<br>※戦中派による前衛短歌批判おこる。 | 4月、日本人の海外旅行自由化。<br>10月、東海道新幹線開業、東京オリンピック開催。 |

| | | | | |
|---|---|---|---|---|
| 1965（昭和40）58歳 | 東大病院で眼疾の診察を受ける。 | 「潮音」1月号「暗喩―象徴の原型について」、4月号「与える詩、与えられた詩―水穂作品解説並びにその詩法に就て」、「短歌」1月号「黄熱」27首、8月号「魚」35首。 | 5月、塚本邦雄『緑色研究』、吉本隆明『言語にとって美とはなにか』。6月、山中智恵子、馬場あき子ら『女流五人彩』。8月、寺山修司『田園に死す』。 | 4月、「べ平連」発足、初のデモ行進。7月、谷崎潤一郎没（80歳）。※いざなぎ景気（〜70年7月）。 |
| 1966（昭和41）59歳 | 10月、網走刑務所を訪ね、同所長に会う。他、北海道東部を旅行する。後に作品「北辺」となる。 | 「潮音」9月号「短歌の言葉の機能について」、「女人短歌」6月号「柴生田稔歌集『入野』小見」、12月号「「破調」私見」、「短歌研究」11月号「天使」30首、「短歌」1月号「四つの秤―総合歌誌作品検討」、3月号「青雪」5首。 | 1月、佐藤通雅「路上」創刊。川田順没（84歳）。7月、大西民子『無数の耳』。※この頃、『日本詩人全集』（新潮社）、『日本の詩歌』（中央公論社）など、詩歌の出版盛ん。 | 5月、中国で文化大革命始まる。6月、ザ・ビートルズ来日。 |
| 1967（昭和42）60歳 | | 「潮音」7月号「うたのみなもと―初学講座」、「女人短歌」9月号「作歌覚書」、「短歌研究」9月号「鴫」30首、「短歌」1月号「北辺」33首、11月号「加わるべきものは何か」。 | 4月、窪田空穂没（89歳）、吉野秀雄没（65歳）。※迢空賞創設され、第一回、吉野秀雄受賞。 | ※公害が深刻な社会問題となる。 |

| | | | | |
|---|---|---|---|---|
| 1968（昭和43）61歳 | 4月、鹿児島市で短歌講話、及び、山茶花社短歌会列席。12月、大田区短歌連盟を設立、会長となる。 | 「潮音」4月号「趣味について」、10月号「継承と転身」、「女人短歌」9月号「斎藤茂吉の演出性」、「短歌研究」4月号「作品合評座談会」、5月号「朱」30首、「短歌」1月号「天使No.1」9首、10月号「佐藤佐太郎戦後作品私抄」。 | 1月、深作光貞編『律68』。9月、山中智恵子『みずかありなむ』。10月、近藤芳美『黒豹』。 | 全共闘運動拡大。10月、川端康成、ノーベル文学賞受賞決定。12月、吉本隆明『共同幻想論』刊行。 |
| 1969（昭和44）62歳 | 3月末から1ヶ月ヨーロッパを家族旅行する。のちに作品「地上・天空」となる。 | 「潮音」8月号「幸福の人―松井英子歌集『梅咲く家』に寄せて」、11月号「「事実」と「事実プラスアルファ」―初学講座」、「女人短歌」6月号「ゴヤ」、「短歌研究」3月号「桃の花」、8月号「幻火」18首、11月号「十月随想近藤芳美『黒豹』一首鑑賞特集「掌」一首」、「短歌」4月号「発光」24首、9月号「地上・天空」50首。 | 4月、福島泰樹、三枝昂之ら「反措定」創刊。9月、塚本邦雄『感幻樂』。 | 1月、東大紛争安田講堂攻防戦。7月、アポロ11号月面着陸。 |
| 1970（昭和45）63歳 | ★10月、『朱靈』（白玉書房）刊行。 | 「潮音」11月号「独創」、「女人短歌」9月号「短歌に於ける「夕ぐれ」考」、「短歌研究」1月号「わが一首」、3月号「紙鳶」15首、「短歌」10月号「伊豆山名月歌会「幣」、年鑑「幻象を視る人びと」。 | 3月、村木道彦「ノンポリティカル・ペーソス」（「短歌」）。10月、佐佐木幸綱『群黎』。 | 3月、赤軍派「よど号」ハイジャック。11月、日本初のウーマンリブ大会開催、三島由紀夫割腹自殺。 |

| | | | | |
|---|---|---|---|---|
| 1971(昭和46)64歳 | 1月、血圧の変化による臥床数週間。6月、『朱靈』そのほかの仕事によって第五回迢空賞受賞。 | 「潮音」9月号「反写実―初学講座」、「短歌研究」3月号「坂道」15首、7月号「縦の繭」100首、「短歌」1月号「冬の胸」20首、8月号「阿のごとくに」50首。 | 3月、馬場あき子「女歌のゆくえ」(「短歌」)。6月、中井英夫『黒衣の短歌史』。 | 2月、成田闘争激化。6月、沖縄返還協定調印。 |
| 1972(昭和47)65歳 | 10月、『現代短歌大系7』(三一書房)に従来の作品八百余首を収録。11月、仙台東北短歌会に招かれ「作歌の機微について(二)」を話す。 | 「潮音」1月号「囁き」5首、2月号「柿」5首、6月号「旗の手」5首、9月号「流涕」5首、10月号「檜の木」5首、「短歌研究」3月号「空にのぼりぬ」15首、5月号「黄金週間前後」、8月号「白嶺」100首、「短歌」4月号「矢車―随筆」、7月号「夏至の火」27首。 | 1月、冨士田元彦「雁」創刊。2月、渡辺順三没(77歳)。5月、河野裕子『森のやうに獣のやうに』。塚本邦雄『定型幻視論』。 | 1月、元日本兵横井庄一、グアム島で28年ぶりに発見。2月、連合赤軍浅間山荘事件。4月、川端康成ガス自殺。6月、田中角栄「日本列島改造論」。 |
| 1973(昭和48)66歳 | 『縄文』、『薔薇窓』を編集する。 | 「潮音」4月号「ふたたび作歌の機微について」、「さすらひ人」5首、6月号「紙」5首、7月号「外地遭遇異和」5首、8月号「非母」5首、10月号「茄子」5首、「女人短歌」3月号「冬至近く―随想」、「短歌研究」3月号「からくれなゐ」18首、「短歌」1月号「龍笛」18首、4月号「『つゆじも』の巻頭の一首」、7月号「他界より―わが歌の秘密」、9月号「鷹の井戸」15首。 | 5月、三枝昂之『やさしき志士たちの世界へ』。10月、太田絢子『飛梅千里』。12月、山崎方代『右左口』。 | 8月、金大中氏拉致事件。10月、石油ショックで買いだめ騒動。※平均寿命が男女とも70歳を超える。 |

| | | | | |
|---|---|---|---|---|
| 1974（昭和49）67歳 | ★9月、『葛原妙子歌集』（三一書房）が刊行される。『縄文』、『薔薇窓』所収。 | 「潮音」1月号「棗玉」5首、3月号「雁」5首、4月号「流雲」5首、5月号、「異種」5首、6月号「曳く東京」4首、7月号「盆」5首、8月号「造語について―初学講座」、「冷食」5首、10月号「青夜」5首、「女人短歌」6月号「誌齢に寄せて」、「短歌研究」1月号「現代歌人百人一首鑑賞太田青丘」、3月号「夕ありて朝」10首、「短歌」1月号「篝火」10首、5月号「ういすたりあ」10首、8月号「苦熱」10首。 | 3月、玉城徹『近代短歌の様式』。<br>5月、伊藤一彦『瞑鳥記』。 | 3月、元日本陸軍少尉小野田寛郎、ルバング島より帰還。<br>8月、連続企業爆破事件。 |
| 1975（昭和50）68歳 | 7月、選集『雁之食』（短歌新聞社）刊行。近藤芳美一行とともにギリシア旅行、夫同行。 | 「潮音」1月号「潮音作歌評伝太田水穂」、2月号「虫取り」5首、4月号「食後」5首、6月号「水眼」5首、7月号「超現実」5首、9月号「ほほづき」、10月号「歌を通俗にするもの―初学講座」、「村墓」5首、「女人短歌」3月号「黄金狐」、「短歌研究」3月号「食うぶるは」10首、「短歌」1月号「仮面」10首、3月号「肖像」9首、8月号「薄暮青天」51首。 | 4月、岩田正『土俗の思想』。<br>7月、岡井隆『鵞卵亭』。 | 4月、サイゴン陥落、ベトナム戦争終結。 |

| | | | | |
|---|---|---|---|---|
| 1976（昭和51）69歳 | 3月、師、四賀光子死去。秋、文化出版局主催「現代短歌大賞」の選考委員となる。 | 「潮音」1月号「水穂生誕100年―面影往来」、2月号「火」5首、6月号「永別」、9月号「憂犬」5首、10月号「報いざるの記」、「短歌研究」3月号「記録」7首、「短歌」4月号「春の鴉」7首、5月号「燭台」21首、10月号「山ありて水」35首。 | 3月、高野公彦『汽水の光』。9月、齋藤史『ひたくれなゐ』。 | 7月、村上龍『限りなく透明に近いブルー』、ロッキード事件で田中首相逮捕。9月、毛沢東死去。 |
| 1977（昭和52）70歳 | ★10月、第八歌集『鷹の井戸』（白玉書房）刊行。 | 「潮音」1月号「思想について―初学講座」、「短歌研究」3月号「切紙」10首、10月号「タスコの銀」30首、「短歌」1月号「児」9首、5月号「遊塵」51首。 | 3月、馬場あき子『桜花伝承』。6月、吉本隆明『初期歌謡論』。10月、河野愛子『鳥眉』。 | |
| 1978（昭和53）71歳 | ★9月、『原牛』以後の作品を収めた実質的第四歌集『薔薇窓』（白玉書房）を刊行。 | 「潮音」1月号「思想について―初学講座」、2月号「駐車場」5首、3月号「出現」5首、9月号「短歌の出まかせ―初学講座」、「短歌研究」3月号「歌の胚胎について」、「さにづらふ」7首、6月号「五島美代子追悼集胸中往来」、8月号「晶子の作品をどう読むか」、「短歌」1月号「風星」17首、3月号「すかあれつと」21首、9月号「ここ過ぎて」5首、12月号「歌集『橙黄』の背後」。 | 1月、篠弘「戦後短歌と思想」（「現代短歌78」）で若手歌人の「微視的観念の小世界」を批判。 | 4月、大韓航空機銃撃事件。5月、成田新国際空港開港。8月、日中平和友好条約調印。 |

| | | | | |
|---|---|---|---|---|
| 1979（昭和54）72歳 | | 「短歌研究」3月号「現代の女流短歌について」、「かなしめる足」7首、4月号「現代短歌論連続討究第七回エロスの花」、6月号「葛原短歌の原点と現在―対談（葛原妙子 vs 梅田靖夫）」、「短歌」1月号「天童」5首、2月号「雅歌」21首、5月号「すみれと靴」11首、10月号「星夜・草夜」31首。「女人短歌」120号「原動力　長澤美津」。 | | 1月、米中30年ぶりに国交樹立。5月、英でサッチャー政権誕生（欧で最初の女性首相）。10月、朴韓大統領射殺。 |
| 1980（昭和55）73歳 | | 「短歌研究」3月号「芸術全般の中の現代女歌」、「雪景」7首、6月号「童女香紅」14首、「短歌」1月号「瑠璃」21首、5月号「葛原妙子小特集」「海の寺」31首、9月号「子規の歌の一首鑑賞―短歌の出発」。 | 4月、土岐善麿死去（96歳）。10月、阿木津英『紫木蓮まで・風舌』。12月、道浦母都子『無援の抒情』。 | 1月、ソ連アフガニスタン侵攻。 |
| 1981（昭和56）74歳 | ★1月、随筆集『孤宴』（小沢書店）刊行。5月、季刊短歌誌「をがたま」を創刊、編集発行人となる。『現代短歌全集』（筑摩書房）に『橙黄』、『原牛』が収められる。 | 「短歌研究」1月号「貴朱」10首、「短歌」1月号「鳥騒」20首、6月号「グラビア―歌人アルバム」、「リラの花―エッセイ」、「をがたま」春「空のあをみ」18首、夏「蟬」21首、秋「スパルタの蘆」20首。 | | 1月、米レーガン大統領就任。7月、英チャールズ皇太子、ダイアナ妃と結婚。 |

| | | | | |
|---|---|---|---|---|
| 1982（昭和57）75歳 | 4月、選集『憂犬』（沖積社）刊行。7月、塚本邦雄著『百珠百華――葛原妙子の宇宙』（花曜社）刊行。 | 「短歌研究」1月号「色相」7首、2月号「ひよどりの歌」7首、「短歌」1月号「月夜商人」21首、6月号「このたそがれの塩のいろはや―斎藤茂吉の歌」、「をがたま」春「悲しむ鳥」20首、「萩原朔太郎詩の生理」、夏「大河、夢ならず」20首、秋「顔にある花」19首、冬「彦根屛風」20首、「再び女人の歌を閉塞するもの」（再録）。 | | 4月、英アルゼンチン、フォークランド戦争。※パソコン、ファックスなど電子機器普及。 |
| 1983（昭和58）76歳 | 11月、視力障害のため「をがたま」秋号をもって終刊。 | 「短歌研究」1月号「凧の窓」13首、3月号「わたしの短歌を育てた人たち」、「短歌」1月号「鍵束」14首、「をがたま」春「春水」17首、夏「笛歌」16首、秋「小公園」19首、冬「薔薇の實Rose-c」19首。 | 5月、寺山修司没（47歳）。※若手女性歌人活躍、「女歌」を巡る論争活発。 | 4月、東京ディズニーランド開業。9月、大韓航空機ソ連領で撃墜される。 |
| 1984（昭和59）77歳 | 健康状態が復さず、この年から作品発表なし。その他の短歌活動もすべて中止し療養専一の生活に入る。 | | 1月、「特集・塚本邦雄の世界」（『解釈と鑑賞』）。4月、河野裕子、阿木津英、道浦母都子ら女性の歌を巡る「春のシンポジウム」開催。 | 3月、グリコ・森永事件。※離婚家庭数が死別家庭数を上回る。 |

| | | | | |
|---|---|---|---|---|
| 1985（昭和60）78歳 | 4月12日、長女、葉子により受洗（洗礼名マリア・フランシスカ）。<br>9月2日、多発性脳梗塞に肺炎を併発して、大田区の田園調布中央病院で没する。<br>9月6日、文京区東京カテドラル聖マリア大聖堂にて葬儀ミサ、及び告別式が行われた。<br>9月29日、所沢市西武所沢霊園の葛原家の墓地に埋骨。 | | 「短歌研究」11月号「葛原妙子追悼特集」―長沢美津ほか、「短歌」11月号「葛原妙子追悼特集」―森岡貞香ほか、「短歌現代」12月号「葛原妙子追悼特集」―近藤芳美ほか。 | 8月、日航ジャンボ旅客機御巣鷹山に墜落。<br>※核家族化さらに進行。 |
| 1986（昭和61） | | 4月、『現代歌人文庫6・葛原妙子歌集』（国土社）刊行（『葡萄木立』全編収録、他は抄録）。 | 12月、宮柊二死去（74歳）。 | |
| 1987（昭和62） | | 7月、『葛原妙子全歌集』（短歌新聞社）刊行（『鷹の井戸』以後の作品は、未刊歌集『をがたま』（森岡貞香編）として収録された）。 | 7月、俵万智『サラダ記念日』ベストセラー。佐藤佐太郎死去（77歳）。 | |

## 参考文献

『橙黃』（葛原妙子　女人短歌会　昭和二十五年十一月刊）
『飛行』（葛原妙子　白玉書房　昭和二十九年七月刊）
『原牛』（葛原妙子　白玉書房　昭和三十四年九月刊）
『葡萄木立』（葛原妙子　白玉書房　昭和三十八年十一月刊）
『朱靈』（葛原妙子　白玉書房　昭和四十五年十月刊）
『鷹の井戸』（葛原妙子　白玉書房　昭和五十二年十月刊）
『薔薇窓』（葛原妙子　白玉書房　昭和五十三年九月刊）
『葛原妙子歌集』（葛原妙子　三一書房　昭和四十九年九月）
『葛原妙子全歌集』（葛原妙子　砂子屋書房　平成十四年十月刊）
『孤宴』（葛原妙子　小沢書店　昭和五十六年一月刊）
『葛原妙子―歌への奔情―』（結城文　ながらみ書房　平成九年一月刊）
『児童文学最終講義―しあわせな大詰めを求めて』（猪熊葉子　平成十三年十月刊）
『鑑賞・現代短歌二　葛原妙子』（稲葉京子　本阿弥書店　平成四年四月刊）
『百珠百華―葛原妙子の宇宙―』（塚本邦雄　砂子屋書房　平成十四年五月刊）（底本　花曜社版　昭和五十七年刊）
『黒衣の短歌史』（中井英夫　潮新書　昭和四十六年刊）
『われは燃えむよ』（寺尾登志子　ながらみ書房　平成十五年八月刊）
『女歌人小論』（女人短歌会編　短歌新聞社　昭和六十二年一月刊）
『女歌人小論　II』（女人短歌会編　短歌新聞社　平成一年八月刊）
『扉を開く女たち』（阿木津英・内野光子・小林とし子　砂子屋書房　平成十三年九月刊）
『折口信夫の女歌論』（阿木津英　五柳書院　平成十三年十月刊）
『現代短歌史I』（篠弘　短歌研究社　昭和五十八年七月刊）
『現代短歌史II』（篠弘　短歌研究社　昭和六十三年一月刊）
『現代短歌史III』（篠弘　短歌研究社　平成六年三月刊）

『昭和短歌の再検討』（三枝昂之ほか　砂子屋書房　平成十三年七月刊）
『昭和短歌の精神史』（三枝昂之　本阿弥書店　平成十七年七月刊）
『明治・大正家庭史年表』（下川耿史・家庭総合研究会編　河出書房新社　平成十二年三月刊）
『昭和・平成家庭史年表』（下川耿史・家庭総合研究会編　河出書房新社　平成十三年四月刊）
『日本近代文学年表』（小田切進　小学館　平成五年刊）
『近代日本総合年表』（第四版　岩波書店編集部　岩波書店　平成十三年十一月刊）
『折口信夫全集』（折口信夫　中央公論社）
『斎藤茂吉全集』（斎藤茂吉　岩波書店）
※雑誌については発行年、号を含め本文中に記載した。

**初出一覧**

・一章から十章……「歌壇」（本阿弥書店　平成十五年六月号より平成十八年五月号）に「葛原妙子と世界」として連載。
・補論……「日本現代詩歌研究　第六号」（日本現代詩歌文学館　平成十六年三月）
・インタビュー森岡貞香に聞く……「歌壇」平成十八年七月号・八月号（本阿弥書店）

**年表について**

『葛原妙子――歌への奔情――』（結城文　ながらみ書房　平成九年一月刊）年表、『児童文学最終講義――しあわせな大詰めを求めて』（猪熊葉子　平成十三年十月刊）、森岡貞香氏よりの聞き取りを参考に照会追加した。

あとがき

初版の刊行から十二年が経って新装版として刊行されることになったことは望外の幸せです。すでにさまざまに言及いただいており、あえて書き加えることなく小さな訂正にとどめて新しい時代に差し出すことにしました。

「歌壇」での連載当時からお世話になった本阿弥書店の奥田洋子様にはこの新装版の刊行を快くお許しいただいたことを心よりお礼申し上げます。

また、新装版刊行を勧め励ましてくれた友人、またお引き受けくださった書肆侃侃房の田島安江様、藤枝大様また装幀の毛利一枝様に深く感謝申し上げます。

新しい読者との出会いにときめいています。

川野里子

二〇二一年六月

本書は『幻想の重量——葛原妙子の戦後短歌』（二〇〇九年、本阿弥書店刊）を新装版として復刊するものです。

## ■著者略歴


川野里子（かわの・さとこ）

1959年生まれ。千葉大学大学院修士課程修了。東京大学大学院総合文化研究科博士課程単位取得退学。

評論に『幻想の重量――葛原妙子の戦後短歌』（第6回葛原妙子賞）『七十年の孤独――戦後短歌からの問い』（書肆侃侃房）、『鑑賞　葛原妙子』（笠間書院）など。

歌集に『太陽の壺』（第13回河野愛子賞）、『王者の道』（第15回若山牧水賞）、『硝子の島』（第10回小野市詩歌文学賞）、『歓待』（第71回読売文学賞）など。



新装版　幻想の重量――葛原妙子の戦後短歌

---

2021年8月1日　第1刷発行

著　者　川野里子

発行者　田島安江

発行所　株式会社 書肆侃侃房（しょしかんかんぼう）

〒810-0041 福岡市中央区大名 2-8-18-501

TEL 092-735-2802　FAX 092-735-2792

http://www.kankanbou.com

info@kankanbou.com

編　集　藤枝大

ＤＴＰ　黒木留実

印刷・製本　モリモト印刷株式会社





ISBN978-4-86385-476-5　C0095